世紀転換期の
アメリカ文学と文化

武藤脩二 著

中央大学出版部

装幀　道吉　剛

まえがき

タイトルの世紀転換期とは一九世紀から二〇世紀にかけての期間を指す。この時期はいわゆるアメリカン・ルネサンスと一九二〇年代に挟まれて、金鍍金《メッキ》時代と漠然とした呼称で括られることが多い。しかしアメリカン・ルネサンスと一九二〇年代の過渡期であるとしても、文学と文化において極めて興味深い現象が少なくない。ぼくは『一九二〇年代―漂流の軌跡』で二〇年代を《漂流》の観念で捉えてみたが、その観念はそれを遡る時期、転換期に十分顕著に顕れている（取り分けフロストにおいて）。そこを確認するのも本書の目的の一つであった。

アメリカは移民の国だが、その出身国のなかでもアイルランドは特異な現象をアメリカに齎した。特に今日アイルランド共和国と称されている地域からのカトリック・アイリッシュの大量移民はアメリカの文学・文化に色濃い影響を与えた。一八四〇年代のアイルランド大飢饉で夥しい数の貧しいカトリックが、アメリカのアングロサクソンの世界に流入した。この現象はアングロサクソンに反動を呼び起こした。取り分けボストンでは顕著であった。スコッチ・アイリッシュ（スコットランドからアイルランド北部に移住した長老教会派のアイルランド人）はその元来の出自からアングロサクソンのアメリカ社会に容易に溶け込んだが、飢饉アイリッシュの到来によってそのアイリッシュ性が炙り出されるという現象を引き起こした。スコッチ・アイリッシュであるウィリアム、ヘンリー・ジェイムズ兄弟の意識と仕事にその事実を見てとることができる。これはこれまであまり注目されなかったことである。

アイリッシュ・アメリカンの文学はフィッツジェラルドとオニールにおいて開花した。アイリッシュ（ブラック・アイリッシュと蔑称された）性を前者は否定的に、後者は肯定的に受け入れた。それも興味深い現象である。特にオニールの場合、彼の作品でしばしば表れるロダンの「考える人」のイメージは、メランコリーの図像学がヨーロッパ古典時代、ルネサンス時代、ロダンを経ていかに変容し、さらにアイリッシュ性を触媒としていかにアメリカ化されたか、という興味深い問題を提起している。

南北戦争は多くの戦争詩を生み出した。エマソンも戦争詩を書いた一人である。その詩の一節がコンコードなどの第一次大戦の戦死者の記念碑に刻まれている。このことの意義は、ヘミングウェイら戦争作家の文学を考える上で興味深い。二つの戦争でアメリカの戦争感覚・表現は大きく変わった。これも二つの世紀の間の変化として注目に値する。

第二次大戦後ともなれば、あらためて南北戦争を引き合いに出す必要もないようなものだが、ローエルの詩「北軍戦死者のために」は、南北戦争が現代を逆照射するのに極めて有効であることを教える。南北戦争のヒーロー（ロバート・グールド・ショー）の記念碑は様々な意味でイコン的意義を帯びていることに気付くのである。

ヨーロッパとの関係は、ヨーロッパの遺産を前にしたアメリカ人作家がよく示している。ヨーロッパの代表的場面、ヴェニスとコロセウムでそれを見ることができる。そしてアメリカ人のヨーロッパ体験・観察はこの転換期に山場を迎えるのである。これ以前でも以後でも、ヨーロッパは文学的題材としてこの時期に及ばない。

一九世紀後半のまた後半は社会進化論がアメリカの知識人を捉えた時期である。文学ではハウェルズやドライサーなどにその実体が見られるが、文学史研究にもその波動はあった。それは一九世紀末に慶應義塾大学部教授として来日したトマス・サージェント・ペリーにはっきりと顕れている。

一八七〇年代にフランス絵画界では印象主義が起きた。印象主義はアメリカ絵画においてもいち早く導入され、移入され、流行となった。トマス・ペリーの妻リーラはモネの珍しい女弟子となり、印象派をアメリカに移入するのに貢献した。夫とともに来日したリーラがモネ経由で日本文化に触れていたこともあり、また末娘アリスが『滞日十年』のグルー大使の妻となったという因縁からも、夫妻の日本生活は日米文化交渉史の一ページをなした。

アメリカが建築において独自のスタイルを生み出したのはまさにこの転換期においてである。帝国ホテル建築で知られるフランク・ロイド・ライトは二〇世紀初期に大平原様式（プレアリー・スタイル）を創造した。それには日本の建築・絵画の影響が認められるとはいえ、まさにアメリカ的風土と歴史が決定的な土壌となっていた。アメリカ中西部の風土（平原）と歴史（開拓）が生み出したものである。同じ中西部人のヘミングウェイの文学と全く共通する様式といえる（ヘミングウェイの故郷オークパークはライトが最初期に活躍した町）。単純にして有機的な様式である。中西部の登場はアメリカ文学・文化においてニューイングランドの衰退と対応するものである。これも転換期の大現象であった。

一九世紀から二〇世紀にかけての世紀転換期は、まさにアメリカの文学と文化の転換期・分水嶺でもあった。本書はこうした転換期の文学と文化を扱う。

平成二〇年五月

著者

世紀転換期のアメリカ文学と文化——目次

第一章　ペリー提督の甥の子

——慶應義塾大学部教授トマス・サージェント・ペリー——

トマス・サージェント・ペリーという名前を聞いて、かつて慶應義塾の英文学教授を務めたことのあるアメリカ人とは分らなくても、マシュー・キャルブレイス・ペリー提督を連想する人は多いだろう。強面の砲艦政策と巧妙な政治手腕で日本を開国させたペリー提督はアメリカを発つ前に兄オリヴァー・ハザード・ペリー提督——一八一三年のイギリス海軍とのエリー湖の戦いで「ドント・ギヴアップ・ザ・シップ」と檄を飛ばし、劣勢を覆して勝利し、「我らは敵と出会い、敵は今我らの手中にあり」という報告を書いたことで知られ、アメリカではこの「エリー湖の英雄」のほうが「日本開国の英雄」よりも遥かに有名——の孫に「キャビンボーイとして船に乗らないか」と冗談をいい、目を輝かせて本気にした孫はすぐに荷造りをした。この時は日本に行き損ねた孫（つまりペリー提督の甥の子）こそトマス・サージェント・ペリーである。そしてペリー教授と画家であった妻リーラの世紀転換期の三年に亘る滞日は日米文化交流のロマネスクな一ページとなるのである。

トマス・サージェント・ペリーは一八九八年、五三歳の時に日本の土地を踏んだ。ペリーが慶應に招かれた経緯は『慶應義塾大学部の誕生』によってよく分る。慶應義塾は明治二三年（一八九〇年）に大学部を設立することにし、文学、理財、法律の三科を置き、三人の主任教授はハーヴァード大学総長チャールズ・ウィリアム・エリオットの推薦で選ばれた（福澤諭吉の子息たちはハーヴァードに留学している。慶應義塾は「日本の新しいハーヴァード」を意図したといわれる）。文学はリスカム、理財はドロッパーズ、法律はウィグモア（リスカムはブラウン大学出身、他の二人はハーヴァード大学出身）。

この三人が日本に赴任したのは一八八九年末頃のことである。それぞれ三年の任期であった。リスカムは一八九三年六月まで滞在したが病気で帰国し、亡くなった。

福澤諭吉は一八九八年一月二六日付けのエリオット総長宛の書簡で次のように書いた。

我々は、不幸にも日本を去られた後お亡くなりになったリスカム教授の担当なさっていた英文学講座をどなたかにお引き受け願いたいと思っております。

（『慶應義塾大学部の誕生』一〇一頁）

福澤が提示した条件は、雇用期間は東京到着の日から数えて三ヵ年、教授する学科は英文学及びその同系統の学科（英語、英作文その他）、時間数は週当たり二〇時間以下、年俸は、初年度三千円、次年度三千三百円、第三年度三千六百円、旅費は片道五百円、であった（一円は約五〇セントのレート換算）。ペリーの給与は慶應義塾にとってはかなりの負担ではあったが、妻子四人を養うにはやや低すぎたであろう。(1)

リスカムは一八九三年に帰国している。それから福澤がエリオットに依頼する一八九八年までの五年の空白期間はどうなっていたのであろうか。ペリーの友人ジョン・モースの『トマス・サージェント・ペリー略伝』によると、ペリーは以前にも日本の大学の同じような地位の申し出を受けたが五年の契約だったので断ったという。この大学というのはどうも慶應らしい。この時はペリーが断ったので五年間リスカムの後任がいなかったのかもしれない。三年の任期後もなお留任していたドロッパーズは福澤と同じ日にエリオットに手紙を書き、次のように補足した。

ここの英文学科で望んでいる人は、深遠な学者よりも実用的で面白い人です。英文科の目標は学生に記者、教員、会社員や秘書などになる修業をさせることです。この課程の第一の目的は、正しい英語で話したり書いたりする能力と実際の役にたつ英文学の知識をあたえることです。深い優雅な文学趣味をやしなうなどということは日本にはむかないことと確信いたします。（一〇二―一〇三頁）

実用と実際の役を第一の目標としているのは今も昔も変わらない。ましてや実学主義の福澤なら当然の方針である。しかしこのような条件で推薦されたトマス・ペリーは果たして相応しい人物であったか。

ペリーは一八四五年ロード・アイランド州のニューポートで生まれた。ニューポートがニューヨークなどの成金の避暑地となり、豪壮な邸宅（「金の力の記念碑」とジェイムズは表現した〔『アメリカ印象記』一九〇頁〕）が立ち並ぶ前のことである。ウィリアム・ジェイムズ、ヘンリー・ジェイムズとはニューポート時代からの友人である。一六歳六ヶ月でハーヴァード大学に入学し、卒業すると、ハーヴァードでフランス語とドイツ語の教師の地位に就くつもりでフランスとドイツに留学する。当時の既定のコースである。帰国後一八六八年からこの地位に就くが、一八七二年に辞め、『北米評論』の編集に関わる。ハウエルズの勧めによる。新設された「最近の文学」の欄を担当した。さらに『アトランティック・マンスリー』『ネイション』にも書いた。こうしたアメリカの一流の雑誌で仏独露、そして英米の多方面の文学を自在に論評した。ラファイエット夫人、フロベール、テーヌ、ゲーテ、ジョルジュ・サンド、ツルゲーネフ、ゴーゴリ、サント゠ブーヴ、メリメ、ドーデ、ストー夫人、デフォレスト、トウェイン、トロロップ等。まさしく大西洋の両岸にわたる無類の読書家・紹介者・批評家といえる。七七年にハーヴァードの英文学の講師となった。八一年までである。雑誌に書くのも八一年を境に激減する。七一年から八一年までがペリーの大学、雑誌での活躍の頂点であった。

八一年、ハーヴァード大学の契約は更改されなかった。英文科のヒル教授とそりが合わなかったのが直接の原因である。ハーヴァード大学の英文学の最初の教授はフランシス・ジェイムズ・チャイルドで、一八五一年からハーヴァードの修辞学と雄弁術の教授を務めていたが、七六年に英文学の教授となる。チョーサーとガウアーの権威で、イギリスとスコットランドのバラッドの編集と研究ではイギリスの学者にも一目置かれていた。T・S・エリオットが「……ハーヴァード大学の楡の木立が心地よい影を作っている（後年の）ノートンやチャイルドの顔、のまわりには、威厳にみちた光輪をぼくは今なお感じるのである」と書いたチャイルドである（エリオット「ヘンリー・ジェイムズ」三七八頁）。チャイルドの後任として修辞学と雄弁術の教授になったのがアダムズ・シャーマン・ヒルである。

ヒルはセオドア・ロウズヴェルトが嫌っていたほとんど唯一の教師であった。ヒルはロウズヴェルトにロマンティックな作文をクラスで朗読させて、それから批判した、というから、一種底意地の悪い狭量な文学知らずの教師像が浮かび上がってくる。ロウズヴェルトはこのようなこともあって嫌ったらしいのだが、ペリーのような繊細な神経と反俗的な気質の持主には一層耐えられない上司であっただろう。

ヒルは文学史の知識を学生に機械的に詰め込むことを教育方針としていた。それに学生のレポートを印刷屋で印刷させるなど、極端な形式主義者であった。ペリーがヒルの方針をナンセンスと考えたのも当然である。「ヒルはまったくバカだ」とある手紙で書いている。西欧古典と近代欧米の文学の知識でもペリーのほうが遥かに抜きん出ていた。

それに文学ジャーナリズムの寵児である。ヒルが嫌うのも当然である。

ヒルが『修辞学の原理と応用』（一八七八年）を出版すると、ペリーは早速書評を書いた（『アトランティック・マンスリー』同年一一月号）。「優れている」「明快」「適切」と誉めているが、「学生のみならず一般読者にとっても有益」、「生徒も無理なく自然に学べる」、そして「句読法は簡潔で徹底しており、すでに一般によって認められたものである」と結ぶ。学生が一般読者となり、さらに生徒となっているなど、誉め言葉に反して高い評価はしていない。独創性も認めていない。ナカナカの書評ぶりである。ヒルもカチンときただろう。この書評はヒルとペリーが英文科の同僚であった時期に書かれた。ペリーが今ひとつ「お悧巧」でなかったことの表れである。（後のことだが、一八九七年にロバート・フロストがハーヴァード大学に入学したとき、英作文の初等コースを履修することを要求された。フロストはそのコースが不満だった。テキストがヒルの『修辞学の原理と応用』だったからである。すでに新聞記者の経験があり、雑誌に詩も発表していた彼には、このテキストから学ぶことは何もなかったという〔Thompson, 234-35〕。ペリーがいうとおり、その程度のレベルだったのである。）

契約が更改されなかったのは総長のチャールズ・エリオットがヒルの意見を尊重したかららしい。しかしこのエリオットの伝記を書いたヘンリー・ジェイムズは総長の意向だったと見ている。

更改されないことが分った時、ペリーの友人たちは基金を募り、大学に教室の提供を求め、一八八一年から八二年まで、誰でも無料で聴講できる半期の講義をさせてくれた。彼の講義は人気があり、途中から広い教室を与えられた。彼の主著『一八世紀英文学』（一八八三年）はこの時の講義を元にして編まれた。広く読まれ、フランス語にも翻訳された。

この頃ペリーは、『フランシス・リーバーの生涯と書簡』（一八八二年、のち独訳された）、『オピッツからレッシングまで』（一八八五年、ハウェルズに捧げられている）、『スノッブの進化』（一八八七年）、八七七頁の大著『ギリシア文学史』（一八九〇年）など、矢継ぎ早といってよいほどに著書を出版した。もっともどれも売れ行きははかばかしくなく、以後ペリーはあれこれの計画は立てても本を出すことはなかった。例外は友人フィスクの小伝『ジョン・フィスク』（一九〇六年）だけである。

ペリーは、ハーヴァードの英文科講師を正式には辞めた一八八一年には、雑誌との関わりも止めている。編集長あたりと意見が合わなくなっても自説を曲げない。追従できない。それだけ自信も誇りもあったのである。その後いくつかの大学で講義はしたものの専任にはなれなかった。大学からも雑誌からも離れた彼はもっぱら手紙で友人に読んだ本の紹介をした。そして三人の子供を生んだ後で画家として立ち始めた妻リーラと行動を共にし、ヨーロッパ各地の美術館を回り、一八八九年からはフランスのジヴェルニーでモネの隣人として夏を過ごすことが多くなった。そうしたなかでのエリオットによる推薦である。

だが要するにペリーは、慶應義塾の望まない、「深遠な学者」「深い優雅な文学趣味」の人であった。一流の文芸評論家であるペリーは慶應義塾の希望する実務教育者として適任ではなかった。

しかしペリーを迎えた義塾側の反応は次のようなものである。ペリーは家族に先んじて一八九八年五月三日に横浜に到着し、同日東京に来ている。五月五日付けのドロッパーズからエリオット総長宛の書簡。

ペリー氏はまだあまり日本との接触がありませんが、大変気に入っているようです。新しいものばかりで感動し、鼻を窓に押し付けて行列の行進を見ている子供のようだと自分で言っています。この新鮮な興奮はおさまるかもしれませんが、ペリー氏はここでの滞在をずっと楽しむことでしょう。彼はここで成功する素質そのものを持っていると思われます。何事にも興味を持ち、彼自身も興味深い人間であり、活発で、自発的で、また、民主的であることは、日本で、少なくとも慶應の学生の間で、尊敬されている特徴です。……

ペリー提督の遠い親戚として、ペリー氏はここで温かく迎えられます。横浜に提督の像が建てられる話がありますす。時がたつにつれ、ペリー提督の日本人への助言は良いものであったことがわかってきました。それが友好的であったことは、最近になってやっと理解され、そこで記念されることになったのです。

ペリー氏のために家を全力で探していますが、数週間のうちに東京に落ちつくでしょう。慶應の当局者は、きっとあなたのご苦労に感謝の手紙を出すに違いありません。

（『慶應義塾大学部の誕生』一〇四頁）

ペリーは一八九八年六月五日付けのジョン・モース宛の手紙で次のように書いている。

思うように手紙が書ければいいのだが、とても書けない。この国がぼくにとって何なのか、書きようがないのだ。これまで、このような狂喜と驚異の経験をしたことがない。この国についてのあらゆる本を読んだが、全然信じてはいなかった、ちょうど君が聖書を信じていないようにね、いやもっと真面目なときのぼくもだが。しかし日本についての本に関する限り、全ての言葉が真実だった。日本と比べれば、イタリアもスペイン（われらの愛する）すらも、イースト・ケンブリッジかイースト・ボストン並だ！

そうだ、ぼくはもう日本に行ったことがあるのだ。天国に行く者もある。ぼくもずっと天国に行きたいと思っていた。しかし今は、馴染みの曲を——少なくとも賛美歌を選ぶくらいの機転はある——鼻歌まじりに歌いながら、黄金の大階段を一度に三段ずつ駆け上っていって、ペテロにお前は誰か、何をしていたのか、と訊かれても、ペテロが手垢のついた出納簿をチェックしている間ぼくはあたりの飾りを眺めているだろうよ。ペテロはこういうだろう、「申し訳ないが」（決まり文句だ）、「君は中に入れない。」ぼくは無益な悲しみを言い立てるだろうか。いやいや！　ぼくはいうだろう、「いや結構。ぼくは天国に入りたくない。ぼくは日本に行ったことがあるのだ。」

(Morse, 93)

（「この国についてのあらゆる本」の中には義兄ラファージやハーンなどの本が含まれていただろう。）彼に狂喜と驚異の経験をさせたのは主として日本の自然だったかもしれない。ペリーは日本での儀式にはかなり閉口したらしい。先のことになるが、一九〇一年一月一六日の「時事新報」（福澤派の新聞）に、「〔ペルリ提督〕上陸記念碑建設の計画で募金開始」という記事が掲載され、同年七月一五日の同紙には、前日に「記念碑の除幕式を久里浜で盛大に挙行」の記事が掲載されている（一丈五尺の石碑には伊藤博文揮毫の「北米合衆国水師提督伯理上陸記念碑」の文字が刻まれている）。この除幕式が行われたとき、ペリーはすでに帰国していた。ペリーは同年五月二〇日付けのモース宛の手紙で、「ぼくはアメリカに出帆したあとの一四日、日曜日のペリー記念碑の除幕式には出なくてすみます。テニスは好きですが、儀式はずっと嫌です」と書いている。(2)

(Morse, 90)

福澤諭吉は一八八九年六月九日付けのエリオット宛の書簡で次のように書いた。

この機会に、貴方が総長でいらっしゃる名高い学校の著名な卒業生であるT・ペリー教授を紹介して下さったことに、心からお礼を申し上げます。

ペリー教授は先月三日に到着し、すぐ仕事につかれました。我々は彼に好意をもっており、このような実力のある優秀な学者を得たことを誇りに思っております。

実に我々だけでなく、一般の人々も、これまでの日本の発展に大きく貢献した方として思い出されるペリー提督の有能な親戚を迎えることができ、感激しております。彼のためにすでにガーデン・パーティを催し、我が国の代表人物にも会っていただきました。

この会には、大臣、国会議員や他の社会的地位ある人物を含む三百人以上の人々が出席し、皆、ペリー氏にお目にかかれたことを喜んでおりました。

（『慶應義塾大学部の誕生』一〇四―一〇五頁）

ペリーをハーヴァードから追放した（あるいは追放に加担した）エリオットが何故ペリーを慶應義塾に紹介したのか。追放劇で後味が悪かったからか。あるいはペリーの妻リーラがキャボット家（まさしくボストン・ブラーミンの最たる家）の出であることへの顧慮からか。あるいはドロッパーズが最初に、「日本では単身の人には淋しいことがあり勝ち」なので、「若い妻帯の人を指名されるように」と助言したからか（ペリーはもう若くはなかったが）。あるいはペリー提督の日本との関係からか。ともかくトマス・ペリーがペリー提督の血縁であることが、この時期の日本人に大きな関心を呼び起こしたことは想像に難くない。そうでなければ「大臣、国会議員やその他の社会的地位ある人物を含む三百人以上の人々」が出席するガーデン・パーティが開かれるはずがない。

ペリーが来日した年の一八九八年八月二四日の新聞「日本」に次のような記事が掲載された。

孫と自称のアメリカ人こっそりと帰国

本邦開国の恩人なる北米水師提督ペルリの孫なるもの、過般本邦に来着し、各地に於いてしきりに歓迎さるる処ありしが、同人は何故にや、去る一九日横浜出帆の加奈太郵船エンプレス・オブ・チャイナ号にて、知己、朋友にも告げず、飄然米国を指して帰国の途上に着きたる由、昨今横浜市内にて風聞せり。聞く処によれば、同人はペルリの孫に当りおらざるのみか、遠からず妻女も本邦に来遊すべしなど言い触らせしは真赤な偽りにて、つまり永住して尻の割れぬ中にと、ついに姿を隠せし次第なるべしと横浜より報じ来たれり。しかれども、いやしくも慶應義塾大学部の教授にして、福澤氏も良師を得たりとて、同氏のために発起して歓迎会を開き、紹介者には同氏より懇篤なる長文の謝状を贈りたるほどなれば、右の風聞はけだし何かの誤聞なるべし。

（『明治ニュース事典 Ⅵ 明治三十一年／明治三十五年』）

誤聞なるべし、と結ぶような風聞を記事にする可笑しさは別として、ペリーの来日はこれほどまでに知れ亘っていたことが分る。日本主義の新聞「日本」はペリーの来日を一種の崇外病の現われとみて揶揄したらしい（この新聞の編集をしていた正岡子規もペリーの名を印象に留めたと思われる）。いうまでもなく紹介者とはエリオットのことであり、長文の謝状とは上掲のものである。この歓迎会では剣舞や花火があり、伊藤博文が挨拶をした（勲章嫌いの福澤諭吉もこの機会には大勲位伊藤博文を招待しご挨拶を頂いたのである）。そのなかで伊藤は、自分はペリー提督に石を投げつけるのを助けたが、それは無責任な少年時代のことで、ペリーの名は「日本をきわめて長い間厳重な鎖国状態にしていた秘密の錠を開いた尊い鍵である」といった（Morse, 82）。

こうした日本側の歓迎を当のトマス・ペリーはどう受け止めていたのか。当時の外国人の例に漏れず、彼もよく手紙を書いた。死後出版された『トマス・サージェント・ペリー書簡集』（一九二九年）は友人のエドウィン・アーリントン・ロビンソンによって編まれた。（ロビンソンはモダニズム以前のアメリカの一流の詩人で、ピュリッツァー賞を三度受賞している。ペリー夫妻とは親交があった。）この『書簡集』には母親宛のものが八通収録されている。いわば日本便りといえるもので、日本での見聞、体験、印象が細かく書かれている。これらの手紙を読んだら、福澤ら「慶應の当局者」ばかりでなく、ペリーに関わった多くの日本人も鼻白む思いがしただろう。興味深い箇所を採録してみる。

一八九八年五月二〇日付けの手紙には福澤が報告した例のガーデン・パーティのことが書かれている。

この前の月曜日にガーデン・パーティが開かれました。総理大臣伊藤侯爵や彼より下級の大勢の貴族とも会いました。その名前や肩書きを書いたら三枚の便箋一杯になるでしょう。生来地味な私がこのように有名人扱いされるのはおかしなことでした。出来る限り礼儀を守り、思いつく限り相手を喜ばせるようなことをいいました。リーラにもいったことですが、私の立場はウィリアム征服王の甥の息子としてイングランドにお国入りするかのようでした。Ｂ・フランクリンなど何処の誰とも分らぬ存在です。私は宴会の間中、自分の服装が極めてきちんとしていると感じていました。少なくとも三〇分の間、脚を真っ直ぐ前に伸ばして座り、ズボンに皺が出来ないようにしていました。私の帽子は四年前のものですが、会場では最新のものと衆議一決しました。（私の友人が話してくれたことですが、日本であるパーティに出席した時、一人の日本人が礼服を着ているのを見たそうです。全てが完全だったのに、いかなるワイシャツも着るのを忘れていたか、怠っていたそうです。）私は二百人程の貴顕紳士に紹介されました。カードを沢山もらいましたが、茶箱から名前を取ってきたように思えます。私はそういう芳香には慣れていません。総理大臣に会うのにも慣れていません。このサーカスが続いている間中私の中で心は微笑んでいました。私の背が高いことも儀式を凌ぎ切る助けとなりました。

（*Letters*, 20）

ペリーはウイットがあることでも有名だったから、この手紙もその証左とはなるだろう。それにしても「サーカス」と評されたパーティの貴顕紳士諸氏も形無しである。「B・フランクリンなど何処の誰とも分らぬ存在です」というのは、彼が母方を通してベンジャミン・フランクリンの孫の孫に当るからである。ペリーのことを何も知らないアメリカの旅券係が彼の写真を見て直ぐにフランクリンの顔に似ているといったという。日本人も彼がフランクリンの末裔だと知らなかったらしいが、ペリーのほうでも、明治天皇のお后（昭憲皇太后）がフランクリンの徳目を和歌にし、その和歌の一つを敷衍して華族女学校の校歌（「金剛石の歌」）を作詞したことや、正岡子規や国木田独歩などがフランクリンの『自伝』（「坂の上の雲」を目指した明治期の青年たちのサクセス・マニュアル）を愛読したという挿話を知らなかったと思われる。

トマス・ペリーは一八九八年六月二〇日号の「ファー・イースト」紙に「日本の第一印象」という小文を書いている。

ガイドブックを確認するために旅行する人が多いといわれている。しかしまことに興味深い日本の版画と絵画を確認するために旅行するほうがもっと興味深い。こうした版画と絵画はこの国についての極めて生彩に富んだ知識を外国に伝えているばかりでなく、その驚くべき芸術的簡潔さによって現代芸術に実質上革命をもたらしたのである。絵画に描かれているのとまさに同じように傾斜している同じ山々があり、ここかしこに屈曲し伸張している珍しい松の木があった。

……画家の作品はわれわれの鈍い眼を見えるようにし鋭くしてくれる。実際、画家は鋭い視覚で人間と自然とを見るすべをわれわれに教えてくれるというのは真実かもしれない。われわれがさもなくば気付かなかったことを、画家は観察しわれわれに見方を教えてくれる。不注意に見たのでは見逃すような色彩を画家は捉える。そのため旧来の色彩配合を修正し生彩あるものにする画家は愚かな革新者として常に非難される。後になってようやくわれわれは画家が見たものを見るようになり、一旦そうなると当たり前のものになり、さらなる修正を待つのである。……ともかく日本の絵画を熟視して予備知識をえていた私には風物のあらゆる面が楽しく限りなく興味深かった。……

［日本語を知らない］私にできることといえば、日本の驚くべき美術が外国の作品によってどのように、またどの程度まで影響を受けたか、それを見ることである。日本の美術が長期にわたる丹念な訓練によって達成した成果が、欧州美術の人工的な作品を模倣せんとして失われるとしたらまことに嘆かわしいことであろう。欧州の真に先進的な画家たちは、日本美術の影響のもと、欧州美術から脱却をはかるべく懸命に努めているのだ。しかし自然が変わらぬ限り、あらゆる芸術家は——ペンを執るにせよ絵筆を執るにせよ——他の芸術家の作品から感化を受けるのであり、日本の現代美術が劣れる外国の作品によって悪影響を蒙るのをいかにして避けられるのか、それを知るのは容易なことではない。しかし日本美術が外国の美術にあまりに屈しないよう、また足を踏み外すことのないよう、心して守らなければならない。一旦踏み外せば、後になって修復するのに大きな労苦と苦痛とを要するのである。

（"The Far East," 474–75）

私的な手紙と違って、この公的な文章は、いかにも妻リーラと共に印象派モネに親炙したペリーらしい。日本の版画は自然の新たな見方を教えてくれた、日本の自然の見方は版画などによって正しく教えられたというのである。その日本が欧化思想によって版画に至る伝統を捨てて欧画を模倣していることへの嘆きがはっきりと述べられている。（日本絵画に触発されたモダニズム印象派を支持しても〔あるいはその故に〕、日本絵画の伝統の擁護をすることになるのである。アカデミー派から印象主義の影響を受けて外光派に転じたコラン〔室内の裸婦をただ屋外に置き換えたような絵を描いた〕に師事して日本に帰った黒田清輝が、日本のアカデミーの頂点に立つというアイロニーも惹起した。）これもリーラと共に岡倉天心とも親交のあったペリーらしいところである。ちなみにヘンリー・アダムズと共に来日し、『画家東遊録』を書いたジョン・ラファージはペリーの義兄に当る（天心の『茶の本』はラファージに捧げられた）。またバーナード・ベレンソンがガードナー夫人のプロテジェとなるに際してペリーの口利きがあったという。いわばベレンソンはペリーのプロテジェだったのである。ベレンソンがヨーロッパへ行く時、ペリーは資金を募っている。このようにペリー一家の東西芸術界との関わりは極めて濃い。

一八九八年五月にトマス・ペリーは来日したが、その前の三月に岡倉天心は東京美術学校の校長を辞職していた。私的なスキャンダルも祟ったが、それよりも西洋美術を排除し純伝統主義の方針で固めた天心一派が、黒田ら西洋派に敗れたということなのである。時代の趨勢であった。(3) 天心はフェノロサやビゲローの影響で伝統派になっていたのである。同年七月に天心らは日本美術院創立を宣言し、一〇月に開院式を挙行し、同時に同院第一回展覧会を開いた。金子堅太郎、高田早苗らハーヴァード大学に繋がる慶應義塾の日本人関係者の他に、フェノロサもビゲローもカーティスもペリー夫人リーラも日本美術院の特別賛助会員となった。このように日本の伝統美術擁護振興にアメリカのハーヴァード大学系のニューイングランド人が深く関わっていたのであり、トマス・ペリーの日本美術論はそうしたグループの共通認識を表明していたのである。彼らは日本美術がモダン西洋美術を模倣することなど望んでいなかった。

こうした動きがボストン美術館の日本美術の優れたコレクションや天心のガードナー夫人との交友に結実したのである。

天心の『茶の本』のフレデリック・グーキン（フランク・ロイド・ライトを帝国ホテルの設計者として推薦した人物）の書評（『ダイアル』誌、一九〇六年九月一日）は次のように結ばれている。「本書が読者に伝えたいことは、精神を向上させ、下劣な理想に支配されている俗悪な物質主義に満ちたこの二十世紀に必要なものである。」（立木智子、四八頁に引用されている）これは南北戦争後の金鍍金《メッキ》時代の「下劣な物質主義」のことを指している。同時にペリーたちが信奉した進化論が社会ダーウィニズムとしてこの「下劣な物質主義」を支えていたことを思う時、ペリーらボストン・ブラーミンの思想的矛盾・苦悩が日本文化・美術に何を求めていたかを推測することは困難ではない。（ヨーロッパに発したジャポニズムは間もなくアメリカに伝播してボストン・オリエンタリストを生み出していた。）ビゲローやフェノロサが仏教に帰依したことも無縁ではない。ガードナー夫人も天心の影響で仏教に強い関心を抱き、その儀式を生活の中に取り入れた。ヘンリー・アダムズが亡き妻の記念碑を構想するのに仏教的な涅槃をモデルにしたのもよく知られている。進化論の精神的空隙を仏教が埋めたのである。一方で進化論と仏教の業とを結びつけるハーンもいた。

次は翌年一八九九年二月一六日の母親宛の手紙。

昨日リーラと私は奇妙な儀式を見に行きました。神道の八百万人の神［八百万《やおよろず》の神のこと］――これは初めて聞く言葉でしたが――の一人のための儀式でした。神への捧げ物がなされましたが、伴奏の音楽は野次の口笛と変わるところはありませんでした。神官によって祈禱がなされ、われわれ皆が白い紙を結んだ短い枝を神殿の前に置きました。リーラは儀式を見た最初の女性です。女性はいつも禁制なのです。彼らは可笑しな人種で徹底的に異教徒です。

(*Letters*, 21)

こうした神道の儀式を、ラフカディオ・ハーンならこのようには見なかっただろう。八百万の神々を信仰する日本人の心性に対してハーンなら親密な理解と関心を示したはずである。ハーンは北米時代から非西洋民族音楽に関心を持っていた。松江時代に雅楽を聴いた時、「英語教師の日記から」に次のような感想をしたためた。

はじめのうちは西洋人の耳には聞いても全然面白くもない。ところが何回も聞いているうちに味わいが次第にわかるようになる。いやそれどころか、日本古来の音楽にはそれなりの妖しいまでに美しい魅力があることがわかってくる。

(平川祐弘「祭りの踊り——ロティ・ハーン・柳田國男」一九〇頁に引用されている)

そして平川祐弘は「チェンバレンが日本に住んで数十年、東洋音楽は雑音以外のなにものでもない、と確言して憚らなかったことを思うと、ハーンの日本音楽発見はやはり注目に値するのである」と付記している(一九一頁)。ペリーはチェンバレンと同じ反応を示したのである。ペリーは日本の焼き物「楽焼」に関心を持ち、かなりの分量のノートを作った(コルビー・カレッジ所蔵)。ペリーは日本の美術に関心を寄せたが、ハーンとは比べられないだろう。

一八九九年四月一三日の母親宛の手紙。

昨晩は鍋島侯邸の大舞踏会に行きました。殿下も出席していて私も紹介されました。どの殿下か知りませんが、四フィート半くらいの背丈で、亡き弟のほうのペリー提督について興味深げに話していました。イギリス、ドイツ、ロシアの華麗な軍服を着た軍人が多数いました。シナの軍人たちは控えの間で辛抱強くぶらつき回っていました。まことに面白いものでした。邸は豪華なもので全て結構でしたが、シャンペンだけは飲める代物ではありませんでした。シャンペンの本物と偽物の区別がつかないことが日本文明の弱点の一つです。他のものには極めて食欲をそそられます。……チャールズ・ホマン夫人も東京にいます。ボストン出身の私たちの友人です。火渡りには少しのところで間に合いませんでした。誰かが「火渡り（Firewalking）日曜日　お出でなさい」と電報したところ、「Fine walking. . .」と書いてあったのです。夫人は教会のあと散歩など特にしたくはなかったので、急いで来なかったものですから、見損ねたのです。チャーチル大佐が昨晩この奇跡の秘密は足の裏に塩をたっぷり塗っておくことにあると教えてくれました。先日の朝警官が私たちに煙突が燃えていると電話してきたとき、塩が奇跡のときばかりでなくそのようなときにも役立つということを証明して、警官も私たちも満足しました。ジャップたちは奇跡以外では、スープでも全然塩を使いません。

(*Letters*, 21-22)

ウイットとしては面白いといえる。しかしジャップという言い方はペリーの本心を語っているだろう。彼は手紙で常にジャップと書いている。「ジャップはたしかに［中国人と違って］御礼を言いますが、それもちょっとした礼儀として言っているに過ぎません」とある手紙で書いている。あるいは黄禍論が盛んになり出していた欧米の傾向を反映しているだろう。進化論は文明の成熟、爛熟、そして老衰をも定式化していたから、欧米の文明が老衰した後に蛮族が台頭してくるだろう、たとえば黄色人種が、という黄禍論が生まれていた。進化論者のペリーが黄禍論に振れていたとしても、それは不思議なことではなかったのである。（なお「火渡りの神事は外国人の間では有名であった」〔吉田光邦、一八五頁〕という。）

ペリーは日本とロシアが戦うことになると予想していたが、日本が敗れるとも予測していた。これは欧米の大方の見方であった。日本は日本海海戦で海戦史上稀に見る勝利を収めるなどして、その力が認知された。その日露戦争の直前にペリー一家は日本に滞在していたのであった。そして同海戦を勝利に導いた名参謀秋山真之は、ペリー一家ゆかりのニューポートに設立された海軍大学校の教授を務め、校長ともなったアルフレッド・マハンの名著『海上権力史論』（一八九〇年）などを熟読し、一八九七年にはアメリカに留学して、退官後ニューヨークに住んでいたマハンに会っている。またアメリカ拡張主義の最初の発現、米西戦争（ペリーが日本に来た一八九八年のこと）でキューバのサンチャゴ港の閉塞作戦を実見して、それを日露戦争中に旅順港で活用することになるとは、ペリーが知る由もなかった。なおマハンは『一八一二年戦争における海上権力』（一九〇六年）でペリーの祖父オリヴァー・ハザード・ペリーのエリー湖の戦いを記述している。

この手紙でも分るが、当時の東京には極東情勢（「二十世紀の東洋は／怪雲空にはびこりつ」〔一九〇一年一高東寮歌「アムール河の流血や」より〕）を反映して多くの国の軍人や外交官たちがいた。ペリーはこの国際社会でも生きていた。彼の家で催した三人娘の音楽会（ピアノ、チェロ、ヴァイオリン）には、日本人、イギリス人、フランス人、ドイツ人、スペイン人、ロシア人、オーストリア人、ベルギー人、アメリカ人などが聴きに来た。これは日本最初の室内楽であり、リーラの代表作の一つ「三重奏」に描かれた場面である（七一頁参照）。

同年五月二七日の母親宛の手紙。

明日は日本料理店で開かれる慶應の学生と卒業生の宴会に出なければなりません。……料理は魅力的です。魚は種類が多く、美味しいです。スープ、これは大体美味しいです。煮物、これは豆とポマードと膠をさまざまに混ぜ合わせたもので、まさに恐るべき試練です。最初にキリスト教徒の食事を飲み込んでおけたらと思います。しかし「黄色人」の責務を引き受けて、楽しんでいるふりをしなければならないでしょう。（23-24）

六月六日にこの宴会の報告を書いている。

……たったこれだけで、ライスもパンも塩も出ませんでした。猫ならご馳走だっただろうと思わざるをえませんでした。しかも前にお話ししましたように猫に食べさせるように床の上に出されたのです。その結果、私は食事を普通の計算で一生で一回少ないまま墓の中に入ることになるでしょう。まことに不幸なことでした。（25）

どうやら食事にかこつけて「黄色人」の間での生活のつまらなさを語っているように思われる。同年一一月一一日の手紙では、自宅で食事会を催したときのことが書かれている。日本人のコックにローストの前に鶏肉とサラダを出したりしないようにといっておいた。

コックたちは今までになく優しく微笑んで、万事いわれた通りにすると約束したのに、いざ食事になると、鶏肉とサラダの後にローストが出たのですよ！　私だけが悩まされているのではありません。こうしたことが国際的な大不幸の原因なのです。ジャップが何度でもしたいだけ北京を征服しても、この基本的な過ちを正さない限り真の文明民族にはなれないでしょう。……この嘆かわしい異教徒たちがわれわれの習慣を理解することなど、どうして期待できるでしょう。（26）

これを読まれた母上も優しく微笑まれるだけだっただろうが、ペリーは客たちに恥ずかしい思いをしたのである。それにしても嘆かわしい異教徒のジャップの間ではペリーもあまり幸福ではなかっただろう。

またイギリス大使アーネスト・サトウとテニスを楽しんだり、というようなことはあっても、慶應で教えることにやがて気が乗らなくなり、「時間の破壊」とすら考えるようになった。学生の数もほんの数人だったし、大方の学生は当時の時代風潮からすれば当然政治経済に関心があり、英文学を学ぶことにあまり熱心ではなかった。最後の学年にはほとんど教えることがなかったらしい。そもそも場違い、ミスキャストだったのである。ボストンの知的サークル（「ザ・クラブ」）やボストン市立図書館から遠ざかったことも、嫌になった原因の一つだった。

彼が最も帰属意識が持てたのは、一八六八年に作られた「ザ・クラブ」である。エマソン、ローエル、ロングフェロウなどのエリートが作った「サタディ・クラブ」のジュニア版で、当時の超一流の知識人のクラブである。ウィリアム・ジェイムズ、ヘンリー・ジェイムズ、ハウェルズ、ヘンリー・アダムズ、ホームズ（ジュニア）、ジョン・フィスク、そしてペリーたちがメンバーだった。ボストン文化の最後の精華である。毎月一度の会にペリーはできる時には必ず出席し、多方面の話題にわたる談論風発に加わった。彼がどこでよりも彼でいられる場面であった。

来日の前、彼はボストン市立図書館の選書係をしていた。そして自由に本を取り寄せ、読むことができた。それが日本ではできなかった。ボストンにはもう魅力はなくとも、市立図書館は「ボストン最大の魅力」といっているほどである。ペリーにとって本のない世界は地獄と同じだっただろう、とロビンソンは書いている。

エリオット総長は、ペリーのハーヴァード大学講師の任期延長をしなかった点でも、また彼を日本に送った点でも（ペリー個人に関しては）失敗だったといえそうだ。また現在から考えて最も惜しまれるのは、ペリーの文学研究の知識も学風も日本には全然移植されず理解もされなかったことである。

ただ彼を日本に送ったことの付随的な効果は、妻リーラが日本の地を踏めたことである。リーラはモネの直弟子の印象派画家であったし、モネを通して日本美術を知っていた。モネに親しみ、かつ日本で絵を描いた印象派画家はリーラだけである。一九二六年にモネが亡くなった時、親密で個人的な追悼文が書けたアメリカ人はリーラのほかに誰もいなかった。三年の滞日中に八〇点以上の絵を描き（富士山だけでも三〇点ほど描いた）、日本の絵画や織物に親しみ、日本の各地（日光、東京、宮の下、江の島）で詩を書き（リーラは詩人でもあって、三冊の詩集の一つは『印象』と題されている）、日本の上層部で多くの知人を作り、娘婿のグルー駐日大使の太平洋戦争前一〇年間の活躍の下拵えを（結果的に）した。リーラは夫トマスのほとんど不毛な三年間を十分に補ったといえるだろう（次章参照）。

リーラの富岳画の一点がアメリカ大使館のライブラリーに今も飾られているとはいえ、そのモネ譲りの画業は日本人に知られることはなかった。日本人がモネを受容するようになったのはもっと後のことである。いうまでもなくその受容はフランス経由であり、アメリカの印象派などは一部を除いて極く最近まで知られなかったのである。

ここでトマス・サージェント・ペリーの文学研究の特質を改めて検討してみたい。

ヴァージニア・ハーロウの『トマス・サージェント・ペリー伝』によると、ペリーは一八七一年から八一年の間に『アトランティック・マンスリー』、『北米評論』、『ネイション』などの雑誌に七四四冊の著書についての批評・評論等を書いている。アメリカ関係が二九九冊、イギリス関係が一一六冊、フランス関係が二〇〇冊、ドイツ関係が一〇三冊、ロシア関係が一七冊。小説が三五四冊、伝記旅行記が一五一冊、歴史九八冊、批評七〇冊、哲学宗教三〇冊、詩二四冊となっている。驚くべき読書力・読書量、そして健筆ぶりである。

ペリーの読書ぶりは友人の間では伝説化していた。ヘンリー・ジェイムズは「極めて卓越した、全てを読み、全てを飲み込む友人」(James, *Notes of a Son and Brothers*, 101) であるペリーのことを次のように回想している。

> 彼は本の世界に自由に踏み込み、多種多様な文学、浩瀚多作な著者たちのなかに押し入り逍遥し、その足取りたるや彼を見えぬ彼方に運び去り、私は森の縁に困惑無力のままに立っていた。その場で、彼が切り倒す森林から聞こえてくる遥かな響きを、私は羨む気持ちはあっても負けまいという気も起こらずに聞いていた。それは古今東西の文学を棚また棚、大木から大木へと切り払っていく響きであった。(127–28)

ペリーの死後、彼の『書簡集』を編んだロビンソンは序文でペリーのことを「本の人として生まれ、本の人として生き、そして死んだ」(*Letters*, 2) と書いた。『書簡集』のカヴァーにはジョン・アディントン・シモンズがエドマンド・ゴッスに書いた手紙の一節——「ボストンに行ったらペリーにお会いなさい。ペリーは最もブリリアントな文学者の一人で、アメリカ最大の本の虫 (helluo librorum) です」——が引用されている。友人のジョン・モースは「彼の一瞥はX線のように本を見通した」(Morse, 26) と評している。理解を絶する速読ぶりであったらしい。だがペリーは当時のアメリカでまったく例外的な読書家というわけではなかった。ペリーは友人ジョン・フィスクの小伝で、フィスクの少年時代からの超人的な語学独習ぶり、読書ぶりを紹介している。当時のアメリカ知識人の語学力と読書量が並みのものでなかったことが知られる。セオドア・ロウズヴェルトもその一人だった。こうしたことは一九世紀アメリカの文化を考える上で忘れてはならないことの一つである。オリヴァー・ウエンデル・ホームズは、幼児期から本に触れていることがニューイングランド・ブラーミンの必須要件だ、と断言していた（一一五頁参照）。その伝統であろう。（ソローは「本を棄てて野に出よう」という詩を書いているが、その実この詩の基礎や骨格をなしているのはやはりホメロスやシェイクスピアなどの古典である。）そのホームズがペリーのことを、「私が会ったことのある人のうちで最高の読書家」（Morse, 5）と評したのである。

ペリーの文芸評論の特質はどのようなものであったか。ペリーは主著『一八世紀英文学』（一八八三年）の冒頭で次のように書いている。

> 文学、特に現代文学の研究において、その出発点としてどの時期を選ぼうとも、その時代に存在していた理論や法則の起源を知るためには時代を遡り、いかなる影響力が作用していたかを見極め、当代の思想潮流一般を学ぶことが必要である。これからの講義をたとえばチョーサーから始めるとしても、チョーサーがイタリアのモデルや中世文学にいかに依存していたかを研究しなければ彼の正確な位置を十分に理解できないことは明白である。
>
> （Perry, *English Literature in the Eighteenth Century*, 1）

ペリーは一八世紀の英文学を取り上げるとき、それを起源、影響、潮流、依存の観点から研究する。同時代やそれ以前のヨーロッパの文学全体との関わり、影響や類似性、その背後のヨーロッパ全体に共通した時代の動きを取り出して論じている。リチャードソンの『パメラ』（一七四〇年）を論ずる際に、マリヴォーの『マリアンヌの生涯』（一七三一―四一年）を引いてくることなどが好例だろう。両作品を多難な人生に直面する若い女性の生き方の類似性で結びつける。たとえリチャードソンがマリヴォーを読んでいなくとも、時代の呼び声が背後にあったとする。つまりいかなる作家にも完全な独創性・発明性を認めない。そして類似したテーマに扱いの相違があると、そこに国民性、たとえばイギリスの市民社会の傾向、を認めるのである。

『オピッツからレッシングまで』の序文でも次のように書いている。

本書の目的は、現代ヨーロッパの諸国がルネサンス以降の文学においてほとんど同じ経験を閲してきたということを示す多くの入手可能な証拠をいくつか示すことである。個々の国が辿った道筋は多くの研究者によって描かれてきた。フランスではプレイヤード派の逸早い光輝、マレルブとボアローの情熱を抑制する正確さ、徐々に展開したロマンティック・リヴァイヴァル。イギリスではエリザベス朝時代の熱情の衰退、ドライデンとポウプの精密さ、詩のリヴァイヴァルに至るその精密さの緩和。ドイツにおける同じ出来事の道筋。こうしたことは全て無数の書物によって述べられてきた。事実が一旦確定されれば、偶然と称するのは軽率といえるような一致を検出することができる。次になすべきことは、明らかに、様々な国がいかに近似して歩調を合わせてきたかを見ることである。こうしたことがなされるまでは、われわれの知識は断片的で不完全なものである。様々な作家の相互関係は、他の国での相互関係がより鮮明に例証されて初めて理解できることが多いのだ。この作業が終わったあとに残るのは、それぞれの国が文学運動の一般的な道筋をどの程度まで変化させたか、それぞれの国のいわば国家的要因を、厳密に確認する作業である。この確認が済めば、取り扱われている時代を真に知ったことになるだろう。それが済まぬうちは完全に理解したことにはならないだろう。

(Perry, *From Opitz to Lessing*, v–vi)

こうした方法の起源や潮流は何なのか。ペリーは本書の序文で、彼が参照した書物を紹介している。ジョン・アディントン・シモンズのイタリア文学論、レズリー・スティーヴンの『一八世紀英国思想史』、カルル・ヒレブラントの『ドイツ思想史』、アレクサンドル・ベルジャムの『一八世紀における英国の文人と読者層』、ヘトナー、ビーダーマンやユリアン・シュミット、コーベルシュタイン、などの文学史である。

これらの研究には一つの共通点がある。それは社会と歴史と比較を基軸とする進化論的文学史だということである。一九世紀はランケに代表されるドイツ歴史学の世紀であった。従って、文学史家の時代でもあった。ヴィンケルマンの画期的な『古代美術史』（一七六四年）の進化的歴史の方法をヘルダーやフリードリッヒ・フォン・シュレーゲルらが文学研究に継承し、やがてスペンサーの社会進化論を適用してカルル・ヒレブラント、ヘルマン・ヘトナー、ユリアン・シュミットたちが自国や英仏の文学史を書いた。イギリスのジョン・アディントン・シモンズやレズリー・スティーヴン、フランスではブリュンチエールがこの流れに加わった。デンマークのゲオルク・ブランデスも続いた。テーヌの『英文学史』（一八六四年）の影響を受けて『一九世紀文学主潮』（一八七二―九〇年）を書いたブランデス（一八四二―一九二七）はまさしくペリーの同時代人である（ペリーはブランデスの書評も書いている）。ペリーは（スペンサー以降の）こうした文学史を読み抜き、取り入れた。『一八世紀英文学』はこうした全西欧的な潮流の中のアメリカ的な業績、それもアメリカ最初の業績なのである。一九世紀のナショナリズムの中で各国の独自性を主張する文学史が書かれたが、さらに全欧州文学史、世界文学史へと発展した。その一つの契機となったのが文学的進化論であったのだ。ペリーが『オピッツからレッシングまで』の序文でいう「一般的な道筋」とは進化の普遍的な過程のことなのである。

そもそも一九世紀の後半半ばにはアメリカも進化論の大波に覆われていた。経済界も政界も進化論的進歩主義の原理に従った。ソースタイン・ヴェブレンやチャールズ・パースなどの社会学、経済学、論理学の学問領域にもダーウィンの影響受容が見られる。さらに作家たち、たとえばハウェルズもセオドア・ドライサーもスペンサーの進化論の影響を受けたことは文学史の常識だが、文学を論ずる側も進化論を適用していたことに注目しなければならない。

ペリーは妻宛の手紙で「あらゆる理論は根拠薄弱だと経験によって分っているし、この理論の欠陥も個性を看過するということだと思いますが、間違いない試金石を手にしているように思われます」(Harlow, 117-118に引用されている)と書いたが、この「間違いない試金石」とは「文学解釈に適用された進化の理論」(118)であった。トマス・ペリーたちにとって、進化の法則は万物の法則であり、「芸術の微妙な内部に及んでいる」のであった。(社会ダーウィニズムの洗礼を受けた東京大学初代綜理加藤弘之も『人権新説』(一八八二年)で進化論を「万物法の一大定規にして、実に永世不変不易のもの」と呼んだ(加藤弘之、四五五頁)。)

この法則を一八世紀英文学に適用したのが『一八世紀英文学』だったのだ。本書は友人ジョン・フィスクに捧げられている。フィスクは進化論をアメリカに普及させた第一人者であった。ハーヴァード大学は一八八〇年代に入っても進化論を研究教育することを躊躇っていたのだから、ペリーが勢い込むのも無理は無かったのだ。

しかし、繰り返すが、ニューイングランドの知識人にとって事はそれほど単純ではなかった。「天心がビゲローの招きにより渡米した二十世紀初めのアメリカは、近代化の波が押し寄せる中で、都市化が進み、南欧、東欧からの移民が増加し、アメリカ文化の伝統的な価値観が崩壊してゆく時期にあった。大量生産にもとづく機械文明がはびこり、芸術家が疎外されるような社会に飽き足らないボストン・ブラーミンは、新しい価値観を模索すべく、東洋の文化、特にその美術、宗教に精神的充足を求めた」(立木智子、二二一―二二二頁)という。(4)

一方に社会進化論によって文学史を書くボストン・ブラーミンもいれば、他方に同論によって失望をもたらされ、岡倉の東洋思想により所を求めるボストン・ブラーミンもいたのである。トマス・ペリーの立場はまことに微妙であったのだ。

　ペリーは序文で進化論的文学史の立場を展開して見せる。

> 　文学が法則によって支配されているという考えにはたぶん多くの人々が賛成したくないであろう。オリファント夫人は多くの読者のすべてから尊敬されており、また尊敬に値するのであるが、夫人はその見事な『一八世紀末期と一九世紀初期の英文学史』〔一八八二年〕で、「すべての歌い手は新しい奇跡である――他のいかなるものも創造されるものではないとしても、新しい歌い手は創造されるものである――以前の詩人から成長するのではなく、法則に帰し得ぬ衝動から生まれるものなのである」と主張されている。もしこの意見が正しいとすれば、文学は普遍的法則と思われてきたものの唯一の例外となる。
> (*English Literature*, vi)

つまり普遍的法則とは、すべてのものは奇跡的に創造されるのではなく、前に存在したものが漸次的に進歩したものである、というに尽きる。文学もこの法則の例外ではありえない、というのである。ペリーは次のようなオリファント夫人の夫人自身の説を覆すような意見を引用する。

> 「……人類は前進している。新しい力を発見する。新しい改良を学ぶ。そして人類は新たな苦しみや危険を立証しようとも、それらに対する新たな防御や医術を発見する。……それが実際、無数の障害を乗り越える真の進歩なのであり、すべての時代は次の時代が築く建物の基礎を残すのである。」
> (vii)

こうした社会の漸次的な進歩の法則が「文学にも完全に当てはまる」とペリーは考える。この法則の系として過去の文学の影響、連鎖、そして同じ法則に支配されている社会との関連を重視することになる。

作家の視覚は霞んでいたり不正確だったりしても、現に存在しているものや存在しているかもしれないものしか見えないのであり、経験に制約されている。たとえこの経験をそのままに扱おうとも想像で修正しようとも。いかなる作家も、第六感を想像しえないように、この制約を逃れることはできない。もしこうした意見が正しければ、そして一様な進歩ではなくとも全般的な進歩が社会に存在すると認められるならば、文学も法則に支配されている、もっと正確にいえば法則に従って進行するといえるだろう。(ix)

ギュスターヴ・ランソンは『文学史の方法』(一九〇九年に書かれ、一九二四年に刊行された)で次のように書いている。

最も独創的な作家と雖も、大部分は前代の預金であり、現代諸動向の集金者である。即ちその大半は彼ならぬもので作られている。彼を彼自身の裡に発見するためには、この異質的要素の一団全部を彼から引き離す必要がある。彼の裡にまで延長し来つた此の過去、彼の裡に滲透して来た此の現在を識る必要がある。然らばわれわれはその真の独創性を抽出し、それを測定し、決定することができるであろう。(ランソン、四二一―四二二頁)

ギュスターヴ・ランソンの考えはペリーのいう「文学の法則」の承認であるが、その法則に支配されている部分を「異質的要素」とし、この要素を除いて残った部分を「独創性」とするのである。時代の移行を感じさせる。

ペリーの立場は「ザ・クラブ」の仲間の一人ヘンリー・アダムズの「歴史の科学」「普遍的歴史法則」の探求と呼応する。ペリーの進化論のもう一つの特徴は一種の進歩史観である。それも民主主義の進歩なのである。（ダーウィン以前、「進化」という言葉は人間の「進歩」を意味するものとして使用されていた。）一七世紀以降のアメリカを中心とした民主主義の進歩発展が文学にも現われているとしている。一般人民の現実生活の現実主義的文学が進歩とされているのである。いかにもアメリカの、しかも一九世紀的な文学史観である。そしてこの場合作家とは小説家であることも市民文学としての文学を重視していることを明らかにしている。彼は政治に関心を持ち、アメリカの民主主義を支持するナショナリストだったのだ。

しかし、この進化論的思考はベルグソンの『創造的進化』（一九〇六年）によって揺るがされる。「スペンサーの方法がいつももちいる技巧は、進化しとげたものをくだいた細片でもって進化をもとどおりに構成することである」（ベルグソン、四二四頁）。エリオットは「伝統と個人的才能」で、文学作品を歴史的存在ではなく同時的存在とし、これが二〇世紀の文学史観の主流となる。そして、人間の感性も知性も連続的進歩・進化を辿るのではなく、時として断裂的変化を見せ、「認識論的断絶」（バシュラール）のメカニズムに支配されている、という考えが生まれる（三好郁郎、一七頁）。

ペリーも『スノッブの進化』（一八八七年）を書いている。広くいって、こうした『……の進化・展開・発展（evolution）』と題する本は、ブリュンチエールの『文学史におけるジャンルの進化』（一八九〇年）、ギュスターヴ・ル・ボンの『民族進化の心理法則』（一八九四年）、『物質の進化』（一九〇五年）、『力の進化』（一九〇七年）、カザミヤンの『英国における心理の展開と文学』（一九二〇年）などを経て、ほぼ二〇年代で少なくなる。啓蒙主義以降の進歩・進化という原理に対して抱いていた信頼が、その進歩の一形態である戦争（第一次大戦）によって砕かれた、あるいは少なくとも揺るがされた、その表れといえるだろう。その意味でもペリーの『一八世紀英文学』は一九世紀の一種の文化的記念碑といえる。

前述のようにペリーはレズリー・スティーヴンを参照したが、夏目漱石もスティーヴンの影響を受けている。『文学評論』（一九〇九年）でヒュームを論じる際に、『一八世紀英国思想史』（一八七六年）の「レズリー・スティーヴンの説」を引用している（夏目漱石『文学評論』、七三頁）。（ペリーもスティーヴンの同書を参照していた。）スティーヴンは南北戦争の前後にアメリカに来て、ノートン、ローエル、エマソン等と親交を結んでいるので、ペリーとも間接的にせよ一種の接触があったといえる。「文学を文学として孤立させることなく、あくまでも社会現象の一つとして、立体的に文学と社会の相関関係の中に捕らえようとする、この漱石の方法は明らかにレズリー・スティーヴンの名著『一八世紀の英文学と社会』の影響である」（『文学評論』、桜庭信行「解説」六三六頁）と評されている。実際漱石は「先だって物故したレズリー・スティーヴンの講義によると」（一八三頁）と書いている。この「名著」は一九〇四年に出版された。漱石は「アディソンとスティールはこの世紀にあって一種清新な文学を書きはじめた人で、一方からいうと、前代の性格描写の著しい発展とも思われるし、また体裁からいっても、定期刊行文学の発達の一部を形造る一連鎖となっているし、またその動機からいっても、一八世紀一般の傾向をあらわしているし、いろいろの点からいうて興味がある」（二一二頁）と語っている。この文章の「発展」、「発達」、「一連鎖」、「一般の傾向」といった言葉も漱石もペリーと同じ時代傾向に生きていたことを示している。なお漱石の『文学評論』は、東京帝国大学での一九〇五年九月から一九〇七年三月までの講義では「一八世紀英文学」と題されていた。一八世紀英文学を対象とした、スティーヴン、ペリー、漱石と連なるグローバルな系譜を辿ることができる。

さて、しかし、ペリーは以上のことから予想されるようなこちたき理論一本槍の批評家ではなかった。文学の味読・解釈のできる学者であった。彼が最も尊敬していた批評家はサント＝ブーヴである。

> サント＝ブーヴほど高い地位を占めている批評家はいない。広い経験によって強められた深い共感が生み出す驚くべき洞察、事実についての非常な正確さ、意見について自分が間違っていると確信すると直ぐに認める世にも稀なる率直さ、魅力的な態度、こうしたものが批評家として最も必要な資質の珍しい組み合わせとなっている。
>
> （『アトランティック・マンスリー』一八七四年八月号）

彼は進化論的法則を適用しつつも、サント＝ブーヴ的な優れた共感批評の人でもあった。ペリーはサント＝ブーヴを批評家の価値基準としていた。彼の文学的センスのよさは、エドワード・フィッツジェラルドの翻訳『オマル・ハイヤームのルバイヤート』（一八五九年、再版一八六九年）を、翻訳自体の詩的美しさによって評価したことにも表れている（『ネイション』一八七一年八月三一日号）。

『一八世紀英文学』で参照したとして紹介されている本のなかにアレクサンドル・ベルジャムの『一八世紀における英国の文人と読者層』がある。ペリーは「この著書を私は絶えず利用した。……ベルジャム氏の徹底さと正確さは彼の著書を、前世紀前半を研究する者にとって計り難く貴重なものにしている」（Perry, English Literature, v）と特記して感謝している。この本は一八八一年に出版された。つまりペリーが雑誌で書評する機会を失った年に出たのである。

そして八一年から八二年にかけての自主講義で利用したのであった。

フランスの英文学研究はこの本が出版された年をもって本格的に始まった。この後、エミール・ルグイ、ルイ・カザミヤンが登場してフランス派英文学研究は頂点に達する。（島田謹二『フランス派英文学研究』参照。なお島田謹二がベルジャムを「発見」するのは一九三一年頃のことである。）

ペリーならこの流れを正確に辿っただろう。そして雑誌で書評する機会を与えられていたら、その業績を評価し紹介し続けただろう。さらに惜しむべきなのは、彼がこの時期ハーヴァードの英文科にいなかったことである。一九一二年、ルグイは交換教授としてハーヴァード大学に招かれ、英文学を一学期講義した。一九一〇年代には英文学の批評ではフランス人のが一番優れていると、英米で評価されていたのである。当時ハーヴァード大学の英文科には教授・講師あわせて二二名いたという。ペリーがこのなかにいたら、と思わずにはいられない。学生たちの「文学趣味は、概して弱い」とルグイには思われた（島田謹二『フランス派英文学研究　下』五〇四―五〇六頁）。ペリーなら補いえていた部分である。

ペリーは一九〇五年から一九〇六年にかけての冬、ソルボンヌでベルジャムの講義を聴き、ベルジャムの自宅を訪れ、長い間話しをした。孤独を好むベルジャムとしては珍しいことだった。

ペリーは「イギリス文学におけるドイツ文学の影響」（『アトランティック・マンスリー』一八七七年八月号）でゲーテを中心としたドイツ文学のイギリス文学への影響を論じ、かつゲーテの説く国境を越えた世界文学の意義を具体的に説き明かしている。当時こうしたタイトルの論文を書ける者はペリーの他にはアメリカはいうまでもなくイギリスにもいなかった。世界文学と比較文学の分野に彼は自然に入っていたといえる。

ペリーはアメリカ文学界とも深く関わっていた。彼はマーク・トウェインの《発見者》といわれている。実際ペリーとトウェインは何度かボストンで顔を合わせている。『ハックルベリー・フィンの冒険』（一八八四年）が出版されると早速好意的な書評を書いた（『センチュリー・マガジン』一八八五年五月号）。トウェインのユーモアを評価すると同時に、「ハックがすべての試練で見せる創意の果てしない豊かさ、勇気、男らしさ、こうしたものは、アメリカ人が独立したことの一つの結果である無法精神の良い側面の体現なのである」と卓見を述べている。

当代の文壇の大御所と呼ばれるようになったウィリアム・ディーン・ハウエルズはペリーに導かれてバルザック、フロベール、ドーデ、ビョルンソン、ジョージ・エリオットなどを知った。特にツルゲーネフをペリーを通じて知り、大いに影響を受けた。（ハウェルズは自作――たとえば第一一章で取り上げる『未知の世界』――についてペリーの批評を乞い書き換えたことすらある。）ペリーはツルゲーネフの作品を独仏語から重訳した。二〇世紀に入ってからはロシア語を学び、トルストイ、ドストエフスキーを読み、特にチェホフを好んだ。なお妻のリーラは一八八三年、ツルゲーネフの『散文詩』を出版直後に翻訳している（八一頁参照）。

ツルゲーネフはアメリカでも人気のあった作家だが、そのアメリカで最もツルゲーネフの紹介と理解に力があったのはペリーである。その紹介はツルゲーネフの創作活動とリアルタイム、同時進行であった。新作が出る毎に紹介した。時折総括的に論評を行った。このツルゲーネフへの入れ込み方には、ペリー個人の好み、気質的な親近感が窺われる。ツルゲーネフは無類の好人物であった。優しい、人を恨むことがない、とことん親切である（男女を問わない、だから恋愛関係はまさに豊富）、野心家でない。その気質が彼の描く男にも女にも影を帯びながら浸透している。ペリーはどちらかというとそうした気質の持ち主であった（ただしアングロサクソンのことだから女性関係はにぎやかではない）。まさに「深遠な学者」、「深い優雅な文学趣味」の人であった。そしてペリーは評論「イワン・ツルゲーネフ」でツルゲーネフの「登場人物をわれわれの前に提示する技術」と「彼のペンが触れるすべてのものを詩的に理想化（アイディアライズ）すること」を絶賛する（『北米評論』一八七四年五月号）。

ヘンリー・ジェイムズもツルゲーネフと個人的な交際があり、文学的影響も顕わなのだが（たとえばジェイムズの短篇「四度の出会い」はツルゲーネフの「三度の出会い」が材源である）、それにはペリーとの交友も後押ししただろう。ジェイムズは長文の優れたツルゲーネフ作品論を書いているが、これはペリーの慫慂によるものである。

ペリーはアメリカ文学についても一家言の持ち主であった。一八七二年一〇月号の『北米評論』に「アメリカ小説」と題する評論を載せた。

《偉大なアメリカ小説》を、との叫びをあげる人々は、小説で名を挙げようとしている同胞の助けになるどころか、作家には文学の誤まった目的を提示し、批判的な読者には欠陥ある判断基準を提供して、作家の邪魔立てをしているのではないかと思うことがよくある。

南北戦争終結後しきりに求められていた《偉大なアメリカ小説》についてペリーもついに発言したのである。ペリーはストー夫人やデフォレスト（一八六八年の「偉大なアメリカ小説」というエッセイでこのフレーズを作った）らの作品を検討して、単にアメリカの自然や人生の外的現象を描くようではだめで、むしろアメリカを描こうとしないほうが結果としてアメリカの本質を描くことになる、目的と手段を違えてはならない、と主張する。読者が共感を覚えるような人物を創造せよ、ストーリーは二の次である、と説く。そして、《偉大なアメリカ小説》はいまだ書かれていない、アメリカについての自意識を捨てたほうがよい、としたあとで、「《偉大なアメリカ小説》を書こうとする真の小説家は詩人でなければならない」という。それは「一時的な外貌を貫いて、人間存在を導く善悪を問わず物活論的原理を見抜く眼」を持った者の謂いである。「こうした原理を現実にありそうな状況のもとで我々の前に提示しなければならないが、状況を原理と誤ってはならない。真の小説家は理想化しなければならない。理想化する小説家が真の小説家となるだろう。全ての真実が事実にあるわけではないのである。」こうした理想を実現していた作家がツルゲーネフなのである。

そしてこの表面を貫いて背後の原理を見抜く「詩人」は、おそらく超絶主義者エマソンのいう詩人である。「リュンケウスの目は大地のなかまで見ぬいたそうだが、同様に詩人は世界をガラスばりに変え、万物を、連続し行進していく姿のままにわれわれに示してくれる」と「詩人」でエマソンは語っている（『エマソン論文集　下』一二四頁）。ペリーはただのリアリズム文学唱導者ではなかったのだ。

このようにペリーは西欧の古典近代文学に通じていただけではなく、アメリカ文学の優れた目利きであり導き手でもあった。

ペリーが日本に滞在していた時期、ラフカディオ・ハーンが東大で英文学を講じていた。ペリーはハーンの日本紹介を知人にも紹介していたが、二人は会うことはなかった。（ペリーは進化論者ジョン・フィスクの伝記を書くことになるが、ハーンもフィスクの本の読者でその紹介記事を書いている。）ペリーの手紙を読んでも、『一八世紀英文学』を読んでも、ぼくは、ハーンのことが自然に想起させられた。二人はよく似ているところもあり、大いに異なる点もある。二人を並べてみると相互に光を投じ合うように思われる。

ペリーはすでに紹介した一八九九年二月一六日の母宛の手紙で「神道の八百万人の神のための儀式」を見に行った

ときのことを書いている。「神への捧げ物がなされましたが、伴奏の音楽は野次の口笛と変わるところはありませんでした。神官によって祈禱がなされ、われわれ皆が白い紙を結んだ短い枝を神殿の前に置きました。リーラは儀式を見た最初の女性です。女性はいつも禁制なのです。彼らは可笑しな人種で徹底的に異教徒です。」この神道への理解の点でハーンと最も異なるだろう。神道の理解は即ち異教徒日本の理解なのである。一方ペリーの妻リーラはこの時の神官（火渡りをしているのだから修験道の行者であろう）の絵を描いているほどだから、ペリーの義兄ラファージによほど近かったのである。

平川祐弘氏のハーンの本質の簡潔にして要を得たスケッチを引きたい。

幼年時代からケルトの霊の世界を身近に感じていたこと、古代ギリシャの多神教に憧れたこと、キリスト教宣教師の独断と偏見に反撥したこと、産業社会の暗黒面に批判的であったこと、またそれだけ自然環境との調和を重んじる神道に惹かれたこと、もともと黒人などマイノリティーの文化に理解の眼差の行き届くハーンであったが、ロティにならって異国的なものを正確に感受し記録する好奇心と能力を備えていたこと、……

（平川祐弘「小泉八雲の今日的意味」一六―一七頁）

これらの特質は今日のクレオールという言葉がほぼカバーするだろう。このクレオール性の正反対の特質を持っていたのがトマス・サージェント・ペリーだった。フランクリンとジェファーソンの血を引き、海軍の名門の家に生まれ、ハーヴァードで学び、フランスとドイツに留学し（「アメリカにおいてはドイツの大学が多くの人々にとって高度な専門を意味する」（『慶應義塾大学部の誕生』八三頁））、ボストン・ブラーミンの娘と結婚し、というまさに由緒正しき白人エリート・アメリカンである。義兄ラファージとは異なり、神道の日本人を異教徒と見下してももっともである。

一方、ハーンの文学研究を読むと、二人の間にはある共通点がある。ハーンは東大の講義録『文学の解釈』で次のように語っている。

文学の研究に適用された進化論哲学は、他のすべてのことに適用された場合と同じように、人間は無から有を生み出せる神ではないと決定的に証明した。そして天才のすべての偉大な作品は天才自身よりも以前の作家たちの労苦に依存しているに相違ないということも証明した。すべての偉大な作家はその思想と知識をいくぶんかは他の偉大な作家たちから必ずや引き出すのである。

(Hearn, *Interpretation of Literature*, II, 42)

これはペリーが説いた「文学の解釈に適用された進化の理論」である。スペンサーが共通起源なのだから、当然である。ハーンもスペンサーの熱心な読者であり信者であった（ハーンがスペンサーの「遺伝」説と仏教の「業」を結びつけたことはよく知られている）。ハーンは「多彩で限りなく見事な進化の科学が、すでにこれほどまでに広く植物学、民俗学、人類学、博物学、地質学、解剖学に応用され、今後はまたいまわれわれが問題としているこの学問分野、歴史学にも応用されるに相違ないのである」と「進化論的歴史」で書いている（『ラフカディオ・ハーン著作集　第四巻』三二七頁）。進化論的歴史観は進化論的文学史観ともなるのは自然な勢いであった。

ハーンはポーの詩を論ずる際にも「彼の詩は極めて僅かである。しかしヴィクトリア時代の詩人で彼の影響を完全に逃れえた者は一人もいない。われわれの時代の無数の小詩人のみならずほとんど全ての大詩人にポーの影響の痕跡を認めることができる」という一方で、ポーの恋人の激情を火山の溶岩に準える奇想をバイロンに起源を見出す

(*Interpretation of Literature* II, 150)。もっともハーンは、ポーはバイロンにインスピレイションを受けつつも、「途方もないこと、途方もなく恐ろしいことを芸術や快感の源とする技を有していたのはポーのみであった」とし(151)、ロバート・ブラウニングについても、「原型を見出しえない唯一のヴィクトリア時代の大詩人」であるといい、「いかなる流派にも属さず、彼独自の伝統をなしている」と続けている(*Appreciations of Poetry*, 30)。

ハーンの東大での文学講義と漱石のそれはどのような特徴があるのか。ハーンは作家・詩人を時代の傾向に照らしつつももっぱら詩作品の鑑賞を主眼とし、漱石はまず文学とは何か、その普遍根本的理論を構築しようとした、といえるだろう。漱石は『文学論』の序で、「余は心理的に文学は如何なる必要あつて、この世に生れ、発達し、頽廃するかを極めんと誓えり。余は社会的に文学は如何なる必要あつて、存在し、隆興し、衰滅するかを究めんと誓えり」と書いた(夏目漱石『文学論　上』二〇頁)。「生れ、発達し」、「存在し、隆興し」というのは進化論的である。また文学を心理学的、社会学的、つまり科学的に分析し体系化しようという姿勢はやはり時代のものだろう。実際、漱石はスペンサーの影響を受けており、『文学論』でもスペンサーに何度か言及している。

またハーンはスペンサリアンの別の面をも示す。

嘗てナポレオンは「想像力は世界を支配する」と云つて居りますが、此格言は今日迄は左程の実感を伴ひませんでしたが、実に将来をも支配する真理であると思ひます。

此想像力が芸術、学問及道徳の上に如何なる関係を有するものであるかを究めるのに、ハーバート・スペンサーの進化論に依ると、生物は漸化の傾向を有し、単に形態上のみならず精神にも及ぶものでありますが、此精神上の漸化あればこそ同感の情及其他高尚優美なる様々の情操も生じ、従て是等の情操は、一国の文明を増進することが出来るのであります。我々は斯る心の漸化を想像と呼びます。換言すれば自己の思う所を脳中に明晰に抽象すると云うことであります。

昔の教授法は、唯事柄のみを教えることであつたが、是れは何の実益もないことである。想像力と共に淳々と教え込むのでなければなりません。単に事実との関係だけでなく、事實の因つて起る所以及其由来をも併せて研究しなければなりません。併も是等の関係を知るには勢い想像力即ち心に描いて顕わし出す能力に拠らなければならないのであります。まことに近代の学術は想像力を必要とすること実に多く、若し我々が想像力を欠いで居れば、真の学術研究は到底なし得べき限りでありません。……

同感と想像とは猶日光と植物の如く教導と想像とは猶雨露の樹木に於けるが如く密接なる関係を有するものであります。

（根岸磐井、九一―九二、九三頁）

また東大での文学講義もこの考えに則ってのものであった。「情緒の表現として、人生の描写として私は文学を教えた。ある詩人を説くに当つて彼が与える情緒の力と性質とを説明しようと試みた。換言せば学生の想像力と情緒とに訴える事を私の授業法の土台とした。」（厨川白村「小泉先生」、劉　岸偉『近代中国と小泉八雲』一二二頁）

岡倉天心は一九〇五年一二月にボストン美術館で、日本部の芸術品保存の仕事に協力してくれる婦人たちを前に講演したが、その中で、「美しいものを理解するのは、ただ共感を通じてのみです。芸術は心と心の結びつきです。偉大な芸術作品は、性急な、共感を知らない耳には物語を語ろうとはしません」（『岡倉天心全集　第二巻』九五頁）と語っている。

こうした教育現場での進化論はおそらくペリーの考え及ばぬことであった。ペリーは文筆でアメリカ人を啓蒙することを使命とはしていたが、結局講壇派であり、「ザ・クラブ」でエリート同士で語り合い、あるいは手紙で読んだ本を語るのが性に合っていた。ペリーも共感と想像を重視していた。しかし比較的知的な共感と想像であった。

ハーンはペリー同様にフランス文学に親しみ、ゴーティエ、フロベール、モーパッサンを翻訳しもした。しかしさらにエジプト、エスキモー、ポリネシア、インド、中国、フィンランド、アラブ、ユダヤなどの民族説話の翻訳も試みた。これもクレオール性であろう。それに対してペリーはヨーロッパのイギリス、フランス、ドイツ、そしてロシアにその関心は絞られていた。彼が雑誌で担当した「最近の文学」はまず英米を扱い、次に仏独を扱った。ロシアは特別扱いだった。それがニューイングランドの文化傾向だったのであり、ペリー一人の問題ではなかった。彼が大学を卒業したときフランスとドイツで学んだのは、当時この二つの国が一番学問が進んでいたからである。しかし前に触れたようにペリーは比較文学的アプローチもしていた。ハーンもしかり。

ペリーは前にも述べたように一八八一年を境に海外文学の紹介を止めている（正確にはできなくなった）。一方ハーンは一八八三年から一八八七年まで、ニューオーリンズの「タイムズ＝デモクラット」紙に翻訳のほかに文芸評論を掲載した。ネルヴァル、ボードレール、フロベール、モーパッサン、ロティ、ブルジェ、ゴンクール、ミュルジェールなどのフランス作家、トルストイ、ロセッティ、テニソン、ハイネなどロシア、イギリス、ドイツ作家、そしてインド、日本の文学も論じた。アメリカ南部のローカルな世界で小振りながらペリーの後を継いでいたのである。

清水幾太郎によると、明治期の日本人は存命中のハーバート・スペンサーにしばしば助言を求めたという（『世界の名著　コント　スペンサー』）。スペンサーによって思想的根拠を与えられた自由民権運動を、伊藤博文たちは瓦解させた。その伊藤博文たちも同じスペンサーに明治憲法の起草について意見を徴していた。漸進主義を本質としていたスペンサーは「自由民権運動における自分の役割を迷惑と感じたと推測され」、「彼に対する明治政府の信頼が渝らなかった」のである。アメリカでもフェノロサが一八七〇年にハーヴァード大学でスペンサー研究会を組織し、一八七八年に東大で「社会進化論の諸問題」と題する講演を行っている（フェノロサは日本に来たペリーを訪れてこの一家が住むことになる家に案内した（Harlow, 172））。その前年にはE・S・モースが東大で動物進化論の講演をしている。一九〇三年にはシドニー・L・ギューリックの「日本人の『魂』を、……『進化』の見地から、合理的、組織的に解明して見せようという意気込み」（佐伯彰一、二四頁）で書かれた『日本人の進化』が刊行されている。そしてアメリカが自由への政治進化の最終段階にあることを確信していたアメリカン・エリートのペリーと、「同感の情及其他高尚優美なる様々の情操」も進化によると教えられたハーンがスペンサーの徒として、同じ時期に相まみえることなく東京に住んでいたのである。そしてペリーは開国の立役者であったペリー提督の血縁として総理大臣伊藤博文たちの歓迎を受けながら、黄禍論的な反応を示し、ハーンは官民の大物と会うこともなく、古い日本にのめり込み、スペンサーに由来する教育観で日本の若者の教育に打ち込んだのである。スペンサーは多くの要素を持つ思想家啓蒙家であった。人はそれぞれに自分に合わせて彼を読み利用した。一九世紀末の日本でも、その様々なるスペンサーが相克し、すれ違っていたのである。

江藤 淳は明治時代について「江戸時代の儒学的文化秩序の上にスペンサー流の社会進化論が重ねあわせられ、後者が前者の枠組に浸透してこれを崩壊させて行く過程として見ることもできるであろう」と述べている（江藤 淳、一二頁）。その「儒学と社会進化論との平衡」の様々な相にペリーもハーンも登場していたのである。

ペリーは「アメリカの小説」の中で、アメリカの作家は「一時的な外貌を貫いて、人間存在を導く善悪を問わず物活論的原理を見抜く眼」を持たなければならない、と論じた。この「物活論的原理」(animating principles)はハーンの次のような文章を想起させる。

ギリシア神話ではほとんどすべての草木、樹木、鳥、昆虫にはそのような伝説がついている、といえば十分であろう。こうしたことはよく知られた事実である。これよりも一般によく知られていないのは、ギリシア人はあらゆる物には霊魂が吹き込まれていると考えていたということである。つまり岩や木、雲や水などにはそれ独自の魂、つまり物活論的原理を持っていると考えていたのである。すべての川、すべての泉、すべての木はそれぞれ独自の神、半神を持っているのだ。この問題をとにかく満足のいくように扱うには多くの時間を要する。私としては、神や半神が偏在しているというギリシア人の考えが、古代の神々についての極東の考えとほぼ同じであったと、簡単に示唆するしかない。その相違は前者の(半)神が大いに人間的でしばしば美しい、といったことである。

(*Interpretations of Literature*, II, 229)

「物活論」とは、物質がそれ自体のうちに生命を備えていて生動するという古代ギリシアの説だが、ハーンの物活論について西田幾多郎は次のように説明している。

ヘルン氏は万象の背後に心霊の活動を見るといふ様な一種深い神秘思想を抱いた文学者であった。かれは我々の単純なる感覚や感情の奥に過去幾千年来の生の脈搏を感じたのみならず、肉体的表情の一々の上にも祖先以来幾世の霊の活動を見た。……

ヘルン氏の考は哲学で云へば所謂物活論に近い考とも云へるであろうが、所謂普通の物活論と同一視することはできない。氏が万象の奥底に見た精神の働きは一々人格的歴史を有った心霊の活動である。氏は此考をスペンサーから得たと言って居るが、スペンサーの進化といふのは単に物質力の進化をいふので、有機体の諸能力が一様より多様に進み不統一から統一に進むといふ類に過ぎない。文学気分に富める氏は之を霊的進化の意義に変じ仏教の輪廻説と結合することによって、その考が著しく詩的色彩の宗教の香味とを帯ぶるに至った。

（西田幾多郎「序」、田部隆次『小泉八雲』）

簡単にいえば、「物活論的原理」とは、現実のものに生命を吹き込んでいる原理、万物を連続し行進させている原理である。ハーンが神話に「物活論的原理」を見たように、ペリーは現代小説に「物活論的原理」を求めたのである。ハーンとペリーはロマンスとリアリズムとそれぞれ追求するところは異なっていたが、こうした原理を求める目を共有していたのである。

ペリー一家は一九〇一年の夏にアメリカに帰った。ペリーは例の「ザ・クラブ」に顔を出し、ボストン市立図書館の選書係をし、またヨーロッパに行き、ジヴェルニーに住んでモネと再会した。フィスクの伝記も書いた。ニューハンプシャーのハンコックの山中に古い農家を買って夏を過ごした。訪ねてきたヘンリー・ジェイムズがフラッグストーンズと命名した家である。近くの芸術家村マクドウェル・コロニーに毎年のように滞在したロビンソンもよく来た。この家にはトマスの末娘と結婚した駐日アメリカ大使のジョゼフ・グルーの末裔が現在も住んでいる。

そしてハーヴァード時代に特に親しかった数学の教授ジェイムズ・ミルズ・パース（一九〇六年没、精神的な同性愛を支持したことで知られる）などの弔辞を書き、ハウェルズの八〇歳の誕生日の集まりの記事を書く。一九一三年にはヘンリー・ジェイムズの『少年とその他の人たち』（一九一三年）の書評を書いた（『エール・レヴュー』同年一〇月号）。「本書はニューヨークがかなり成長する以前の、今よりも生活が単純だった、五〇年代のニューヨークの姿を極めて鮮やかに描いている。」回顧的な調子が濃い。一九一八年には同じジェイムズの『中年時代』（一九一七年）を「黄金時代の思い出」と題して書評している（『エール・レヴュー』同年四月号）。「ヘンリー・ジェイムズ氏は、一八六九年にアメリカを発ったあとの人生から物語を始めているが、ほとんど始まりで話は途切れている。」ジェイムズはすでに一九一六年に死んでいる。「読者は、ドイツ人がわれわれの文明に襲い掛かり多分破滅させた、その前の黄金時代として歴史に残る時期の、彼の個人的な思い出のただの切れ端で、満足するほかない。それは保存するに値する断片なのである。」一九一九年にはエドワード・ウォルドー・エマソン（ラルフ・ウォルドー・エマソンの息子）の『サタディ・クラブの初期の歳月　一八五五年から一八七〇年まで』（一九一八年）の書評を「ボストンの黄金時代」と題して書いた（『エール・レヴュー』同年七月号）。「文学の中心として有名だった」ボストンは、「今は音楽に多少の趣味を持った産業の町」に急速に変じた、という（一九〇四年にアメリカを再訪したジェイムズは、ボストンは「遠ざかってしまった」〔『アメリカ印象記』二〇九頁〕と嘆いた）。エマソンたちの「サタディ・クラブ」のジュニア版「ザ・クラブ」の有力メンバーだったペリーはボストンの黄金時代の最後の人であった。彼の最後の仕事はボストンと「われわれの文明」の弔辞を書くことであった。

一九二〇年、ハウエルズが亡くなったあと、ハムリン・ガーランドはケンブリッジやボストンに残るハウエルズのいくつかの旧居を訪れた。（ハウエルズはハーヴァード大学の近くやビーコン・ヒルに住み、またケンブリッジとベルモントに家を建てたが、その二つの家はいずれも現存している。ベルモントの家は一八七八年に建てられ「赤い屋根」〔Red Top〕と名付けられた立派な家だが、いろいろ事情があって三年しか住まず、ガーランドが訪れたときには屋根の赤いペンキは剝げていた。今も同じである。）「ボストンのハウェルズ」（「ボストン・トランスクリプト」一九二〇年五月二二日号）を書くためである。案内はトマス・ペリーが務めた。その時のトマスは「体の動きも弱々しく緩慢だった」とガーランドは書いている。トマスは七五歳であった。「ボストンはハウェルズをほとんど忘れていることを知って落胆した。ケンブリッジでハウエルズを知っていた人はもうほとんど残っていない。ペリーは私が見つけられた唯一の人であった。彼も年老い、もう書かない。」（Garland, 298, 303）

先のハウェルズの八〇歳の祝いはガーランドが企画し多くの客が招かれたのだったが、その中にペリーもいたのである。ウィスコンシンの農家に生まれたガーランドはボストンに行き、ハウェルズの影響を受け、同時にテーヌの歴史観、スペンサーの社会観の洗礼を受けた（ペリーと同じである）。そしてエマソンやソローらのニューイングランド超絶思想の残滓に見切りをつけて、ニューヨーク経由で西部に戻る。一八九三年のシカゴ万博が一つのきっかけであった。古い東部から新しい中西部へ、旧弊なボストンから新興のシカゴへと、アメリカ文化の重心が多少なりとも移行したことの表れであった（正確にはニューヨークに中心は移った）。ガーランドは『崩れゆく偶像』（一八九四年）という暗示的なタイトルの評論集を出版する。ボストンと「われわれの文明」の弔辞を書くペリーの晩年の仕事と見事に対応している。

トマス・サージェント・ペリーは一九二八年、ボストンはバックベイのマールボロ通り三一二番地で亡くなる。ハンコックの夏の家の近くに葬られた。享年八三歳であった。

（1）　ペリーと同じ一八九八年に東京高等師範学校の御雇外人教師となったフェノロサの月給は二百円（一八七八年に東京大学文学部教授に就任した時には三百円）、一八九六年に特別に御雇外人教師として東京大学講師に任命されたハーンの月俸は四百円（後四五〇円に昇給）、一九〇三年ハーンの後任として講師に就任した夏目金之助（漱石）の年俸は八百円（同時に一高講師として七百円）。一九〇八年に岡倉天心がボストン美術館館長フェアバンクスにハーヴァード大学に「中国および日本（の美術、歴史、宗教等）の講師または教授のポスト設置」を要望したとき、「経費は旅費のほかに年額三千ドルであろう」と書いている（『岡倉天心全集　第六巻』三一三頁）。

（2）この記念碑の除幕式にはマシュー・ペリーの孫ロジャーズ少将（アメリカ東洋艦隊旗艦ニューヨークの艦長）が参列した（『横浜開港五〇年史』）。マシュー・ペリーの長女セアラはペリー家と並ぶ海軍一家だったロジャーズ家のロバートと結婚した。その息子、つまりトマス・ペリーの又従兄弟と思われる。またこの記念碑について岡倉天心は『日本の覚醒』（一九〇四年）で、「ペリーの名が我々にとって忘れがたいのは、彼の来朝五十周年を記念して、その上陸地点に国民が記念碑を建てたことからも分る」と書いている（『岡倉天心全集　第一巻』二二〇頁）。

（3）次の解説がこの辺りの消息をよく語っている。

「明治美術会は明治十年代後半から二十年代前半にかけての国粋主義による洋画排斥運動に抗して、洋画の展覧会を開催し、論壇をはじめ、広く公衆に対して洋画の啓蒙に努めた。明治二十六年の黒田のフランスからの帰国は、こうした洋画排斥の時期を経て、日本の洋画のなかに、西洋絵画の新傾向である外光主義を導入していく時期にあたり、黒田はその中心的な役割を担うことになった。白馬会の結成はそうした時代の流れを象徴する出来事だったのである。」（荒屋鋪　透、一八〇—八一頁）

（4）また立木氏は、『岡倉とボストン貴族の交流を研究した博士論文『岡倉覚三とボストン・ブラーミン』において、『スペンサー流の社会進化論によって引き起こされた、宗教的信仰心の喪失は、何よりまず、多くのボストン・ブラーミンに失望をもたらした。精神性に重きを置いた東洋の思想は、キリスト教の信仰の喪失感を埋める重要なより所となった』と説明している」という（塩崎　智、一八八頁）。

参考文献

Benfey, Christopher. *The Great Wave : Gilded Age Misfits, Japanese Eccentrics, and the Opening of Old Japan*. New York : Random House Trade Paperback Edition, 2004.　大橋悦子訳『グレイト・ウェイヴ—日本とアメリカの求めたもの』小学館、二〇〇

七年。

Colby, Vineta and Robert A. *The Equivocal Virtue : Mrs. Oliphant and the Victorian Literary Market Place*. Hamden, Connecticut : Archon Books, 1966.

Garland, Hamlin. *My Friendly Contemporaries : A Literary Log*. New York : Macmillan, 1932.

Gettmann, Royal A. *Turgenev in England and America*. Urbana, IL : U of Illinois P, 1941.

Harlow, Virginia. *Thomas Sergeant Perry : A Biography and Letters from William, Henry, and Garth Wilkinson James*. Durham, NC : Duke UP, 1950.

Hearn, Lafcadio. *Interpretations of Literature*, II. New York : Dodd, Mead & Co. 1915.

———. *Interpretations of Poetry*. Freeport, New York : Books for Libraries Press, 1916.

James, Henry. *Notes of a Son and Brothers*. London : Macmillan, 1914.

———. *The American Scene*. 1907. Bloomington : Indiana UP, 1968.　青木次生訳『アメリカ印象記』研究社出版、一九七六年。

Morse, John T., Jr. *Thomas Sergeant Perry : A Memoir*. Boston : Houghton Mifflin, 1929.

Payne, William Morton. "American Literary Criticism and the Doctrine of Evolution." *The International Monthly* 2 (July-December, 1900) : 26-53.

Perry, Thomas Sergeant. *The Life and Letters of Francis Lieber*. Boston : James R. Osgood, 1882.

———. *English Literature in the Eighteenth Century*. New York : Harper & Brothers, 1883.

———. *From Opitz to Lessing : A Study of Pseudo-Classicism in Literature*. Boston : James R. Osgood, 1885.

———. *The Evolution of the Snob*. Boston : Tickner, 1887.

———. *A History of Greek Literature*. New York : Henry Holt, 1890.

———. *John Fiske*. Boston : Small, Maynard, 1906.

———. *Letters of Thomas Sergeant Perry*. Ed. Edwin Arlington Robinson. New York : Macmillan, 1929.

———. "American Novels." *North American Review* 115 (April, 1872) : 441-444.

———. "Ivan Turgenieff." *Atlantic Monthly* 33 (May, 1874) : 565-574.

———. "German Influence in English Literature." *Atlantic Monthly* 40 (August, 1877) : 129-147.
———. "Mark Twain." *Century Magazine* 30. 1 (May, 1885) : 171-172.
———. "Among the Paris Pictures." *Boston Post* (June 30, 1891) : 6.
———. "First Impressions of Japan." *The Far East* 3. 29 (June 20, 1898) : 473-75.
Persons, Stow, ed. *Evolutionary Thought in America*. New York : George Braziller, 1956.
Schroeder, John H. *Matthew Calbraith Perry*. Annapolis, MD : Naval Institute Press, 2001.
Thompson, Lawrence. *Robert Frost : The Early Years, 1874-1915*. New York : Holt, Rinehart & Winston, 1966.
荒屋鋪 透『グレー＝シュル＝ロワンに架かる橋—黒田清輝・浅井忠とフランス芸術家村』ポーラ文化研究所、二〇〇五年。
植手通有「明治啓蒙思想の形成とその脆弱性—西周と加藤弘之」、植手通有編『日本の名著 西 周 加藤弘之』（中央公論社、一九七一年）五—六六頁。
江藤 淳「夏目漱石小伝」、『文芸読本 夏目漱石』（河出書房新社、一九八三年）一〇—三〇頁。
ラルフ・ウォルドー・エマソン（酒本雅之訳）『エマソン論文集』全二巻、岩波文庫、一九七二—七三年。
T・S・エリオット（丸谷才一訳）「ヘンリー・ジェイムズ」、『エリオット選集 第二巻』（彌生書房、一九六七年）三六七—八八頁。
岡倉覚三（天心）（村岡 博訳）『茶の本』岩波文庫（改版）、一九六一年。
———『岡倉天心全集 第一巻』、『同 第二巻』、『同 第六巻』平凡社、一九八〇年。
岡倉古志郎『祖父 岡倉天心』中央公論美術出版、一九九九年。
加藤弘之『人権新説』、植手通有編『日本の名著 西 周 加藤弘之』（中央公論社、一九七一年）四〇九—六二頁。
清岡暎一編集・翻訳、中山一義監修『慶應義塾大学部の誕生—ハーバード大学よりの新資料』慶應義塾、一九八三年。
佐伯彰一「解説」、『アメリカ人の日本論』（研究社出版、一九七五年）五—二七頁。
塩崎 智『日露戦争 もう一つの戦い—アメリカを動かした五人の英語名人』祥伝社新書、二〇〇六年。
島田謹二『フランス派英文学研究』全二巻、南雲堂、一九九六年。
立木智子『岡倉天心「茶の本」鑑賞』淡交社、一九九八年。

田畑　忍『加藤弘之』吉川弘文堂、一九五九年。

田部隆次『小泉八雲―ラフカディオ・ヘルン』北星堂書店、一九八〇年。

夏目漱石『文学論』全二冊、岩波文庫、二〇〇七年。

――『文学評論』講談社学術文庫、一九九四年。

根岸磐井『出雲に於る小泉八雲』八雲会、一九二五年。

ラフカディオ・ハーン（篠田一士他訳）『ラフカディオ・ハーン著作集　第四巻　西洋落穂集』恒文社、一九八七年。

平川祐弘「小泉八雲の今日的意味」、平川祐弘編『小泉八雲　回想と研究』（講談社学術文庫、一九九二年）一一―二四頁。

――「祭りの踊り―ロティ・ハーン・柳田國男」、平川祐弘編『小泉八雲　回想と研究』（講談社学術文庫、一九九二年）一八〇―二一四頁。

アンリ・ベルグソン（真方敬道訳）『創造的進化』岩波文庫、一九七九年。

三好郁郎「現代詩の原風景としてのパリ―ボードレールとマラルメ」、三好郁郎他『異文化との出会い―国際化のなかの個人と社会』（京都大学学術出版会、一九九八年）九―四六頁。

『明治ニュース事典 Ⅵ 明治三十一年／明治三十五年』毎日コミュニケーションズ、一九八五年。

吉田光邦『西洋の眼―幕末明治の文化接触』朝日新聞社、一九七八年。

ギュスターヴ・ランソン（佐藤正彰訳）『文学史の方法』白水社、一九三九年。

劉　岸偉『小泉八雲と近代中国』岩波書店、二〇〇四年。

第二章　アメリカ女流印象派画家・詩人

――リーラ・キャボット・ペリー――

一八九八年から三年間、慶應義塾大学部の英文学教授を務めたトマス・サージェント・ペリーの妻リーラ（これは子供のときからの通称で正式にはリディア）・キャボット・ペリーは、三人の娘の母であり、また画家、詩人でもあった。こうした多面的な人生に一貫して見られるのは、リーラの生まれ育ち、つまり出自の特殊性である。リーラはミドルネームが示すとおり、ボストンの名門中の名門キャボット家の出である。ボストンには、

ここは古き良きボストン
ビーンとコッドの故郷
ローエル家の者はキャボット家の者と話し
キャボット家の者は神とのみ話す

という文句がある（二〇世紀の初めに作られた）。ビーンはボストン・ベイクト・ビーンという豆料理で有名、コッド

（鱈）はフィッシュ・アンド・チップスで知られる魚で、その塩漬けはニューイングランド最初の輸出品であった。鱈漁のための漁船を造ることがボストンの造船業発展の起源となった。それに真っ直ぐな体形、剛直な顔つきからもピューリタンの末裔に好まれた。マサチューセッツ州議事堂には木彫りの「聖なる鱈」が天井からぶら下げられている。

キャボット家はノルマンフランス系の血を引き、イギリスのチャンネル諸島から一七〇〇年にアメリカのセイレムに来たジョン・キャボットが先祖だが、子孫が貿易、産業、政治、教育、医学などの分野で成功を収め、ボストンの超一流の家柄を誇るに至った。そしてキャボット家はローエル家、ヒギンソン家、リー家、ジャクソン家などと縁戚関係にあり、正統ボストニアンのグループを形成した。

ローエル家も（文学的にはジェイムズ・ラッセル・ローエル、エイミー・ローエル、ロバート・ローエルなど一流の詩人を輩出した）名門の家系だが、キャボット家の人間と話をし、キャボット家の人間はその上の家がないから神とのみ話をする、というのが上掲の文句の後半の趣旨である。

リーラは外科医サミュエル・キャボットの八人の子供の長女として一八四八年に生まれた。弟で長男のゴッドフリィはキャボット家の当主として長い間ボストン上流社会に君臨した。上の文句の「神とのみ」（only to God）の「神」は、ゴッドフリィ（Godfrey）に掛けたのかもしれない。ゴッドフリィの伝記は『神とのみ』と題されている。

ヘンリー・ジェイムズは『アメリカ印象記』（一九〇七年）で、「パーク通りそのものが猛烈に俗化してしまったことに気づかないでいることは不可能であった。……かつてのパーク通りは堂々として honnete〔誠実な、由緒ある、礼儀正しい、公正な、などの意あり〕であり、楽しい街並みとしては、まさにこのような性格の典型であり模範であった」（ジェイムズ、二一一頁）と書いている。このかつての街並みがキャボット家の世界だった。

芸術家リーラを考える上で、こうした家系はかなり重要である。印象派画家モネと親しくなり、ジヴェルニーのモネの家の近くに住んだリーラが、モネの作品を紹介し、購入の手配をしたのはボストンの上流社会においてであった。庭師のような（文字通り庭師でもあったが）格好をしたモネと一緒に写真に写っているリーラは、まさしくボストンのレディの姿である。このようにフランスの印象主義はアメリカの上流社会に移入された。アメリカにおける印象主義はフランスのそれと違って、上流社会の邸宅や庭園を背景に女性や子供が描くことが多いのはそのためである。一九世紀末前後のアメリカの庭園趣味、装飾趣味に印象主義は取り込まれたといえる。アメリカの印象派とされるウィンズロウ・ホーマー、メアリー・カサット、チャイルド・ハッサム、ジョン・シンガー・サージェントらの風景や人物や背景を考えれば分る。

リーラがキャボット家の一人であったということの第一の意義は、この家の家風の影響がリーラに顕著に見られるということにある。リーラたちの父親サミュエルは、「暮らしは質素に思いは高く」を実践し、極めて良心的、博愛的だった。子供たちもそのような方針で躾けた。リーラの孫娘の回想によると、リーラは驚くほど他者に同情と愛情を注いだという。「この世の悲しみの重さに私は押しつぶされる」とある詩で書いている。

弟ゴッドフリィもまた社会への関心が強く、「ニューイングランド監視保護協会」の設立（一八七八年）メンバーの一人となった。この協会は社会を腐敗から保護すべく監視し、特にいかがわしい書籍の販売禁止に力を入れた。ホイットマンの『草の葉』を手始めに、ドライサーの『アメリカの悲劇』、ヘミングウェイの『日はまた昇る』も禁書にした。ボストンの「お上品な伝統」の代弁者のようになって、しまいには物笑いの種になってしまうのだが、リーラの一種生真面目な生活と画風はこの家風に由来する。画家本人の自画像も夫の肖像も娘たちを描いた夥しい数の絵も、ほとんど生真面目な表情を見せている。リーラの次女イーディスは一時精神を病んだことがあるが、これはボストン上流社会の子女にはよく見られた現象である。（リーラと同じ学校で学んだアリス・ジェイムズ——ヘンリー・ジェイムズの妹——も精神を病んだ。）

そしてリーラは名家のお嬢様タイプではない。意志強く勤勉な女性であり、絵画の本格的な修業を始めたのは三人目の娘アリスが生まれた一八八三年の翌年、三六歳のときである（その二年前には夫トマスはハーヴァード大学英文学講師の職を失っている）。ボストンでは女性が音楽や絵画を嗜みや趣味にすることは普通のことだったが、この状況で職業画家を志すとなると並のことではない。

印象派は女性の画家を生んだが、フランスでもベルト・モリゾの例を見ても困難な道であった。パリに移り住んだメアリー・カサットは家族が同居して応援していたし、独身であった。一八七五年にフランスの芸術家コロニー、ポンタヴァンに来て、やがて画家のトマス・ホヴァンデンと結婚するヘレン・コーソンは、画家になるという理由で堅実な家——父親は逃亡奴隷を援助するいわゆる「地下鉄道」を組織した熱烈な反奴隷主義者だった——から勘当されたほどである。

アメリカの女流作家エリザベス・ステュアート・フェルプス・ウォードは、『エイヴィスの物語』（一八七七年）で女性画家を扱っている。エイヴィスはヨーロッパで本格的に絵画の修業を積んできた。そして、芸術についての自分の理想は結婚とは完全に相容れない、と考えている。芸術も男性の領域だった。しかし求婚者フィリップと母性愛のような感情から結婚するが、結局約束に反して家政婦の立場に追いやられる、といった女性芸術家の困難な道が示される。大学講師のフィリップは職を失い、病気になり、エイヴィスの絵が売れて療養費に当てられて自尊心を傷つけられる、とトマスとリーラの人生を予告するような展開となる。違うのはトマスが積極的にリーラを援助する立場に徹したことである。むろん彼にはヨーロッパの美術を理解する力が十分に備わっていた。それにトマスはウォードのこの作品を書評していて、女流画家の夫の立場を理解していただろう。（一九世紀も末になるとパリの画塾にはギブソン・ガールのようなアメリカン・ガールが大勢見られたというから、アメリカにおける女性芸術家の困難さをいつまでも強調することはできないようだ。）

リーラは娘時代、文学（キーツやシェリーなどに感動した）、語学（ギリシア語、ラテン語を含む）、音楽（ベートーヴェンなど）に親しむ多感な才女であった。またキャボット家には多くの文学的巨人が訪れた。エマソンと『若草物語』のルイーザ・メイ・オルコットはキャボット家の子供たちと「狐と鵞鳥」をして遊んだ。トマスとリーラは結婚するとコンコードのエマソン家を訪れている。[1]（ジェイムズ・ラッセル・ローエルも一家と親しかった。リーラの母はローエルの従姉妹に当たる。）

トマス・サージェント・ペリーがハーヴァード大学卒業後、独仏に学び、一八六八年に帰国したとき、リーラは出会った。トマスはヘンリー・ジェイムズと極めて親しかったから、ヘンリーの妹アリスを通じて二人は出会ったのかもしれない。一八六四年にボストンに越してきたジェイムズ一家の家をリーラはよく訪れた。長身繊細な文学青年と芸術才女の出会いである。しかし二人の間に愛情が芽生えたのは一八七一年ころで、一八七四年に結婚する。トマス二九歳、リーラ二六歳であった。（この出会いと結婚の間の長い歳月が、リーラの愛の詩の背景をなすと思われる。）

リーラとトマスが結婚するとき、アリス・ジェイムズはある手紙で次のように書いた。「サージー［とアリスはトマス・サージェント・ペリーのことを呼んでいた］とリーラは一、二か月後に結婚します。どうやって暮らしていくのか誰にも分りません。二人合わせても一人分の生活費もないでしょう。サージーの哲学は流行の実証派一本槍、ということはありませんね。でなければ自分の六フィートの筋肉に加えてリーラのがっちりした体格を養うという責任を背負うといった危険など冒さないでしょう。彼が期待できるものといえばドクター・キャボットの家のパーク・スクエアの森の木陰で夏を過ごすといった寥々たるものでしかありません。そんな夏だけが二人が将来貰えそうな実質財産なのよ。あきれた話じゃない?」(Strouse, 161-62) 実際これに近い生活になった。なお、精神を病み嫉妬深くエキセントリックなところがあったアリスは、リーラが結婚した後、友人に次のような手紙を書いた。ペリー夫人リーラのことを「長い間好きになろうと努力してきましたけれど、もう続けられません。……リーラが自分の知的な業績に驚異と賞賛の念を向けている間は耐えられましたが、自分の道徳的な完璧さを人の喉に押し込もうとするに至っては、私の不完全な消化能力ではちょっと耐えられません。サージーは昔から鵜みたいに飲み込める能力の持ち主なので、リーラの全てを飲み込むことができるのです。」(Strouse, 162) この批評はリーラとトマスの夫婦関係の核心を衝いているのかもしれない。リーラの道徳性については間違いないところだろう。

トマスは前章で述べたように六八年から七二年までハーヴァードで仏独語の講師をし、七一年から『アトランティック・マンスリー』などで精力的に文芸評論を展開した。七七年から八一年までハーヴァードの英文学の講師を務めた。その後定職らしい定職には就いていない。この時期に三人の子供が生まれた。マーガレット(一八七六年生)、イーディス(一八八〇年生)、アリス(一八八三年生)。一八八五年にリーラの父が亡くなって遺産を相続したが、長くはもたず、やがてリーラが肖像画を描いて家族を養うことになる。

リーラが本格的に絵を学び始めたのは一八八四年からである。パリのアカデミー・ジュリアンで学んだ三人の画家に手ほどきを受けた。一八八七年、ペリー一家はパリに移り住む。イギリス、スペイン、ドイツ、イタリアの美術館を観て回った。岡倉天心と出会ったのはイギリスでのことである。トマスの義兄で天心のよき師であり友であったジョン・ラファージの引き合わせで、ロンドンのナショナル・ギャラリーを一緒に観た。リーラが東京に来た一八九八年は、天心が日本美術院を創設した年でもあり、リーラは同院の特別会員となっている。

パリでアカデミー・コラロッシのあとアカデミー・ジュリアンで学んでいるとき、一八八九年にサロンに出品することが認められた。そして同年にペリー夫婦はパリのある小さな展覧会でモネを発見する。早速ジヴェルニーに行き、モネの隣家（Le Hameau〔=hamlet〕と名付けた）に住む。この年から一九〇九年まで、日本滞在の三年を空白期として、九度ジヴェルニーで夏を過ごすことになる。ジヴェルニーにはセオドア・ロビンソン、ウィラード・メトカーフ、ジョン・レズリー・ブレック、セオドア・バトラー、フレデリック・フリースキーらのアメリカ人画家が来たのだが、弟子を取らないモネはペリー夫婦だけと家族ぐるみで付き合った。女性画家と娘たちが魅力的だったのかも知れないが、トマスの絵画に関する知識もモネの心を捉えたと思われる(2)。

こうした経歴にはいささかの注記が必要である。アカデミー・ジュリアンはロドルフ・ジュリアンが一八六八年にパリで創設した私立の画塾で、一九世紀末の三〇年間と二〇世紀の初期にフランスのみならず世界各国の芸術家志望者の美術教育に大きく貢献した。マチス、ボナールなどもここで学んだ。プラハのミュシャ、アイルランドの作家ジョージ・ムア、ベルギーのフェルナン・クノップフ、アメリカの作家フランク・ノリスや「ジ・エイト」のロバート・ヘンライ、そして日本の安井曽太郎、梅原龍三郎、荻原守衛など。さらに女子にも門戸を開いていた（国立美術学校は一八九七年まで女子の入学を拒んでいた）。ロシアのマリー・バシュキルツェフも、作家スティーヴンソンの妻となるアメリカ女性ファニー・オズボーン夫人も学んだ。こうした国際色豊かで、女子をも受け入れていたアカデミー・ジュリアンは一八八五年ごろにはパリで最大の私立画塾となっていた。（フランク・ノリスは一八八六年にこの画塾で学んだというからリーラと知り合いであったかも知れない。）

この画塾の教育は、生徒を主体とした柔軟なしかし厳しい教育方針、主題・技法の多様化への順応などもあって、国立美術学校への予備校、サロン入選・ローマ大賞入賞への強力なルートとなった。リーラがアカデミー・コラロッシを経てアカデミー・ジュリアンに入学し、サロンにも入選したというのはこうした事情による。（荒屋鋪 透「アカデミー・ジュリアンの日本人画家」、および Catherine Fehrer 参照）

もうひとつ指摘しておきたいのは、ヨーロッパでは一九世紀初期から反産業化、反都市化の風潮によって「自然に帰れ」の運動が発生し、古い農村漁村や自然に赴く芸術家たちのコロニーが出現していたということである。ミレーたちのバルビゾンがその最初の例である。その後ヨーロッパ各地に同種のコロニーが出現し、その多くのコロニーにアメリカ人が加わっていた。アメリカ人画家たちはアメリカで美術教育を受け、その後パリで仕上げに来た。かつアメリカにはない古い田舎の村にコロニーをあちこちで形成した。フランスのブルターニュ地方のポンタヴァンはアメリカ人が始めた。ジヴェルニーもそうしたコロニーのひとつである。モネが一八八三年にここに移り住んだ二年後には早くもアメリカ人画家たちがコロニーを形成し始めた。そしてモネの影響によってセオドア・バトラーなど少なからぬアメリカ人画家が印象主義の洗礼・洗練を受けた。モネはこうしたアメリカ人グループと控えめながら付き合い、助言も与えた。しかしもっとも親密に関わったのが、一目でモネの真価を知り、モネの家に直行したペリー一家だったのである。そしてリーラはモネの芸術と作品をアメリカに紹介した最初期のアメリカ人の一人となった。（ちなみにリーラ以前に印象派の影響を受けたアメリカ人画家にはジェイムズ・アッボット・マクニール・ホイッスラー、メアリー・カサット、ジョン・シンガー・サージェントたちがいる。ホイッスラーはマネ、カサットはドガ、ピサロ、ルノワール、シンガーもモネと親しかった。また一八八六年、パリで印象派最後の展覧会が開かれた年に、ニューヨークで「パリ印象派絵画展」が開かれ、ドガ、ルノワール、モネ、ピサロ、シスレーらの三〇〇点にのぼる絵が展示されて、金持ちのコレクターによく売れた。金鍍金時代のおかげである〔Romano, 88-89〕。）

こうしたコロニーでは、ミレーの例からも知られるように、外光の中の自然を写実的に描いた。モネの新しさは自然を描くとき、写実というより印象を重視したという点にある。この点がフランス官立の美術学校やサロンとの激しい対立を生んだ。リーラは初期の外光主義をも取り入れていたというアカデミー・ジュリアンから本格的な印象派的外光主義へと発展した。これがペリー夫妻のモネ発見とジヴェルニー移住・滞在の意味である。しかしそれはペリー夫妻だけの現象ではなかった。

アイルランド生まれのイギリスの小説家ジョージ・ムアは青年時代にパリに出てアカデミー・ジュリアンに籍を置いた。第一回印象派展を観にゆき（ある友人によれば「精神病院も何のそのというものらしいよ」）、罵詈雑言を浴びせはしたが、「心の奥底では自分達は嘘をいっているのだということを意識していた――……少なくとも私は」と回想している。モネのことも、「淡黄色の光線をよく使う実に立派な画家」と評価している。「美術家、詩人、画家、音楽家並びに小説家は、誤まることのない微妙な本能に導かれて、彼等の欲する食物のところへ真直ぐに行く。彼等を教えるということは芸術的本能の力を減ぼすということだ。……ジュリアンの大画室はスフィンクスである。芸術の教育を受けるためにそこへ行く人々は悉く憐れにもその餌食となる。」（ムア、四三、四七、一二〇―一二一頁）アカデミー・ジュリアンの形式的な教育から印象派へと引き離された画家は少なくなかった。ボヘミアンのムアとはまるで違うタイプながらリーラも同じ軌跡を辿ったのである。

ジヴェルニーではアメリカ人が、リーラも含めて、モネそっくりの絵を描いた。屋外の積藁、小川、草花、人物、樹木。そして粗いタッチ。

リーラはモネが一九二六年に亡くなると、回想記「クロード・モネの思い出　一八八九年から一九〇九年まで」を書いた（翌年発表、アメリカ人によるモネについての文章のうちで最も親密で詳しい）。この回想記は一九九〇年にワシントンの「国立女性美術館」で開催された特別展のパンフレット（メレディス・マーチンデイル編）『リーラ・キャボット・ペリー　アメリカの印象主義者』（以下の引用ではLCPとする）に再録されている。リーラは一八九四年にもモネについて語っており、それもこの再録回想記に必要に応じて引用されている。この回想記の最後で「彼の真の成功は、フランス人ばかりでなく全世界の人々の眼を自然の真の面に開かせ、美と真実と光への道に導いたことにある」（LCP, 118）と書いている。リーラも眼を開かれ、新しい道に導かれたのである。

弟子を取らなかったモネの珍しい弟子として書いたこの回想記は、それだけでも重要な資料である。モネの時間をかける良心的な製作ぶり、気に入らぬ絵を木靴で破ってしまったという挿話、ルーアンで聖堂の連作を描いたとき、複数のキャンバスを広げた帽子屋の店で、客の邪魔になると苦情を言われたという話などは興味深い。

また次のような部分はリーラがモネの印象主義をよく理解していたことを示している。

あるときモネが私にこういったのを覚えている。

「屋外に出て絵を描くときは目の前にある物――木、家、野原、その他何でも――を忘れるようにしなさい。ただこう考えなさい。ここには小さな四角い青がある、ここには長方形のピンクがある、ここには一筋の黄色がある、と。それらを見えるままに、その通りの色と形に描きなさい。目の前の景色の自分のナイーヴな印象を伝えるように。」

彼は盲目で生まれ、それから突然視力を得て、こうして目の前のものが何であるかを知らず絵を描き始めることができればいいのに、と語ったことがある。モティーフを最初に本当に見たものが最も真実で最も偏見のないものだと考えていた。そして最初に描いたものが、たとえ粗くとも、全体の色調を最初に決めるために、できる限りキャンバスの広い部分をカバーしなければならないとも語っていた。……

モネの絵画哲学は、真に見えるものを描くことであって、見えなければならないと考えるものを描くことではない、というものだった。試験管に隔離されたものではなく、日光と空気に包まれ、空の青いドームが影に映っているようなものを描くことだった。

(116)

ここに語られていることは、まさしく印象主義の基本的な理念・理想である。物を物としてではなく、色と形として描くこと、盲人が見えるようになったときのような印象を描くこと（「盲人が突然視力を与えられたように見る」眼、とラスキンもいう）、日光と空気（雰囲気）に包まれた物として描くこと。リーラがこのように回想しているということは、リーラがモネの印象主義の哲学を正面から理解していたことの証拠である。

この回想記はリーラその人の芸術観を理解する上でも示唆に富む。モネはよくリーラに、彼女の得意とするところは「外光」(plein air)、屋外の人物だといい、あるときもっと大胆に描くようにと強く勧めた。

「木のすべての葉はあなたのモデルの目鼻と同じように重要だということを忘れないように。あなたがモデルの口を鼻の下ではなく一方の目の下に描くのを一度でいいから見てみたい」といった。

「そんなことをしたら、誰も絵のほかのところを見ませんよ！」

すると彼は心から笑って、こういった、

「たぶんあなたのいうとおりだ、マダム！」

(116)

（一八九四年にはこのエピソードに関して次のように書いている。「モネは目や鼻は木の葉と同様に重要ではない、と考えている。しかし私は、私たちはこのように作られているのだから、違う場所にある目や鼻には違う場所にある葉よりも困るだろうと思う。私たちは葉はどこにあるべきかいつも分らないけれども、鼻や目がどこにあるかは分っている。」（120））モネも実際には口を目の下に描いたりはしなかった。ピカソを予言していたのである。

ピカソならマダムのようにはいわない。ピカソは人間の顔を木の葉のように描いた。そのピカソは木の葉を描かなかった。もっぱら人間を描いた。ポスト印象主義は断片化された人間と人工的な風景を対象とした。それだけ自然離れとなっていたのである。リーラは後年、マチスの「頬は明るい草の緑、鼻はエンドウマメの緑、もう一方の頬は燃えるような朱色」（リーラの言葉）というような、人間の顔と自然との形も色も無境界なポスト印象派の絵に、激しい反感・拒絶反応を覚えることになるのである。

モネはリーラにもっと大胆に描くようにといい、口を鼻ではなく目の下に描くようにと勧めたのに対して、「誰もほかのものを見ませんよ」といって承知しなかった。モネの勧めたことは、人も物も対象として等価だということである。リーラは婉曲に反対したが、その底には二人の画家の深い差異が潜んでいた。大胆さの問題ではなく、リーラには人間は物や風景とは違って見える存在だったのである。リーラは木の葉と人間の目鼻の相違を、人間にあってはこのように作られているから、という点に置いている。確かにそうである。だがそれ以上に人間の構造を崩せなかったのであろう。その構造は人間の魂の形態でもあった。魂ある形態を否定できなかったのである。「世間の人々は、形態が魂に直接依存していることをどうやら認識できなくなっているようだ」とエマソンはいう。さらにエマソンは「賢人スペンサー」から引用している。

魂から肉体が形づくられるからだ、
魂こそ形態であり、肉体を作るからだ。

（『エマソン論文集　下』一一八頁）

リーラはエマソンの超絶主義の後継者である。

モネがリーラの得意とするところは屋外の人物としたのは半分正しかった。屋外はモネのように描ける。しかし人物は屋外の自然のようには描けないのである。リーラは屋外と人間を等価には描けなかった。その等価性をモネは求めていたのである。

しかし自然も画家の魂と無縁ではありえない、とリーラは考えていた。リーラはその代表的な詩「芸術」で次のようにいっている。

芸術家を知りたいですか。ならば
その仕事の中に彼を探しなさい――彼が《自然》の声だけが
頁や画布から心に語るようにと努めても、その声は
彼自身の魂で激烈に活きているのです――彼の一部なのです
この幸せな失敗、それが芸術なのです

（*Impressions*, 47）

「詩人」と題する詩でも「あなた［詩人］を知りたい者はあなたの芸術の中にあなたを探さなければならない」と書いている（*The Jar of Dreams*, 84）。「芸術」でいう「この幸せな失敗」とは、芸術家が《自然》（Nature）の声のみに語らせようとしても自分の魂がその声に入ってしまうことをいう。芸術家の魂が《自然》の声の一部になって人に訴える、《自然》は芸術家の魂を通して表現されるというのであろう。自然が画家の魂を通して、ということになれば、魂の持ち主である人間を描く際には魂の交流が問題となる。色と形だけに還元することは難しい。（なおこの詩はエドマンド・クラレンス・ステッドマン編『アメリカ名詩選—一七八七年—一九〇〇年』（一九〇〇年）に採られたリーラの三篇の詩の一つ。）

興味深いのは「魂」の一語を用いていることである。印象を受ける受動体が魂から意識（感覚も含む）に交代していくのが印象主義の時代の趨勢であった（ペリーの友人ウィリアム・ジェイムズが意識の時代を代表する）。リーラはその点一九世紀人だったといえる。

ニューハンプシャー州のカリア美術館に収蔵されているエドマンド・ターベルの「花を切るマーシー」（一九一二年）に付けられた説明は興味深い。リーラと親しかったターベルは、人物のいる背景は印象派的にぼかして描いているが、「人物はしっかりとした立体的なフォルムで描いた。彼は広い芝生を背景に人物の横顔や手や腕の影になった輪郭を強調している」。これがボストン派の特徴であるという。リーラもボストン派の一人であった。

リーラの初期の傑作は「自画像」（一八九一年）である[3]（図1）。この絵について、「ジヴェルニー、アメリカ美術館」開館記念展覧会のカタログ（*Lasting Impressions*）は次のように解読している。

ペリーの自画像は彼女が室内で描いているときのやや控えめなアプローチを示している。この自画像は比較的伝統的な空間処理をしたアトリエでの構図である。人物はペリーのボストンとパリでの訓練を反映した優れた製図法と強い造形術を見せている。と同時に、ペリーはある曖昧な要素を挿入することによって純然たる肖像画法を超えている。ペリーはよく外の風景を組み入れる窓のそばにモデルを置くが、この絵ではその趣向は謎めいている。われわれは壁にある窓を見ているのであろうか、それとも一枚の絵を見ているのであろうか。そこに立っている人物には象徴的な関連があると見なされているのだろうか。「絵の中の絵」は空間を平板化するのに反して、「窓」は奥行きを錯覚させる。

図１　「自画像」
Lilla Cabot Perry, *Self-Portrait*, between 1889 and 1896, oil on canvas, 31 7/8×25 5/8 in, Terra Foundation for the American Art, Daniel J. Terra Collection, 1999. 107 Photography courtesy of Terra Foundation for the Arts

ラヴェンダー色のスモックの扱い方を見れば、ペリーが印象主義に新たな関心を持ったことは明らかである。これは自然さと気迫をもって描いた装飾的な、ほとんど視覚的なパサージュである。スモックの生地の淡い輝きは、背景と顔のもっと地味な処理と対照をなしている。ペリーは自分が複雑な人物であることを明らかにしている。これは知的な職業婦人である。自然で気取りがない。しかし強い精神を持ち、自分の出身背景の礼節を全て身に付けている。ペリーは生前すでに画家としてゆるぎない名声を得ていた。「自画像」はそうした自信を反映している。(*Lasting Impressions*, 178)

背景左上に見えるのは窓か絵か。別の解説には「窓から見える戸外の人物はたぶん、リーラをその芸術から注意を逸らそうとして失敗している夫の姿であろう」(LCP, 33) と書かれている。これは現代のフェミニズム批評が注目する点である。男性の領域であった芸術に入ろうとした女性という、現代フェミニズム批評がよく取り上げるテーマに相応しい絵だからである。その際、どうしても男性と女性の対立を強調するようになる。夫トマスをもそのような妨害する男性としたほうが、リーラの立場を論じやすいだろう。フェミニズム批評を展開したデボラ・オーエンも「たぶん、背景にいるのは夫であり、リーラが断固として背を向けている人物である」としている。もっとも論のあとほうでは、「たぶん、これは窓ではなく、アトリエの壁に懸けられた〔夫か別人を描いた〕完成した絵なのだろう」と一歩引いているのだが (Owen, 357, 368)。

屋外の人物の影を見ると、こちら向きのその人物の背後から日は差している。室内のリーラには反対側から差している。手前に窓があるからとも思われるが、背後に窓があれば、そこから陽が差し込んでいるだろう。絵が懸かっていると見るのが自然である。そもそもリーラの関心を画業から逸らそうとしている夫、という仮説には無理がある。ヨーロッパでの一家の生活はだいたいリーラの絵への関心、絵画修業に合わせてのものである。またトマスの一八八九年の「ギリシア人の肖像」という記事(『スクリブナーズ・マガジン』一八八九年二月号)を見ても、トマスの絵画への造詣の深さを窺い知ることができる。北部エジプトで発見されたギリシア人のミイラに付けられていた肖像画の展覧会がミュンヘンで開かれた。トマスの鑑賞記は、文学や評論を読むときと同じような学識と鑑識眼を窺わせるものである。またパリの画壇についても雑誌記事を書いている。さらに、一九〇七年のことだが、ある個人的な手紙でもシスレーの絵について論じている。また別の記事では印象派のまさに特色である「紫色」の影について書いている。トマスは妻リーラの画業に対する最も深い理解者だったと思われる。「ボンパパ［トマスのこと］はボンヌママ［リーラのこと］を崇拝していて、ボンヌママが絵を描くのを喜んで助けていました」という孫娘たちの証言を引いておきたい（LCP, 125）。

もっとも背後の絵の中の人物は、リーラと対照的だといえることは確かである。絵筆を持つリーラの毅然たる顔と姿勢に対して、絵の人物は屋外で気軽なポーズをとっている。リーラの男性のような大きなネクタイも、男性に負けぬ仕事への職業意識を示しているだろう。仕事への「真摯」、「誠実」を見て取ることを要求する自画像である。

またリーラが背景を暗くしているのは、それまでの肖像画の伝統である。明るい自然や室内で肖像画を描くのは、印象主義以降である。壁の絵はいわば印象主義的な屋外の人物である。この絵の暗い背景と明るい屋外の大きさの比率は、人物画に関しては、リーラの本質を示しているのかも知れない。

本格的な自画像は、宗教から人間への関心が強まって肖像画が描かれるようになり、画家の地位も向上し誇りが持てるようになったルネサンス期から出現する。ヤン・ヴァン・アイクが好例。そうした誇りは虚栄ともなり、自分の肉体的形姿や社会的地位を見せびらかす自画像も描かれる。ダンテ・ガブリエル・ロセッティなど。また芸術家としてのあるいは人間としての内面を示すために描かれることもある。ゴッホやムンクなど。キャンバスの前の自画像となると、ヴェラスケス、フェルメール、クールベ、マネ、ホイッスラーなどがすぐに想起される。女性画家にあっては、描かれる対象から描く主体への変化という問題が、自らを描く問題へと展開する。もともと女性画家は肖像画を描くことが多かったからルネサンス期からの自画像は、肖像画家としての自己宣伝の趣があった。また男性画家に描かれる対象のように自らを描くこともあった。リーラの自画像は画家としての独立宣言であったように見える。ベルト・モリゾの「自画像」(一八八五年)は、いかにも印象派らしい荒々しいタッチの自画像、強い意志・決意を表明した自画像だが、手にしているパレットや絵筆はさらに粗く描かれていて、画家としてよりも人間としての独立宣言のように見える。

夫トマスが一八九八年五月に慶應義塾大学部の英文学教授として日本に来たとき、リーラと三人の娘も遅れて日本に来た。三年間の日本滞在で、リーラは夫とは対照的に日本の生活に溶け込んでいただろう。少なくとも日本の本質を理解する素地があった。それはモネの影響である。モネのジャポニズムはそのままリーラに受け入れられた。そのことは日本の風景や風俗、日本人への理解を深めたと思われる。彼女が描いたかなりの数の日本風景、日本人の絵はそのことを証明している。そして「江の島」という詩では、「さらば江の島」と名残を惜しんでいる。

リーラたちは日本でどのような暮らしをしたのか。長女マーガレットが一八九八年八月一五日に日光からアメリカのある夫人宛に書いた手紙に、三週間前に横浜に到着したと書いているから、同年七月下旬に三人娘と共に日本に来ていることになる。トマスは五月初旬に来日している。マーガレットはペリー一家が住む家について、「それは大きな木造の家で家具は付いていいません。寝室のうち三部屋は欧風で木の床に絨毯が敷いてあり、他の部屋は日本風で床には二重のマット(畳と上敷きのカーペットか?)が敷いてあります」と書いている。九月初旬には引っ越せるだろう、とも書いている。

日本での生活はあまり明らかではないが、船山喜久彌著『白頭鷲と桜の木—日本を愛したジョゼフ・グルー大使—』は貴重な情報を提供してくれる。ペリー夫妻の三女アリスは太平洋戦争前の一〇年間駐日アメリカ大使を務めたジョゼフ・グルーの妻であった。アリスはマシュー・キャルブレイス・ペリーの兄オリヴァー・ハザード・ペリーのひ孫だということで「日本の社交界でも親近感を持たれ、人気者であった」（中村政則、七九—八〇頁）という。

このグルー大使夫妻の身近に仕えた船山良吉の子息船山喜久彌が父親の伝記『白頭鷲と桜の木』を書いたのである。

アリスの回想を元にした記事によれば——


「私が来た一八九六年［一八九八年の誤り］ころは、まだ江戸の名残を色濃く残していました」

ペリー家に出入りの若衆たちは、襟元にペリーとしるし、背中には丸にPの字を染め抜いた揃いの法被を粋に着こみ、腹掛け、股引き姿で威勢よく人力車を走らせていた。

「私の母は若い頃から画家になりたかった人で、毎日のように絵筆をふるい、暇をみては私を連れてあちこちスケッチに行っていました」

アリスの母がとくに好んだ画題は富士山だった。

「なかでも御殿場から仰ぐ富士山がお気に入りで、この絵がそのうちの一枚なのです」

とアリスは官邸の書斎に飾られているその絵を示した。なお、この絵は今でもその書斎の壁に掛けられている。

「東京の下町もお気に入りの場所で、私を連れて本所四ツ目の牡丹、亀井戸（ママ）天神の藤、堀切の菖蒲、ときには春日部まで足をのばし、藤の写生にと、それは東京の余暇を楽しんでいました」

……

「私が大好きだったのは、浴衣を着て、団扇を持ち、縁台で夕涼みをすることでした」

風鈴の音に耳を傾け、心地よい涼しい夕風に頬をなぶらせる。

「そんなとき、ああ、これが日本だなと、しみじみ思ったものです」

大使夫人になった今でも、アリスは蚊取線香を窓辺にくゆらせ、邸内の庭から吹いてくる涼風に身をまかせるのが好きだった。

「つくづくと日本の心が分かったような気がします」

（船山喜久彌、三〇―三二頁）

日本での生活を楽しんでいる様子が偲ばれる。亀戸天神の藤などは浮世絵の画題であったから、その実景を見に出掛けたのであろう。さらにリーラは富士山を描くために神奈川にも静岡にも出掛け、また（当時のアメリカ人の仏教への関心から、さらにはたぶんモネに倣って）睡蓮を描くために大谷にも足を運んだ。避暑地として開発されたばかりの軽井沢にも出掛けて、藁屋根の家のある景色を描いた。こうして日本に馴染んだ成果が絵そのものであり、さらにアリスを日本に馴染ませたことである。アリスはグルー大使の太平洋戦争前一〇年間のまさしく困難な時期における「チームメイト」（『滞日十年』でアリスに捧げた献辞でそう書いている）となったのである。(4)

さて船山の記事から窺われるのは、アリスがノブレス・オブリージの人だったということである。上品で、心優しい、気配りの人であった。それはリーラ譲りのボストン・ブラーミンの気質であった。グルー夫妻が日本に赴任するとき、同行した孫娘エリザベス（エルシー）にリーラは次のように書き送った。

外国へ行ったらその国の精神生活に飛び込み、その国民と国民の生活の特徴、野心、理想等を真に知るように努めることを忘れないようにしなさい。私はフランス人を私が作ったかのようによく知っています。私は日本人のことを、三八年間日本で暮らしたL夫人よりもはるかによく知っています。

（LCP, 52）

図２　「三重奏」
Lilla Cabot Perry
The Trio, Tokyo, Japan, 1898-1901
Oil on canvas ; 75.6×100cm (29 3/4×39 3/8 in.)
framed : 87.95×113.35×5.08cm (34 5/8×44 5/8×2 in.)
Harvard University Art Museums, Fogg Art Museum, Friends of the Fogg Art Museum Fund, 1952. 117
Photo : Imaging Department ©President and Fellows of Harvard College

この精神を母親のアリスは無論体現していたのである。（ラフカディオ・ハーンが『知られぬ日本の面影』の序文で「日本人の精神生活、宗教、迷信、物の考え方、日本人がそれによって言動する隠れた動因」を捉えることを目的としたと述べているのが想起される。「朝鮮陶磁器の美の発見者柳宗悦はさらに、民族の内懐にはいってその心を理解するという外国文化に対するあるべき接し方の範例としてハーンを掲げた」という〔佐伯彰一・芳賀徹編『外国人による日本論の名著』七七頁〕。リーラも範例となりえた。）

一八九八年から一九〇一年までの三年間にリーラの三人娘はよくホームコンサートを開き、リーラはそれを絵にした。「三重奏」（一八九九年もしくは一九〇〇年）である（図2）。「三重奏」は現在ハーヴァード大学のある学部長邸（レヴァレット・ハウス）の二階の広めの廊下の壁に掛けられている。「三重奏」についてのマーチンデイルの解釈は面白い。この絵には、三つの芸術様式があるという。「中央の壁の燦々とした陽射しと娘たちの明るい春のドレスは印象派を想起させる。それぞれの人物の真面目さや詩的孤独はリーラのニューイングランドのルーツを喚起させる。モネとエマソンの想起喚起は古い日本の版画に示唆を受けた極めて直線的な、幾何学的な装飾様式の中で均衡を保っている。どの影響も他の影響を圧していない。この三つの『流れ』――あるいは『和音』――の調和は背景の桜の花の象徴的な存在によって暗示されている。」（LCP, 52）

補足すれば、和室と洋楽、畳と靴、それらが上品な調度と優雅な娘たちによって調和を保っているのだ。三人の若い女性のそれぞれの青（ピアノを弾く三女アリス）、白（ヴィオラを弾く次女イーディス）、ピンクのドレス（ヴァイオリンを弾く長女マーガレット）も白色を被せられて美しく、白のドレスには赤い襟とベルトを付け、ピンクのブラウスにはやや青みを帯びたスカートを組み合わせ、ピアノ、ヴィオラ、ヴァイオリンの形、音色のアンサンブルと共に色彩の静かなアンサンブルも見事である。アメリカのボストンの上流家庭の品のよさが窺える。また三人の姿勢もやや前かがみの二人をもう一人がこれもやや後ろに背を反らしてバランスを保たせている。印象主義的なタッチと古典的な構図の組み合わせである。しかし三人の人物はあまりにも構成されている。固定されているような印象である。のびやかな音楽が聞こえてくるような、聞こえてこないような、そのような固さがある。それもボストン派の特徴なのである。（あるいはそれまでにも楽器を持った娘たちの絵を多く描いていることから、それらを組み合わせたともいえ、一種のマナリズムとなっていたのかも知れない。）

この絵の背景となっている日本家屋の部屋は、エドワード・モースが『日本人の住まい』（一八八六年、本書はライトの建築にも影響を与えた）で微細に描いた日本間（「座敷」）と同じようなものであり、このように油絵の色彩をもって紹介されたのは、たぶん初めてである。

リーラは富士山をよく描いた。少なくとも三五枚の富岳絵が生涯のうちに公開されたという。時には数週間に亘って旅行しさまざまなアングルからの、そしてあらゆる時間の富士山を描いた。こうした屋外スケッチには多くの日本人が群がり、「そっくり、そっくり」と口々にいったという。

ハーヴァード大学心理学部のスティーヴン・コスリン教授の研究室に、「富士と墓地」と題されたリーラの絵が掛けられている。富士山を背景にし、墓地を前景に置いている。墓地は田舎によくある畑の中の墓地で、墓石が無数に立っている。季節は夏と思われる。草が茂り、竹の花立には赤い花が挿されている。お盆の頃か。富士山と墓地の間に草の茂る丘があり、墓地から丘を巻いて一本の道がうねりながら富士山に向かって消えている。富士は青と白の空に高く聳えている。墓石は本来ならば灰色がかっているだろうに、紫が基調である。暗さは一切無い。印象派の色である。こうした興味深い点はあるものの、遠景の浮世絵風に屹立する富士山、中景の丘、前景の墓石群を縦一列に配置するなど、お世辞にもよい絵とはいえない。美的観点ではなく、心理学的観点を援用しなければ理解に苦しむような絵である。（リーラは森のゆるやかな斜面に立つ墓石や灯籠を描いた「日本庭園（ジャパン）」と題する絵も描いている。墓石に対する感覚がわれわれとは全然違うらしい。）

フロイト賛美者と自認するコスリン教授は、こちらの問い合わせに対して次のような分析を寄せてくれた。火山は両性具有の数少ないシンボルのひとつで、自己形成という特質を有する。墓地は仏教のシンボルである。前景の墓地から火山まで道がうねっていて、さらに火山には雲が渦巻いている。火山と、墓地と火山との関係は、再生を暗示している。墓地が仏教のものであるので、この考えは適当と思われる、と。

われわれ日本人には首を傾げたくなるような説で、フロイト主義者のシンボル狩りの面白さと危うさとを見せる説でもある。しかし、もしかしたらリーラも魂の再生という考えを抱きながらこの絵を描いたのかもしれない。リーラが三年の日本滞在中に三〇点以上の富士山の絵を描いたのは、単に北斎や広重の浮世絵に触発されたジャポニズムだけではなく、時にはこのような魂の再生（あるいは超越的な存在）という観念にも促されたからかもしれない。ペリー夫妻は心霊現象研究会の会長であったウィリアム・ジェイムズとの親密な関係もあって心霊現象に関心を持っていた。「祖母は自分の芸術的才能は自分と波長の合った高き源に由来していると信じていました。同時代の多くのボストン・ブラーミンと同じようにスピリチュアリズムを信じていて、時々ボストンの有名な霊媒、パイパー夫人を訪れていました」（LCP, 125）と孫娘たちは回想している（パイパー夫人とは、コナン・ドイルも「すぐれた霊媒の一人であった」〔ドイル、三一頁〕と評しているリーアノーラ・パイパー夫人のこと）。芸術的霊感を霊媒を通して感知していたらしい。またカサットもホイッスラーも同じ関心を共有していた（Soderman-Olson, 422–25）。漱石もウィリアム・ジェイムズを読み、「長い間にわたって心霊現象および心理学に関する書籍を耽読した」のであった（尹相仁、一〇二頁）。こうした世界的な潮流にリーラを置いて見ることができそうである。

この絵に対して「溶岩海岸から見た富士」は、北斎や広重から影響を受けた印象主義の画法を日本で富士山に適用した最初の絵である。富士を右上に小さく置き、棚引く雲、手前の山並み、空、（片瀬）海岸、（江の）島、そして海を直線的に横長に配して（これは今も見られる景色）、それぞれを淡いグラデイションのほぼ単色に描いた、縦七インチ横二一・七五インチの絵である。色彩と構図の単純さにもかかわらず、海岸の前景を大きく描き、広がりと奥行きがあり、全体に静謐さを漂わせたよい絵である。浮世絵的な画法の成果と評しうる。

片瀬海岸を「溶岩海岸」と呼んでいる。背景の遠い火山、富士との繋がりが暗示されている。しかし何が暗示されているのか、となると心もとないのだが、富士が、近くても遠くても、人間と自然と強く結びついた大きな永遠の存在とリーラには感じられていた、とはいえそうだ。

一九二二年に開かれた「リーラ・キャボット・ペリー展」には日本での製作が多く出品された。ある新聞は次のような批評を掲載した。

ブラウス・ギャレリーで開かれたリーラ・キャボット・ペリーのアメリカと日本を主題とした絵の展覧会は、長年ニューヨークで開かれた女性による展覧会で最も興味あるもののひとつである。最近の技法のマナリズムや流行を追うようなことは明らかにしていないが、彼女の作品は知識と誠実さに溢れているので、同時に現在の絵画の多くよりも高い水準にある。……彼女の日本の風景や肖像や主題画のシリーズは、この国と国民の性格をアメリカの画家がこれまで試みたよりも説得力のある手法で醸し出している。

(LCP, 60)

図3　「エドウィン・アーリントン・ロビンソンの肖像」
Lilla Cabot Perry, *Portrait of Edwin Arlington Robinson*, 1916, oil canvas, 40×30 inches, Special Collections, Colby College, Waterville, Maine : Courtesy of Colby College

これは適切な評価である。

リーラの肖像画の傑作は「エドウィン・アーリントン・ロビンソンの肖像」（一九一六年）であろう（図3）。メイン州のコルビー・カレッジのスペシャル・コレクションとなっている。ここにこの肖像があるのは、ロビンソンが青少年期を過ごした町ガーディナー（彼の多くの詩の舞台であるティルベリー・タウンのモデル）がコルビー・カレッジに近いのと、同じ州の最も有名な詩人として尊ばれているからである。

マーガレットの短いロビンソン回想記（コルビー・カレッジ所蔵）によると、トマスはロビンソンの実質的な第一詩集『夜の子ら』（一八九七年）で初めてロビンソンを知り、この詩集をリーラに与えたという。一九一二年からニューハンプシャー州ピーターバラの芸術家村、マクドウェル・コロニーに毎夏滞在するようになったロビンソンは、ある時不意に近くのペリーの夏の家フラッグストーンズにやってきた。ピカピカの車に乗った同行の金持たちとは異質な憂鬱質のロビンソンを、トマスは直ちに自室に案内し、一緒に閉じこもってしまった、という。その後、ロビンソンとリーラは詩人同士として付き合い、近くのグルー家の山荘に滞在したロビンソンとリーラはそれぞれの詩の韻律などについて意見を交換した。二人は手紙でも相互に批判を求めた。

三度ピューリッツァー賞を受賞したロビンソンは、世紀末の深い喪失感を伝統的な定型詩で語った。ロビンソンのこの肖像はほとんどのロビンソンの詩集、研究書の表紙に使われている。ロビンソンのいわばオフィシャル・ポートレイトとなっている。肖像画よりも風景画を描くことを好んでいたリーラが、頼まれたわけでもなく、売れると思ったわけでもなく、ロビンソンを描いたのは、リーラにロビンソンに対する特別な思い入れがあったからであろう。まさしく芸術家同士の魂の交流があったと見たい。実際、ロビンソンの詩人としての個性・精神をよく表現している。

メランコリックでしかし強い性格を見事に捉えた傑作である。（実物は画集で見るよりも強い印象を与える。画集では繊細を通り越して神経質な詩人である。そして服装はよりブルーグレイである。）

この肖像画はハンコックの家で一九一六年七月、一七日間かけて制作され、九月にも二度ボストンの自宅でモデルとなってもらい、完成した。シガレット派のロビンソンに葉巻を持たせているのは、ボストン・ブラーミンに擬させるためだったという。のち長女のマーガレットによってコルビー・カレッジに寄贈された（ガーディナー公立図書館のウエブサイトによる）。コルビー・カレッジ所蔵の、リーラの画筆によるウィリアム・ディーン・ハウェルズの肖像は写真を基にしている。

詩人に向かい合い見詰め合う女流画家詩人。この鬱屈した詩人は、心優しい、そして愛を知る画家詩人の前で心を開いていたのだろう。ロビンソンの詩「親しい友達よ」に「よい眼鏡は精神を見通す」という自己言及的な一行がある。二人は互いに精神を見通していたのであろう。ロビンソンは一九三三年にリーラが亡くなったときマーガレットに次のようなお悔やみの手紙を書いた。「私は生きている限り、お母様のことをまさに親愛なる友として記憶していることでしょう。そしてお母様も生前私の思いを知っていて下さったと思います。」（LCP, 136）

この肖像を描いたときリーラは六八歳（一八四八年生）、ロビンソンは四七歳（一八六八年生）であった。この二一年の年齢差は大きな意味を持つ。南北戦争前のいわゆるアメリカン・ルネサンスの時代に生まれ、エマソンに遊んでもらった記憶のあるリーラと、戦後の混乱期に生まれ、エマソンの理想主義が潰えた時代精神を生きたロビンソンとの差異相違である。リーラはロビンソンの魂の表現としての肖像画を描いたが、その魂は混沌と不安に覆われていた。この肖像は一九世紀の前半と後半の二つの魂が相対した見詰め合いといえるだろう。

実在の人物の肖像画が描かれたのは大体この時期までである。あとは写真が取って代わる。そうした技術的な問題よりも重要なのは、ピカソ以後いわばまともな肖像画は芸術ではなくなったという事実である。人物の精神を描きとる、その精神への信念が失せたからである。このことに関連して興味があるのはロビンソンの詩に個人の名前をタイトルにした作品が多いという点である。ゾラやヴェルレーヌやジョージ・クラッブの名をタイトルにした作品ばかりでなく、「リチャード・コリー」を一典型とするスモールタウン、ティルベリーの住民の名前もタイトルとなっている。こうした肖像画としての詩作品は、人物の精神の崩壊や空虚化をテーマとしており、その肖像は崩壊寸前なのである。マスターズの『スプーン・リヴァ詞華集』（一九一五年）の各詩はそれぞれスモールタウンの住民の死後の言葉として一種の自画像であるが、その多くは幻滅に縁取られた抜け殻の肖像である。リーラが描いたロビンソンの肖像画はまさしく肖像画時代の最後を画するものであり、その最後の表現である。

リーラは一九二九年、八一歳のとき、バーナード・ベレンソンに「有難いことに私は老人になったので、少数の興味深い優れた人だけしか肖像画を描かなくてもすみます。昨年は三人の肖像画を断りました。今は僅かに残された力を、モネが私の得手だといって勧めてくれた、外光の絵、風景画を描くことに捧げています」と書いた（LCP, 92）。外光の風景画はリーラの得手ではあった、が、肖像画も得手であった。ロビンソンの肖像を考えればよく分る。しかしリーラの風景画と肖像画の間には、描くときの気持ちにある相違があったように思われる。

リーラの肖像画は上流社会の人物が多い。費用という経済の問題もあっただろうが、さらには階級そのものに根差す要素もあった。アメリカ社会は世紀末から二〇世紀にかけて大変動の時代となっていた。移民の流入（ボストンは世紀末にはアイリッシュに市政を牛耳られるようになっていた）、労働争議、技術革新などによって既成のエスタブリッシュメント、アングロサクソンの上流階級は危機感を抱いていた。彼らの肖像は、自分たちの階級の価値観を示す服装、姿勢、表情を強調させている。ウィリアム・チェイス、ジョン・シンガー・サージェント、セシリア・ボーら印象派の画家の描いた肖像画は、こうした願望要望に応じたものが多い。(「金鍍金時代には肖像画家は富裕な人々を描いた。その時代の生活の風潮はアメリカ印象派の光が溢れ、光に煌く画布に反映された」〔Dwight, 39〕という。ヨーロッパの印象主義は中産階級の生活を自然の光の中で描いたが、アメリカでは富裕階級の生活を金鍍金の光で煌かせたのである。)リーラは自らの出自からも、こうした顧客の願望が手にとるように分っていたはずである。エマソン的な魂を表現するというのとは異なる、かなり俗な精神を表現しなければならない。「興味深い優れた人」とはそのような俗なる精神を持たない、たとえばロビンソンのような人物であろう。そして、自然——産業・商業主義に侵されていない自然——は俗ではない。自然の美しさを描くことにリーラが打ち込んだ根本的な理由を、ぼくはそこに見る。

しかしリーラも弟ゴッドフリィなどのボストン・ブラーミンと共に時代に取り残される運命にあった。ニューハンプシャー州のカリアー美術館に展示されているリーラの「黒い帽子」(一九一四年)は上流社会の服装をした若い女性を描いている。この女性——なんという美しさ——の憂いを帯びた表情、メランコリックな物思いに沈んでいるような印象、メランコリーの図像学通りに顔に当てた手。これらの要素は、すでに失われた時代への憂いに満ちた思いを描いているのではないか。そして女性の大きな黒い帽子と外出着はその哀惜・告別の意の表れのようにも見える。モネがいうように黒色は描き難い。それをこのように見事に、その襞をも描きえているのは、単に技術の問題ではない。黒を我が物とした憂いの精神が彼女にはあったように思われる。モデルは美しい(国立女性美術館の「菫の鉢と婦人」と同じモデルらしい)。その女性の憂いだから一層印象深いのである。(第四章注1参照)

この絵についての説明に、「同時代のモダンな傾向に対する反動、第一次大戦以前のロマンティックな美学への回顧的な復帰。ジョン・シンガー・サージェントやリリー・マーチン・スペンサーなどの画家もこの関心に従った」という文章がある。ニューヨークの上流社会の生まれである女流作家イーディス・ウォートンもこのような失われつつある時代への郷愁と、書き留めておかなければならないという切迫感と義務感を覚えたのであった。『歓楽の家』（一九〇五年）や『無垢の時代』（一九二〇年）などはその感覚の果実である。

一九一三年に、ニューヨークとシカゴを回ってボストンで開かれた「アーモリー・ショー」はマルセル・デュシャンの「階段を降りるヌード」などでスキャンダルとなったポスト印象主義の展覧会だった。ボストンでも大勢の人が訪れたが、皆人に見られるのを恥じていたという。三点しか売れず、商業的にも散々な結果となった。この展覧会でボストンは反動的に一層保守的になった。リーラも保守化の主導的役割を果たした。弟ゴッドフリィほどではないとしても、同じような役割である。

なお日本で見られるリーラの絵は、アメリカ大使館の書斎に掛かっている御殿場から仰ぐ富士山の絵（これは船山喜久彌『白頭鷲と桜の木』〔二四三頁〕で「官邸書斎に立つ正装した船山貞吉。富士山はアリスの母の絵」とキャプションのついた写真で見ることができる）を別とすれば、松江市のルイス・C・ティファニー庭園美術館に所蔵されている「小川の傍の婦人」である（この美術館は二〇〇七年三月に閉鎖された）。一九〇七年頃の制作とされている。一一四糎×八七・五糎。小川とはおそらくジヴェルニーのエプト川である。描かれている婦人は長女のマーガレットか次女のイーディスであろう。三女のアリスはすでに結婚している。婦人は薄い青い色のドレスを着ている。前方に眼を向けているが本を手にしている。本を手にした婦人というモチーフは当時の流行であったが（ピュヴィ・ド・シャヴァンヌが始めたモチーフで、モネも「ジヴェルニーの森で——読書をするシュザンヌと描くブランシュ」というこのモチーフ制作自体を描いた絵を描いている。またラファージも『画家東遊録』で、漱石も『三四郎』でシャヴァンヌに言及している）、いかにもボストンの上流の知的な若い婦人に相応しい。気品溢れる面差しと背筋を凛と伸ばした姿勢である。婦人の背後の小川には光が差し、手前右には木立が暗く水に影を落としていて、婦人の服装と気品を浮き立たせている。服装も背景の自然も印象派らしいタッチで彩られているが、婦人の顔も身体も輪郭は明確である。婦人の存在感は印象主義のタッチのなかでも紛れもない。ボストンのリーラらしい印象主義の達成といえる。

ここでリーラの文学について簡単に触れたい。

ツルゲーネフの『散文詩』（一八八二年）の翻訳は一八八三年、ツルゲーネフが亡くなった年に出版された。特に断りがないのでロシア語からの翻訳であろう。ツルゲーネフの最も優れた研究者・紹介者であった夫トマスの勧めによる翻訳であろうか。なおトマスはこの時期にはロシア語が読めなかった（主として仏訳で読んだ）。

『ヘラスの園より』（一八九一年）は『ギリシア詞華集』（『パラティン詞華集』）の翻訳である。「訳者序文」でリーラは次のように書いている。

古代ギリシアの碑銘、エピグラム、愛の歌の驚くべき撰集、『ギリシア詞華集』として知られているそれ自体で一個の文学をなしている撰集は、全訳あるいは部分訳で、韻文あるいは散文で、多くの翻訳がなされてきた。しかし散文訳では、韻律などに工夫を凝らした簡潔にして意味深い原詩の微妙な香りも魅力もほとんど失せてしまう。一方韻文訳では、韻律などの逸脱があまりにも多く取り込まれ、たとえ誤訳や歪曲でない場合でも、ギリシア語の単純な言葉遣いが、韻の無理な要請に合わせ、ギリシア人と異なる詩の趣向に合わせるため、精巧装飾が過ぎることがあまりにも多い。また感情が最も現代的なエピグラムのみを、最も詩的と思われるもののみを、訳詩の対象に選ぶのが習慣であった。このようにして、『ギリシア詞華集』の限りない多様性、典型的な特質、個々の対照的な旋律、地方色の変幻極まりない和音、こうしたものを逸するのである。

このささやかな訳詩集は、明白な理由から翻訳不可能な作品を除いて、多様に亘るあらゆる種類の詩をかなりの程度まで代表するような撰集となるようにした。そして訳者は個々の原詩を文飾なく忠実に訳すことを目指した。ギリシア語の韻律を模倣しても、それは英語の無分別な実験に過ぎなかっただろう。たとえ成功しても単調なものとなっただろう。従って古代ギリシア人に馴染みの韻律ではなくわれわれに馴染みの韻律を用いるのが賢明と考えた。

(*From the Garden of Hellas*, xv–xvi)

この序文はリーラがギリシア語に極めて堪能であること、さらに英詩にも通じ、英詩を書くことに熟達していたことを示している。事実個々の訳詩は見事なまでの韻律詩である。多様な詩型を自家薬籠中の物として訳し分けている。(一九世紀までの詩人とはこのような詩技を持つ者の謂いであった。モダニズムではこのような詩人は軽んじられ、なんでもない文章を行分けし、大文字と小文字を攪乱させたりするような「詩人」がもてはやされた。絵の世界でも同じ現象が生じた。)さらに、詩の優れた味解者であったことを示している。傍らに大冊『ギリシア文学史』の著者(夫トマス)がいることも助けにはなっただろうが、それにも増してリーラ自身が夫に負けぬ文学的才能の持ち主であったのである。

この訳詩集には出版された年(一八九一年)に亡くなったジェイムズ・ラッセル・ローエルへの献辞の詩が付いている。

私の生涯のもっとも輝かしい想い出はあなたに纏わりついています
子供時代、娘時代、そして大人になってからも、長い間私はあなたを愛していました

私の友よ、私の詩人よ、私にも歌えるものなら
私の歌の花輪をあなたに捧げます

しかし花輪は私の庭の壁の中に咲く花よりも
美しくなければなりません。私は
不滅の花が輝く《美》の野で花輪を編みます
その花だけを摘む手は私の手です

「歌の花輪」(wreath of song) は、弔いの花輪と「アンソロジー」(詞華集) の語源 flower gathering (gather には「花を摘む」と「詩文などを選集する」の意がある) に掛けている。ヘラス (ギリシア) の園から花 (詩歌) を集めて故人に捧げるの意である。この詩からも知られるようにリーラは子供時代からボストン・ブラーミンの代表的な詩人ジェイムズ・ラッセル・ローエルとは縁戚としても、また詩人としても親しい関係にあった。キャボット家の文化的レヴェルの高さを示す。と同時に、リーラの詩が一九世紀ボストンの伝統の枠内に納まるということも分る。詩形は厳密、内容もだいたい上品、思想も超絶主義的 (エマソン的) ということである。

自身の詩集としては『雑草の心』(一八八六年)、『印象―詩集』(一八九八年)、『夢の壺―詩集』(一九二三年) がある。『夢の壺』には雑誌などに寄稿した詩を含む、二〇年余りの間に書かれた詩が収められている。ロビンソンが編纂した。(リーラのロビンソンなどに宛てた手紙を見ても詩が書き込まれていて、詩集に収められなかった詩はなお多くあると思われる。)

リーラの詩は多くが愛を主題としている。男女の愛が中心となっていることはいうまでもないが、しかし愛の喜びというよりは、ラフカディオ・ハーンが『詩の鑑賞』でいう「パッション passion」＝「苦しみの状態」が主題である。「それは愛する人を獲得する前の苦しみと疑いと憧れの時を指す。」そして「パッション」から「友情」に力点が移行する。『印象』のなかの詩では、その愛は神への愛、あるいは神の愛に高められている。「すべてのために輝く神の太陽のもとで、愛よ、私たちすべてを一つにせよ。」「多数は一つ。」「その法は愛であり、その目的は勝利であるこの偉大なる宇宙で、あなたにはあなたの役割がある。」(*Impressions*, 26, 27) 愛が法である、との考えに詩人は共感、共鳴、救済を見出していくようである。人間の間の愛ではなく超越的な宇宙的な愛である。

しかし『夢の壺』の「誠実」という詩には思いがけない激しい内容が盛られている。

しっかりと立て、私の魂よ！　自由であれ、
他者の考える美に縛られるな！
自分で採掘した金で自分の王冠を作れ、
神にあたえられた自分の精神に自分の王国を作れ！
……
自分の愛を愛せ、是非もなければ
自分の罪を犯せ、そして悔い改めるようになれ！
……

(*The Jar of Dreams*, 53)

エマソンの「自己信頼」を想起させるばかりでなく、ホーソンの『緋文字』の罪の女ヘスターをも連想させるだろう。これをニューイングランドの伝統と考えるか、新しい女の出現と考えるか。おそらく伝統を継いだ新しい女であろう。

『夢の壺』には日本で詠んだ詩が四篇掲載されている。四篇のタイトルは「日光」「東京」「見捨てられし御仏」「江の島」である。これらは日光、東京、箱根宮ノ下、江の島を場面としており、それぞれの場面での感慨、印象が詠われている。総じて日本への愛着、理解に裏打ちされている。このうち「日光」と「見捨てられし御仏」を読んでみる。

日光の詩は、たぶん金谷ホテルに滞在し、東照宮に出掛けたときの印象を基に作った詩であろう。開国以来、多くの外国人が日光を訪れ、少なからぬ旅行記やスケッチを残した。モース、ブスケ、ギメとレガメ、バード、クロウ、ロティ、サトウ、ラファージ、アダムズ等々。しかし日光が文学作品の題材になったことは稀なのではないか。リーラの詩「日光」はその稀なる一例であろう。ラフカディオ・ハーンは『文学の解釈』で、「東洋に長年滞在したことのない西欧の詩人や作家には、この主題［愛の主題］について正確に書くことはできない。日本に長年滞在しても理解できないだろう」と語っている（*Interpretations of Literature* II, 364）。愛のみならず、といえるだろう。

「日光」

古い日本の杉は天に聳えている
世界が新しかったときのように

露に活き活きと洗われ
人間の不幸にも無頓着に

荘厳な陰の長い杉並木の間で
はるか前に死んだ君主たちの偉大な墓所は
萎むことを知らぬ深紅の花のように
夕日を浴びて輝く

墳墓は過去の時代に王のために流された血を
誇れるかのように鮮やかに赤く輝く
その時代、人々の命は王たちを最後にここに運んだ川を
増水させる水滴であった

漆を塗ったこれらの建造物《モニュメント》は
果敢ない短い命を侮りつつ
己を崇め日本の栄光のために死ぬのを
恐れなかった誇りを天に語っている

しかし、数えきれない墓が山腹に群がる
木々の中でナイチンゲールが鳴くとき
喜んで死んだ者たちを歌うのだ
死者たちが長く記憶されるようにと

(*The Jar of Dreams*, 95)

日本固有の植物である杉の並木にはどの外国人も触れた(版画で描かれた杉並木や松並木はモネによってポプラ並木となる)。その「古い」日本の杉が世界がまだ「新しく」、人間の不幸もなかったときのように新鮮に、不幸にも無頓着に天に聳えていることに違和感を覚える、というのは珍しい感覚である(原初の無垢という観念からすれば理解できる)。リーラは人間の不幸に雑草のように心傷める人だった。病む女性、愛に悩む人々、貧しい女工などへの同情共感を示す詩がある(詩集『雑草の心』はそのような趣旨で題された)。

神橋や将軍たちの霊廟の、外国人には取り分け印象的な朱塗りの部分を抜き出して、夕日を浴びた朱色を深紅の花ばかりか、将軍のために流された血(家光の死に際して殉死した家来のことをラファージは書いている)の色と結びつけるのも意外な想像力である(ロティも「血の赤色」という)。そして日本の栄光のために死ぬことを恐れなかったという誇りを、天に聳える杉と結びつけて、天に語る霊廟とする奇想にも驚かされる。

「日光」のなかの「王のために流された血」「人々の命は王たちを最後にここに運んだ川を増水させる水滴であった」という部分は家臣の徳川将軍への忠誠を指し示すが、「果敢ない短い命を侮りつつ、己を崇め日本の栄光のために死ぬのを恐れなかった誇りを天に語っている」という部分は愛国心を指し示していて、日光の詩には不適合である。ここには忠誠と愛国心をセットにして論じた新渡戸稲造の『武士道』が背後にあると思われる（この本は「世界無比！」の「忠君愛国の国民」（新渡戸稲造、一二九頁）が戦った日清戦争の後に書かれた）。孫娘に「外国へ行ったらその国の精神の特徴、野心、理想等を真に知るように努めることを忘れないようにしなさい。……私は日本人のことを、三八年間日本で暮らしたL夫人よりもはるかによく知っています」と教えたリーラが、日本人論としてすぐれた本書を直ちに読まなかったとは思えない。稲造は『武士道』をアメリカに滞在中の一八九八年、つまりペリー一家が日本に来た年に、英文で書いた。翌年フィラデルフィアで出版された。日本での英文初版は、フィラデルフィア版の一年後に東京の裳華房から刊行された。リーラが読んだとすれば裳華房版であろう。

そしてリーラが理解した日本人の「理想」とは武士道だったという可能性が強い。たとえば「神道の教義には、我が民族の感情生活の二つの支配的特色と呼ばれるべき愛国心及び忠義心が含まれてゐる」（三七頁）という文章を取り込んだのが「日光」だったのではないか。広く読まれた『武士道』に対するいち早い反応そして波動と思われる。日米文化交流史の一ページとして注目したい。またラフカディオ・ハーンも「古き日本の克己、忠誠、忍従、自己犠牲、義侠心、純粋な信仰」を弁護した（劉 岸偉、二二七頁）。トマス・ペリーはハーンの日本論を友人に紹介しているくらいだから、リーラもハーンに教えられるところがあったはずである。そして、そもそもトマスにもリーラにもこの武士道に共感する伝統的な気質があったと思われる。「サムライの自己犠牲に彼ら［「貴族的なニューイングランドの人々」］は清教徒の先祖たちの厳格な気風を見た」（ベンフィー、一八頁）という指摘がある。

「見捨てられし御仏」は箱根宮ノ下の近くにある地蔵を詠んだ詩である。明治期、日本の路傍の地蔵は外国人の眼をよく惹き、地蔵表象とでもいえるものが成立していた。日本の異教信仰を示す目につきやすい偶像だったからであろう。しばしば神(々)と表現されている。アメリカの画家ウィンクワース・アレン・ゲイの路傍の地蔵の絵、ピエール・ロティの東海道を外れた田舎の地蔵たちや、日光含満が淵の百地蔵の記事、ラファージの同じ百地蔵のうちの親地蔵（おそらく天海の像で、明治三五年の大谷川の大洪水で約三〇体の地蔵と共に流失、現在、苔むした自然石の台座のみが残っている）のスケッチ、ハーンの各地で見た石仏や地蔵や馬頭観音の記事（「石仏」「地蔵」）など。

地蔵はときにその外国人の日本文化に対する姿勢の試金石となっている。ロティは『秋の日本』（一八八九年）で百地蔵のことを「ひどく醜い、このグノーム［地の精］たちは、そして悪意を抱いているに違いない、これは確かだ」(Loti, 139) と書いている。これは彼の直前の東照宮賛美と対照的だが、しばしばハーンの見方と対比され、ハーンの引き立て役を負わされることがある。そもそも含満が淵の(百)地蔵たちは天海の弟子たちが自分の似姿を彫らせたものなので（「法印某」などと胸に刻んでいる）、リアルな顔をしていて、なにも悪意を抱いているはずはないのだが、また微笑んでもいない。たぶん、日本人は醜いと絶えず書いていたロティのことだから、写実的な地蔵も醜いと見えたのであろう。ラファージすらも「これらの神々はみな醜く野蛮である」（『センチュリー』一八九〇年八月号）と書いている。風化や苔、それにロティのときと同じように参拝者たちが千社札を一面に張っていたので一層醜く見えたのである。

さて、ラファージは一八八六年九月二八日に芦ノ湖から宮ノ下へ雨中の峠越えをしたとき、二子山の麓の地蔵を駕籠の中から瞥見した。そのときのことを次のように書いている。

再び駕籠に乗る。出発した途端に雨が降りだした。私はできるだけ振り向いてうしろを眺めた。すでにただの形と色に還って、ぼんやりした塊になってしまった美しい線が眼に映った。たまたま高い丘の頂きに光が広がった。

そして、眼の前の野ばら越しに、遠い山の端を背にした、なにか彫ってある平たい道しるべと、かすかに明るい淡紅色の空とが見えた。また濡れた雑草に沿って進み、大きな浮彫り像――地蔵（旅人の守護者）が僅かな花を前に淋しく坐っている――のある巨岩のまえを通り過ぎた。……

しかし大分たってからうしろの方で人の騒ぐのが聞こえた――Aの駕籠舁の一人が滑って駕籠が尻餅をついたのだ。怪我人はない。……私たちは普通のぬかるみ道をはしり、松炬持ちの交替のために一回停ったあと、宮ノ下のヨーロッパ式ホテルに着いた。

（ラファージ、二二〇―二二一頁）

このAというのはヘンリー・アダムズのことである。妻に自殺された傷心のアダムズはラファージを日本行きに誘った。(5) ヨーロッパ式のホテルとは宮ノ下の富士屋ホテルのことである（レジスター・ブックにアダムズの几帳面なサインが残されている）。

このときラファージが雨中の駕籠から垣間見た地蔵がリーラの詩「見捨てられし御仏」の地蔵である。リーラは次女のイーディスを伴って富士屋ホテルに一八九九年四月二五日から五月一日まで滞在していた（富士屋ホテルに記帳しているが、厳密には、初日は富士屋ホテルが満室であったため近くにある提携ホテルの奈良屋ホテルに泊まったらしい）。三〇点以上もの富士の絵を描いたリーラが宮ノ下まで来て芦ノ湖の富士を見に行かなかったとは思えない。その折にこの地蔵を見たのだろう。いずれにしても、ラファージの記事（一八九〇年から『センチュリー』誌に連載され、リーラが来日した年の前年一八九七年に単行本として出版された）を読んでいたことは間違いないから、義兄ラファージを意識しながら地蔵の前に立ったことだろう。

ラファージが瞥見し、リーラが詩に描いた地蔵は国道一号線を挟んで、精進池の反対側にある巨大な磨崖仏で、鎌倉時代の一三〇〇年に彫られた。六道地蔵という。右手首、錫杖、白毫は江戸時代末期の野火によって失われ、昭和八年に修理が行われた折、復元されたり、鎌倉時代のものと取り替えられた。平成年間の発掘調査によって、室町時代後期と想定される覆屋の建築遺構が発見され、これも復元された（明治初期にはまだ粗末な覆屋が辛うじて残っていて、その頃の写真には外国人が写っている）。リーラが見たときには、覆屋はもちろん、右手首も錫杖も、白毫もなく、地衣に覆われた、まさしく「見捨てられし御仏」（Deserted Buddha）だったのである。

「見捨てられし御仏」

遠い昔に生ける岩に彫られた御仏よ
あなたは山腹と一つになって坐り
静かな眼で広い谷間と
オパール色の雲の漂う重畳たる山を見ている
あなたを造った勤勉な頭と敬虔な手は
塵と化し、かつて侘びしい山にあなたを尋ね
周りを巡って参拝した群衆も塵となった。

額の知恵の玉は冒瀆の手によって
引き抜かれて失われた……頭上の

覆屋は年経て朽ちて失われた
しかし余所者が行きずりに石を積むほかは
参拝する者もなく一人座して
昔と変わらぬ微笑を浮かべている

（*The Jar of Dreams*, 95）

この詩には「日本の宮ノ下の近くにあるこの路傍の御仏は、額の宝石を奪われているが、それでもその前には石塚が積まれ、ほとんどの通行人は石を重ねていく」という自注が付いている。

かなりの急斜面の二子山の麓の岩に刻まれた磨崖仏は、千三百年に彫られてから七百年を経てもなお、ふくよかな美しい顔に優しい微笑を湛え、仄かな色気さえ漂わせている。

周りの険しい岩を見れば、そこからこのように見事な大きな仏（台座から約三・五メートルある）を彫り出すことの営為がいかに深い信仰心と巧みな技術によってなされたかが分る。それをリーラは「勤勉な頭と敬虔な手」と表現する。

リーラは「生ける岩」という。古来日本では巨岩は信仰の対象となるが、アメリカ人の眼から見ると、生きた岩は仏を彫られて形を与えられ、そして生き続けているのである。山腹と一つになって、仏も生きている。そこには自然の大きな命がある、とリーラには感じられる。その生ける仏の目は精進池を抱える広い谷とオパール色の雲を浮かべる箱根の山々を眺めている。オパールと表現する眼は印象派の画家リーラの眼でもある。こうして背後、というよりは左側に聳える山と眼前の山と谷は、仏の眼を中心にして統一されている。しかしこのような仏を彫った職人も、有難く拝んだ人々も塵に帰した。ここでは無論人間は塵から生まれ塵に帰る、というキリスト教の教えが背景にある。なおまた知恵のシンボル白毫も奪われ、覆屋も朽ち果て、行きずりの者が石を積むだけなのに、依然として「昔と変わらぬ微笑を浮かべている」のである。人間の存在や信仰と関わりなく微笑を浮かべ続けることに永遠に生ける仏の慈悲をリーラは見ている。リーラは地蔵の心をよく理解していたのだが、同時にたぶん、慈悲を家訓としたキャボット家の心を御仏に投影している。そして「余所者」（the alien）とは他ならぬ異国人リーラでもあっただろう。

だがさらにこの詩には、別のテクストが隠れているように思われる。それはラフカディオ・ハーンのエッセイ「日本人の微笑」である。多くの外国人が日本人の微笑に注目し、さまざまに解釈した。不可解、無気味、卑屈。長女マーガレットが来日してすぐに日光からアメリカの知人に書いた手紙（コルビー・カレッジ所蔵）でも日本人の微笑を話題にしていた。「誰もが日本人の微笑について書いています。私はその微笑をほとんど見たことがありません。日本人はみなとても醜い哀れな顔をしています。実際、ときにはむっつりとした顔をしています。しかし私は上流階級の日本人にまだ会ったことがありません。ここの地元の日本人はヨーロッパ人と交渉を持ちすぎたために堕落したのではないかと思います。」しかしハーンのこの〈日本人の微笑〉の理解は最も深くそして親密である。その最後に次のように書いている。

日本の今の若い世代が軽蔑しているふりをしている過去を、いつか必ずや振り返りみることであろう。ちょうどわれわれが古いギリシア文明を振り返り見ているように。日本人は、単純な楽しみを味わうという忘れられた能力、生活の純粋な喜びを知る失われた感覚、自然との愛情のこもった神聖な古の親密さ、その親密さを反映する驚くべき今は死せる芸術、こうしたものを懐かしむようになるだろう。日本人はその頃には世界が今よりもはるかに輝かしく美しく見えたことを思い出すだろう。多くのものが失われたことを嘆くだろう——昔風の忍耐と自己犠牲、古の礼儀、古の信仰の深遠な詩歌。日本人は多くのものに驚くだろう、だが嘆くだろう。たぶん何よりも驚くのは古の神々の顔であろう。神々の微笑はかつて日本人の微笑の生き写しだったからだ。

(Hearn, "The Japanese Smile," 386)

このエッセイは一八九三年五月号の『アトランティック・マンスリー』に掲載された。かつてはトマスもよく執筆したこの一流誌のこの記事をペリー夫妻が読まなかったとは思えない。リーラも日本人の微笑について考えるとき、ハーンの理解に従ったことだろう。たとえ見捨てられても、地蔵ら古の神々の顔には「かつての日本人の微笑」「昔と変わらぬ微笑」が残っているとの考えにリーラも従ったと思われるのだ。

ペリー夫妻は岡倉天心と親しかったが、天心はハーンを高く評価していた。天心は、ハーン没後に「ニューヨーク・タイムズ」でハーンの黒人女性との過去が暴かれたりしてハーンの名誉が傷つけられていることを聞くと、一九〇六年一〇月に「ニューヨーク・タイムズ」に「ラフカディオ・ハーンを弁護して」と題する一文を投稿し、「われわれの生活の理想の解釈者としては、ラフカディオ・ハーンに第一等の位を与えることにわれわれは躊躇いたしません。……すべての外国の著作家の中で、彼がわれわれの心にもっともちかいところに来ていたのです」と書いている（『岡倉天心全集　第六巻』二六七—六八頁）。

どうやら、日本理解において、リーラはハーンに学ぶところが大きかったようである。リーラ、天心、ハーンと結ぶ縁があったようだ。ペリー一家は一八七九年以後ボストンの高級住宅地バックベイのマールボロ通り三一二番地に住んでいた。そして同通り二五三番地には岡倉天心の知人カーティス（ボストン美術館中国日本美術部副部長、天心は同部顧問）の親が住んでいて、天心はこの家に一九〇四年から時々滞在しているから、ペリー一家とここで再会したのではなかろうか。[6]

新渡戸稲造の『武士道』（一八九九年）と、ハーンの「日本人の微笑」（一八九三年）を含む『知られぬ日本の面影』（一八九四年）はほぼ同時期に世に出て、アメリカでもまたヨーロッパでも広く読まれたのである。[7]

この二つの論文は、いわば日本人のアイデンティティの探求であった。一方は男性的な日本人の、他方は女性的な日本人の本質の解明といえる。そしてこの二つの特質はすでに失われつつある「古き日本」の美質なのであった。リーラは日本に滞在して、この二つがなお存在していると信じられたであろうか。リーラがこの二つの美質を認めるのは日光の将軍の霊廟と、箱根の見捨てられし御仏に、であったのか。「古き日本」を熱狂的に求めた大波——一八七〇年代から八〇年代にかけてのボストン・ジャポニスト（モース、フェノロサ、ビゲロウ、ラファージ、ガードナー夫人たち）——と天心がアメリカを訪れた一九〇四年以降の比較的穏やか

図4　「新聞を読むトマス・サージェント・ペリー」
Lilla Cabot Perry, *Thomas Sergeant Perry Reading a Newspaper*, 1924, oil on canvas, 39 3/4× 29 7/8 in, Terra Foundation for American Art, Daniel J. Terra Collection, 1987. 27 Photography courtesy of Terra Foundation for the Arts

な波の中間期にペリー夫妻は滞在したのであった。

先にも触れたようにリーラの三女アリスはジョゼフ・グルー駐日アメリカ大使の妻であった。グルー大使は吉田茂に「本当の意味での知日派」、「真の日本の友」と評された（吉田茂『回想十年　第一巻』五二、五三頁）。そのグルーの傍にはアリスがおり、アリスの背後にはリーラがおり、リーラの周辺にはハーン、天心、稲造がいたといえるのではないだろうか。


一九二八年に夫トマスが亡くなった。その四年前にリーラはトマスの肖像「新聞を読むトマス・サージェント・ペリー」を描いた（図4）。八〇歳になったばかりのトマスはリーラ好みの柔らかい青と藤色を基調として描かれ、カーテンを透かして差す陽射しは、ニューイングランド屈指の知性を示す額に差している。トマスは依然として読む人である。しかしその顔も手ももはや老いた。朝日は晩年の夫に優しく差している。リーラはトマスが亡くなったとき、「彼の頭はいつものようにはっきりとしていましたが、身体は疲れ果てていました。でも愛する人と五四年と一ヶ月の間一緒に暮らしても、悲しみは少しも変わらないものだと知りました」とバーナード・ベレンソンに書いた（LCP, 92）。

リーラはその後、ニューハンプシャー州ハンコックの山の中の家で一年の大半を過ごすようになり、(8)愛する自然を描き続けた。そしてベレンソンに書いている。


晩秋ほどこの田舎が美しく、山々が壮大なことはありません。シュガーメイプルの葉はほとんど落ち、残りの葉の金色と赤色の壮観は青い山々のパインの木を背景にシルエットを描いています。

(*Antique*, 131)

しかしリーラは秋よりも冬が好きだった。「何故この荒涼たる季節は、夏を美しくしていた壮観よりも美しいのか」と「一二月」という詩で書いている。「雪、氷、霧」（一九二九年）や「山の霧」（一九三一年）は文字通り雪や氷や霧に覆われた山や森を描いている。フランスにはない厳しいニューイングランドの冬景色である。ほとんど白一面であろうに、紫や黄色や青色や茶色を朧に棚引かせマッスとして塗っている。ニューイングランドの冬景色に厳しい精神で立ち向かった、モネの弟子の、そして日本の平面的な様式を我が物とした絵といえる。

最晩年、両手首の関節炎をおして一日に五時間も絵筆を執り、いつもますます上手になっていると確信していると口癖のようにいっていた。老いてもなお頑張り続けるのが、ボストン・ブラーミンの特性である。一九三三年二月二八日の冬の日、八六歳で亡くなった。同年に開かれた追悼展覧会のパンフレットにエドワード・ターベルは、「彼女の芸術に対する情熱は、ハンコックの愛する冬の風景画を死ぬ前日にも描いていて、完成への熱意は非常に強く、ようやくのことであきらめさせた、ということを知れば、理解していただけるだろう」と書いた。実際には死ぬその日にも描いていたのである。

（1）　エマソン邸を訪問したときのことを夫のトマスは一九一八年一〇月一七日付のジョン・モース宛の手紙で次のように書いている。情景が眼に浮かぶようである。

「私が結婚して間もなくコンコードのエマソン宅を訪れた時のことを覚えています。その時エマソンはスィンバーンを知っているかと私に訊きました。知りませんと答えると、エマソンはしばらく前にヨーロッパから帰国したロングフェロウから聞いた話をしてくれました。ロングフェロウが行ったある大きなパーティにスィンバーンがいて、晩餐会の終わりにスィンバーンは「気絶して（in a swound）テーブルの下に沈んだ」とか。awoon（気絶する）の古語 swound を会話で使われるのを聞いたのはこれが最初で最後です。エマソンは戸外の薄暗い灯りの中に立って、両肘に手を当てながら話をしていました。」（Thomas Sergeant Perry, *Letters*, 106）

（2）シカゴにはテラ美術館というリーラの絵を数点所有している美術館があるが、一九八七年、姉妹美術館として「ジヴェルニー・アメリカ美術館（Musée Américain Giverny）」が創設された。テラ美術館を創設したダニエル・テラ（一九八一年から八九年までアメリカ文化特使を務めていた）は、ジヴェルニーのモネの家に隣接するペリー一家の家と庭を購入し、さらに小さな美術館を建て、モネとアメリカ画家たちとの交流を記念し作品を展示することにしたのである。なおシカゴのテラ美術館は二〇〇四年に閉鎖された。主たる収蔵品はシカゴ美術館に貸与されている。

（3）シカゴのテラ美術館で観た「自画像」、地下の収蔵庫で観た「新聞を読むトマス・サージェント・ペリー」、「緑色の帽子」、「ジヴェルニーの小川の辺で（ピンクのドレスを着た婦人）」は、それぞれに一つの色彩の変奏である。ペリーの像はブルーグレーによって衣服も新聞も統一されている（画集で見るよりも新聞はよりブルーグレーである）。「緑色の帽子」は緑色の模様を付けた黒い帽子、黒いドレスの黒を中心色とした絵であり、婦人像もピンクの変奏曲である。このように単一色彩の変奏によって雰囲気を印象的に統一しているのである

（4）白洲正子は『白洲正子自伝』で次のように回想している。

　結婚して二年目に私は長男を生んだ。……

　間もなくアメリカからグルー大使が来日され、その一家を中心に、日本にも社交界といえばいえるものが成立した。ボストン生まれのグルーさん一家は、品がよくて、教養もあり、世界中のどこの国に出しても恥ずかしくない風格を備えていた。エルシーといって、ちょうど私と同年輩のお嬢さんがおり、私どもは朝から晩までアメリカ大使館に入りびたり、ヨーロッパの人たちとも親交を深めた。

（白洲、二〇〇頁）

　何もかも今となっては古い時代の夢にすぎないが、グルー夫妻とエルシーの友情は生涯忘れないであろう。日本に滞在中、エルシーは、セシル・ライオンという大使館員と結婚した。前ページに掲げたのはその時の写真だが、戦争が私たちの仲をへだててしまったので、その後の消息は知らない。

（白洲、二〇二頁）

グルー大使には三人娘がいた。その末娘エリザベス〔エルシー〕が外交官セシル・ライオンと婚約したとき一家は箱根の富士屋ホテルに出掛けた。そのとき、エリザベスと同室したのは正子である。富士屋ホテルのレジスターブックの一九三三年七月一日の欄に一家とライオンと正子のサイン（Mrs. Diro Shirasu）が記されている。親米派白洲次郎夫妻と親日派グルー一家との結びつきを示すエピソードである。

野村さんが大使になってアメリカへ行かれたのはそれから間もなくのことで、みな暗澹たる気持ちで見送った。私どもの一家は駐日大使のグルーさんと親しかったので、戦争中父は憲兵隊に睨まれていたし、戦後は海軍に協力したというので戦犯になった。北海道室蘭の日本製鋼所の社長で、軍艦の大砲を製造していたからである。

その頃の写真でちょっと面白いのがあるので上に掲げておく。小田原の益田鈍翁の邸にグルー大使が招かれた時のもので、真中に益田さん、向って左にグルー大使、後列の左はしには、グルー夫人と父が柱を中にして並んでいる。(白洲、一〇一頁)

(5) 妻に自殺されたヘンリー・アダムズは亡妻のための「アダムズ・メモリアル」の制作をセント゠ゴーデンスに依頼した。ヴェールを被って瞑想にふける像は、ラファージが心惹かれていた涅槃の瞑想にふける観音のイメージに基づいているといわれる。ラファージはアダムズと日光に滞在しているときこのイメージを得た。その時二人のもとを若い天心がたびたび訪れた。またアダムズとラファージが帰米する汽船でも天心は一緒だった。天心にとってラファージは生涯の「センセイ」であった。セント゠ゴーデンスは「アダムズ・メモリアル」を一八九一年に完成した。セント゠ゴーデンスは、第七章と第八章で取り上げる「ショー・メモリアル」を一八九七年に完成する。天心もこの大きな碑を見たことだろう。本書の連鎖の一環をこの彫刻家も美術家も担っているのである。建築家フランク・ロイド・ライトは一九〇五年四月から五月にかけて日本に滞在し、その間に日光も訪れ、東照宮の権現造りの複核プランを見て、帰国後オークパークのユニティ教会を設計する際に取り入れた、という(谷川正巳参照)。これも日光を巡る日米文化交流の縁である。

(6) 天心は本書の世界で、もう一つ繋ぎとしての役割を演じている。第九章で呼び起こされるライトとの縁である。ライトは一九一六年に帝国ホテルの設計を依頼されたあと、駐米日本大使(松平恒雄)から岡倉天心の『茶の本』(一九〇六年)を贈られた。その中の「物の真に肝要なところはただ虚にのみ存すると彼［老子］は主張した。たとえば室の本質は、屋根と壁に囲まれた空虚なところに見いだすことができるのであって、屋根や壁そのものにはない」(『茶の本』四五―四六頁)という箇所にライトは衝撃を受けた。

私はあの小さな本で偉大な中国の詩人預言者の言葉に出会った。BC五百年も前に語ったことだ。……「建物の本質は四方の壁と屋根からなるのではなく、人がその中に住む空間からなるのである。」不思議な言葉だ。私はこんなことを読んだことがなかった。……

さて、一日か二日、私は以前の自分に幻滅して歩き回った。……それから気をとりなおすと私は考え直した。ちょっと待てよ、老子はそれを言葉にした。そうだ。しかし私はそれを建築にしたのだ。それから私は元通りの自分になれた。

(Wright, *An American Architecture*, 80)

日本では従来ライトが『茶の本』経由で老子の影響を受けたことを当然視しているが、自分が独創的だと思っていたことを老子に遥か昔に言われていたことにショックを受けたとライトは幾度か語っている（この引用はその一つ）のである。老子の思想を「私は［すでに］建築にしたのだ」の部分を、ライトの強弁ととるか、無視するか、が問題であるらしい。

(7)「日光」における新渡戸稲造、「見捨てられし御仏」におけるラフカディオ・ハーンの影をめぐって、司馬遼太郎の『坂の上の雲』の一節を引用しておきたい。

が、一面では米国の知識層のあいだで、知日気分が盛りあがりつつあった。

小泉八雲の日本紹介の著作群が小村の着任したころ［一八九八年秋］米国で圧倒的な人気をよんでおり、

「社交界ではハーンの話題でもちきりだ」

と小村は言い、かれ［秋山真之］もあわてて買いそろえてよんだし、また新渡戸稲造の英文「武士道」がちょうど刊行早々でベストセラーになっていた。米国にはそういう層もあった。

（司馬遼太郎『坂の上の雲　二』二七〇頁）

(8) このハンコックの町（というより村）はペリー夫妻が住むようになってから百年経つが、当時と変わることなく、いわば骨董となっている。その名も『骨董』という雑誌にハンコックが紹介されている。

一九〇三年にリーラ・キャボット・ペリーはハンコックのスカチュタキー山の斜面にある家と二五〇エーカーの土地を買った。その家を夫は「ひどく醜い」と言った。実際地味だが魅力的な屋根裏部屋のある二階屋で、屋根裏部屋には四つの張り出し窓が付いている。サンプソン・タトルが一七八〇年代に建てたものである。ペリー一家が一九〇九年にジヴェルニーの最後の夏を過ごしたあとボストンに戻ってからは、毎年夏をハンコックで過ごすようになった。ペリー夫妻の友人仲間には芸術界の指導者が多く含まれていた。その中には、トマス・ペリーの義理の兄で画家のジョン・ラファージ、リーラ・ペリーと同様にボストン芸術家団体を創設しメンバーとなったエドマンド・C・ターベル、バーナード・ベレンソン、リーラが一九一二年に肖像画を描いたウィリアム・ディーン・ハウェルズ、エドウィン・アーリントン・ロビンソン（夫妻はロビンソンが近くのマクドウェル・コロニーに滞在中によく接待した）、そしてヘンリー・ジェイムズがいた。

トマス・ペリーとヘンリー・ジェイムズはロード・アイランド州ニューポートの少年時代からの親友で、その友情はジェイムズの死まで続いた。……ジェイムズは兄のウィリアムが一九一〇年に亡くなったときアメリカに滞在した年、ハンコックのペリー家を訪ねてこの家を「フラッグストーンズ」（板石）と命名した。一九二八年にトマス・ペリーが亡くなったあと未亡人はフラッグストーンズで一年の大半を過ごすようになった。ハンコックの町を今や郷里と思うようになっていたのである。そしてほとんど五年後に亡くなるまで彼女の霊感となった愛する風景を描いた。

今日ハンコックのメイン・ストリートは聳え立つ教会と二百年たつ宿屋と白い柵で区切られて立ち並ぶ小奇麗な家々は百年以上も変わっておらず、ペリーに霊感を与えた毎年秋の生気に満ちた色彩の狂想曲は今も眼を眩ませ精神を昂揚させている。

(*Antique*, 130–31)

参考文献

Antique. September, 2002.

Benfey, Christopher. *The Great Wave : Gilded Age Misfits, Japanese Eccentrics, and the Opening of Old Japan*. New York : Random House Trade Paperback Edition, 2004.　大橋悦子訳『グレイト・ウェイヴ―日本とアメリカの求めたもの』小学館、二〇〇七年。

Brown, Milton W. *The Story of the Armory Show*. The Joseph H. Hirshhorn Foundation, 1963.

Collins, Amy Fine. *American Impressionism*. 1998. North Dighton, MA : World Publications Group, 2001.

Dwight, Eleanor, *The Gilded Age : Edith Wharton and Her Contemporaries*. New York : Universe Publishing, 1995.

Fehrer, Catherine. "New Light on the Académie Julian and its Founder (Rodolphe Julian)." *Gazette des Beaux-Arts*. (mai-juin, 1984) : 207–16.

Gerdts, William H. *American Impressionism*. New York : Cross River Press, 1984.

Grafton, Carol Belanger. *Great Self-Portraits : 45 Works*. Mineola, NY : Dover Publications, 2002.

Friedland, Roger and Harold Zellman. *The Fellowship : The Untold Story of Frank Lloyd Wright & the Taliesin Fellowship*. New York : HarperCollins Publishers, 2006.

Hearn, Lafcadio. *Interpretations of Literature* II. New York : Dodd, Mead, 1915.

———. *Appreciations of Poetry*. 1916. New York : Books for Libraries Press, 1969.

———. "The Japanese Smile." *The Writings of Lafcadio Hearn*. Vol. 6 (Boston : Horton Mifflin, 1922) : 356-86.

Nitobe, Inazo（新渡戸稲造）. *Bushido : The Soul of Japan*. 1899. Tokyo : Tuttle Publishing, 1969. 矢内原忠雄訳『武士道』、『新渡戸稲造全集　第一巻』教文館、一九六九年。

James, Henry. *The American Scene*. 1907. Bloomiugton : Indiana UP, 1968. 青木次生訳『アメリカ印象記』研究社出版、一九七六年。

La Farge, John. "An Artist's Letters from Japan." *The Century's Magazine* (Feb.-Sept., 1890). 久富貢・桑原住男訳『画家東遊録』中央公論美術出版、一九八一年。

Lasting Impressions : American Painters in France, 1865-1915. Evanston, IL : Terra Foundation for the Arts, 1992.

Loti, Pierre. *Japoneries d'automne. Voyages (1872-1913)* (Paris : Robert Laffont, 1991) : 79-160.

Martindale, Meredith and Nancy Mowll Mathews. *Lilla Cabot Perry : An American Impressionist*. Washington, D. C. : The National Museum of Women in the Arts, 1990.

Owen, Deborah L. "Lilla Cabot Perry and the Workplace of Feminist Artistry." *American Transcendental Quarterly* 7 (Dec., 1993) : 357-73.

Perry, Lilla Cabot. *Heart of the Weed*. Boston : Houghton, Mifflin, 1886.

———. Translation. *From the Garden of Hellas*. New York : United States Book, 1891.

———. Translation. *Poems in Prose* (by Ivan Tourguéneff). Boston : De Wolfe, Fiske, 1883.

———. *Impressions : A Book of Verse*. Boston : Copeland & Day, 1898.

———. *The Jar of Dreams : A Book of Poems*. Boston : Houghton Mifflin, 1923.

Perry, Thomas Sergeant. *Letters of Thomas Sergeant Perry*. Ed. Edwin Arlington Robinson. New York : Macmillan, 1929.

Peters, Lisa N. & Peter M. Lukehart, eds. *Visions of Home : American Impressionists : Images of Suburban Leisure and Country Comfort*. Carlisle, CA : The Trout Gallery, Dickinson College, 1997.

Romano, Eileen. *The Impressionists: Their Lives, Their World, and Their Paintings.* New York: Penguin Studio, 1997.

Soderman-Olson, Marcia Lynn. *Reconstructing Lilla Cabot Perry: Study in Class and Gender.* Ann Arbor, MI: UMI Dissertation Services, 2000.

Stedman, Edmund Clarence, ed. *An American Anthology: 1787-1900.* Boston: Houghton Mifflin, 1900.

Strouse, Jean. *Alice James: A Biography.* Cambridge, MA: Harvard UP, 1980.

Wright, Frank Lloyd. *An American Architecture: An Autobiography.* Ed. Edgar Kaufmann. New York: Barnes & Noble, 1955.

——. *Frank Lloyd Wright: Collected Writings.* Vol 5. *1949-1959.* New York: Rizzoli International Publications, 1995.

『アメリカに生きた日系人画家たち―希望と苦悩の半世紀一八九六―一九四五』、一九九五年。

荒屋舗 透「アカデミー・ジュリアンの日本人画家―画学生コロニーについて」『日本近代美術と西洋』（中央公論美術出版、一九九二年）二三五―五五頁。

――『グレー＝シュル＝ロワンに架かる橋―黒田清輝・浅井忠とフランス芸術家村』ポーラ文化研究所、二〇〇五年。

ラルフ・ウォルドー・エマソン（酒本雅之訳）『エマソン論文集』全二巻、岩波文庫、一九七二―七三年。

岡倉天心『岡倉天心全集　第六巻』平凡社、一九八〇年。

――（村岡 博訳）『茶の本』岩波文庫（改版）、一九六一年。

ジョゼフ・グルー（石川欣一訳）『滞日十年』全二巻、毎日新聞社、一九四八年。

『黒田清輝、岸田劉生の時代―コレクションにみる明治・大正の画家たち』ポーラ美術館、二〇〇五年。

佐伯彰一・芳賀 徹（編）『外国人による日本論の名著』中公新書、一九八七年。

司馬遼太郎『坂の上の雲　二』文春文庫、一九七八年。

島田謹二『アメリカにおける秋山真之―明治期日本人の一肖像』朝日新聞社、一九六九年。

白洲正子『白洲正子自伝』新潮文庫、一九九九年。

谷川正巳「フランク・ロイド・ライトと日本建築」、デザイン史フォーラム編『国際デザイン史―日本の意匠と東西交流』（思文閣出版、二〇〇一年）五五―六〇頁。

コナン・ドイル（近藤千雄訳）『コナン・ドイルの心霊学』潮文社、二〇〇七年。

中村政則『象徴天皇制への道―米国大使グルーとその周辺―』岩波新書、一九八九年。

平川祐弘（監修）『小泉八雲事典』恒文社、二〇〇〇年。

船山喜久彌『白頭鷲と桜の木―日本を愛したジョゼフ・グルー大使』亜紀書房、一九九六年。

堀内武雄（監修）『日本美術へのオマージュ―アール・ヌーヴォーとルイス・ティファニーの世界』ルイス・C・ティファニー庭園美術館、二〇〇一年。

堀岡弥壽子『岡倉天心考』吉川弘文堂、一九八二年。

ジョージ・ムア（崎山正毅訳）『一青年の告白』岩波文庫、一九三九年。

エドワード・シルヴェスター・モース（斉藤正二・藤本周一訳）『日本人のすまい』八坂書房、一九九一年。

吉田　茂『回想十年』全四巻、新潮社、一九五七年。

尹　相仁『世紀末と漱石』岩波書店、一九九四年。

劉　岸偉『小泉八雲と近代中国』岩波書店、二〇〇四年。

第三章　一九世紀アメリカの Ora(torica)l Culture

――ホームズ父子とジェイムズ兄弟――

「祖父がアルスター出身のスコッチ・アイリッシュであるヘンリー・ジェイムズはアイリッシュとは考えられない――そもそもスコッチ・アイリッシュという呼称自体、南北戦争後、新参の飢饉移民のアイリッシュから区別するために使われた」とぼくは書いたことがある（武藤脩二、五〇七頁）。たしかにヘンリーとウィリアムのジェイムズ兄弟は父母ともスコッチ・アイリッシュ（スコットランドからアイルランドに移住した長老教会派のスコットランド系アイルランド人）の血が濃い。一九世紀中葉以降の飢饉アイリッシュなどのカトリック・アイリッシュと違って、長老教会派である。アメリカにおけるジェイムズ家は祖父ウィリアム・ジェイムズに始まる。このウィリアムの父はアイルランドのアルスターに属するキャヴァン州ベイリーバロウに住んでいた。その息子のウィリアムが一七八九年、一八歳のときにアメリカに来た。ウィリアムは金満家となり、三度結婚し、小説家ヘンリーと心理学者ウィリアムの父の母は三番目の妻キャサリン・バーバーで、その家系にはスコッチ・アイリッシュの血が流れていたと伝えられている。その子ヘンリーが結婚した女性（ヘンリー・ジェイムズとウィリアムの母）もスコッチ・アイリッシュの系統である。そのアメリカにおける初代ヒュー・ウォルシュはアイルランド、キングズリーの出身で、その長男ジョン・ウォルシュはエリザベス・ロバートソンと結婚したが、エリザベスの母メアリー・スミスはスコットランド、ダンフリーズ州のウィリアム・スミスの娘だった。ウィリアムとヘンリー兄弟にとって、母方の祖父母も、父方と同じくスコッチ・アイリッシュの血統の結合だったのである。

南北戦争以前には、たとえばジャクソン大統領の例にも見られる通り、スコッチ・アイリッシュがアングロサクソン・アメリカンから特に差別されることはなかった。「ドイツ人とイングランドないしスコットランド出身の人々は、優秀な移民で、ニューイングランドの清教徒たちとともどもに、西方への行進をやりおおせた開拓者軍の精鋭となった。」（シーグフリード、四一頁）このスコットランド出身者と同じであったと思われる。ペリー提督の母親もスコッチ・アイリッシュである。（ちなみにセオドア・ロウズヴェルトの先祖もスコッチ・アイリッシュ。）

またエドガー・アラン・ポーも家系を遡るとジェイムズの家系と同じくアルスターのキャバン州、さらにはスコットランドに至る。つまりスコッチ・アイリッシュだった。エドガーの祖父の妻もスコッチ・アイリッシュである。ポーが、性格・生活・文学（ポーの悪魔主義にバイロンと同じスコットランド的性質を読み取ることができるかもしれない）それにあの顔によってではなく、こうした家系によって差別されたことはないだろう。(1)

ところが実際はそれほど単純ではなく、アングロサクソン・アメリカンの心理にはスコッチ・アイリッシュ・アメリカンに対する隠微な差別意識が、ある時期から存在していたのである。シーグフリードは先の文章に続けて、「といった次第で、一九世紀の過程を通じ、米国は、アングロサクソン的な基調をもちつづけながらも、だんだんに、それまでほどイギリス一色ではなくなってゆく。米国民の気持ちの中にアイルランド気質がしみこんだ。アイルランド風の気紛れや、軽口や、奔放に流れる活動性などが、清教徒的な雰囲気の重みを緩和して釣合いをとる発酵素としてはたらく」と書いている（シーグフリード、四一頁）。こうした傾向の中で純粋アイリッシュのみならず、スコッチ・

アイリッシュに対しても反動的に差別意識が生まれたのである。
エドマンド・ウィルソンは『愛国の血潮』で次のように書いている。

適切な引用を行えば、「オリヴァー・ウエンデル・」ホームズが特に偏狭な名うての社会的俗物であったという印象を作り上げることも容易であろう。凡人に対する彼の軽蔑心は、彼が初めてそういった人間に接触しなければならなかった戦争中に非常に強く見られたのであった。休暇を終えて連隊に復帰する途中、彼は妹宛に、次のような手紙を書いた。「私は貴族階級《アン・アリストラト》として生活していますが、理論上は徹底した民主主義者です。しかし、交際ということになると、投票所以外では、人民と呼ばれる――特に、嫌な連中が政治の中心に選ばれる時には――下品で、利己的で、野卑な、太い指をした無骨者には胸が悪くなります。」……彼はジェイムズ兄弟について語る時はほとんどいつも、ヘンリーの場合はアングロサクソン人と比較して育ちが悪いとほのめかし、ウィリアムの場合は活発で雄弁ではあるけれども彼のいうことは真剣に受け留めることはできないという含みをこめて、彼らがアイルランド人であるという事実に言及する。

（ウィルソン、五三二頁）

ホームズ（以下同名の父親と区別するためにホームズ・ジュニアないしホームズ判事と表記する）が妹にこの手紙を書いたのは一八六二年一一月のことで、リンカーンがゲッティスバーグで例の「人民による」のスピーチをするちょうど一年前のことである。なおホームズ・ジュニアは上掲の手紙を次のように続けている。「それに、アメリカには文明の地は二箇所しかありません。州議事堂と上品さとで知られるボストンとハローエル家とコールスローと大粒の引き割り玉蜀黍で有名なフィラデルフィアだけです。」(Holmes, Jr., *Touched with Fire*, 71) ボストンをアメリカでもっとも上品な町とする意識と、アイリッシュを下品な人民とする意識はコインの両面である。それにホームズ・ジュニアの家はあの金色のドームを戴いた州議事堂を見上げる位置にあり、ボストニアンにとって州議事堂は他のすべての建築を判断する基準となっていた。

ルイス・メナンドも次のように指摘している。

ジェイムズ兄弟はブラーミンではなかった。ニューイングランド人でもなかった。彼らは父母両方ともアイルランド移民であった。ジェイムズ兄弟は今ではエマソン家やホームズ家の人々のようにアメリカ人と思われているが、エマソン家やホームズ家のような者にとっては、彼らはかなり明らかにアイリッシュであった。ヘンリーとウィリアム・ジェイムズを理解するには「彼らのアイリッシュの血を忘れてはならない」とホームズはイギリスの友人フレデリック・ポロックに説明したことがある。

(Menand, 77)

フレデリック・ポロックはイギリスの法学者でオックスフォードの教授を務めたことがある。ポロックとホームズ・ジュニアは極めて親しかった。このポロック宛の手紙は一九二〇年に書かれたものである。その二年前の一九一八年にT・S・エリオットはヘンリー・ジェイムズ追悼論文でボストンの文学世界に触れて、「まさにこの余暇、この威厳、この文学的貴族政治、文学者たちがまたその社会の最高の人々であるような社会のこのユニークな性格が、ヘンリー・ジェイムズに染み付いているのである。エマソンやノートンや敬愛する大使［長年駐英公使を務めたジェイムズ・ラッセル・ローエルのこと］を鑑賞するとき、ジェイムズがあんなに温かくやさしくなるのはこの血縁関係を意識するからだ」と書いている（Eliot, 49）。

ヘンリー・ジェイムズは一九〇四年から翌年にかけてアメリカの各地を経巡った。その印象記『アメリカ印象記』（一九〇七年）で次のようなことを書いている。

ボストンの新しい栄光はその地点から南の方にひろがり、今後もひろがりつづけるであろう。しかし私にとって、それは尊大で散文的な地域にすぎず、その地域とあの小さな興味ぶかい街、アイルランド系移民の支配をまだまぬがれている個性と天才の街は、なんのかかわりあいもなかった。この断絶は完全である。

（ジェイムズ『アメリカ印象記』二二二頁）

ここにおける「アイルランド系移民」とは一九世紀中ごろからアメリカに来た飢饉移民（の末裔）を中心とするいわば純粋アイリッシュのことである。またジェイムズは「エマソンやソローやホーソン、ロングフェロウ、ローエル、ホームズ、ティクナー、モトレイ、プレスコット、パークマンその他（ここに生まれたか、この街を中心地あるいは聖地とした人々）」（二二三頁）と、スコッチ・アイリッシュである自分とを区別していないのだ。

エリオットがいうようなこうした「血縁関係」があったにもかかわらず、他方では、メナンドがいうようにエマソン家やホームズ家などは隠微な差別意識を抱いていたのである。ホームズ・ジュニアは一九一七年のハロルド・ラスキ宛の書簡でも、ウィリアム・ジェイムズの哲学を批判して、「彼はその強さにおいても弱さにおいても典型的なアイリッシュであるように思われます」と書いている（Holmes, Jr., *The Essential Holmes*, 37）。

オリヴァー・ウエンデル・ホームズ・ジュニアは法学者で、ハーヴァード大学教授、マサチューセッツ州最高裁判所判事（一八八二―九九年）、同主席判事（一八九九―一九〇二年）、連邦最高裁判所判事（一九〇二―三二年）となった。

図１　『ハーヴァード・ランプーン』1900年1月11日号の表紙（Townsend、頁なし）

リベラル派裁判官として知られる彼が、このような考えの持ち主だったことは大方には意外なことだろう。その意外さをエドマンド・ウィルソンとルイス・メナンドは、ホームズ・ジュニアがジェイムズ兄弟のアイリッシュ性に敏感だったこと、そのアイリッシュ性に差別意識を抱いていたことによって強調しているのである。この排他性は、ホームズ・ジュニアが一九世紀末のエリートクラブ「ザ・クラブ」でジェイムズ兄弟と仲間だったことを考え合わせると、一層際立つ意識である。しかもジェイムズ兄弟が一般のアイリッシュとは異なるスコッチ・アイリッシュであっただけに、この差別意識は異様ですらある。

ハーヴァード大学の学生たちが編集する風刺雑誌『ハーヴァード・ランプーン』の一九〇〇年一月一一日号の表紙は、こうしたエスニック状況のイコン画といえるものである（図１）。ユダヤ人とアイリッシュが対話している。ユダヤ人のアイキー（ヘブライの族長イサクに由来するユダヤ人の俗称）が「わしたちが死んだらどこへ行くと思うかね、パッツィ」とドイツ語訛りでいうと、アイリッシュのパッツィ（アイルランドの守護聖人パトリックに由来するアイリッシュの渾名、パディともいわれる）は「鼻の向いている方に行くんじゃないかな」と応じる。ユダヤ人の鼻は下に垂れているから、下の地獄へ、アイリッシュの鼻は上を向いているから、上の天国へ、という含意である。これ自体、軽蔑の常套戯画を逆手にとったアイリッシュのユーモアである。

左側の楯を持った騎士はイングランドの守護聖人、竜退治の聖ジョージである。頭の道化帽はこの雑誌の編集者が自らを「風刺詩文」(lampoon)をことととする道化に擬しているからである〔盾のVANITAS〔虚栄・空虚・戯れ〕はハーヴァード大学のモットーVERITAS〔真理〕のモジリ)。下のほうに聖ジョージが退治した竜が横たわっている。この表紙の含意は、竜のようにユダヤ人やアイリッシュを槍で串刺しにしてやりたい、との願望である。聖人による異教退治にことよせて、カトリック教徒とユダヤ教徒を退治したい、の図であろう。(2)

この世紀の変わり目の時期、アイリッシュはボストンの市政をＷＡＳＰから奪取していた。またチャールズ川を越えて、ハーヴァード大学の周辺にも住み着くようになり、大学にも入るようになっていた。こうしたアングロサクソンにとっては苦々しい事態がこの戯画の背景にある。(ソローは大学が作られる時には基礎工事に「アイリッシュその他の職人」が雇われる、と書いていた〔Thoreau, 39〕が、ハウェルズはハーヴァード大学周辺に移民、特にアイリッシュが激増したことを憂えている。)

この戯画に描かれているアイリッシュは明らかに飢饉移民の(末裔の)アイリッシュである。スコッチ・アイリッシュとは見えない。だが、このような飢饉移民のカトリック・アイリッシュが圧倒的な存在となったことが白人エリートの危機意識を生み出し、スコッチ・アイリッシュにも差別の眼を向けさせたのである。自らを飢饉アイリッシュ移民と区別するためにスコッチ・アイリッシュとあえて名乗ったのに、無視されて、同じアイリッシュとされたのだ。

ボストンは、植民地時代の初期には、インディアンと敵対して、そのことによって自らのアイデンティティを確立し、その後は南北戦争前後に、黒人奴隷を有する南部と黒人を巡ってアイデンティティを確立していたが、その後はアイリッシュの存在によってそのアイデンティティを保障せざるをえなくなっていたのである。アイリッシュはそのとき白人エリートのアイデンティティを確立するための、目障りだが必要な〈他者〉であったのである。そしてジェイムズ父子・兄弟をも〈他者〉として向こう側に追いやらざるをえなかったといえるのだ。アイリッシュがあまりに身近に存在したために、いわば身内のようなジェイムズ一族をも排除・排斥したのである。

同図のキャプションには「ハーヴァードの多様性（Diversity at Harvard）」と書かれており、アイリッシュやユダヤ人が入学し、大学が多様化したことを嘆いている。この多様性はウィリアムの多元的世界観と結びつく。

こうした世紀転換期のエスニック現象の特殊性は、南北戦争前の一八五七年にホームズ・ジュニアの父（オリヴァー・ウエンデル・ホームズ）が『アトランティック・マンスリー』一八五七年一一月号に書いた第一回「朝食テーブルの独裁者」（一八五八年同名の単行本として刊行）を読むと明らかになる。

セルフメイド・マンだって？――ではその話をしよう。もちろん誰だってセルフメイド・マンのことは好きだし尊敬もする。全然メイドされないよりそのようにメイドされたほうがはるかにいい。君たち若い世代はケンブリッジポートの湿地のあのアイリッシュマンの家を覚えているほどの歳かな。そのアイリッシュマンはこの家を下水管から煙突まで自分で作ったのだ。何年もかかって建てた。少し傾いていて輪郭も波うっていた。全体の様子もちょっと変で不安定だった。本職の大工ならもっといい家を建てられたことは確かだ。しかし「セルフメイド」の大工の家としてはまことにいい家だった。人も誉めて、このアイリッシュマンは見事な成功をおさめた、といったものだ。しかし人は、その少し先にある区画の立派な家々を誉めようなどとは考えなかった。

（Holmes, 21）

セルフメイド・マンはアメリカのあらゆる移民にも与えられた夢である。それをアイリッシュマンが達成した。まさに自力でたたき上げた人間を自力で家を作り上げた人間で表現したのである。一九世紀アメリカでは建物は表現であった。建築は公共の機能（駅、裁判所、議事堂、図書館、公会堂、……）、個人の家の格式、財力、地位などの表現である。人は運命の建設者であるという一九世紀の意識は自ずから人を具体的な家の建設者とした。アイリッシュは“Shanty” Irish から“Lace-Curtain” Irish へ、さらに“Venetian-Blind” Irish へと階段を昇っていく。これがアイリッシュ・サクセス・ストーリーの階梯の表現である。ケンブリッジポートにアイリッシュマンが建てた家は“Shanty” Irish の家だっただろう（第一一章注3参照）。「このアイリッシュマンは見事な成功をおさめた」という言葉はいわゆる「アイリッシュ・サクセス・ストーリー」の序章なのである。家を建てる場所も重要な表現であった。「ケンブリッジポートの湿地（swamp）」は、ホームズが住んでいた「ビーコン・ヒル」と、チャールズ川によって隔てられた、丘《ヒル》と対比される湿地である。湿地はかつてインディアンがよく住んだ、白人にとっては好ましくない住環境であるのに対して、ビーコン・ヒルはまさしく「丘の上の町」に相応しい高級住宅地である。アイリッシュマンが自力で家を建てる場所は他にいくらでも想定できるのに、ビーコン・ヒルの川向いにあるケンブリッジポートの湿地（swamp）としたのは、意図あってのことなのだ。（swamp はアイルランドで貧民が住んだ bog〔湿地〕のアメリカ版である。アイルランドの「百姓、湿地、あばら家」〔“peasants and bogs and hovels”〕と、オニールの『夜への長い旅路』のアイルランド移民の一人物はいう。）しかも「その先の区画にある立派な家々」とは、広くいってハーヴァード大学のある区画の家々ことである。ボストニアンが愛してやまぬハーヴァード大学と、ボストンでもっとも高級な住宅地ビーコン・ヒルの間にある、どちらにも属しえぬケンブリッジポートの湿地をセルフメイド・マンのアイリッシュに宛がったといえる。（やがて先の『ハーヴァード・ランプーン』の表紙で暗示されたように、ケンブリッジ大学の周辺にもアイリッシュが住み着くようになる。

このケンブリッジポートの家はそのための橋頭堡のようなものだった。）

ホームズは先の文章に続けて次のように書いている。

> しかし、人は全ての点で平等だという主張になると、話は別だ。あらゆる物と人を、生得のものであれ習得したものであれ、その価値に従って厳密に社会的差別をする権利は、もっとも貴重な共和主義的特権のひとつなのだ。その権利を行使して、私は、他の点が平等であるとしても、人間関係においては、名門の人を好むといいたい。
>
> 名門の人とはどういう人か。――私のいわんとするところをあらましお話しよう。……四世代か五世代紳士淑女が続いた家のことだ。その中には英国州議会議員、総督や、神学博士も一人か二人、房飾りのついた乗馬靴の時代の国会議員などがいる。
>
> (Holmes, 22)

「あらゆる物と人を、生得のものであれ習得したものであれ、その価値に従って厳密に社会的差別をする権利は、もっとも貴重な共和主義的特権のひとつなのだ」といういい方には尤もらしさがあるが、その生得や習得が名門という個人以前の「家」の問題となると辻褄が合わなくなる。セルフメイドではなく親譲りといったものである。共和主義の特権乱用であろう。自分たちをニューイングランドあるいはボストンのブラーミンと命名し、称号のない貴族と称しただけのことはある。それも英国の名門をアメリカに移民させた家系である。イギリスの圧迫を受けたアイルランドからの移民との根本的な差別の構図をそのままアメリカに移動させている（ボストンの上層階級は英国国教派が多い）。

ホームズはそうした家にはコップリーなど優れた画家による家族の肖像画が飾られているという。一九世紀アメリカの強烈な家意識——それは差別意識に他ならない——の表現は、家族の個人ないし集合の肖像画であった（その制作代は極めて高かった。一家四人の肖像画を描いてもらう料金は家一軒の一年分の家賃に相当した）。また家族の名を記した大学時代の古典、家族の紋章を刻んだ銀食器、それに立派な家具。特にホームズが重視しているのが書籍である。「取り分け、子供時代に書斎でころげ回っていなければならない。……幼少時代から本を手にしたことのない者はみな本を恐れるものだ。」(23) 貴族的な家系の家には書斎があり、子弟は幼少のときから本に触れ親しんでいるものだ。この時期のこの体験が貴族的な青年を生む。こうした信念がボストン・ブラーミンを特権化していたのである。

一八四〇年代にアイルランドからアメリカに来た（漂着した）飢饉移民は、その人数の多さと貧しさとカトリック信仰とから、アメリカ社会に大きな波紋を引き起こした。特に彼らの多くがやってきたボストンでは問題も大きかった。ボストンは植民地時代の中心であったし、独立革命の中枢となり、また産業革命の先進地でもあった。さらにアメリカの知的な中心となっていた（「世界の中心」とホームズはいった）。いわばWASPの大牙城である。一八五〇年から五八年の間にアイリッシュの人口は二倍に増えた。従来のボストン市民にはかなり不快な現象であり存在であった。

こうした現象がホームズの発言の背景にある。つまり、ボストン・ブラーミンの自意識は異質の、しかし無視しえぬ、移民の大群への違和感が生み出したともいえる側面があったのである。しかし、主としてカトリック・アイリッシュ移民が問題だった。ホームズ父子の間のアイリッシュ観の差異は、一世代の間のアイリッシュ移民の存在の強大肥大化と、ボストンWASPの保守化と危機意識の深化の反映なのである。

エマソンやホームズたちボストン・エリート（ブラーミン）は「サタディ・クラブ」を作ったが、そのジュニア版「ザ・クラブ」が一八六八年に作られた。ホームズの子ホームズ・ジュニア、ウィリアム・ジェイムズとヘンリー・

ジェイムズ兄弟、ヘンリー・アダムズ、ハウェルズ、ジョン・フィスク、トマス・サージェント・ペリーなど、当代一流の知識人のクラブである（ジェイムズ兄弟の父も「サタディ・クラブ」のメンバーだった。なお、トマス・サージェント・ペリーの妻リーラの叔父ジェイムズ・エリオット・キャボットも同じ）。ホームズ・ジュニアは、繰り返せば、南北戦争の最中にも「自分は貴族階級として生活していますが……人民と呼ばれる下品で、利己的で、野卑な、太い指をした無骨者[道化]には胸がわるくなる」といって、アイリッシュなどの下層民を道化呼ばわりした父ホームズの貴族意識を引き継いでいたのだが、仲間のジェイムズ兄弟に対しても差別意識を抱いていたのである。父ホームズが新参のカトリック・アイリッシュのセルフメイド・マンを軽蔑したのに対して、ホームズ・ジュニアは身近なスコッチ・アイリッシュをも差別したのであった。

こうしたブラーミンとアイリッシュの対立構造をオラル・カルチャー（口頭の語りの文化）の観点から検討してみたい。ホームズの『朝食テーブルの独裁者』は下宿屋に逗留する様々な人々（神学生、若い女性、中年の女性、老紳士、さらには下宿屋の娘など）を相手にホームズのペルソナが天下百般の話題を談論するという形式をとっている。このような人々が集まる場面で談論するという文化は、アメリカの独立後の百家争鳴がもたらした現象であった。サルーンでもサロンでも、応接間でも教会でも、ホテルでも下宿屋でも展開された。こうした様々な場所で、様々な声が発せられ聞かれ交差する時代だった。「談話の時代（Age of Conversation）」（Gibian, 7）、「圧倒的なオラル時代（oral age）」(15)であったとジビアンは述べている。この時代の典型が父オリヴァー・ウエンデル・ホームズだったのであり、『朝食テーブルの独裁者』はその代表作品なのである。なおマーガレット・フラーは、ホーソンの義姉エリザベス・ピーボディのボストンの家で開かれた「談話クラス（conversational class）」（一八三九—四四年）で有名になった。エリザベス・ピーボディが助手を務めたエイモス・ブロンソン・オルコット（『若草物語』のルイーザ・メイ・オルコットの父）も「談話法（conversational method）」で教育した。

下宿屋などこうした比較的狭い空間での談論が広い講堂で一人の講師が多くの聴衆を前に講演をするという形式を同時に生み出すのは自然な勢いであった。より洗練され様式化された雄弁術が生まれる。「談話の時代」は同時に「雄弁の黄金時代（Golden Age of Oratory）」(7) でもあった。（マーク・トウェインはこの伝統をユーモアの形で受け継いだ。）

ボストン・ブラーミンの特技・特質は雄弁術である。歴史的・社会的行事の度に、彼らは雄弁を揮いながら演説をし、（しばしば依頼されて）詩を朗読した。言葉、文章、発声、抑揚、身振りも巧みに語った。この雄弁術はアメリカの住民参加の政治形態と組合教会的な宗教組織によって重視されてきたが、「ジャクソニアン・デモクラシーの始まりと共にパブリック・スピーチは噴出し、終わりのない洪水となった」（Rourke, 59）。エドワード・チャニングやエドワード・エヴァレットによって完成され、ハーヴァードでも重要な教科となった。ホームズやエマソンはこうした教育を受けた。エロキューションとオラタリー（orator）の出現である。

スピーチや朗読された詩は雑誌に載り、本として出版された。活字になったものも本来は語りであったものが多いのであり、従って出版物自体もオラル・カルチャーといえるのである。地方の人々も雑誌（たとえば『アトランティック・マンスリー』や『北米評論』）や本を読んでボストン文化に触れても、それがまさに雄弁文化の活字化であることを承知していた。文体が語り（oratory）の文体なのである。いやさらに、活字からも声を聞き取った。ソローの『ウォールデン』（一八五四年年）から講演口調を聞き取ることは容易い。ホイットマンも弁論家になろうと思ったことがあり、彼の文体にその影響が見られる。ホーソンの『ブライズデイル・ロマンス』（一八五二年）の語り手は、エマソン氏の『論文集』や『ダイアル』誌などを読んで、「人類の進歩を目指す前衛部隊の前哨基地に配置された孤独な哨兵の叫ぶ声」や「過去の粉みじんになった廃墟の中から悲しく響いてくるが、未来に希望の木魂を響かせる声」を聞く(Hawthorne, 469)。そもそもソローやエマソン氏の文章は講演を文章にしたものなのだ。しかしこうした〈叫ぶ〉声は劇場や講堂で聴き、そして観るのが一番である。（エマソンなどは一番人気のレクチャラーであった。ユーモアの点ではマーク・トウェイン。）雄弁文化とは、聴衆と(講)演者のいるいわば劇場性を備えた文化・文学である。こうしてアメリカ一九世紀の中期には"ora(torica)l culture"が成立していた。

一方、庶民の劇場はミンストレル、ヴォードヴィル劇場である。一八四〇年代に始まり一八五〇年から七〇年にかけて盛期を迎えたミンストレルは七〇年代にヴォードヴィルに吸収される。そして、どちらにおいても、アイリッシュの（あるいはアイリッシュになりすました）役者の寸劇的コメディや語り、ダンス、アイリッシュ的キャラクターが中心であった。つまりこちらの劇場はアイリッシュが主役だったのである。それはアイリッシュ的踊りと演技、そしてリテラシー（文字性）のない――活字にならない――語りの文化、つまり"oral culture"であったといえる。

マーク・トウェインは『自伝』でミンストレル・ショーの舞台を活写しているが、「喋り方も堅苦しく、いやに上品ぶった、とことん文法を意識したキザな英語を使う」司会者の言葉を面白可笑しく再現している（トウェイン、八六―八七頁）。しかし「黒人方言」を使う役のそれらしい言葉は紹介されていない。だが、その黒人英語も実はアイリッシュ・イングリッシュだったのである。（ハーンは「黒人の寄席演芸―ロー街のミンストレル」〔一八七六年〕でこの場面を記事に書いている。）

WASPのオラトリカル文化とアイリッシュのオラル文化、そしてそれぞれに見合う雄弁の身振りと喜劇的身振りが、極端にいえば、一九世紀アメリカの声の劇場文化の両翼を担っていたのである。前者の劇場文化にはいうまでもなくイギリスから来たシェイクスピア演劇も含まれている。一方、これもアイリッシュが主力であった「バーレスクはあらゆるハイ・カルチャー、いかなる貴族的なもの、すべての気取ったもの、に対する民主主義的な軽蔑の表現であった。……パロディストたちはイギリス贔屓の同業者、特にイギリス人俳優が独占していると思われるシェイクスピアをバーレスクすることを最も好んだ」のである（Elliott et al., eds., *Columbia Literary History of the United States*, 333）。シェイクスピアは一九世紀前半にアメリカのあらゆる階級に親しまれるようになったが（その人気は一九八〇年ごろ下火になる）、その下層におけるパロディの立役者はアイリッシュだった。またアイリッシュの庶民劇場支配は、アイリッシュ・イングリッシュがアメリカ全土に伝播した動きと対応している。あるハムレットは「黒人訛りやアイリッシュ訛りで科白を語り」、あるイヤゴーも「完全なアイリッシュ訛り」だったという（Levine, 14）。

一九世紀のアメリカ人にとってシェイクスピアは「アメリカの偉大な作家」（ジェイムズ・フェニモア・クーパー）だった。ドイツ人にとってと同様にソローにとっても「我等のシェイクスピア」だったし、無学な庶民にとっては「俺たちのシェイクスピア」なのであった。シェイクスピアの雄弁な科白は庶民にも愛され、暗記され、引用された（映画『荒野の決闘』で旅回りの役者が『ハムレット』の名科白を語り損ねたとき、ヴィクター・マチュア扮するドック・ホリディが、代わって朗々と誦してみせた場面をご記憶の方も多いだろう）。「一九世紀アメリカ人は読み書きの能力《リテラシー》の重要さを強調し、公教育の見事なシステムを打ち立てたが、彼らの世界は話し言葉が中心をなしているオラルの世界だった。そうした世界では、シェイクスピアが居場所を見出すのは困難ではなかった。」（36）

そしてこうしたパロディやバーレスクはシェイクスピアだけではなく、当時の講演文化の題目——骨相学、動物磁気説、女権運動、人種問題、禁酒運動、政治、宗教、機械など——の全てを対象とした。そして都市の白人の正統的なレトリックもパロディ化を免れなかった。そうした場面においてもアイリッシュは主役であった。「フーパーのバーレスク物のアイリッシュの frinnolygist（phrenologist〔骨相学者〕のアイリッシュ訛り）も「赤ら顔の、黄色い蛇のような髪をし、つぶれた帽子を被り」、「ぺらぺらとアイリッシュ訛り」を喋る余所者で、その骨相学的分類説明はこの骨相学者の教授と相手との殴り合い――ミンストレルの観客を大いに楽しませるお定まりのアクション――に立ち至る。」（Mahar, 72）当時、骨相学は観相学とともに、「余所者」が集う都市で人種や能力を判断分類する基準を提供していたが、その基準によればアイリッシュは高い評価は与えられなかった。この「余所者」のアイリッシュの骨相学者はいわば自己風刺なのである。殴り合う相手もアイリッシュであっただろう。殴り合いはアイリッシュの日常的なお家芸であった（映画『静かなる男』を想起されたい）。

この二つのオラル（つまり二つの声）はハイ・レトリックとロウ・レトリックに区分できるが、別の言い方をすれば、オラトリカルとヴァーナキュラー（雄弁と俗語）に区分できる。これは舞台においても、いや舞台においてこそ、際立つ区分であった。一方は知的に聴衆を感服させ、他方は滑稽によって笑わせる。この後者を中心的に担ったのがアイリッシュであったのだ。

南北戦争はアメリカの様々な境界――地域、人種、年齢、性差などの差異――を不明確・曖昧にした。ホームズのジェイムズ兄弟に対する差別意識は、そうした境界曖昧化に対する反動反撥を反映している。ウィリアムは雄弁では巧みだが、とホームズ・ジュニアがいっているのは、雄弁はボストン・ブラーミンのいわば特技であったからである。しかしそれは形だけで中身はまともには……、というのはホームズ・ジュニアの隠微な差別意識の表現なのである。

では、ジェイムズ兄弟はこうしたアイリッシュ差別の空気の中でいかに対処したのか。ハーヴァード大学の哲学・心理学教授となったウィリアム・ジェイムズの哲学は多元主義を特色とするが、それには彼のアイリッシュ性が作用したといわれる。タウンゼンドは次のように述べている。

ウィリアム・ジェイムズはすべての個々の学生の潜在的な能力に対して差別をしなかった。同じ精神で、様々なグループや階級や「人種」の人々の人間としての権利を擁護するためにはっきりと発言し、その人々が自分で自分の人生を守れるようにした。彼の主題が人の世界観であろうと、宗教的経験であろうと、あるいは人種的アイデンティティであろうとも、ジェイムズの態度は多元的で、それぞれの人にとって真実であるものに理解があった。ある程度まで、彼はこの「哲学」を自身の人種的背景のゆえに発展させたのである。もっとも、彼はその人種的背景を非常に軽んじていたと直ぐに付け加えなければならない。彼にとって、それを口にすることは彼が非難する停止した思考ないし停止させる思考を招来するからである。にも拘らず、その人種的背景は存在していたし、人種的偏見は蔑視を生み出す力を持っていることを彼に認識させていたのである。……妹のアリスが日記で兄ウィリアムについて書いているのだが、「彼はアイルランド自治問題について適切な考えを持っているようだ。でも父の息子がそうならないはずがあろうか」。またいうまでもないことだったが――また彼もいいたくなかったのだが――彼はハーヴァードの学生を「教え込むことはできないこと」を外部の者に強調していた。それは彼がハーヴァードの卒業生ではなかったからだけではなく、さらに――いってみれば――アイリッシュだったからである。

(Townsend, 237)

このタウンゼンドの意見は重要である。それはホームズ判事の差別的考えを背景にするときに一層理解できるのである。この多元性は、判事の目指す価値の一元性とコントラストをなす。それゆえアメリカ的哲学（プラグマティズム）

の出現にとって一層重要なのである。

ウィリアム・ジェイムズは一九〇八年にオックスフォード大学で講演（翌年『多元的世界』として出版された）をし、次のように述べた。

> プラグマティックに解釈すれば、多元主義つまり世界は多様であるという主義は、現実のいろいろな部分は外的には結びつけることができるという意味である。考えうるすべてのものは、いかに大きなものであれ包括的なものであれ、多元主義的な考えでは、何らかの種類のあるいは量の、純然たる「外的な」環境である。物は多くの形でお互いに「共にある」が、何物もすべての物を包含することも、支配することもできない。すべての文章のあとに「そして（and）」が続く。何かが常に漏れる。全体包括を達成しようとする世界のいかなる部分におけるいかなる優れた試みに対しても「全く……とはいえない」といわなければならない。多元的な世界はかくして帝国や王国よりも連邦共和国に似ている。いかに多くの物が集められ、いかに多くの物が意識や行動の事実上の中心に出現しようとも、残りの何かは自己統治的なのであり、不在なのであり、統一性（unity）に還元することは不可能なのである。
>
> （William James, 776）

この中の「多元的な世界はかくして帝国や王国よりも連邦共和国に似ている」の部分はたぶん言葉の綾、イギリス人聴衆の鼻をつまむようなアメリカ人の（実際にはアイリッシュ・アメリカンの）行為だった、とメナンドは述べている（Menand, 379）。

アメリカ連邦共和国の中の一エスニックとしては、アメリカの Union にとっても「自己統治的なのであり、不在なのであり、統一性に還元することは不可能」なものであるだろう。アメリカのアイリッシュ移民は祖国のアイリッシュとイギリスとの関係と、アメリカにおける自らとアメリカンWASPとの関係を常に平行させていた。一九世紀末から南欧と東欧からの移民に対する警戒・恐怖が強まるにつれて、アイリッシュは相対的にアメリカ人側に引き入れられていたが、それでも白人優位の意識と思想の中で、アイリッシュは微妙な立場に置かれていた。ハーヴァード大学内外でも反アイリッシュ感情が高まり、スコッチ・アイリッシュといえどもアイリッシュとして一くくりにされていたのである。そしてホームズ判事は一元的な法体系を構築するという姿勢を示していた。それは繰り返せば、アイリッシュ、ウィリアム・ジェイムズを批判軽蔑するという形で隠微に現れていたのである。

こうしたあり方は「ザ・クラブ」の仲間ヘンリー・アダムズの「統一」へのオブセッションを考えると一層際立つのであり、WASPのアダムズとアイリッシュのウィリアムの差異の顕在化とも考えられる。時代は多様化へと向かいつつあると認識し嘆いていたアダムズの反動性と、その多様化を受け入れていたウィリアムの人種的背景を示すものとして極めて興味深い。さらには今日の多文化主義の先駆けとしても注目すべきである。

ウィリアムの講演でもう一つ興味を引くのは、「何物もすべての物を包含することも、支配することもできない。すべての文章のあとに『そして（and）』が続く」の部分である。オットー・イェスペルセン（彼も言語進化論者として第一章のトマス・サージェント・ペリーと結びつく）は、女性の言葉はパラタクシスが特徴であると述べている（Jespersen, 251–52）。レヴァンダーはこれを敷衍して次のように書いている。

パラタクシスとは従属関係ではなく等位関係によって句を結ぶことで、関連した観念の相対的な重要性を区別できないために、情報を優先順に区分しようとしない。女性は主として“and”や“or”や“but”を使って観念を結び、一方「男性の」句の結合にあっては、重要さによって事実を構造的に区別し、情報を応化し分類することが本質的にできる。イェスペルセンによれば、「女性心理の言語的特長」によって、女性はその言語の文法構造の中でヒエラルキーを明示することができない。明示するには「感情的に、ストレスやイントネイションによって、また書く場合にはアンダーラインによって」しなければならない。……実際、「だれた気の抜けた女性の表現」と正反対な、英語の「力強さと生き生きとしたところ」が、英語を「明白に男性的なものとし、女性的なものがほとんどない成人男性の言語」としているのである。

(Levander, 15)

すべての文章のあとに「そして（and）」が続く、という多元的世界観は女性的だということになる。そして、ヒエラルキーを明示する男性的な言語は、ウィリアムのいう「帝国や王国」や、さらには「連邦共和国」の中のＷＡＳＰの支配の言語である。そしてカイゼル髭のホームズ・ジュニアの裁判官としての一元的価値体系構築とも重なる。こうしたウィリアムの思想や姿勢に、差別された（ヒエラルキー化された）アイリッシュの心情を見て取ることができるだろう。ホームズ・ジュニアはこうした異質性・差異性をウィリアムの「雄弁」に感じ取っていたのであろうか。アイリッシュとしてのジェイムズ兄弟への差別的な批判・非難と、兄弟の反応応答の根は深い。（ヘミングウェイのandで繋がる等位文体は、統一性を欠いた世界の表現であると同時に、単純化・秩序化への意志による男性的な文体である。なお、リオタールは「古典的《クラシック》な言説のシンタックス建築の破壊と、接続辞のなかでもっとも基本的なものであるet［と］によってつながれるみじかい文のパラタクシック［並辞的］な配列の採用」が「モダニティ」［近代性］の伝統であると書いている〔リオタール、四六頁〕。ホームズを「古典的」とすれば、ウィリアムは「近代的」ということができる。）

この問題は弟ヘンリーの多元的視点の重視に繋がるだけでなく、公衆を前にした、取り分け男性的な雄弁術を行う女性を扱った作品へと広がる。ヘンリー・ジェイムズにおけるアイリッシュ性は、彼の文学に相応しく微妙な形で現れる。『ボストンの人々』（一八八六年）では、ボストンにおける雄弁術が主題の一つである。かつては男性中心の雄弁術の場面に女性弁士を登場させ、かつ若い天才女性雄弁家ヴェリーナ・タラントを赤毛（アイリッシュの特色）にしている。そこでは「女性の権利とか、不遇とか、男女の平等、熱に浮かされたような討論集会、男性投票権の無効化の促進、国会に母親議員を送りこむ見通しとかいったような事柄」が語られる（ジェイムズ『ボストンの人々』六九頁）。しかし弁舌をショー化している。エマソンの時代のハイ・カルチャーとしてのオラトリカル文化の劇場を、女性のセクシュアリティを見世物にする劇場にしているのである。しかも若い美しい女性を弁士にすることによって、ショーの商品価値を高めている。それはアイリッシュ中心のボードヴィルに女性が登場し始めたのと時期を同じくする。「一八六六年に体形もあらわなタイツを着た百名の女性バレー団による音楽的狂想劇『黒いギャング』が、ニューヨークのニブロズ・ガーデンズ劇場に登場した。これが以後四〇年にわたるアメリカのバーレスクの方向を決める契機になった。」（ナイ、第二巻、二九二―九三頁）二つの劇場が接近している状況とみることができるだろう。

しかしオリーヴ・チャンセラーは「声を、人間の声を、私たちは聞きたい」と叫ぶ（『ボストンの人々』六四頁）。これはイェスペルセンのいう「感情的」な女性発話の特徴なのだが、さらにショー化したオラル文化への反発なのである。と同時にそもそもの男性中心のオラル文化への人間としての女性の叫びでもある。

女性雄弁家ヴェリーナの父は娘を売り込む一種の詐欺師である。ここで連想されるのがマーク・トウェインの『ハックルベリー・フィンの冒険』に登場する二人組詐欺師である。西部での彼らの詐欺的興行の一演目は「雄弁術」で、それをハック（＝トウェイン）は「yellocution（わめく雄弁術）」といみじくも表現している。オリーヴの父も西部を詐欺の舞台にしていた。そして、その名タラント（Tarrant）は「わめく（rant）」の意味を潜ませている。そしてボストンに乗り込んできたのである。雄弁術が東部ボストンで正統に発達し、西部に伝播し、詐欺ネタとなり、ボストンに舞い戻ってきたのである。（この父親は韜晦趣味や虚言癖などアイリッシュのクリシェ的な特徴をたっぷり持っている。）かくも見事に、雄弁術の皮肉な伝播と回帰をジェイムズは描いたのである。

『使者たち』（一九〇三年）では、パリで洗練されたとストレザーには思われていたチャドが、実はそうではなかったことを、チャドに「ホーンパイプ踊りかジッグ踊り」の身振りをさせることで表現している。

「けっとばしがいのある賄賂が欲しいだけだと言うのなら、ウレットの賄賂は莫大なものだよ」
「気に入ったなあ。そら、けっとばしますよ！」大袈裟な身ぶりで足をひとふりしたチャドは、想像上の物体を空中へけりあげた。そして、これで、疑問が晴れたでしょうから、大事な話に戻りましょうとでも言いたそうに言った。「もちろん、あす、お目にかかります」
しかし、そのためにチャドが提案した計画に、ストレザーはほとんど注意を払わなかった。チャドが賄賂をけとばすまねをして見せたところで、チャドが見当ちがいのホーンパイプ踊りかジッグ踊りを踊っているという彼が受けた印象は、すこしも薄れはしなかったのだ。
「君は、そわそわしている」と彼は言った。
「ああ、あなたが興奮させるのです」と、別れぎわに、チャドが答えた。

（ジェイムズ『使者たち』四一二三頁）

このホーンパイプ踊りもジッグ踊りもアイリッシュ伝統の輸入ダンスで、ミンストレルでもヴォードヴィルでも定番の演目の一つであった（ジェイムズはニューヨーク時代によくヴォードヴィルも観た）。南北戦争のあと、ある役者は「一晩で『ハムレット』の一幕と『黒い目のスーザン』の一幕を演じ、「ヤンキーの船とヤンキーの船乗り」を歌い、ホーンパイプを踊り、最後はニガー役をやった」という（Levine, 22）。ニューイングランドの名門の息子であるチャドにアイリッシュ・ダンスの身振りをさせて、いささか下品な本性を浮き出させたのである。

次のストレザー自身に関してのジッグ踊りは別の意味が付与されている。

彼は、最近の自分の歴史をなぞらえるものを、すぐに思いついた。彼はベルンの町にある古い時計の人形たちに似ていた。あの人形たちは、一定の時間がくると、片側から出てきて公衆の面前でしばらくジッグ踊りを踊り、反対側へ引っこんでしまう。ストレザーもまた、しばらくジッグ踊りを踊ったのだ――そして、同じようなささやかな隠れ家が、彼を待っているのだ。

（『使者たち』四二五―二六頁）

アイルランド生まれのジッグ踊りはスイスのベルンにまで伝播していたのである。この「人形たち（figures）」は熊である。熊の群れが一方から出てきてジッグを踊りながら他方に消えていく。ストレザーはこのようにして「出てきて」「引き下がる」自分を考えたのである。ロンドンに来たばかりのころはどこまで「出るか」が問題だった。今はつつましい出口が待っている。彼の本来の場所はニューイングランドにある、ヨーロッパでのことはつかの間の出場に過ぎなかった、というのであろう。チャドはジッグ踊りで本来の姿を露呈した。ストレザーの場合はつかの間の登場という意味であのイメージを使ったのであろう。そしてたぶん、チャドの身振りにジッグ踊りを見て取ったので、このベルンの時計の熊たちの動きにジッグ踊りを連想したのである。自分もチャドのレヴェルに引き落とされていたとの意識もあっただろう。チャドを自分の身代わりとして青春の日の夢を実現しようとしていたストレザーの必然的運命であった。ヘンリー・ジェイムズはアイリッシュの差別される身振りをメタファー——身代わり表現——として内面化したといえる。

マーク・トウェインは『赤毛布外遊記』でパリでカンカン踊りを見たとき（一八六七年）のことを、次のように書いている。「[曲芸師]ブロンディンは[綱の上を]後戻りして来て、一人の男を受取り、綱の端まで運んで行った。それから、綱の真中まで戻って、軽快なジッグ踊りを踊った。……彼等は名高い『カンカン舞踊』を踊っているのだ。私の前で、組んで踊っている一人の美しい乙女は、身軽な足取りで、前方へ進み出て、反対側の紳士と組み——又、身軽に戻って来て、両手で著物の両端を鷲づかみにし、裾をかなり高く持ち上げて、私が今までに見たどんなジッグ踊りよりも、動作が活発で、肉体を露出することの多いジッグ踊りを踊った。……やれ、やれ！　これほどの馬鹿騒ぎは、あの暴風雨の夜、『アロウェイの古い幽霊会堂』で、悪魔や、妖女らが、飲めや歌えのらんちき騒ぎをやっているのを、顫えながら、タム・オ・シャンターが垣間見て以来、世界じゅう、あったためしはないであろう。」（トウェイン『赤毛布外遊記　上』一六六、一六七、一六八頁）カンカン踊りはジッグ踊りの発達（?）したものであるらしい。また「タム・オ・シャンター」はロバート・バーンズの『スコットランド方言詩集』に収められた詩だが、この場面の踊りは「ホーンパイプ、ジッグ、ストラススペイやリル」（傍点筆者）である。

マーク・トウェインは一八四〇年代初めにミンストレル・ショーを観たようだ。「それまでミンストレル・ショーのことを知らなかった我々の前に、それは突如として現れ、我々を息をのむほど驚かせ、喜ばせた」と『自伝』（五九頁）で書いている。またミシシッピー河の筏の上で男たちが踊っているのはほかならぬジッグ踊りであり、このような光景でもトウェインはアイリッシュの大衆文化に親しんでいたのだ。

ジェイムズ研究の権威者で、ハーヴァード大学英文科の看板教授であったF・O・マシーセンは、一九五〇年に自殺した。その直後、社会主義者の雑誌『マンスリー・レヴュー』は全号をマシーセン追悼にあてた。その中で友人のジョン・ラックリフは次のように回想している。

ボストンを彼は愛していた。ルイスバーグ・スクエアを見下ろすピンクニー通りの自分のアパートも愛していた。しかしマティはただの魅力によって、いやビーコン・ヒルの圧倒的な魅力によってですら、捉われる人ではなかった。ボストンの錆付いた退廃や停滞には憂鬱にも気鬱にもさせられることが多かった。……彼はボストン・アイリッシュが、彼にはほとんど不似合いながら好きだった。彼が夜に一人パブ巡りをするとき、どこよりも心引かれたのは、そこの雰囲気や声やユーモアがまさに明らかにアイリッシュであるバーだった。アイリッシュのウイットの向こう見ずな辻褄の合わない大言壮語がマティにとっては無類の魅力だった。彼の足はしっかりと地についており、ウイットは鋭く知的なものだった。彼の仕事を仕上げ、自ら引き受けた無数の義務を果たそうとする仮借なき活力と活動は、南アイルランドとサウス・ボストンと度を越えたビール割りウイスキーが混交した世界によってどこよりもよく生み出される、逸脱した、無責任な、そして鋭いユーモアに、まことにアイロニカルな癒しの楽しみを見出していたに相違ない。マティはテレビの侵害に腹を立てていた。彼にとって、テレビは何よりも騒々しく執拗な麻酔薬であり、「その最後の砦であるバーのアメリカの談論（American conversation）に対する脅威」だとして非難していた。（Rackliffe, 255–56）

マシーセンはホームズ父子も住んでいたボストン・エリートの居住地ビーコン・ヒルの、最高級地ルイスバーグ・

スクエア（ルイーザ・メイ・オルコット、その父ブロンソン、ハウェルズ、ヘンリー・ジェイムズ、アーチボルド・マクリーシュなどが住んだ）を見渡せるピンクニー通りに住んでいた。その彼がサウス・ボストン（アイリッシュが住みつき、サウジーという呼称も生まれた）のアイリッシュを好んでいたというのである。特にアイリッシュ・バーを愛していた。マシーセン御本人とは正反対、と思われるような世界である。アイリッシュの世界がアメリカで果たしていた役割はこうしたユーモアと逸脱が溢れる、一種の祝祭空間・場面であったのである。そもそもミンストレルには「鍋釜音楽シヴァリー（shivaree）」あるいは「シャリヴァリ（charivari）」という、下層が上層を引き落とすヨーロッパ古来のカーニヴァル的祝祭場面が混入していた（Sweet, 3-5）。

その特徴を「アメリカの談論（American conversation）」と置き換えていることに注目したい。談論はホームズたちが代表していた一九世紀中葉のアメリカ文化の精華であった。それは二〇世紀に衰退し（ホームズ判事はその幕引きをした）、アイリッシュ・バーにはアイリッシュ伝来の文化として残っていたのである。アイルランド本国の「アイリッシュ・パブの特徴の一つは craic、つまり談論なので、純粋パブ派はパブの中にテレビもジュークボックスも設置するのを激しく批判する（オリヴァー・セント・ジョン・ゴガーティはジュークボックスのことを〈照明つき石炭バケツ〉と定義した）。」（Kelly & Rogers, 61）アメリカでもマシーセンの嘆きによればアイリッシュ・バーもテレビに侵害され、「アメリカの談論」も脅威にさらされていた。そしてバー自体が二〇世紀末には衰退する。二〇世紀末から二一世紀にかけて「訪れる度に、かつての酒場や金物屋がブティック、グルメ・レストラン、カフェに取って代わられている」という（渡辺 靖、一六六頁）。

ここの「アイリッシュのウイットの向こう見ずな辻褄の合わない大言壮語」、「逸脱した、無責任な、そして鋭いユーモア」として特徴付けられたアイリッシュの談論の、文学における好例は、フィンリー・ピーター・ダンの作品

（代表作は『平時と戦時のミスター・ドゥーリー』〔一八九八年〕）である。ダンが創造した分身ドゥーリーはシカゴの酒場の主人で自称哲学博士である。そしてジョンソン博士やホームズ博士と同じように、世事百般の問題について、相棒ヘネシーと共に、ウイット、皮肉、批判精神に溢れた談論を展開する（「アイルランド風の気紛れや、軽口や、奔放に流れる活動性などが、清教徒的な雰囲気の重みを緩和して釣合いをとる発酵素としてはたらく」と指摘したアンドレ・シーグフリードの言葉が想起される。またロバート・フロストもダンの諧謔的な社会風刺を好み模倣した〔Thompson, 577〕）。それもすべてアイリッシュ・イングリッシュで行う。

作品の表題の「戦時」とは一八九八年の米西戦争の時という意味だが、この時、ドゥーリーはアングロサクソン人種の優越性に基づく帝国主義を鋭いユーモアによって批判してみせる。アメリカはこの戦争の時期、社会ダーウィニズムの影響下にあり、アングロサクソンを人種的最優位とするイデオロギーを信じていた（ハーバート・スペンサーの考えでは「優れた者、最善な者」が進化するのだが、それはアングロサクソンのことであった）。ラテン人のスペインやインディオ混血のキューバ、アジア人のフィリピンはアングロサクソンによって征服されてよいのである。アメリカ人にはあらゆる人種が含まれているが、ドイツ人もフランス人も、そしてアイリッシュもアメリカ人としてみなアングロサクソンなのだとダンは皮肉る。「テディ・ロウズヴェルトもアングロサクソンだ。わしもアングロサクソン国出身の最も熱烈なアングロサクソンの一人なのだ。ドゥーリーという名は昔から［アイルランドの］ロスコモンで最も誇り高いアングロサクソンの名なのだ。」（Dunne, 55）

また、一八九七年のヴィクトリア女王即位六〇周年の式典に際しては――

"To-day," said Mr. Dooley, "her gracious Majesty Victorya, Queen iv Great Britain an' that part iv Ireland north iv

Sligo, has reigned f'r sixty long and tiresome years."

"I don't care if she has snowed f'r sixty years," said Mr. Hennessy.

(Dunne, 98)

「今日で」とミスター・ドゥーリーはいった、「大ブリテンとスライゴーの北のアイルランドの女王、ヴィクトリア女王陛下が六〇年も退屈な長ったらしい間、統治したのだ。」

「女王が六〇年間雪を降らせたってオレの知ったこっちゃないね」とミスター・ヘネシーはいった。

（reign《レイン》〔統治する〕を、rain〔雨を降らせる〕に掛けて、snow〔雪を降らせる〕で受けたのである。なお、iv＝of）

このアイリッシュ訛りは一種のカムフラージュとなって、ウィリアム・ジェイムズのいう「帝国や王国」に対する批判の毒を外見上薄めた。差別されたアイリッシュの、まさしく下層が上層を引き落とす、オラル文化のしたたかさである。このときロンドンにいたマーク・トウェインは女王の華やかな行列を観て、「女王はイギリスの偉大さと、イギリスという名の力の象徴である。……行列は六〇年に亘る道徳、物質、政治の分野における進歩と蓄積を表現していた」と書いている（Twain, "Queen Victoria's Jubilee," 199）。女王陛下の総理大臣ソールズベリー卿は、この日の印象を「記念式は素晴らしい成功をおさめた。それは偉大な帝国の君主と、世界各地の女王陛下の臣民の間に、絶えることのない温かい情愛の、他に較ぶべきもののない表現として、歴史に長く生きつづけることであろう」と書き残した（出口保夫、アンドリュ・ワット、三八頁）。トウェインの言葉は、「帝国や王国」に対する、どうやら本心からの、賛美の言葉であり、これは「温かい情愛」を受けることも抱くこともなかった「臣民」アイリッシュ、ミスター・ドゥーリーとミスター・ヘネシー＝フィンリー・ピーター・ダンの調子を逆光的に際立たせている。

（1）　ポーは「鐘楼の悪魔」（一八三九年）で、昔からいささかも変わらないある町にやってきた「非常に小さな外国人らしい」、「悪魔」の容貌をした男が鐘楼を占拠し、異常な音を鳴らし続けて町の秩序を完全に破壊してしまう、という物語を書いている。マーク・トウェインも愛用した《見知らぬ他国人》が町の秩序を破壊するというモチーフの一変形なのだが、持参のフィドルで「ジュディのオフラナガンとパディのオラファティ」というアイルランドの民謡を弾くのだから、悪魔の正体はアイリッシュと思われる。そもそもこの男は「踊るような足取りも軽やかに」町に入ってきた。アイリッシュダンスであろう。舞台はオランダの町となっているが、アメリカの伝統的な町にやって来てそこの秩序を破壊するカトリック・アイリッシュへの反感が作らせた作品といえる。この小男を追放し町の旧来の姿を取り戻そう、と呼びかける「私」は、フィラデルフィアの名士たちの声を代弁しているだろう。もっともこの旧弊な町をも揶揄しているのだから、作者の態度はアンビヴァレントである。

（2）　アイリッシュとユダヤ人の関わりに一つの光を当てるのは、半分アイリッシュのラフカディオ・ハーンである。ハーンはアメリカ時代にユダヤ人について多くのエッセイを書いている。彼にとってもユダヤ人は気になる近い存在だったのである。ルーマニア系ユダヤ人のデルモア・シュワルツはハーヴァード大学で哲学を学び、英文科の創作の講師、助教授にもなったのだが、ユダヤ人への耐え難い蔑視差別を受けた。これは一九三〇年代半ばから四〇年代半ばに掛けてのことである。

参考文献

Cockrell, Dale. *Demons of Disorder : Early Blackface Minstrels and Their World*. Cambridge, MA : Cambridge UP, 1997.
Dunne, Finley Peter. *Mr. Dooley in Peace and in War*. Boston : Small, Magnard & Co., 1898.
Eliot, T. S. "In Memory : The Hawthorne Aspect." *The Little Review* 5. 4 (August 1918) : 44-53.
Elliott, Emory, et al., eds. *Columbia Literary History of the United States*. New York : Columbia UP, 1988.
Gibian, Peter. *Oliver Wendell Holmes and Culture of Conversation*. Cambridge, MA : Harvard UP, 2001.
Hawthorne, Nathaniel. *The Novels and Tales of Nathaniel Hawthorne*. New York : Modern Library, 1937.
Holmes, Oliver Wendell. *The Autocrat of the Breakfast Table*. 1858. New York : Sagamore Press, 1958.
Holmes, Oliver Wendell, Jr. *The Essential Holmes : Selections from the Letters, Speeches, Judicial Opinions, and Other Writings of*

Oliver Wendell Holmes, Jr. Ed. Richard A. Posner. Chicago : U of Chicago P, 1992.

———. *Touched with Fire : Civil War Letters and Diary of Oliver Wendell Holmes, Jr.* Ed. Mark De Wolfe Howe. New York : Fordam UP, 2000.

James, Henry. *The Bostonians.* 1886. New York : Modern Library, 1956. 谷口陸男訳『ボストンの人々』世界の文学二六、中央公論社、一九六六年。

———. *The Ambassadors.* 1903. New York : W. W. Norton, 1964. 工藤好美・青木次生訳『使者たち』講談社世界文学全集二六、一九六八年。

———. *The American Scene.* 1907. Bloomington : Indiana UP, 1968. 青木次生訳『アメリカ印象記』研究社出版、一九七六年。

James, William. *A Pluralistic Universe.* 1909. *William James : Writings 1902–1910.* New York : Library Classics of the United States, 1987.

Jespersen, Otto. *Language : Its Nature, Development and Origin.* London : Allen & Unwin, 1923.

Kelly, Sean & Rosemary Rogers. *How to Be Irish (Even If You Already Are).* New York : Villard Books, 1999.

Levander, Caroline Field. *Voices of the Nation : Women and Public Speech in Nineteenth-Century Literature and Culture.* Cambridge, MA : Cambridge UP, 1998.

Levine, Lawrence W. *Highbrow / Lowbrow : The Emergence of Cultural Hierarchy in America.* Cambridge, MA : Harvard UP, 1988.

Mahar, William J. *Behind the Burnt Cork Mask : Early Blackface Minstrelry and Antebellum American Popular Culture.* Urbana : U of Illinois P, 1999.

Menand, Louis. *The Metaphysical Club : A Story of Ideas in America.* New York : Farrar, Straus & Giroux, 2001.

Nye, Russell. *The Unembarrassed Muse : The Popular Arts in America.* New York : Dial Press, 1970. 亀井俊介他訳『アメリカ大衆芸術物語』全三巻、研究社出版、一九七九年。

Rourke, Constance M. *American Humor : A Study of the National Character.* 1931. New York : Doubleday, 1953.

Rackliffe, John. "Notes for a Character Sketch." *Monthly Review* 2. 6 (Oct. 1950) : 244–61.

Sweet, Frank W. *A History of The Minstrel Show.* Palm Coast, FL : Backintyme, 2000.

Thompson, Lawrence. *Robert Frost: The Early Years, 1874–1915.* New York: Holt, Rinehart & Winston, 1966.

Thoreau, Henry David. *Walden or, Life in the Woods* and *On the Duty of Civil Disobedience.* New York: Signet Classics, 1963.

Townsend, Kim. *Manhood at Harvard: William James and Others.* Cambridge, MA: Harvard UP, 1996.

Twain, Mark, *The Innocents Abroad; or, The New Pilgrim's Progress.* 1869.　濱田政二郎訳『赤毛布外遊記』全三巻、岩波文庫、一九五一年。

———. "Queen Victoria's Jubilee." *The Complete Essays of Mark Twain* (Ed. Charles Neider. Garden City, NY: Doubleday, 1963): 189–99.

Wilson, Edmund. *Patriotic Gore: Studies in the Literature of the American Civil War.* New York: Oxford UP, 1962.　中村紘一訳『愛国の血潮　南北戦争の記録とアメリカの精神』研究社出版、一九九八年。

アンドレ・シーグフリード（鶴岡千仭訳）『アメリカI（国土と国民）』有斐閣、一九五九年。

ジャン＝フランソワ・リオタール『ポストモダン通信―こどもたちへの10の手紙』朝日出版社、一九八六年。

出口保夫、アンドリュー・ワット『漱石のロンドン風景』中公文庫、一九九五年。

マーク・トウェイン（勝浦吉雄訳）『マーク・トウェイン自伝』筑摩書房、一九八四年。

ラフカディオ・ハーン「黒人の寄席演芸―ロー街の芸人たち」、『ラフカディオ・ハーン著作集　第四巻　西洋落穂集』（恒文社、一九八七年）一三八―四四頁。

武藤脩二「アイリッシュ・アメリカンの文学―オニールとフィッツジェラルドの『ブラック・アイリッシュ』」、『ケルト復興』（中央大学人文研、二〇〇一年）五〇七―二六頁。

渡辺 靖『アフター・アメリカ―ボストニアンの軌跡と〈文化の政治学〉』慶應義塾大学出版会、二〇〇四年。

第四章　メランコリー表象の変容と「進化」

――ユージン・オニールの発見――

「ブラック・アイリッシュ(マン)」("Black Irish(man)")という言葉がある。この言葉は、一八四五年から一八五二年にかけてのアイルランド大飢饉によって大量の貧しいカトリック系アイルランド人(アイリッシュ)がアメリカに移民した世代以降の、アイルランド移民に与えられた蔑称であった。(一八五一年から五年間だけでも九〇万人のアイリッシュが国外に脱出し、そのほとんどがアメリカに渡った。)一八五〇年のアメリカの国勢調査で「ムラート」なる項目が初めて設けられた。これは黒人と白人の初代混血を指すが、黒人ではなく、むしろ白人であったアイリッシュもこの範疇に納められた。アイリッシュは黒人と同じ社会の底辺にあって、職や住をめぐって対立する間柄だったのだが、一般白人から見れば黒人と同一視される、正確に言えば同一視したい存在だったのである。「アメリカの人々の大多数が、心と魂の底では反カトリックなのだが、それにも増して、反アイリッシュなのである。アイルランドに関わる全てが、アメリカ人にとっては不愉快極まりない」(Miller & Wagner, 54)と、アイルランドで生まれニューヨーク市で弁護士となったジョン・ブレイク・ディロンは嘆いたという。アイリッシュは「裏返しにされたニガー」、黒人のほうは「薫製のアイリッシュ」などと呼ばれた(Ignatiev, 40-41)。したがってアイリッシュはまさしく「ブラック・アイリッシュ」だったのである（「ホワイト・ニガー」という蔑称もあった〔Cockrell, 9〕）。

ヨーロッパでも（特にイギリスでは政治的背景から）一九世紀にはアイルランド人をブラックな野蛮人とする見方は定着していた。ヨーロッパでのブラック・アイリッシュとは地中海系の人種に似ているアイリッシュという意味である。地中海系とはアフリカ人とヨーロッパ人の混血で、褐色の肌、黒い目を特色とするが、白人と区別できない者もいる。ブラック・アイリッシュと呼ぶのは、そのような地中海系と似ているといい立てているだけのことだが、しかし蔑称ではあった。アメリカでは黒人との接近・接触によって一層リアルな蔑称となったのである。

だが、英語が話せることやアイリッシュの互助精神や組織などのお陰もあって、一八八〇年代にはいわゆる「レース・カーテン」の中産階級となり、一九二〇年代にはイギリス系に追い付く者が多かった（やがてケネディ王朝も生まれる）。作家も生み出した。二〇世紀にいわばキャノン入りしたブラック・アイリッシュ・アメリカンの作家はこの一九世紀中葉の飢饉世代――経済的・政治的・宗教的・人種的困難と闘った世代――の子孫である。ユージン・オニールはその子の世代、F・スコット・フィッツジェラルドは孫の世代である。フィッツジェラルドの次の述懐は「ブラック・アイリッシュ」という言葉がどのような反応を呼び起こすものであったかをよく示している。

ぼくの半分は「ブラック・アイリッシュ」で、あとの半分は「メリーランド州の」先祖をやたらと自惚れる「オールド・アメリカン・ストック」だ。わが家の半分の「ブラック・アイリッシュ」は金があり、もう半分のメリーランド州側を見下していた。メリーランド州側は、今は粉々になった昔の「育ち」（現代の「抑制」）という言葉でいわれる一連の寡黙さや義務といったものを身に付けていた、本当に身に付けていた。こういった分裂対立の雰囲気に生まれたので、ぼくは二気筒の劣等感を植え付けられたのだ。

（Fitzgerald, *The Letters of F. Scott Fitzgerald*, 503）

ここの「オールド・ストック」（old stock）とは、〈最古のアメリカ人〉、〈百パーセント・アメリカ人〉の意味で、いわゆるＷＡＳＰである。フィッツジェラルド家は、父方はスコットランド出身であり、その遠縁にはアメリカ国歌の作詞者のフランシス・スコット・キーがいる。母方が「ジャガイモ飢饉のアイリッシュ直系」（Ebel, 20）であった。母方の祖父はアイルランドのファーマナーから来て（その妻の父はアイルランド移民の大工だった）、「アメリカン・ドリームの典型」（Bruccoli, 11）だったのだが、飢饉世代の子孫、「ブラック・アイリッシュ」であることは実に恥ずかしいことだったのだ。それが一種の分裂症的心理を生んだのである。

フィッツジェラルドは自分が生まれたセント・ポールの社会階層について次のように書いている。

> 頂上には、その祖父母たちが東部からあるもの、つまり金と文化の痕跡を持ってきた家族があった。次は自分の力で築いた商人たちで、「一八世紀の」六〇・七〇年代にアメリカに来た「旧移民」のアメリカン・イングリッシュ・スコッチ、ドイツ人、アイルランド人「スコットランドから移住したプレズビテリアン、スコッチ・アイリッシュのこと」が大体この順序に下を見下ろしていた。見下ろされていたのはアイリッシュで、それは宗教的相違からというよりは（フレンチ・カトリックはすこし優れていると考えられていた）、東部での政治的腐敗の汚名のためだった。その次に裕福な「新移民」が来る。なぞめいた、連中で、いかがわしい過去、おそらくは不健全な過去がある。
>
> （Fitzgerald, *The Crack-Up*, 233–34）

こうした背景、というよりは意識が、ジョイスの『ユリシーズ』を読んだあと、エドマンド・ウィルソン宛にこう書かせたのである――「アメリカが舞台だったらよかったのにと思います。中産階級のアイルランドにはぼくをひどく滅入らせるものがあります。つまり、虚ろな陰気な苦痛をぼくに与えるのです。ぼくの先祖の片方はそうしたアイルランドの階層、いやたぶんもっと低い階層の出なのです。この作品はぼくを恐ろしいほど剝き出しにされた気分にするのです。」(Fitzgerald, *The Letters*, 337)

そこでフィッツジェラルドは「自分は両親の息子ではなく、王、全世界を支配する王の息子なのだ」(Fitzgerald, "Author's House," 185) と少年時代に信じていたと後年述懐している。むしろ信じたかったのである。フィッツジェラルドは、作品の人物からアイリッシュ的要素を極力排除することに努め、それを隠そうとしたが、むしろその意識が変身譚の傑作『偉大なるギャツビー』を書かせたといえる。

一方、オニールの場合、貧しいアイリッシュ移民の子ながら商業演劇の役者として成功した父を軽蔑してはいたが、アイリッシュの血を重視していた。彼を少年時代から知っていたある人物(「キャプテン」トマス・フランシス)は次のように語ったという。

「彼はいつも暗い男で、いつも悲劇的で、いつも考えていた。まったく彼にじっと見詰められると、すっかり見透かされ、魂まで見通されるみたいだった。あまり話はしなかったが、話すときは穏やかに話した。頭もよかった、いつも本を読んでいた。この辺じゃみんなアイリッシュで、みんなあのタイプの人間をよく知っていた。彼は本物のブラック・アイリッシュマンだった。」

ブラック・アイリッシュマンとは、とキャプテンは説明してくれた、信仰を失って、人生の意義――つまりカトリックの教義問答の単純な《答》を信じたように、再び熱心に信じられる何らかの哲学――を探求することに一生を送るアイリッシュマンのことだ。ブラック・アイリッシュマンは陰気で孤独な人間で、それに酒飲みが多く、荒い言葉を口にする。アメリカ文学はブラック・アイリッシュマンによって豊かになっている。そのなかにはＦ・スコット・フィッツジェラド、ジェイムズ・ファレル、ジョン・オハラなどがいるが、オニールが一番ブラックだ。

オニール自身、彼のアイルランドの遺産を最大級に重視している。彼は息子の髭を生やしたギリシア語の教授、ユージン・ジュニアとの話で、しばらく前にこう語ったことがある、「私のことを何よりも説き明かすのは、私がアイルランド系だということだ。奇妙なことに、私と私の作品を説き明かそうと書く人たちがみな見逃していることだ。」

(Bowen, 64–65)

オニールは、ある友人の証言によると、「非常に神経質で、酒を飲んでいる時はブラック・アイリッシュだった。この気分になると破壊と迷惑を及ぼしそうなのが傍でも予感できた」という（Friedrich, 292）。デューナ・バーンズの『夜の森』の一人物は「アイルランド人っていうのは永遠を求めて苛立っている」という（バーンズ、四四頁）。またトマス・フランシスの証言は、オニールがジョージ・ジーン・ネイサンに宛てた手紙（一九二八年）で次のように書いていることと符合する。

今日の劇作家は彼が感じている今日の病の根を掘らなければなりません――その根とは、古い神の死と、なお残存している原始的宗教本能が人間の意味を見出し、死の恐怖を慰めうる、何らかの新しい満足しうる神を、科学と物質主義が与えることに失敗していることです。

(Krutch, 192-93)

さらに明らかなのは、「ブラック・アイリッシュ」というアイルランド人移民に向けられた軽蔑の言葉をフィッツジェラルドとは正反対に肯定的に受け止め、内面化し、精神化し、文学創造のポジティヴな要素としているということである。トマス・フランシスの証言の中に鏤められている言葉──「暗い」、「悲劇的」、「考える」、「魂を見通す」、「あまり話さない」、「いつも本を読んでいる」、「人生の意義を探求する」、「陰気で孤独な人間」、そして「ブラック」そのもの──これらはすべていわゆるメランコリーの属性である。つまりこの語り手はルネサンス以来のヨーロッパのメランコリーの伝統に、オニール(とアイルランド系アメリカ作家)の「ブラック(ネス)」を接木したということである。

アイリッシュのメランコリーについて、「イギリス人がカトリック・アイリッシュの属性として乱暴、怠惰、不安定をあげ、さらにメランコリーをもあげていた。陰気である」(Vincent Cheng, 41)という証言もある。こうした負の属性がオニールで正の属性へと転化されたのである。

一方アイリッシュのイェイツは「マシュー・アーノルドは『ケルト文学研究』で、この自然愛、この想像性、このメランコリーを、ケルト的特色として認めている。……ケルト人はファウストやウェルテルのように『完全に明確な動機』からメランコリーなのではなく、なにか『不可解な、反抗的な、巨人的な』ところからメランコリーなのである」とのアーノルドの説を紹介している(Yeats, 211)。ケルトとはこの場合アイリッシュのことであり、イェイツはこうしたケルト的特色を高く評価しているのである。

ロバート・ルイス・スティーヴンソンはスコットランド人で躁鬱質であった。彼の父も同じ症状の持ち主で、息子によれば、「内奥の思考は常にケルト的メランコリーに彩られていた」という（Jamison, 282）。アン・チェンは『人種のメランコリー』で、多人種国アメリカにおけるメランコリーに光を当てている。それは「人種的メランコリー」と称しうるもので、黒人、移民などが陥ったメランコリーのことである。オニールのメランコリーはアイリッシュ特有なものであったとはいえ、移民国アメリカにおいて一層強められた症状であったといえるだろう（ジェイミソンによれば、移民の最初の高揚が反動的にメランコリーを齎した可能性がある〔Jamison, 296-97〕。オニールの『毛猿』のヤンクの最初の高揚と後のメランコリーに集約的に表現されている）。そして黒人と共有される症状であったといえる。「ブラック・アイリッシュ」とはいいえて妙である。

アメリカにおけるメランコリーのテーマは、アメリカン・ルネサンス期のポーにおいても、ホーソンの作品集『旧牧師館の苔』に寄せたメルヴィルの書評においても展開されたことはいうまでもない。さらにメルヴィルは、「あらゆる人のうちでもっとも真実なる人が「悲哀の人〔キリスト〕」であるように、あらゆる書のうちもっとも真実なる書はソロモンの書であり、その『伝道の書』は、精妙に鍛造されたる悲哀の鋼である。『すべて空なり。』すべて」（Melville, 535）と書いている。

後にこうしたカルヴィニズムの暗黒をテーマとしたのはエドウィン・アーリントン・ロビンソンである。実質的に第一詩集となった『夜の子ら』（一八九七年）のタイトル詩のタイトルの意味はカルヴィニストの謂いである。カルヴィニズムの神の選びと運命予定説を意味する「運命の箕」にふるわれた「夜の子ら」は失われているように見える、とロビンソンはいう。盲目のカルヴィニストは「一人の預言者〔カルヴィン〕の虚言のほか神を見ない」。「灰色ではなく真紅が薄明を美しくする」、「宇宙である自我を自らの中で崇めよう」といい、「光の子たち」となろうと「夜の子ら」に呼びかける（ロビンソン、一三二―三三頁）。ロビンソンはエマソンの理想が潰えた時代に生きたメランコリーの詩人だったが（「丘の上の家には／荒廃と崩壊がある」）、暗黒に生きたホーソンやメルヴィルとは異なって、依然としてエマソンの理想（「宇宙」である「自我」）の光に救いを求める理念の人であった。

メランコリーの「（暗）黒」を次にテーマとしたのが、アイリッシュ・アメリカンの作家たちだったのである。[1] しかしオニールのメランコリーは直ちにルネサンス期のデューラーの「メレンコリアI」（図1）などに結びつくものではない。オニールの作品にはロダンの「考える人」（図2）への直接間接の言及が少なくない。『毛猿』（一九二二年）には、「ヤンクが独房のなかで、ロダンの『考える人』の姿勢でベッドの端に座っているのが見える」（O'Neill, *The Hairy Ape*, 151）という卜書きがある。ヤンクはアイリッシュの労働者である。また、『楡の木陰の欲望』（一九二四年）

図１　デューラー「メレンコリア　I」

図２　ロダン「考える人」（東京国立西洋美術館蔵）

では、「エビンが自分の寝室のベッドの端に握り拳に頬杖をついて腰かけている。自分の感情の葛藤を理解しようとしてもがいている苦悩の色がありありと顔に見える。」（O'Neill, *Desire Under the Elms*, 65）これも「考える人」の姿勢である。さらに少し後の場面で、「台所では、食卓の上の獣脂ろうそくの明かりに照らされて、エビンがやつれた顔も無表情に、ぽかんと頬杖をついて腰かけている。」（83）

つまり、デューラーとオニールの間にロダンを挟み込まなければならないのである。ではロダンの「考える人」はデューラーの「メレンコリアⅠ」とどのように繋がり、異なり、そしてオニールへと引き継がれているのであろうか。

ロダンの「考える人」とデューラーの「メレンコリアⅠ」の類似点はまず顔に当てられた握り拳である。後者の握り拳について、これは「創造的な仕事に集中する完全に理性的な人の手なのである。……握り拳のポーズは、問題を正確に把握しているにもかかわらず、それを解決することも、あるいは忘却してしまうこともできずに悶々とする精神の異常なまでの緊張状態を、象徴的に表現しているのである。」（クリバンスキー、二八八頁）その爛々たる眼とともに、といえる。

一方、ロダンの握り拳は、デューラーと違って右手の肘を左脚の腿で支え、その拳を頬ではなく口に押し当てている。口は歪んでいる。体も歪み捩れ、従って拳（と口）はその歪み捩れた体の最も集中的な表現となっている。これは、「肉体は魂の内的状態を外的に表現したものとして存在する、という教会彫刻の中世の大伝統から本質が由来するドナテルロやミケランジェロの『ゴシック的な』作品に最も近い」（Audeh, 71）という指摘や、「力強い筋力をもった均整のとれたモデルを使ったのは、ミケランジェロから得た教訓であったかもしれない。そのような人体は、特にその力が内向しているように見える場合には、主体の内的ドラマを強調する、という教訓である」（Elsen, 73）という指摘から、「主体の内的ドラマを強調する」(73)筋肉をもった肉体なのである。そして「考える人」の内面は、「地獄の門」全体に蠢く肉体(ウゴリノやフランチェスカとパオロのような飢餓や欲情などの表現としての肉体)の苦悩に満ちている。

「メレンコリア自身は、静的な思索を象徴している」(クリバンスキー、三〇七頁)のであり、フィチーノによれば、「自分たちの精神を肉体と物質的な事柄から、非物質的なものへ向ける哲学研究に没頭する人々」(三一一頁)である。メレンコリアの周辺には思索の内容や対象を示す多くの《物》が存在している。一方、ロダンが肖像を造ったユゴーは、「詩人を、社会を導くマギと考え、〈考える人〉と自称し、考える人とは能動的名詞だと説明した。」(Elsen, 231)

このようにデューラーの「メレンコリアⅠ」とロダンの「考える人」は、静的と能動的、精神と肉体(内面を表現する外面としての)等の対比を示している。つまり二人のメランコリーはかなり異なっているといわなければならない。

ロダンを理解するためにはフィチーノよりもダンテその人を呼び起こしたほうがよいのである。ここにおけるデューラー、フィチーノ、ダンテの関連について、クリステヴァの次のような言葉を引用しておきたい。

デューラーの「メレンコリア」(一五一四年)は、マルシリオ・フィチーノにおいて絶頂期をみたあの理論的思弁を造形芸術のなかにみごとに移し変えることになる。他方キリスト教神学は、悲哀を罪とみなしている。ダンテは、「智能の功徳をうしなえる憂いの民」を「憂いの都」(「地獄篇」、第三曲)に位置づけている。「陰鬱な心」をもつことは、神をうしなったことを意味し、憂鬱な者たちは「神にも神の敵にも厭わるる卑しきものの宗族《うから》」をかたちづくる。彼らの罰は、「死の望みがまったくない」ことである。絶望のために自分自身にたいして猛々しくなった者たち、自殺した者たちや浪費する者たちも、同じように容赦されず、彼らは木に変身させられるのである（第八曲）。

（クリステヴァ、二〇九―二一〇頁）

しかし、キリストその人が悲哀・憂鬱の人でもあったのである（デューラーはキリストを「悲哀の人」として版画に刻んだ）。ロダンは「地獄の門」を着想したとき、門の前で岩に座って『神曲』の構想を思い巡らしているダンテを考えた（ダンテもメランコリーの人である）。そのダンテは「痩せて細いローブをまとった禁欲的」な姿であった。（その起源はメルヴィルも言及している「悲哀の人」キリスト、「冷たい石の上のキリスト」である。）この最初のインスピレーションに導かれつつも、筋骨逞しい裸の激情的な男が構想された。彼は己の内なる激情を瞑想し、激情とその解決に苦悶する。同時に〈地獄の門〉で激情に蠢く『神曲』や神話の人物に代わって、あるいは同化して、苦悶の思索に耽るのである（Elsen, 73）。

しかし、いわばキリストあるいはダンテがいるはずの場所に人間ロダン＝「考える人」が座っているのである。それは「救い主の苦しみというよりは人間の苦しみ」への置き換えなのであり、さらには、「神もキリストも救われる人も悪魔もいない」地獄の苦しみなのである。ロダン＝「考える人」が表象しているのは、「理解する能力は保っていて、人間存在の真実とその限界を認識できるが、信仰を失った魂である。……それは体の強く捩まげられた筋肉の緊張と、握りしめられた拳と、縦皺の寄った顔によって伝えられている」のである（Audeh, 88）。

こうしたデューラーからロダンへの変化・移行は、さらにオニールによっていかに変化・移行されたのであろうか。あのトマス・フランシスの「ブラック・アイリッシュマンとは……信仰を失って、人生の意義――つまりカトリックの教義問答の単純な《答》を信じたように、再び熱心に信じられる何らかの哲学――を探求することに一生を送るアイリッシュマンのことだ」という言葉は、ロダンの「考える人」が「理解する能力は保っていて、人間存在の真実とその限界を認識できるが、信仰を失った魂である」という言葉といかに見事に映発し合っているかを見なければならない。『楡の木陰の欲望』のエビンのまさに「自分の感情の葛藤を理解しようとしてもがいている苦悩の色がありありと顔に見える」姿は、「己の内の激情を瞑想し、激情とその解決に苦悶する」「考える人」と結びつく。デューラーの「メレンコリアI」よりもはるかにロダンの「考える人」に近い。それは知的活動に力点を置いたルネサンスのメランコリーから、感情の苦悶に力点を移したロマン派のメランコリーを経由したことの表れなのである。

と同時に、ロダンの「考える人」の逞しい肉体が、内的情動の外的表現としての筋肉の強調に貢献しているとはいえ、やはり、知的な姿から遠ざかっているとの印象を強く与える。「ユゴーは詩人を、社会を導くマギと考え」、「『考える人』の力強い肉体はユゴーとロダンの巨大な意志を持った労働者・活動家＝詩人＝芸術家、思考と行動の巨人という自己像の体現であった」（Elsen, 231）という、その《労働者》の姿にオニールは惹き付けられたと思われる。オニールはロダンの「考える人」から、己の激情に苦悶する人、己の立場に覚醒し苦悶する労働者を取り出したのである。（『楡の木陰の欲望』のエビンも農夫である。なおスタインベックの『怒りのぶどう』にも描かれたダスト・ストームで農夫たちは苦境に陥った。その農夫たちを助けるための「再定住局」のポスターには、ヴェランダに座って両手を頬に当てている農夫の姿が描かれている〔High, 164〕。）

日本の近代彫刻においてもロダンの役割は大きかった。荻原守衛はロダンの「考える人」に触発されて「労働者」（一九〇九年）を産み出した。筋骨逞しい労働者のトルソーである。さらに、朝倉文夫は「考える人」をもとに「進化」（一九〇七年）を造形した。「進化」は「自然主義文学や実証的科学論を信奉していた若き作者が、猿から人間にいたる進化の心理的過程をロマン的に表現したものという」（大屋美奈編『シンポジウム「ロダン藝術におけるモダニティ」』七八頁）。日本の二人の彫刻家は、オニールに先んじてロダンの「考える人」から労働者と、さらには猿（から人間への進化）をも連想・着想したのである。

オニールを含めてアイリッシュにとって、この「猿」のテーマは極めて根深いものである。一八八〇年の『パック』誌の挿し絵では、アメリカとイギリスの食品を食らって太鼓腹に肥った、類人猿の顔をしたアイルランド人がアイリッシュ・ジッグを踊っている（この踊りについては一二六―一二八頁を参照）。そのわきで、野獣を飼い慣らそうとしているかのように棍棒を手に腕まくりをしているジョンブルの、その傍らにアンクルサムが立って話し合っている（Vincent Cheng, 39）。イギリスとアメリカの支配層がアイリッシュを野蛮な猿として同一視していることを示す図である。一八七六年の『ハーパーズ・ウイークリー』誌には、アメリカ南部の解放黒人奴隷と北部のアイリッシュ選挙人を秤に掛けて、両者が同じ重さであることを示す風刺画が掲載されている（38）。つまりアイリッシュも黒人も猿として同等だったのである。

フランク・ノリスの『レディー・レティー号のモラン』でも船長以外の船員は全員中国人で、猿呼ばわりされている。白人優位主義からすれば下位の人種、移民はみな猿である。（米西戦争時にはキューバ人はアメリカ人によって猿扱いされ、日露戦争時には日本人はロシア皇帝によって猿《マカーキ》呼ばわりされた。ヘンリー・アダムズも一八八六年に『日本からの手紙』の中で、「なにしろ日本人は猿だ、とくに女はまことにできの悪い猿だ、という印象は拭い切れない」と書いている〔アダムズ、一〇九頁〕。）アイリッシュは白人でありながら猿だったのである。そしてアメリカでは鉄道布設の労働に当たったのは主として中国人とアイリッシュであった。繰り返せば、ヨーロッパでもアイリッシュは黒人のレヴェルに貶められ、ホワイト・ニグロと称された。こうしたヨーロッパ（いうまでもなく特にイギリス）における差別意識はアメリカに移植されると、一層強化され、ニグロそして猿と等しなみに扱われることになったのである。エリオットはスウィーニーなる人物を数篇の詩で登場させているが、これはアイリッシュである（「類人猿の身振りよろしく……」（「直立したスウィーニー」）、「エイプネック・スウィーニーは膝をひろげ……」（「ナイチンゲールに囲まれたスウィーニー」）、傍点筆者）。肉欲・物欲・暴力を象徴する二〇世紀人である。「エイプ ape」には類人猿の他にニグロの意味もある。なお「直立したスウィーニー」は「直立猿人」に由来するだろう。

先に引用したジョン・ブレイク・ディロンは続けて「このような信念ゆえに、ニューヨーク、ボストンを含む各地の新聞は、アイリッシュを暴力的で大酒飲みとして、さらには、ネイティヴ・アメリカンどころかむしろ類人猿に近い人間以下の生き物として、しばしば描いた」（Miller & Wagner, 54）と語った。野蛮人のイメージはかつてはキャリバンであり、アメリカのインディアンであり、ダーウィンにおいてはニュージーランドのマオリ族であり、あるいはブッシュマン、ホッテントットであった。人類学が発達すれば類人猿に近い生物とされ、ゴリラ、チンパンジー、オーランウータンのイメージで表現された。

ポストコロニアルの論者なら、一八九〇年代に『テンペスト』のキャリバンを演じた役者が動物園で類人猿を観察したことにヒントをえて、シェイクスピアの時代、つまりアメリカ・コロニアルの初期には、「被植民者の代表」としてのキャリバンを、神学をもとに異教徒の悪魔・怪物としたのに対して、一九世紀の人種差別は進化論などの科学をもとにして被差別人種を人類の下の類人猿と見た、と論じるかもしれない。

オニールは『毛猿』で、あるアイリッシュの労働者を「推測で描いたネアンデルタール人の姿に似ていなければならない」（121）と指示している。ネアンデルタール人の発見は一八五七年のことであった。考古学・人類学などは進化論（『種の起源』は一八五九年出版）を追認することに力を注いだ。ネアンデルタール人の発見とアイルランド飢饉移民の時期の大まかな合致は、アメリカにおいてアイリッシュの労働者をネアンデルタール人と同一化する考えを生み出したのである。

ネアンデルタール人は、その復元史の最初期の一九〇九年には、棍棒を手にした前屈みのゴリラのように毛むくじゃらな姿をしている。『毛猿』は一九二二年に上演されたが、その前年の一九二一年にシカゴの「フィールド自然博物館」に〈推測〉で復元されたネアンデルタール人の像が登場した。タフな体格をし、背をやや曲げた、腰の周り以外は裸の原始人の姿である（赤澤 威、四四頁）。オニールが〈推測〉で描いたとしたネアンデルタールがどちらの像をもとにしたのか不明だが、いずれにしても、ゴリラや原始人の姿であったことは確かである。ロダンの「考える人」は、時系列的には朝倉文夫の「進化」を経て、そして退化してオニールのネアンデルタール人や類人猿となったのである。

またブラック・アイリッシュのブラックネスはメランコリーのブラックネスと結びつくのであるが、オニールはアメリカにおけるブラックネス、つまり黒人の黒色にメランコリーを結びつけるという力業をやってのけた。初期の作品『カリブの月』（一九一八年）の背景をなしているのは、満月が照らし、「黒人の憂鬱な唄声が低く漂っている」（O'Neill, *The Moon of the Caribbees*, 527）西インド諸島のある島の沖合に停泊している貨物船である。この唄声は島の人の埋葬の唄であるが、これを聞く乗組員の一人イギリス人のスミティは、「両手で顎を支え、……夢想に耽って」（528）いる。例のポーズである。それは後の作品『交戦海域』（一九一七年）で恋人を失った悲しみのためと判明するが、こうした「思い出」に悩むメランコリー（の姿勢）は、黒人の憂鬱な弔いの唄と映発し合う。そして黒人女のことを「オルガン弾きの連れてる猿」（532）に準え、そのすぐあとでアイルランド人パディも「毛むくじゃらの猿」「毛猿」（532）と表現されている。こうして黒人―メランコリー（憂鬱）―「考える人」の姿勢―猿（毛猿）―アイリッシュという連合がすでに存在しているのである。こうした深いレヴェルでの黒人とアイリッシュの接合は、両者の一般社会のレヴェルにおける対立を考えると異例なことなのであり、黒人への肯定的な関心にブラック・アイリッシュ、オニールの芸術家としての特質を見ることができる。

あらためて『毛猿』を見てみれば、その前半の舞台は大西洋航路の定期船の火夫室で、火夫たちは「檻の中の獣」(121)と形容されている。「火夫たちが常にシャベルで石炭をすくう結果、背と肩の筋肉が異常に発達して、自然猫背になっているが、天井が低いため、その姿勢がいっそう際立って見える。」(121)そして例の「彼ら自身は、推測で描いたネアンデルタール人に似ていなければならない」というト書きが続く。火夫のひとりは、年とったアイルランド人で、「その顔はひどく猿に似ていて、その眼は、猿のもの悲しそうな、意地っぱりな哀感をたたえている。」(123)「鎖につながれてうずくまったゴリラのような」(135)とまで形容されている。またもうひとりの火夫ヤンクもまさしくアイリッシュである。

ヤンクは鋼鉄製の汽船の火夫として誇りを持っていたが、この汽船の持ち主であり、鉄鋼王でもある人物の娘ミルドレッド——この令嬢の祖母もクレイパイプ(アイリッシュのアトリビュット)でタバコを吸ったというアイリッシュにほかならないのだが——がヤンクの姿に驚愕し失神しかける事件が起きると、彼に変化が生まれる。二等機関士は「この檻の中にいるのは、暗黒のアフリカでも決して見られない珍しい狒です」(140)とミルドレッドに説明していたと聞かされ、またミルドレッドが「動物園から逃げ出した、でけえ毛猿にでも出会ったような恰好だった」(141)といわれ、ヤンクは激怒し、そして考え込む。ここでロダンの「考える人」の姿勢をとるのである。ヤンクが誇りとしていた「鋼鉄」は、狒や毛猿としての彼を閉じこめる「檻」へと価値変換されたわけである(やがて留置場の檻に入れられる)。ひとつにはここで資本家と労働者の対立が導入されたのであり、ヤンクはそうした立場を意識させられ、考えさせられるようになった、というのである。ロダンの「考える人」となったヤンクはアイリッシュの拠り所でもあった「世界産業別労働組合」（IWW）でも相手にされず（「考えなしの猿」（159））といわれる）、やがて動物園でゴリラに肋骨を折られ、檻の中で死ぬ。ゴリラの檻が彼の居るべき所だとされている。彼は最後に文字どおり毛猿となった。とはいえ、彼にとっての悩みは猿、ゴリラ、狒にはなりえなかったということである。それは彼がまさに人間であるからだ。考えることは人間であることの呪いである。「考えるってことはむずかしい」（162）のである。考えても自分の在処を知りえないからだ。何も考えない死の状況こそ彼を「一番仕合わせ」（162）なゴリラと同じにする。ある上院議員は、IWWは「神の傑作たる人間を速やかに猿に退化せしめるものである」（153）と議会で演説したことになっている。猿への退化という考えは、猿から進化した人間に潜む猿の要素への恐怖にほかならない。アメリカ進歩思想の裏に貼りついた恐怖である。

ヤンクは顔も体も洗わず、「真黒な考えこんだ姿」をし、仲間には「白黒ぶちのニガー」（138）と呼ばれている。このように彼は黒人となり、猿となって、まさしく「退化」したのである。だがロダンに触発された労働者、進化に逆行した人間は、それでも「考える人」としての呪いから免れられないのである。

このようにヤンクは黒人の色となり、しかも考える人としてメランコリーの図像学に納められている。「ブラック・アイリッシュ」、「猿のようなアイリッシュ」という下層の存在は、メランコリーのチャンネルを通して、普遍的な人間の運命を体現する存在へと変換・変貌させられているのである。

「哲学であれ、政治であれ、詩であれ、或いはまた技術であれ、とにかくこれらの領域において並外れたところを示した人間はすべて、明らかに憂鬱質である」とするアリストテレスの考えを復活させたフィチーノの、ルネサンスのメランコリー観を見事に表象したデューラーの「メレンコリアI」も、「ユゴーとロダンの巨大な意志を持った労働者・活動家＝詩人＝芸術家、思考と行動の巨人という自己像の体現」であったロダンの「考える人」も、オニールにおいて、考える人間であることの苦しみを体現する内向的な「考える人」となったのである。オニールは「ブラック」を人種の色から、考えざるをえない人間の色に塗り替えたのである。

ロダンの「考える人」は、一九〇四年に「地獄の門」に嵌め込まれる前の一八八八年に、コペンハーゲンで独立して展示されたとき、ロダンはこれを「詩人」と題した。またボードレールの『悪の華』の詩篇にスケッチ風の挿絵を描いたとき、その詩の一つ「宝玉」に「考える人」のスケッチを添えた。いわば「詩人＝ロダン」を自己イラストしているのである。

いとしい彼女は素裸だつた、僕の好みを心得顔に、
けざやかな宝玉だけがやは肌に残されてゐた、
この豊麗な装身具《みかざり》が、紋日のモールの奴隷のやうな
ほこらしい様子を彼女に添へた。

……

その度びに、彼女の腹と乳房とが（僕の自園の葡萄の房）、
悪魔より一層媚びてにじり寄り、

僕の心の安静をみだし、
独り悠々憩んでた水晶の
岩の上から引き降ろさうとしたものだ。
……

（「宝玉」、『悪の華』三二八―三三〇頁）

素裸の女の「豊麗な装身具」「金属と珠玉」が「互いに触れ合ってささめくように挑む時、僕の心はうっとりする」。しかし、女は、されるままに愛されている時はいいが、次々とポーズを変えて、腕や脚や腿や脇腹が動き、腹と乳房とが「悪魔より一層媚びてにじり寄」ると、僕の「心の安静」は乱される。つまり、こちらが装身具を愛し、女が受身である間はいいが、女が積極的にその身体をくねらせてくると、心の安静は乱される。女は悪魔以上、というのである。このような詩にロダンは「考える人」を描き添えた。「『考える人』は、性的な誘惑から離れてはいるがそれに晒されている詩人の心［魂］という役割を当てられているのである。」（Elsen, 120）

「十九世紀初めの［ロマン主義的］『世界苦《ヴェルトシュメルツ》』が、この時代の偉大な、真に悲劇的な詩（たとえばヘルダーリンの作品）を生んだとすれば、世紀末には、デカダン派詩人の破壊的な『世界苦』をもたらした。」（クリバンスキー、二一二三頁）

こうした指摘はオニールにどのように引き継がれたのであろうか。

オニールの『夜への長い旅』（一九五六年初演）で息子が読んだ本のなかにボードレール――「憂鬱」詩を数多く書いた――の詩集があることが想起される。この一家はオニール家をモデルにした、母、父、兄、および自分自身について書いた、ほとんど剝き出しの自伝劇である。息子のエドマンドの本棚にはボードレールの他に、ヴォルテール、ルソー、ショーペンハウエル、ニーチエ、イプセン、ダウスン、スウィンバーン（次男のジェイムズが口ずさむ「暇乞い」――この詩は「シャルル・ボードレールの想い出に」捧げられている――を父は「その腐った、不健康な詩」〔O'Neill, *Long Day's Journey into Night*, 827〕という）、ワイルド、ホイットマン、ポー、ゾラ、ロセッティの本が並んでいる。父から見れば無神論者、気違い、阿呆、変態、ニヒリスト、麻薬患者、要するにデカダンのオンパレードである。事実兄のエドマンドは結核というデカダン時代の病を病んでいる。一九世紀末のメランコリーである。（「このようなデカダンスの世界観は、マックス・ノルダウのような保守的知識人にすれば、社会道徳的荒廃と『神経症』という精神の病が蔓延するなかで発病した『躁鬱病患者』の臨床カルテに等しいものだったに違いない。」〔尹 相仁、一七頁〕『退化』〔一八九二年〕でまさしくエドマンドの愛読書群を批判したノルダウはすでに父親と同じような診断を下していた。）その傾向をアイリッシュであるがゆえに一層強調したといえるだろう。オニールの近代性、現代性の重要な一端である。

そしてボードレールの「宝玉」に添えられた「考える人」のように、この一家の激情のドラマでは作者その人が「考える人」となって座っているのである。かつての一家のドラマを約三〇年後に「血と涙」で書くというのはそういうことであろう（一九一二年のドラマを一九四一年に書いた）。

オニールは「苦悩に苛まれた四人のタイロン家の人々」のこのドラマをカーロッタ夫人に捧げた。オニールの死後九年を経た一九六二年に、「ガーディアン」紙はカーロッタ未亡人訪問記事を掲載した（七月一八日）。そのなかに、「あの苦悩に苛まれた《ブラック・アイリッシュ》の顔」（that haunted "Black Irish" face）の写真（複数）が壁に掛けられている、という文章がある。その顔は「ブラック・アイリッシュ」オニールによるメランコリー・イコンのさまざまな変容と「進化」を語りかけているのである。

（オニールの作品の翻訳は喜志哲雄他訳『オニール名作集』（白水社）、井上宗次・石田英二訳『長い帰りの船路』（新潮文庫）、井上宗次訳『皇帝ジョウンズ・毛猿』（岩波文庫）を適宜使わせていただいた。）

（1）　第二章で扱った女流画家リーラ・キャボット・ペリーの作品もメランコリーや「考える人」の系列に置くことができる。リーラの「黒い帽子」について（はすでに触れたが）「ペリーはしばしば女性達を物思いにふける、ときにメランコリックでさえあるように、描いている。この絵では、手を顔に当てた物思いにふける身振り、そむけられた眼、複雑な圧縮されたポーズ（彼女はかなり小さめな中型ソファーに幾分屈むようにして座っている）は、観ている者の存在に気付いていないように見える彼女の想いに、観る者の好奇心をそそるのである」（*American Art from The Currier Gallery of Art*, 71）と解説されている。リーラは一八九四年に「憂いに沈んで」（"Pensive"）という、「未亡人」と別名を付けられた絵を描いている。これはタイトル通り憂いに沈んで俯いている未亡人を横から描いた絵である（pensive<penseur = thinker 考える人）。概してリーラは俯く女性を多く描いた。こうした憂いに沈む人物をフランス印象派はあまり描いていない。

リーラはさらに「本を読む女」（一九一三年）という長女マーガレットをモデルにした絵がある。この絵でも女は左腕を椅子の肘掛に置き頬に手を当てている。「瞑想」（一九〇七年頃）では本を読みさした女性が瞑想している。水辺（ジヴェルニーでマルセルをモデルにしたというから、モネの池の端かもしれない）に座っている。眼は閉じていない。前方を見るともなしに見ている。一八七〇年代初期、トマスと婚約した頃撮ったと思われるリーラの写真は、左手の人差し指を本の中ほどに挿み、顔をやや伏せたポーズを取っている。本を読みさして考えに耽っている姿である。「本を読む若い女性」と「考える女性」の組み合わせといえる。

エドマンド・ターベルも「夢想」（一九一三年）と題する絵を描いている。若い女性が組み合わせた手の甲に顎を当てている。「本を読む娘たち」（一九〇七年）でも一人のモデルは頬に手を当てて本を読んでいる。「本を読む娘」（一九〇九年頃）では顎に手を当てている。「室内で瞑想にふける女性というテーマは批評においても経済的にも成功であった」といわれている（Strickler, 87）。

それにしても何故メランコリーか、瞑想か、夢想か。この問いに答えるための一つのヒントはまさに「本を読む」にあるだろう。本を読むことがボストン人の特質であり、他と区別する特質であった（第三章参照）。女性も読むのである。何を読むのか。読む本がメランコリーを誘うのか。メランコリックだからそのような本を読むのか。瞑想と夢想とメランコリーは結びつく要素である。そしてすべて本を読むことと結びつく。画家のメランコリーが先ずあったのであろう。さらにこうした主題を好む鑑賞者、収集家がいたということも間違いないだろう。要するに時代の気分である。

しばしばメアリ・カサットのモデルとなった姉のリディア・カサットを主人公とした、ハリエット・スコット・チェスマンの小説『朝刊を読むリディア・カサット』（二〇〇一年）に次のような描写がある。

「プティ・ジュルナル」が手の中で妙に重くなる。腕が痛む。私はすべての記事を読んだ。社説も、広告も。今わたしは本が欲しい。「女性はいつも本を読んでいるところを描かれるのよ」とメイは今朝絵を描く用意をしているときにいった。「新聞は申し分ないわ。『プティ・ジュルナル』は最高じゃない。とてもモダンよ。考える女らしく見せるわ。」

（Chessman, 11）

カサットの絵画の魅力の一つは描かれた一女性の美しさである。（アメリカ印象派画家の絵に描かれた女性のうちで最も美しいのはリーラの「黒い帽子」の女性とカサットの「読む女」のリディアである。）顔立ちも美しいが、それよりも控えめな可憐さといったものがある。特に目が印象的である。大きく見開いてはいるが、見ているものに食い入ることはない。眩しげにじっと見ている。リディアはブライト病に罹っていた。彼女の意識には南北戦争で死んだ青年たちの痛ましい記憶がある。今の場所はドガやルノワールがいるパリ。妹カサットという優れた画家のモデルとして座りながら、弱い肉体と繊細な感覚はパリの世紀末の空気に包まれている。その表現がカサット姉妹の魅力なのである。

チェスマンの小説で、カサットの実際の絵「読む女」が「考える女」とされていることに注目したい。小説のなかでの表現とはいえ、絵を見ればまったく無理のない表現である。「考える人」はデューラーの「メレンコリアⅠ」では女性（らしくない女性）だが、ロダンに至るまで大体男性である。この時期、一九世紀末に「考える女」が登場したのである。女性画家が登場したことと無論関連があるだろう。カサットの描く女性もリーラの描く女性も「考える人」以来のメランコリーをフェミニンに内臓しているのだ。

「読む人」はジャンル絵のなかでも常にポピュラーな主題で、一九世紀後半のフランスでこの主題を最も繊細に描いたのはピュヴィ・ド・シャヴァンヌで、リーラもその系列に属すことはすでに触れた（八〇頁参照）。リーラは一八八九年に「アルフレッド・スティーヴンズのパリの入会条件のやかましい女性専用スタジオに入会を許された。スティーヴンズはその頃すでに盛期を遥かに過ぎていたが、『瞑想』に耽っている上品な婦人を中心にエレガントな室内を描く名人としての名声はまだ健在であった」（LCP, 21）という。こうしたことから明らかなのは、「読む人」、「瞑想に耽る人」はヨーロッパですでにポピュラーな画題だったということである。それがアメリカにも伝播したということであろう。

リーラたちの絵はヨーロッパ世紀末の知的なアンニュイと盛期を過ぎたボストン上流社会の翳をも反映しているのではなかろうか。しかしロダンの「考える人」の下層の肉体とアメリカ女流印象主義画家の「考える女」の上流の肉体はあまりに違う。オニールがその違いを埋めるのである。

参考文献

American Art from the Currier Gallery of Art. New York : The American Federation of Arts, 1995.

Audeh, Aida. *Rodin's Gate of Hell and Dante's Divine Comedy : An Iconographic Study*. Ann Arbor, MI : UMI Dissertation Services, 2002.

Barnes, Djuna. *Nightwood*. 1936. London : Faber of Faber, 2001.　野島秀勝訳『夜の森』国書刊行会、一九八三年。

Bowen, Croswell. "The Black Irishman." *O'Neill and His Plays : Four Decades of Criticism* (Eds. Oscar Cargill, N. Bryllion Fagin, and William Fisher. NY : New York UP, 1961) : 64–84.

Bruccoli, Matthew J. *Some Sort of Epic Grandeur : The Life of F. Scott Fitzgerald*. New York : Harcourt Brace Jovanovich, 1981.

Cheng, Anne Anlin. *The Melancholy of Race : Psychoanalysis, Assimilation and Hidden Grief*. Oxford : Oxford UP, 2001.

Cheng, Vincent J. *Joyce, race, and empire*. Cambridge, MA : Cambridge UP, 1995.

Chessman, Harriet Scott. *Lydia Cassatt Reading Morning Paper*. New York : Plume, 2001.

Cockrell, Dale. *Demons of Disorder : Early Blackface Minstrels and Their World*. Cambridge, MA : Cambridge UP, 1997.

Ebel, Kenneth. *F. Scott Fitzgerald*. New York : Twayne, 1963. Rev. ed., 1977.

Elsen, Albert E. *The Gate of Hell by Auguste Rodin*. Stanford : Stanford UP, 1985.

Fitzgerald, F. Scott. "Author's House." *Afternoon of an Author : A Selection of Uncollected Stories and Essays* (Ed. Arthur Mizener. New York : Charles Scribner's Sons, 1957) : 183–89.

———. *The Crack-Up*. Ed. Edmund Wilson. New York : New Directions, 1945.

———. *The Letters of F. Scott Fitzgerald*. Ed. Andrew Turnbull. New York : Charles Scribner's Sons,1963.

Friedrich, Otto. *Going Crazy : An Inquiry into Madness in Our Time*. New York : Avon Books, 1977.

High, Peter. *An Outline of American Literature*. Essex : Longman, 1986.

Ignatiev, Noel. *How the Irish Became White*. New York : Routledge, 1995.

Jamison, Kay Redfield. *Exuberance : The Passion for Life*. New York : Vintage Books, 2005.

Kristeva, Julia. *Soleil noir, dépression et mélancholie*. Paris : Gallimard, 1987.　西川直子訳『黒い太陽―抑鬱とメランコリー』せりか書房、一九九四年。

Krutch, Joseph. *The American Drama Since 1918*. New York : Random House, 1939.

Melville, Herman. *Moby-Dick ; or, The Whale*. New York : Penguin Books, 1972.

Miller, Kerby and Paul Wagner. *Out of Ireland : The Story of Irish Emigration to America*. Dublin : Roberts Rinehart, 1997.　茂木健訳『アイルランドからアメリカへ』東京創元社、一九九八年。

O'Neill, Eugene. *In the Zone. Eugene O'Neill : Complete Plays 1913–1929*. Ed. Travis Bogard. New York : The Library of America, 1988.

———. *The Moon of the Caribbees. Eugene O'Neill : Complete Plays 1913–1929*. Ed. Travis Bogard. New York : The Library of America, 1988.

———. *The Hairy Ape. Eugene O'Neill : Complete Plays 1920–1931*. Ed. Travis Bogard. New York : The Library of America, 1988.

———. *Long Day's Journey into Night. Eugene O'Neill : Complete Plays 1932–1943*. Ed. Travis Bogard. New York : The Library of America, 1988.

Strickler, Susan, et al. *Impressionism Transformed : The Paintings of Edmund C. Tarbell*. Manchester, NH : The Currier Gallery of

Art, 2001.

Yeats, William Butler. "The Celtic Element in Literature." *Ideas of Good and Evil. Collected Works of William Butler Yeats.* Vol. 6 (Stratford-Upon-Avon : Shakespeare Head Press, 1908) : 210-29.

赤澤　威編著『ネアンデルタール人の正体　彼らの「悩み」に迫る』朝日選書、二〇〇五年。

ヘンリー・アダムズ（川西　進訳）『日本からの手紙』、『アメリカ人の日本論』（研究社出版、一九七五年）九五―一一六頁。

アリストテレス（戸塚七郎訳）「問題集」、『アリストテレス全集　11』岩波書店、一九六八年。

T・S・エリオット（深瀬基寛他訳）『エリオット全集　I　詩』中央公論社、一九六一年。

大屋美奈編『シンポジウム「ロダン藝術におけるモダニティ」』静岡県立美術館、一九九六年。

レイモンド・クリバンスキー、アーウィン・パノフスキー、フリッツ・ザクスル（田中英道監訳・榎本武文他訳）『土星とメランコリー　自然哲学、宗教、藝術の歴史における研究』晶文社、一九九一年。

ボードレール（堀口大学訳）『悪の華　全訳』新潮文庫、一九五三年。

エドウィン・アーリントン・ロビンソン（大和資雄訳）『夜の子ら』、『世界名詩集大成　11』平凡社、一九五九年。

尹　相仁『世紀末と漱石』岩波書店、一九九四年。

第五章　マーク・トウェインのヴェニス
――パノラマ興行師の祝祭――

当時すでに流行りとなっていた旅行記を書くことを条件にトウェインが参加した「ヨーロッパと聖地への漫遊旅行」の一行は一八六七年六月にニューヨークを出発し、アゾーレス諸島、ジブラルタル、タンジェル、マルセイユ、パリ、ジェノア、ミラノ、などを経巡って、七月中旬あるいは下旬にヴェニスへと来た。この後ローマ、ポンペイ、近東、聖地、カイロへと赴くのだが、ここでヴェニスにおけるトウェインに集中するのは、ヴェニスが最も書きにくい場所だからである。

トニー・タナーは「ヴェニスは常にすでに見られていたばかりでなく、すでに書かれたもの、すでに読まれたものである」と書いている（Tanner, 17）。「ヴェニスについては、すでにいろいろ伝えられており、書物にもなっているから、詳しい記述を試みようとは思わない。ここに私はただ自分の受けた印象を述べるに留める」とすでにゲーテもいっている（ゲーテ『イタリア紀行　上』九三頁）。ヘンリー・ジェイムズも「ヴェニスはこれまでに何千回も文章と絵画で描かれてきた。ヴェニスは世界のあらゆる都市のうちで実際に訪れずに訪れることが最も容易な都市である。……誰もが知るように、ヴェニスについてはもはや何も語ることができない。……私はこれから書くことを、いかなる新しい情報も提供できないと充分承知しながら書く。読者を啓蒙しようなどと考えていない。ただ、読者の記憶を促すことだけを考えている」と告白し、「発見したり描写したりできることは何も残っていない。独創的な態度は全くありえない」とも断言している（James, *Italian Hours*, 7-8）。このようなヴェニスについて、トウェインは何を書くことができるのだろうか。

「これは遊山の覚書ほどのものに過ぎないのであって、その目的とするところは、もし人がヨーロッパと東洋とを、自分よりも前に旅行した人たちの目を借りず、自分自身の眼で見物して歩くとしたならば、その人はどんな風に見るであろうかということを、読者にそれとなく知らせるにある」とトウェインは「はしがき」で断っている（トウェイン『赤毛布外遊記　上』七頁）。つまり情報・報告ではなく見え方・印象である。「一九世紀以来……旅行記はいよいよもって新たな情報の記録ではなく個人の《反応》の記録になってきた。〈イタリアの生活〉から〈イタリアのアメリカ人〉となる。……記録できる唯一のこと、驚異の唯一の源は、自分自身の反応である」とブーアスティンは指摘している（Boorstin, 303）。トウェインは「はしがき」で断っているように、彼自身の反応とアメリカ読者一般の反応を重ね合わせようとしているのである。まず、このことを確認しておきたい。

『赤毛布外遊記』（一八六九年）でトウェインはヴェニスに二章（第二二章と二三章）を割いた。第二二章は、一八六七年七月二九日に書かれ「デイリー・アルタ・キャリフォルニア」の九月二六日号に掲載された記事と、八月に書かれ同紙の一〇月一〇日号に掲載された記事を結びつけたものである。時間の順序は書かれた順序とは逆で、第二二章の初めに置かれているゴンドラと祝祭の部分が後から書かれた。トウェインは新聞記事を本にするに当たって、オリヴィアなどの意見を容れて多少お上品な言葉遣いに改めたが、同時に本として一貫性を持たせるために、ところどころ削ったり繋ぎを入れたりした。第二二章の最後には、ヴェニスの章の序章ともいえる部分が付け加えられている。

この部分はただの繋ぎではなく、トウェインの旅行を理解する上で極めて重要な文章である。

トウェインたちは鉄道でベルガモからヴェニスに向かった。「美しいガルダの湖のことや、伝説も伝わっていないほどの遠い昔の秘密を、その石の囲いのなかに秘めている湖畔の堂々たる城砦のことや、周囲の風光を尊厳なものにしている人目を驚かす山容や、又は、古雅な町のパヅアや、傲慢なヴェロナの町のことや、それらの町のモンタギュー家のこと、カピュレット家のこと、ジュリエットとロメオの有名な露台のことや、墓のことなど、など、を冗々しく述べ立てるのはよしにして、アドリア海の夫なき花嫁、海上の古い都会へ、まっしぐらに急ぐこととしよう。」（トウェイン、二七一頁）

ゲーテが『イタリア紀行』で讃えたガルダ湖（「今晩ヴェロナに行けば行けたのであるが、近くにまだ一つ天然の景勝が残っていて、これがつまり風光絶佳のガルダ湖である。」（ゲーテ、四五頁））のような美景、伝説、ゴシック、シェイクスピアの『ロメオとジュリエット』のロマンスの情景のなかを通過しながら、それらを語らずにまっしぐらに、ロマンスと詩の都市ヴェニスへと、汽車に乗っていく。この汽車の旅には時代を反映した意味がある。おしゃべりは客車の仲間同士では社交上重要なことである。おしゃべりの後で黙りこくって坐って、どこを走っているのやら、殆ど気付かなかったという物憂さ、退屈も汽車の旅、特に集団の旅の特徴である。ドーミエは眠りこける旅行者を描いているが、これは「鉄道の旅の単調さを示す」という（Schivelbusch, 頁なし）。この点からも、ヴェニス到着の直前の情景は、汽車の旅の典型的なものなのである。

メストレとヴェニスの間に鉄道が敷かれたのは一八四六年のことである。鉄道は大衆の旅行、特に観光旅行に革命をもたらした。鉄道を利用した大衆パック旅行の創始者はトマス・クックであることは周知のことである。「鉄道以前のトマス・クックは想像できない」とバザードも言う（Buzard, 50）。トマス・クックはまず一八四一年にイギリスで、ついで一八五七年に大陸で、鉄道を活用したパック旅行を組織した。そしてヴェニスがイタリア王国に編入された翌年の一八六七年にはヴェニスにもパック旅行を伸ばした。ヴェニスが大衆観光旅行者に覆われる、その初年度にアメリカからもトウェインを含む大勢の団体旅行者が来たのである。大衆旅行という一九世紀の後半に発した大文化現象にトウェインも組み込まれていたのだ。

夏目漱石は『草枕』(一九〇六年)で次のように書いている。

汽車程二十世紀の文明を代表するものはあるまい。何百と云う人間を同じ箱へ詰めて轟と通る。情け容赦はない。詰め込まれた人間は皆同程度の速力で、同一の停車場へとまってそうして、同様に蒸滊の恩澤に浴さねばならぬ。人は汽車に乗ると云う。余は積み込まれると云う。人は汽車で行くと云う。余は運搬されると云う。汽車程個性を軽蔑したものはない。文明はあらゆる限りの手段をつくして、個性を発達せしめたる後、あらゆる限りの方法によってこの個性を踏み付け様とする。

(夏目漱石、一七四—七五頁)

要するに汽車は旅を無個性化した。この大衆の遊覧旅行をアンドレ・シーグフリードは「二〇世紀の諸相」の一つとして取り上げた。遊覧旅行は「われわれの時代のもっとも典型的な相の一つになっている」とし、「それは速度とデモクラシーの息子であり、産業の進化の中にぴったりと組み込まれているものである。……まず旧制度式の、手工業的な、貴族的、個人的な遊覧旅行があった。新しい遊覧旅行は組織され、殆ど機械化され、集団的で何より民主的である。」(シーグフリード、九五頁)新制度の遊覧旅行が産業化が最も進んでいたイギリスで開発されたのも尤もである。そして「民主」国家のアメリカ人に馴染みやすい形式でもあった。

しかし旧制度の旅行を続ける人々（traveler）は、この新制度の旅行者（tourist）を軽蔑し批判した。

ラスキンは「じつに不快なドイツ人、イギリス人、ヤンキーたちが、フィレンツェの死骸に糞蠅のようにたかっている」と、呪いながらそれを嘆いた。さらに遠く離れたバールベックで、ウィルフリド・スコーイン・ブラントはアメリカ人の不作法ぶりにたじろいだ。「ここにはおきまりのアメリカ人観光客がいる……人間のなかでもっとも非常識なタイプで、美や礼儀正しさにはまったく無感覚で、店員の少年のように振る舞い、古代世界の庭の価値を獣ほどにも知らないのにぶらぶらと歩きまわり、すべてを汚し、すべてを踏みにじる……」と、彼は不平を言った。組織だった観光旅行は、とくに芸術と大気にかけられた壊れやすい魔法を脅かし、クック社の観光客（あるいは「クッキスト」）を軽蔑することが、教養ある知識人たちのマンネリズムとなった。（ペンブル、二一六頁）

トウェインたちヤンキーがイギリスの「教養ある知識人」たちに「クッキスト」同様に軽蔑されていた、ということである。「教養ある知識人」の一人であったヘンリー・ジェイムズも同じ反応を示したことはいうまでもない。ジェイムズは『鳩の翼』（一九〇二年）で「デンシャーは自分が「ヴェニスの」このホテルが嫌いになっていることに改めて気がついた。かつて同じ差別意識を覚えたことがあるので、なお直ぐに気がついた。このホテルはこの季節になると様々な言葉を喋る群集、あらゆる国のなまりで一杯につまってしまう。主にドイツ、主にアメリカ、主にイギリスであった。」(James, *The Wings of the Dove*, 278)

しかしヴェニスは昔からさまざまな民族衣装が見られ、諸国民の言語が交わされた土地である。ヴェニスの盛期には商人たちの、そして衰退期には衰退のなかの栄光を見、求める人々の、バベルの塔となった。そしてドイツ人やイギリス人やアメリカ人は、お互いに他の国民を目障り、耳障りだといい合った。同じ国民でも、教養ある知識人は大衆的な同国人を目障り、耳障りと感じたのである。一方、大衆は知識をひけらかす同国人を揶揄する。トウェインはその代表者だったのである。

ヘンリー・ジェイムズはシーグフリードのいう旧制度の滞在者であった。「ジェイムズは自分がラスキン、バイロン、キーツ、シェリー、サンド、ミュッセの跡を追っていることをきわめてよく知っていた。だがさらに彼は［ゲーテまで］これといって逸れることもなく百年を遡行することもできた。」(Herbert Mitgang, Introduction to *Italian Hours*, viii)

たとえば、ヴェニスといえばゴンドラの、その船乗り《ゴンドリエ》についてゲーテとジェイムズとトウェインが書いていることを比較してみる。ゴンドラの船乗りについての「印象の質はその船乗りの質に大いに依る」とジェイムズは言う(James, *Italian Hours*, 20)。一七八六年にヴェニスを訪れたゲーテは『イタリア紀行』でゴンドラの船乗りについて次のように書いている。

真昼の陽光を浴びて、潟の上を舟で渡りながら、私は華やかな服装をして舟端に立ってゴンドラを漕ぐ人が、薄青い水面からくっきりと碧空にその姿を描き出している様を眺めたとき、ヴェネチア派の最も優れた、最も鮮やかな絵を見る思いがした。

(ゲーテ『イタリア紀行　上』一一八頁)

一八六九年——トウェインの二年後——にヴェニスを訪れたジェイムズは書いている。

すれ違うゴンドラの船乗りの動きを横から見ると――低いクッションに寄りかかって、空に浮かび上がるゴンドラの船乗りの弓なりになった体を見ると――その動きにはギリシアのフリーズの像を思わせるような高貴さがある。

(James, *Italian Hours*, 20)

トウェインは最初に出会った船乗りのことを「人前にさらけ出しては失礼な、著物のある部分をご披露におよんでいる疥癬やみの……」とひどいことをいっているが（トウェイン、二七五頁）、別の箇所では、こんなふうに書いている。

ゴンドラの船頭は、繻子の装束をつけているわけでもなく、羽飾りの縁なし帽を被っているわけでもなく、絹の肉襦袢を著ているわけでもないのに、絵のような野郎である。その態度は堂々たるもので、しなやかで自在で、身体のこなしの一つ一つが、優雅に溢れている。彼の丸木舟と、艫の高い座席にそそり立っている彼の立派な姿とが、夕暮れの空にくっきり泛び出ると、外人の眼には、非常に斬新な、素晴らしい一幅の絵画と思えるのである。

（トウェイン、二九一頁）

「優雅」「絵画」などの表現は、ゲーテ、ジェイムズとよく似ていている。ただ「絵のような野郎」（picturesque rasxal）と、picturesqueとrascalを結びつけることはゲーテもジェイムズもしない。また「一幅の絵画」というが、「ヴェネチア派の最も優れた、最も鮮やかな絵」や「ギリシアのフリーズ」のように、具体的な例を挙げられないところがトウェイン、というべきか。「絵画的」（picturesque）は具体性や個別性がなく、それこそ絵に描いたようなものである。ジェイムズの言葉をもじれば、ゴンドラの船乗りについての印象の質は乗り手の質次第、といえるだろう。むしろ、「数々の彫刻の殿堂を、われわれが歩き廻って得る知識よりも、ゴンドラの船頭の驚くべき技倆を見て、学ぶことの方が多いのではないかとさえ思う」（トウェイン、二九〇頁）というところにトウェインの独自性を認めるべきかもしれない。芸術よりも技倆という、ヤンキーらしいプラグマティズムである。

さて、二一章の最後の、次章への繋ぎ的な文章は次のように続いている。

しかし、夕方近く、散々喋りちらした嵐のあとで、必ず訪れてくる、物思いに沈んだ静寂に落ち込んで――われわれが黙りこくって坐って、どこを走っているのやら、殆ど氣付かなかった時に――誰かが叫んだ。

「ヴェニスだ！」

たしかにその通り、落日の金色の靄にかすむ堂宇尖塔の立ち竝んだ偉大な市街が、一二マイルかなたの穏やかな海面に泛んで、横たわっていたのである。」

（トウェイン、二七一―七二頁）

トウェインたちはおしゃべりに疲れて黙り込み、どこを走っているのか気付かない状態のときに、誰かが「ヴェニスだ！」と叫んだというのである。それは思いがけない出現、知らせのように聞こえる。無論、ヴェニスに向かっていること、ヴェニス到着を期待していたことは間違いないのだが、どうやら汽車のなかのおしゃべりや窓外への無関心に、そして汽車のスピードや機械的な走りに、どこを走っているのか分からなくなっていた、つまり運ばれていたのである。かつてのようにメストレからブレンタ河を船で下ってアプローチするのではなく、汽車で行くことの実態である。ヴェニスはたしかに「堂宇尖塔の立ち竝んだ偉大な市街が、一二マイルかなたの穏やかな海面に泛んで、横たわって」見える。しかも「落日の金色の靄にかす」んで、お伽話の世界のように見えた。ここには汽車という現代の技術によって、かなり急激に過去のロマンスを眼前に見るときの違和感を示している。

一七八五年にピョッツィ夫人は『仏伊独旅行記』のヴェニスの章の冒頭で次のように書いている。「私たちはブレンタ河を船で下り、八時間かけてヴェニスに着きました。ヴェニスの外観を最初に見たとき、カナレットの絵によって示唆されたイメージがそっくり甦ってきました。この町を描いたカナレットの光景はまさに細部にいたるまで正確です。……じっさい、有名な堂宇尖塔などを、着く前からみんな知っていたほどです。」(Piozzi, 150) この「八時間」のパドヴァからヴェニスまでの船のアプローチをトウェインは経験していない（汽車では当時でも三〇分余りしか掛からなかった）。

トウェインは全てのヴェニス旅行者と同じように、絵によって、観光案内書によってヴェニスを知っていた。ただ、船で時間をかけてブレンタ河を下るのと、汽車で「まっしぐらに急ぐ」のとでは自ずから違いがある。アン・ラドクリフの『ユードルフォの怪奇』（一七九四年）では、ブレンタ河を船で下っていくとき、近景の細部が詳細に語られている。「ブレンタ河の緑なす堤」のヴェニスの貴族の館、ポーチコとコロネード、ポプラと枝垂れ糸杉、オレンジ栽培温室とオレンジの花の香り、柳、カーニヴァルの音楽 (Radcliffe, 174)。

ラドクリフはこの小説を書いたとき、ヴェニスもヨーロッパのどこも訪れていない。それまでに書かれたヴェニスについてのテクスト（ピョッツィ夫人のもその一つ）によって書いたのだが、近景を身近なものとして書くのは当然のことだったのである。当時の旅行者として船でブレンタ川を下れば、岸辺の細部は至近距離にあり、視覚、聴覚、嗅覚の直の感覚で把握される、把握する、のは自明の前提だった。汽車以前の旅では、距離の移動は感覚による移動であった。

ゲーテは「パドヴァからここ［ヴェニス］までの旅について、ほんの数語を記しておく。ブレンタ河を乗合船に乗って、お互いに礼儀を重んじる行儀のよい、イタリア人たちと一緒に下った舟の旅は、作法も乱れずに気持がよかった。両岸は農園や別荘で飾られており、小さな村が水際まで迫っているところがあるかと思うと、ところによっては人通りの多い国道が岸辺に沿って走っている」と書いている（ゲーテ、九〇頁）。しかしゲーテは同船したドイツからの巡礼に興味を惹かれ、話を聞き、服装に注目し、イタリア人に説明し、といった具合で、「こんな話を交しながら、私たちは沢山の美しい農園や数々の美しい邸宅を行き過ぎて、沿岸の富裕で賑やかな村々にあわただしい目をくれつつ、綺麗なブレンタ河をくだったのである。」（九三頁）ゲーテは景観よりも人間に興味を抱く。ヴェニスでも「そこで私に何よりもまず迫り来ったものは、またしても民衆である」（九三頁）と記している。(1)

汽車では感覚なしに移動がなされる。感覚は麻痺し退屈する。印象も希薄である。鉄道が敷設されたとき、「ヴェニスの力、交感、芸術はなくなりました。橋はそこからロマンスを奪うでしょう」とメアリ・シェリーは書いた（ペンブル、二二八頁）。「距離は、事実上身体の移動の速度に正確に比例して減少する」とラードナーは一八五〇年に書いている（Schivelbusch, 33）。そしてラスキンは「あらゆる旅は、その速度に正確に比例して退屈になる」という（Buzard, 35）。エマソンも一八四三年に、「鉄道の、夢を見ているような旅。フィラデルフィアとニューヨークの間で通り過ぎた町々ははっきりとした印象を残さない。壁の絵のようだ」と記している（Emerson, 335）。退屈しないためには本を読むか（エマソンもフィラデルフィアからニューヨークまでの汽車の中でフランスの小説が一冊読めると書いている）、同行者とお喋りするか、お喋りに疲れて眠るか、「黙りこくって」無感覚になるかだろう。

もっとも汽車がヴェニスを訪れる全ての旅行者の質を低下させたと見るのは早計である。アンリ・ド・レニエは一八九九年に汽車でヴェニスを訪れた。メストレの駅で、「次はヴェネツィア」というアナウンスがあった、その後に

──「わたしは目を閉じている。列車の走る音がしているが、耳のなかでは、先ほど停車したときに聞こえた『ヴェネツィア』という音が響いている。この音は、名は長らく待ち望んでいた瞬間が近づいているのを予告している。どれほど多くの旅行者が、これまで、この予告の音を聞いたことだろう。『ヴェネツィア』という音は、多くの魔力を備えたヴェネツィアの先触れである。」（鳥越、二六頁）

レニエの一人旅と違って、トウェインは仲間とお喋りをしていた。団体旅行の常である。そして「ヴェネツィア」という音に詩人レニエほどに魔力を感じてはいなかった。観光旅行のひとつのハイライトとして、絵画などで馴染んだ都市としてのヴェニスである。「多くの魔力を備えたヴェネツィア」として特別だったのではない。やはり大衆旅行、散文的なパック旅行のなかの一人であった。

さらに再び、二一章の終わりに置かれた文章、「美しいガルダの湖、伝説も伝わっていない遠い昔の秘密を、その石の囲いのなかに秘めている湖畔の堂々たる城砦、周囲の風光を尊厳なものにしている人目を驚かす山容、古雅な町のパヅア、傲慢なヴェロナの町のモンタギュー家、カピュレット家、ジュリエットとロメオの有名な露台、その墓」の部分に戻りたい。トウェインは比喩的にも、この部分を省略して、汽車の旅を急いだ。急ぐのは汽車である。彼は乗せられているに過ぎない。それが汽車の旅であった。それよりも、ここで省略されている伝説や物語、光景や場面は全て案内書に書かれているもの、そしてパノラマの対象である。心の中でパノラマを見ている。このパノラマ性に注目したい。

マーク・トウェインとパノラマとの関係に着目したのはカーティス・ダールである。ダールによると、「回転パノラマ」というショーが一九世紀半ばのアメリカで人気があり、トウェインも見たに違いないという。「回転パノラマ」とは「極彩色で描かれたパノラマ風の絵の見世物で、百フィートを越えることもあり、劇場の観客の前の舞台開口部を舞台の一方にある垂直のローラーから反対側のローラーにゆっくり巻き取られていく」ものである(Dahl, 21)。「大仕掛けのパノラマ館では、中央の観覧台がゆっくり自動的に回転し、観客は椅子に坐ったまま、枠つきの覗き窓から三六〇度の全景を順を追って眺められるようになっていた。」(ナイ、②三一四頁)「ミシシッピー河の風景」、「西部への旅」、「ヨーロッパから近東への旅」が三大テーマだった(Dahl, 22)。地中海、聖地、ヨーロッパ全体もパノラマの対象になっていた。アメリカの大衆はこうした視覚装置によってすでにヨーロッパ旅行を擬似体験していたのである。トウェインは実際の旅行をする機会に恵まれたが、その旅行記は自ずと、パノラマの影響を受け、かつ大衆の期待に沿うように努める結果となった。『赤毛布外遊記』『浮浪者外遊記』『赤道に沿って』のある部分は、ヨーロッパや近東を扱った無数のパノラマと比較することができる」という(Dahl, 25)。

「パノラマ、ジオラマ、サイクロラマは一九世紀全般を通じて、豪華版の舞台に劣らず人気を集めていた。……この種の見世物には、音楽伴奏と弁士による詳細な解説がついた。……この種の見世物の最初のものは、一七九〇年、ニューヨークのハイヤーズ・タヴァーンで観覧に供されたエルサレムのパノラマ光景であったと考えられている。最も人気を博したのは、大都会のパノラマ光景であった。ウェストミンスター、ヴェルサイユ、ロンドン、パリ、ローマ、ニューヨーク、チャールストンなどは、いずれも一八一五年以前に公開されたものであった。……この種の見世物の人気は、一八四〇年から一八六〇年にかけて最高潮に達した」(ナイ、②三一三—一五頁)という説明も当時の事情を知るのに役に立つ(2)。

また「パノラマはトウェインに、正確な地方色、逸話的な方言的なユーモア、誇張、感傷性、景色の感動的な描写、華麗な場面の効果、美文などを効果的にまとめあげる方法を教えた」という(Dahl, 30)。こうした要素、当時人気のヴァラエティ的要素はヨーロッパのパノラマ興行ではなかったものであり、トウェインの旅行記のヴァラエティ的特質――一般情報プラス滑稽な脱線等――の起源かもしれない。あるいは民衆文化として両者は同族だったともいえるだろう。

ダールの論で足りないのは、このパノラマ（ジオラマも含めて）がヨーロッパに発した装置だという視点である。ロバート・バーカーが一七八七年にイギリスで発明したといわれている。アメリカには上述のように一七九〇年に輸入された。ヨーロッパ全体に広まり、市民社会の一九世紀はパノラマの世紀であった（映画の発明で衰退する）。このパノラマの文化的意義を取り上げたのはドルフ・シュテルンベルガーの『一九世紀のパノラマ』（ドイツ語初版は一九三八年に出版された）である。ヴォルフガング・シヴェルブッシュはシュテルンベルガーの論を引き継いで『鉄道の旅――一九世紀における空間と時間の産業化』（一九七七年）を書いた。

シュテルンベルガーは、汽車の窓外はパノラマとなった、と述べている。汽車からは、高速で過ぎてゆく前景・近景は見失われて、よりゆっくり動く遠い背景のみを見る、それはパノラマを見るのと変わらない、というのである。大衆旅行は sight-seeing「観光」旅行となる（この語の最初の記録は一八四七年のことである）。そして sight はパノラマに近いものであった。パリのジャーナリストで出版業者であったジュール・クラレティは『パリジャンの旅行』（一八六五年）で、汽車の窓から見た光景について、「数時間のうちに、鉄道はフランスの全てを見せる。眼前に無限のパノラマを展開する。それは魅力的なタブローと新たな驚異の巨大な連続だ。景色では大きな輪郭しか見せない。巨匠の技に通じた画家だからだ。鉄道には細部ではなく、生きた全体を求めよ」と書いている（Schivelbusch, 61）。

一九世紀ヨーロッパの「パノラマ的」知覚様式――「個々別々なものを無差別に見る傾向」（61）――について、シヴェルブッシュは、ドルフ・シュテルンベルガーを引用する。「ヨーロッパの窓からの眺めは奥行きを失い、周囲に広がる同じパノラマ的な世界の一部となり、どれもみな描かれた表面に過ぎない。」（Sternberger, 46）これは特に汽車の窓についての発言ではないが、汽車の窓はその一例、あるいは換喩となっている。「鉄道は新しい経験世界を、国々と海を、パノラマに変えた。……誰もが楽に旅行できるようになったので、鉄道は旅行者の眼を外に向けさせ、絶えず移り変わるタブローの豪華なメニューを提供した。それは旅行でのみ可能な経験だった。」(Sternberger, 39)

速度は前景にある物をすべてぼけたものにする。それはもはや前景が存在しないということだ。前景とは、産業主義以前の旅の経験のほとんどが位置していた範囲そのものである。前景によって旅行者は、そのなかを移動している風景と関係を持つことができた。自分を前景の一部とみなすことができた。そしてその知覚によって風景と結び付いていたのである。……今や速度が前景を分解させ、旅行者はその視角を失った。旅行者は近景と遠景を結び付けていた「全体的空間」から切り離されたのである。 (63)

トウェインが二一章の終わりでは端折った、ガルダ湖からヴェニスまでの美景、伝説は全てパノラマなのである。汽車の窓の外にトウェインはこのパノラマを幻視していたのである。述べられなかった部分は、高速の汽車に合わせて急回転された遠景としてのパノラマだったのだ（「車窓の風景は狂おしく走る」（ヴェルレーヌ『よい歌』））。ダールはトウェインのヴェニスの記事について、「『赤毛布外遊記』は、パノラマが好んで描いたようなヨーロッパの光景を絵を見るように描写している。……ゴンドラと宮殿の無数の灯りによって照明されたヴェニスの運河」もパノラマのカラフルで華麗な場面の模倣だという(Dahl, 28)。『赤毛布外遊記』で描かれたその場面は「大祝祭で、ヴェニス市民は全部、水上に出ていた」とトウェインは書いている。「二千のゴンドラ」、多くの「色提灯」、花火、音楽、若い紳士淑女、「音楽と、壮麗と、快美」（トウェイン、二七六—七七頁）。まさに絵のような光景として描かれている。

しかしこの光景はトウェインが実際に見た実景であったのか。これを知るにはハウェルズの『ヴェニスの生活』(一八六六年)が確かな根拠となる。ハウェルズは一八六一年から一八六五年まで駐ヴェニス領事を務めた。リンカーンの選挙用伝記を書いたことによるいわゆる「役得」ではあったが、ハウェルズはこの職に相応しい冷静な観察眼と表現能力を備えた人物であった。この時期はアメリカは南北戦争に当たり、またヴェニスはオーストリア占領下であった(一八六六年イタリアに帰属する)。ハウェルズはこの期間のヴェニスの事情を仔細に観察した。そのときの記録『ヴェニスの生活』はトウェインがヨーロッパ旅行に行く前年に出版された。トウェインはのちにハウェルズと親しくなるが(二人が初めて会ったのは一八六九年末のこと)、この旅行のときにはハウェルズの本を読んでいなかったと思われる。ハウェルズも中西部出身とはいえ、彼が想定した読者はボストンなど東部の知識人であった。西部の新聞によって派遣され記事を送ったトウェインとはそこから違う。スタイルも違う。ヴェニスの四年間の理性的な生活者・観察者と、短い間の観光旅行者・旅行記作者の相違である。そしてハウェルズの同じヴェニスを扱ったテクストはトウェインの特質を強く照らし出す。

ハウェルズは冒頭で、「この場所についての感傷的な誤解のいくつかを挙げておきたい。……この誤解は、すべての人がヴェニスという名を聞いて連想することの大部分をなしていることは疑いない」と語っている(Howells, 12)。(これがヴェニスについて新たに語る一つの方法であった。)なかでもヴェニスといえば祝祭と思われているが、それも誤解であるという。

トウェインが描いた例の祝祭は「三百年前、コレラ予防に与って力のあったある聖者を記念する大祝祭」とある(トウェイン、二七六頁)。ハウェルズは、この祝祭はジュデッカ島のレデントーレ教会の祝祭で、「七月の第三日曜日」に行われると書いている(Howells, 274)。トウェインの他の箇所の日付から計算すると、七月二一日であることが分かる（現在は第三土曜日に行われている）。

ハウェルズは、共和国崩壊後、ヴェニスの伝説的なカーニバルを初めとする祝祭はすっかり廃れた、と言い、「共和国崩壊後も残っている宗教的祝祭は二つだけ」で、その二つのうちでより盛大なのはレデントーレの祝祭であると語っている（274）。「しかし、レデントーレの祝祭も、かつてのお祭り騒ぎはない。昔はヴェニスの人々は庭に群れ、祝宴を開き、歌い、踊り、いちゃつきながら、夜を徹し、夜が明けると多くの提灯をつけたゴンドラの艦隊に乗り込み、潟を美しい明かりでおおい、アドリア海の日の出を見に行ったものである。」（275）

トウェインの祝祭の場面は、庭園ではなく、最初から水上で行われていることを除けば、「かつて」の情景に酷似している。「色提灯」「花火」「若い紳士淑女」「音楽」。それは「一幅の美しい絵であった」。だが、トウェインがヴェニスを訪れた、その一年前のハウェルズの言葉を信じれば（信じられると思うほかない）、トウェインの時にも衰退していたと思われる。トウェインの祝祭の場面は、現実よりも過去のものであり、過去に書かれていた情景である。バイロンもすでに『チャイルド・ハロルドの巡礼』で、「自然はわすれず、いにしえのヴェニスのいみじかりしを、／あらゆる祭りのたのしき場／世界の饗宴、イタリアの劇場たりしを」（バイロン、二二八―二二九頁）と過去形で詠っていたのだ。

ヴェニスのクリスマスについても、ハウェルズはこう書いている。「クリスマス当日は人々は家で食事をし、家族再会をして過ごす。だがその翌日には！　ああ！　カーニヴァルの初日だ。全ての劇場は開かれ、楽しみの終わることはない――いや、終わることはなかった、昔は。今では楽しみは始まらないのだ。」（Howells, 297）（カーニヴァルは二〇世紀の八〇年代に市の行事として復活した。観光客のためである。）

トウェインはヴェニスの章の終わりで、「仮面舞踏会や馬鹿騒ぎのカーニヴァルは見なかった」と書いている（トウェイン、三〇八頁)。トウェインが物語や伝説や旅行案内で読んだであろう、こうした祝祭はすでに昔の面影を失っていたのである。ヴェニスの祝祭の衰微は一年暮らしてみなければ分からないだろう。数日間しか滞在しない観光客にはなおのこと分かるまい。しかし、トウェインはたまたま見たレデントーレの祝祭を誇張し、「かつて」の情景を再現し、本国の読者にサーヴィスしたのである。それは何も知らない読者へのサーヴィスというよりは、何がしかの「知識」を持った少なからぬ読者の期待に応えたサーヴィスだったのである。大衆読者はその知識はどこで得たのか。旅行者はガイドブックでかつての祝祭の情景を知ったであろう。しかしアメリカにいる一般読者の多くは別の形で知識を得ていたと思われる。それはパノラマ的知識であり、トウェインはパノラマ的再現を興行して見せたのだ。

ドイツのパノラマ興行師ルイス・シュタンゲンは一八六四年に、プロシア観光客に大運河で祝祭のパノラマ的経験をさせた。「月夜に華やかな提灯で飾ったゴンドラや舟に乗って行われたツアーで、音楽と歌を伴奏にしてホテル・バウアーを出発した。無数のヴェニス人男女が運河の狭い堤やリアルト橋に引き寄せられ、この熱心なプロシアの旅行者たちが潟の女王で楽しみ、イタリア人の合唱隊の遠くまで響くゴンドラの舟歌を楽しんでいる様子を眺めた。」(Sternberger, 48)

衰退した演劇的祝祭を異国人のために再演劇化し、パノラマ化し、ヴェニスの人々が観客となっていた、という皮肉な光景である。トウェインもこのパノラマ興行師なみに運河の祝祭を紙上再演したといえるだろう。

トウェインはこの旅行で船がまだニューヨーク港に留まっていたとき、一人の同行者の言葉として次のようなことを書き記している。

パノラマを一つ持ってれば——どんなパノラマでもいい——古いヤツでいい——それで船賃が払えるだろうよ

――講演じゃだめだな――イタリア人やアラブ人は全然分からないからあまり金は払わないだろう、珍しいものでなければだめだ――古いパノラマでも連中に受けるだろう。

(Twain, *Notebooks*, 331)

トウェインはアメリカ人読者にパノラマを見せたのである。たしかに金になった。

トウェインはヴェニスでも(あるいはヴェニスだから)多くの絵画を見て歩いた。「イタリアを旅して、絵のことを語らずにはいられない。しかも、他人の眼を通して、絵を見るなんてことが、どうして私に出来よう」という(トウェイン、三〇四頁)。その言やよし。ところがヴェニスでは「美しくてすべての賞讃に値する」と思われた絵画が、「その絵はたいしたものではありません――ルネサンスですから」と案内人にいわれてしまう(三〇四頁)。「ルネサンスは、精々よく見ても、芸術の不完全な若返りに過ぎないものを示すのに用いられる名称だと分かった。案内人の言葉によると、ティティアン時代以後、そしてわれわれが極く親しくなった他の偉大な画家たちの時代以後、高度の芸術は堕落した。その後、幾分再び台頭して――凡庸な画家たちが簇出したが、これらの見すぼらしい絵が、彼らの手になる作品なのだそうだ。」(三〇五頁)

この案内人の、今から見ると奇妙なルネサンス観は、実は十分な根拠と権威があった。一八世紀から一九世紀にかけてイギリス人はルネサンス芸術に熱狂的・感傷的な賛美・敬意を捧げていたが、「これらすべての反応に内在しているのは、偉大な芸術の持つ気質は、キリスト教的というよりは異教的」であるという「伝統的な考えであった」(ペンブル、二五二頁)。しかし「一八三〇年代初頭からひとの嗜好は変化し、この変化は、美術史におけるキリスト教の役割に関して大々的な再評価をしようという動きをもたらした。」(二五四頁)「一九世紀の四〇年代までに多くの芸術家たちといく人かの批評家たちが、以前にはゴシックの夜の暗い時代の長いまどろみの後にきた美術のすばらしい夜明けとみなされていたルネサンス最盛期は、実際には栄光ある日没にすぎないこと、一六世紀末の絵画、さらにいえば一七世紀イタリアの絵画すらも世俗的で生気に乏しいこと、そしてこのことは、ゴシックの真実が不信仰な異教徒の手で滅ぼされた建築に関してはさらによく当てはまること、などを感じはじめていた。これらの見方は一九世紀の大気にみなぎってい」た。（ベル、四五—四六頁）こうした動きを引き継ぎ、一九世紀後半から二〇世紀初頭にかけて大きな影響力を揮ったのがジョン・ラスキンだった。(3)ラスキンの徒ハウェルズは、ある教会について、「これはルネサンス芸術の最高の様式なのだが、他の芸術の最低の形式である」といっている（Howells, 300）。

トウェインはこうした嗜好の影響を受けた案内人の説明を聞いたのである。トウェインは「ルネサンスの絵は大いに私の気に入った。もっとも、打ち明けたところ、その一派は真の人間を描くことに精魂を傾けて、殉教者にはあまり専念していなかった」と結んでいる（トウェイン、三〇五頁）。宗教から人間へという動きを、トウェインはこのように簡潔に要約してみせたのである。この動きは一九世紀の嗜好に反していたのだ。そしてトウェインはこうした嗜好に染まることなく、むしろ絵を巡る知識・流行に無知なることによって、ルネサンスを人間的に理解していたのである。トウェインの旅行記の最もよい部分として読める。

トウェインはこの案内人に一パラグラフを割いている。「奴隷を両親として、南カロライナ州に生まれた。彼が幼児のときに、一家はヴェニスへ移って来た。彼はここで育った。充分、教育を受けている。完全にやすやすと、英語、イタリア語、スペイン語、フランス語を、読み、書き、話す。藝術の崇拝者で、その道に充分精通している。ヴェニスの歴史をそらで知っていて、ヴェニスの輝かしい生立ちを語って、飽きる事を知らない。彼は、われわれの誰よりも良い服装をしていて、潔癖なほど丁寧である、と私は思う。ヴェニスでは、黒奴も白人同様に取扱われている。だ

から、この男は郷里へ帰ろうという望みは、少しも持っていない。彼のその判断は正しい。」（トウェイン、三〇五―三〇六頁）

トウェインがヨーロッパで出会ったアメリカ人のうちで最も評価したのがこの「黒奴」である。最後の部分（「彼のその判断は正しい」）は、トウェインの黒人（黒奴）に対する同情的な姿勢を示している。と同時に、ヴェニスがアメリカ人にとっていかなる意味を持っているのかをも示している。映画『旅情』におけるような中年独身アメリカ女性にとってのイタリア的ロマンスの夢――いわゆるサマータイム・シンドローム――ではなく、黒人にとってのヴェニスの意味――自由――である。ジェイムズ・ボールドウィンは短篇「帰郷」で、ノースカロライナ州からきた黒人女性ルースが、ヴェニス大運河を何度も往復しながら、アメリカへの「敵意のうっぷんばらし」をしていたというエピソードをさりげなく紹介している（ボールドウィン、二四四頁）。この部分は、アメリカ人、それも人種的偏見の少ないトウェインだからこそ書きえた部分なのである。

（*The Innocents Abroad* の翻訳は岩波文庫『赤毛布外遊記』を、必要に応じて多少の変更を加えて、使用させていただいた。また英語で Venice と表記される都市は日本語でさまざまに表記されているが、著書・翻訳を引用する際、概ね「ヴェニス」に統一した。）

（1）ジョン・ドス・パソスの『一九一九年』で赤十字要員のアメリカ人青年ディックはメストレで蒸気船に乗ってヴェニスに向かう。ヴェニスまでの両岸は描写されない。「潟には薄い皮膜のような氷が張っていた。狭い舳先の両側で氷は絹のような音を立てて割れた。舳先でディックは冷たい風に涙を浮かべながら、手すりから身を乗り出し、杭の長い列や緑色の水から薄赤色の建物がぼんやりと聳え立ち、泡のようなドームや先端が尖った箱形の塔となり、鉛色の空にますますくっきりとした輪郭を描いていくのを眺めた。」（Dos Passos, 528）旅行記や絵葉書のクリシェは一欠片《かけら》もない。第一次大戦の作家たちはヨーロッパのどこにいてもただの光景として見るだけである。

（2）風景をパノラマ的に描くのは、たとえばホーソンの「運河船」などにも見られる。トマス・コールたちもアメリカのパノラマ的な風景画を描いた。ラフカディオ・ハーンはアメリカ時代に新聞のコラム記事「教育における想像力」（一八七八年）のなかで、「現在書かれる最良の歴史」について、「歴史はパノラマのように眼前に展開するものとなりつつあり、その学習も絵画を用いたものになりつつある。……絵画的なるもの、想像に訴え、想像を刺激するパノラマ効果、歴史をそうしたもので学べば、個々の歴史的事件は生徒の記憶のなかで一枚の絵画となる！　しかもすぐれた歴史家と絵描きの起用によって正確さが保障されている絵である」と書いている（ハーン、二九八—九九頁）。歴史もパノラマ化されるヴィジュアル時代だったのである。

（3）ちなみに、ラスキンらのゴシック趣味はイギリスでゴシック・リヴァイヴァルを引き起こした。アメリカにも伝播し、ヴィクトリアン・ゴシックとも呼ばれた。たとえばハーヴァード大学のメモリアル・ホール（一八七四年）など。一般の住宅として一九世紀末期にアメリカで大流行したクイーン・アン様式も一種のゴシック趣味といえる。興味深いのはトウェインがハートフォードで建てた豪邸はこのゴシック・リヴァイヴァル様式だったということである。この頃には彼も一九世紀の趣向、流行の建築様式に従ったのである。こうしたゴシック的バロック趣味を一掃しようとしたのが中西部の風土に根ざした大草原様式を唱導したフランク・ロイド・ライトだった（第九章参照）。もっともライトの様式はニューイングランドにはほとんど伝播しなかった（現在ではニューハンプシャー州のマンチェスターに建てられた一軒が残っている）。

参考文献

Boorstin, Daniel J. *Hidden History: Exploring Our Secret Past.* New York: Vintage Books, 1989.
Buzard, James. *The Beaten Track: European Tourism, Literature, and the Ways to 'Culture' 1800–1918.* Oxford: Oxford UP, 1993.
Dahl, Curtis. "Mark Twain and the Moving Panoramas." *American Quarterly* 13. 1 (Spring 1961): 20–32.
Dos Passos, John. *U. S. A.* 1939. New York: Literary Classics of the United States, 1996.
Emerson, Ralph Waldo. *The Journals and Miscellaneous Notebooks of Ralph Waldo Emerson.* Vol. 8 *1841–1843.* Eds. William H.

Gilman & J. E. Parsons. Cambridge, MA : The Belknap Press of Harvard UP, 1970.

Howells, William Dean. *Venetian Life*. New and Enlarged Edition. 1895. New York : AMS Press, 1971.

James, Henry. *Italian Hours*. 1909. New York : Horizon Press, 1968.

———. *The Wings of the Dove*. 1902. Norton Critical Edition, 1978.

McKeithan, Daniel Morley, ed. *Traveling with the Innocents Abroad : Mark Twain's Original Reports from Europe and the Holy Land*. Norman : U of Oklahoma P, 1958.

Melton, Jeffrey Alan. *Mark Twain, Travel Books, and Tourism : The Tide of a Great Popular Movement*. Tuscaloosa, AL : U of Alabama P, 2002.

Nye, Russell. *The Unembarrassed Muse : The Popular Arts in America*. New York : The Dial Press, 1970. 亀井俊介他訳『アメリカ大衆芸術物語』全三巻、研究社出版、一九七九年。

Piozzi, Hester Lynch. *Observations and Reflections Made in the Course of a Journey through France, Italy, and Germany*. Vol. I. London : A. Strahan & T. Cadell, 1789.

Radcliffe, Ann. *The Mysteries of Udolpho : A Romance Intersperced with Some Poetry*. 1794. London : Oxford UP, 1966.

Schivelbusch, Wolfgang. *The Railway Journey : The Industrialization of Time and Space in the 19th Century*. Berkeley, CL : U of California P, 1986.

Sternberger, Dolf. *Panorama of the Nineteenth Century*. Trans. Joachim Neugroschel. New York : Urizen Books, 1977.

Tanner, Tony. *Venice Desired*. Oxford : Blackwell, 1992.

Twain, Mark. *The Innocents Abroad, or The New Pilgrim's Progress*. 1869. New York : Literary Classics of the United States, 1984. 濱田政二郎訳『赤毛布外遊記』全三巻、岩波文庫、一九五一年。

———. *Mark Twain's Notebooks and Journals*. Vol. 1 *1855–1873*. Eds. Frederick Anderson, Michael B. Frank and Kenneth M. Sanderson. Berkeley, CL : U of California P, 1975.

ゲーテ（相良守峯訳）『イタリア紀行』全三巻、岩波文庫、一九四二年。

佐々木隆「大河を描く―「筏師のエピソード」」、山下昇他編著『表象と生のはざまで―葛藤する米英文学』（南雲堂、二〇〇四年）五〇二—二九頁。

アンドレ・シーグフリード（杉　捷夫訳）『現代—二十世紀文明の方向』紀伊國屋書店、一九五六年。

鳥越輝昭『ヴェネツィア 詩文繚乱—文学者を魅了した都市—』三和書籍、二〇〇三年。

夏目漱石『草枕』新潮文庫、一九五〇年。

バイロン（土井晩翠訳）『チャイルド・ハロルドの巡礼』新月社、一九四九年。

ラフカディオ・ハーン（篠田一士他訳）『ラフカディオ・ハーン著作集　第四巻』恒文社、一九八七年。

クエンティン・ベル（出淵敬子訳）『ラスキン』晶文社、一九八九年。

ジョン・ペンブル（秋田淳子他訳）『地中海への情熱—南欧のヴィクトリア＝エドワード朝のひとびと』国文社、一九九七年。

ジェイムズ・ボールドウィン（武藤脩二訳）「帰郷」、『出会いの前夜』太陽社、一九六七年。

第六章　月夜と黄昏のコロセウム

――ポーからウォートンまで――

コロセウムは現在ローマ「最大」の観光遺跡である。かつてはローマ帝国の壮大さの象徴・表象であった。一世紀に建造され、四万五千人の観衆を前に剣闘士同士や猛獣との戦い（それぞれ五世紀初期と六世紀まで）、キリスト教徒の残酷な処刑（四世紀初期まで）が行われた。幾度もの地震で被害を受け、建築資材の石切り場にもなって、一八世紀までには三分の二の部分が失われた。その後キリスト教徒殉教を記念する聖地となる。しかし土で埋もれ、植物が繁茂し、さながら渓谷のようになった。この大廃墟が文学の聖地となった。二〇世紀に大観光遺跡となるまでである。

グランド・ツアーでローマを訪れたジョゼフ・アディソンは『イタリア便り』（一七〇一年）で「円形演技場の驚くべき高さは／私の目を恐怖と歓喜をもって満たし」と詠い、ジョージ・キートは『古代と現代のローマ』（一七六〇年）でコロセウムの廃墟の「楽しき憂愁」と「沈思の気分」といったメランコリーのテーマを展開した（Churchill, 4）。キートと同じ一七五五年に美術史家ヴィンケルマンがローマを訪れてから、「廃墟の都市としてローマは他の都市、ヴェニスでさえもありえぬほどに、ロマン派のイデオロギーを賦与されることになる」（McGann, 84）。「現実のローマはわれわれの経験とはなんら関わりがなかったのであり、想像の稀有の状態こそ全てだったのである」とヘンリー・

ジェイムズは書いている（James, *William Wetmore Story* II〔1903〕, 209）。こうして書かれ、読まれ、ロマン派のイデオロギーに彩られ、想像の稀有の状態の中に聳えるコロセウムの表象を、あるいは表象としてのコロセウムを、まずヨーロッパ文学の中で、その後ポーからウォートンまでアメリカ文学の中で辿ることにする。

こうした表象の最後となるイーディス・ウォートンの短篇「ローマ熱」（一九三四年）のタイトルの〈ローマ熱〉はローマのフォーラムやコロセウムに潜むマラリア熱ばかりでなく、「世界で一番美しい」ローマへの情熱をも意味している。さらにウェルテル熱、バイロン熱など、ロマン派は多くの熱病を伝播させた。ヘンリー・ジェイムズはローマで「遂に生きている」と実感し、「楽しみの熱」に浮かされて歩き回った（Wright, 200）。またジェイムズの短篇「未来のマドンナ」（一八七三年）の人物も「審美的高熱」の人である。ロマン派はこうした熱病をも併発させていた。

ロマン派の熱病の最大の感染源はバイロンである。『チャイルド・ハロルドの巡礼』（一八一二―一八年）には、「しかして今尚美なるイタリア！／爾はまさに世界の楽園、／芸術並びに自然の本土、／荒るゝも爾に何か比べむ」、「あ、ローマ！　わが故郷！　わが魂の憧れの都市！」など、ローマについてのテクストの原テクストが鏤められている（バイロン『チャイルド・ハロルドの巡礼』二四二―四三頁、二七五頁）。

バイロンはさらにコロセウムについて、次のように詠う。

アーチ重なる幾層々！　さながらローマ歴代の
おもなる戦利の品あつめ、
其凱旋を一堂に築くを願ふ如くして

立てり巨大のコリゼアム、月光こゝに耀きて
……

（三〇六頁）

また『マンフレッド』（一八一七年）では、

——ちょうどこんな夜に、
偉大なローマの遺跡中の最たるもの、
あの円形演伎場《コロシウム》のうちに立ったことがある。
壊れた拱廓に沿って生いたつ木々は
青い夜空に黒く波だち、廃墟の
裂け目からは星が見えた。
……
その月光は荒涼たる廃墟の
年経たいかめしさも柔げ、いわば新たに、
何世紀もの間隙を埋めていた。
いまだ美しいものは美しいままに残し
美しくないものは美しく変え、……

（バイロン『バイロン詩集』一四一、一四二頁）

月下のコロセウムの美はここで最も強い表現をえた。しかしこの月光のコロセウムはバイロンの独創ではない。一七八七年にイタリアを訪れたゲーテは『イタリア紀行』（一八一六―二九年）で書いている。

満月の光を浴びてローマを彷徨う美しさは、見ないで想像のつくものではない。……特に眺めのいいのはコリセオである。夜は門を閉めるが、一人の隠者が小さな堂宇に住まっており、乞食どもが荒廃した円天井に巣食っている。……折しも月は中天にかかっていた。［乞食の焚く火の］煙はだんだんに壁、隙間、窓などを抜けて出てゆき、月の光に照らされてまるで霧のようである。実にすばらしい眺めであった。……雄大なしかも洗練されたこの地の物象を前にしては、太陽や月もちょうど人間の精神と同じように、他の場所とは違った作用をするようになるのだ。

（ゲーテ『イタリア紀行　上』二二四頁）

冷静な観察者のゲーテは「実にすばらしい眺め」を生み出す「太陽や月」の作用力に関心を寄せている。そしてコロセウム自体の喚起力に強くロマンティックに反応してはいない。一方バイロンは月光のコロセウムに事寄せて、わが想像力を展開している。

ゲーテのあと月下のローマを描いたのはシャトーブリアンである。一八〇三年にローマ大使参事官としてローマに赴いた彼は、「月下のローマ遊歩」（一八〇三年）を書いた。

月は照らしていた――住民のいない通り、囲われた空間、開けた広場、誰も歩まぬ庭園、修道士の声がもはや聞かれぬ僧院、コロセウムの迫持同様に人気の失せた回廊を。

(MacGann, 84)

この空虚と沈黙を照らす月光はロマン派の愛したメランコリーの表象である（すでに紹介したジョージ・キートの「楽しき憂愁」や「沈思の気分」も同じ表象である）。スタール夫人はゲーテよりは遅くイタリアを訪れたが、『イタリア紀行』よりは早く作品を出版した。「もしくはイタリア」と副題を付けた『コリンナ』（一八〇七年）でスタール夫人は、コロセウムを「日中しか見たことがないということは、コロセウムの印象を知らないということだ」という。なぜなら、「月は廃墟を照らすもの」だからである。コロセウムは「ローマの一番美しい廃墟」といっている（スタール夫人、七三頁）。

またスタール夫人は「古代様式の華麗さとか優雅さとか洗練された美」を説く（七三頁）。この美意識はヴィンケルマン以降のものである。同行者のスコットランド人オズワルドは「この場に主人の奢侈と奴隷たちの血しか見ず、反感を感じ」るのみである（七三頁）。ここに芸術と倫理を分ける南と北の精神の相違、つまりコロセウムが表象していることの読みの相違がひとつの主題になっていることを見るのは容易い。われわれとしては、アメリカは大まかにいって北の文明に属していることを予め了解しておきたい。

ゲーテやスタール夫人よりも先にコロセウムを語った人物はいうまでもなくギボンである。ギボンは『ローマ帝国衰亡史』（一七七六―八八年）でコロセウムの歴史――その建築の由来、使用の姿、崩壊、掠奪、転用、聖化、発掘、保存の歴史――を駆け足で語ったあと、「古代ローマの地図や案内記や記念碑はつい最近好古家たる学徒の骨折りで解明された結果、昔は野蛮だった遥かな北方諸国からの新しい巡礼の種族が今日では英雄の足跡や迷信ならぬ帝国の遺物に恭しく参詣している」と結んでいる（ギボン『ローマ帝国衰亡史　第一一巻』二六七―六八頁）。

この結びはローマ全体に言及しているが、その遺物の最たるものはコロセウムである。そして北方の蛮族の末裔はカトリック本山への巡礼の代わりに、考古学的遺物への巡礼として参詣しているという指摘である。そして遺物の美に巡礼するようになるのも自然な趨勢であった。ゲーテやスタール夫人やバイロンの系列である。バイロンも読んだとされるピョッツィ夫人はコロセウムについて「廃墟は壮麗な美しさがあり、全体が保たれているよりも美しい」といい、隠者との会話を記すなどして具体的で、実際に見た者の強みを感じさせる（Piozzi I, 389-92）。しかしキリスト教徒への迫害と隠者のエピソードに多くのスペースを割いているあたり、『コリンナ』のスコットランド人オズワルドに近い。イギリス人ピョッツィ夫人の性向はイタリア人と再婚しても消えていない。

ゲーテ、ピョッツィ夫人、シャトーブリアン、スタール夫人、バイロンのあと、スタンダールがイタリアを書く。「ミラノ人ベーレ」はローマについても書いており、コロセウムについては、次のようである。

今夜、美しい月の光のなかを、僕たちはコロッセオに行った。そこでは甘美な憂愁の気分を味わえると僕は思ったのだ。しかし、イジンバルディ氏が僕たちに言ったことはほんとうだ。この風土はとても美しいし、それはたいそう逸楽にあふれているので、ここでは光でさえ悲しみをすっかり失わせる。心やさしい夢想をともなう美しい月の光は、ウインダミアの岸辺にある。……

僕たちが、この広大な建造物で一度だけ味わった光景は、壮麗さにあふれていたが、少しも憂愁を含んでいなかった。それは大きく崇高な悲劇であり、悲嘆ではなかった。崇高な『ビアンカとファリエロ』の四重唱曲がとてもうまく歌われたが、僕たちに押し寄せてくる威厳にあふれたイメージを追い払うことはできなかった。月の光はたいそう明るかったので、僕たちはもっとあとで、バイロン卿のいくつかの詩句を読むことができた。

（スタンダール、Ⅱ、二九六―九七頁）

ここでスタンダールが読んだのは『チャイルド・ハロルドの巡礼』第四歌、第一四〇―四一節である。瀕死の剣闘士の故郷の妻子への思いを想像し、「彼等の父たる彼はこのローマ人の一日の悦楽のために虐殺される」という、取り分け有名な言葉を挟みこむ。そして「立て、ゴート人よ、憤怒を晴らせ」とロマン派らしい言葉で結ぶ。

以上のようなテクスト群は微妙な差異はあっても、取りこみを重ねつつコロセウムを美、憂愁、沈思、壮麗、過去の栄光などの表象として巨大なテクストを積み上げた。それはコロセウムに似た巨大な構造物である。後の旅行者、観光客はそのテクストに導かれて、それに見合う構造物を観た。問題は作家たちである。彼らは自分のテクストを書くとき、意識的に受容と排撃をしないわけにはいかなかった。そうでなければ書く立場がなかったからである。とりわけアメリカ作家にとっては二つの巨大な構造物として挑発的であった。旧世界の、古代の、野蛮の表象的遺跡（演じられた野蛮と破壊の野蛮の跡と痕）として、またロマンティックなテクストの遺跡として挑発的だったのである。

アメリカ作家にとってローマはまず主としてロマン派のローマとして存在した。〈美〉と〈遺跡〉への巡礼であった。ヘンリー・ジェイムズの「情熱の巡礼」（一八七一年）の対象はイギリスだが、他の作品ではパリでありフィレンツェでありローマである。なかでもコロセウムは一九世紀のアメリカ文学の重要なトポスとなった。イギリス文学以上である。それにはいくつかの類型が見られるが、そのポイントはローマ訪問の機会の有無であろう。

ポーはその機会に恵まれなかった。ポーの「ヘレンに」（一八三一年）の「ニセアの船のように美しい」ヘレンは、「ローマなる壮麗へ」と「連れ戻してくれた」。ローマが、詩人が連れ戻される「故郷」である（Poe, 62）。これはバイロンのなぞりといえる。また「コロセウム」（一八三三年）という小詩も「古代ローマの象徴よ！」で始まる。語り手は「巡礼に疲れ飢えに焼かれる日々の果てに／（汝の中に湧く知識の泉に飢えてだ）／私は人も変わり慎ましくなって汝の蔭に／跪き、私の魂の中に飲み込むのだ／汝の壮大さ、陰鬱、栄光を！」と叫ぶ。「巨大さ！　歳月！　往古の記憶！／沈黙！　崩壊！　ほの暗い夜！」と続き、さながらコロセウムのクリシェの集成である（Poe, 72）。バイロンの詩とピラネージの絵から作られたポーの世界である。ポーがこのような詩を書いた頃、画家のトマス・コールはコロセウムを訪れ、「コロセウムの壮大さを見て実感するには、夜、月が魔法の光彩を注いでいるときに時間を過ごさなければならない」と型どおりに述べている（Quennell, 145）。

ホーソンはイタリアをよく見てよく知っていた。『大理石の牧神』（一八六〇年）には次のような記述がある。

月明かりの夜はいつもそうであるが、この有名な遺跡の入口には数台の馬車が止まっており、構内外は静寂というものからほど遠かった。……中に入ると月光が広大な空っぽの空間を満たしていて、崩れて草が生い茂った何層ものアーチの列をくっきりと照らし出していた。それは多分余りにくっきりと照らし出していて、そのために、想像力をいやが上にも刺戟して実際の大きさよりも更に壮大なコロセウムのイメージを生み出させる、あの神秘的な影の効果を奪ってしまっていた。バイロンの有名な描写は現実の光景以上だったが、彼はこの風景を実際に見てから何年も後に、いわばこの明かるい月光の下にではなく、もっと夢幻的な星明かりの下に、改めて心の中の眼で見直して歌ったのだった。（ホーソン、①、一五〇頁）

月明かりの有名な遺跡が、大勢の訪問者のために静寂を奪われている、というのはコロセウムが「静かに月出でて」などのバイロンの詩句によって有名になって、そのためにかえって騒がしくなったというアイロニーである（ポーの「コロセウム」の語り手ポリツィアーノが一六世紀のイタリア人であるとはいえ、ポーにとってはコロセウムは当然静寂に包まれている)。しかも月光が明るすぎて、神秘的な影の効果がない、という。この影は人間の影、罪悪の影と繋がるものであり、牧神の明るさそのもののドナテロに影を与えてゆく作品のいかにもホーソンらしい、そして北方文学らしいプロセスと対応している。いずれにしてもホーソンはバイロンの影響(つまりロマン派の影)を否定する姿勢を鮮明にしたのである。これは、ポーと違って、実見したことの相違であると同時に、やはり気質の相違であろう。

ホーソンは続けて次のように書く。

大勢の闘技者達が野獣と闘って敗れ、大勢のキリスト教徒が、彼等に対する残忍さでは最悪の野獣さながらのかつてのローマ民衆の前で、おびただしい血を流したこのコロセウムのグランドやその周囲のアーチ列の暗がりの中で、今何人かの男女の若者が追いかけっこやかくれんぼをしていた。逃げ込んだと思った暗がりで男の腕に抱きすくめられた娘の嬌声が響きわたるかと思えば、……。(一五〇―五一頁)

現実を離れて過去に想像力を飛翔させる、というのではなく、現実の嬌声によって過去の文学的クリシェを覆す試みである。しかし、「瀕死の闘技者が打倒れ、大方の戦場の戦闘におけるよりも多くの死の苦痛が、大勢の人間の楽しみのために堪え忍ばれたのだ」という表現はいうまでもなくバイロンに由来する。(ちなみに娘たちはやがてヘンリー・ジェイムズの「デイジー・ミラー」(一八七八年)で想起され、ウォートンの「ローマ熱」で形を変えて再登場する。)

イタリアを扱った文学はガイドブックも兼ねるというのが通例であった。スタール夫人の『コリンナ』、アンデルセンの『即興詩人』(一八三五年)などが典型的である。バイロンも例外ではない。そして書く側も読む側も先行するガイドブック兼用文学テクストを意識せざるをえない、というのがガイドブック兼用文学の特質である。マーク・トウェインの旅行記はその要素を取り入れながら、反発することで特色を出そうとした。トウェインは『赤毛布外遊記』（一八六九年）で書いている。

誰でも、コロセウムは繪で見て知っている。誰でもあの、一方が鋏《か》け落ちている「環状で、窓のある」帽子入れの薄板箱に似た建築物を、直ぐと見分ける。……ヨーロッパの廢墟中の王者であるコロセウムは、その威嚴にふさわしい愼みと、王侯らしい超越を保っている。雜草や草花が、コロセウムのどっしりした迫持《アーチ》から、または圓弧を描いている座席から、生え出て、蔦かつらが、その高い壁から總飾りを垂らしている。その昔、實に夥しい男女の群れが集ってくるのを常としたこの巨大な建物には、一面に感銘深い靜寂が覆いかぶさっている。千八百年の大昔に、流行の美の粹をあつめた女王らが、座を占めたあたりを、蝶が飛び交い、皇帝の秘密席には蜥蜴どもが日向ぼっこをしている。コロセウムは、文字で綴られたあらゆる歴史よりも眞に迫って、ローマの榮華と、ローマの衰微を物語っている。

（トウェイン『赤毛布外遊記　中』五二―五三頁）

「帽子入れ」としたあたり、いかにもトウェインらしいユーモアだが、そして実見によるとはいえ、基本的にはガイドブック的記述である。このあと、「娯樂好きな當時の市民に、娯樂の場所を提供するために、作らねばならなかった」（五三頁）というあたりは、バイロンの「ローマ人の一日の悦楽のために虐殺される」の引き写しではないとしても、同じパターンではある。トウェインはさらにキリスト教徒の迫害とコロセウムの聖地化に話を進める。この話柄もクリシェにほかならない。記述をトウェインらしくしているのは、「アメリカでは、囚人を、その罪に對して處罰するとともに、彼等を有用に使用するようにしている」（五三頁）という刑罰におけるアメリカン・プラグマティズムの指摘と承認である。トウェインはこのようにしてクリシェ的記述とアメリカに関わる日常的事実と記憶を並列することによって、ある程度ガイドブックを無化、無力化する。あるいは(古代)ヨーロッパを茶化す。コロセウムをアメリカの劇場のパロディにしてみせる。あるいは、「ローマ人の一日の悦樂のために虐殺される」というクリシェを使わなかったと誇ったあとで――これも無理な豪語であるが――「ローマに關係することを書いたすべての本に、この文句が顔を出す――そう言うと、近頃のことだが、オリヴァ判事のことが思い出されてくる」(六四頁)といって、件の判事が吐いたとされる「どうもこの仕事には飽々してきた！」(六八頁)という言葉を、それに至る経緯を長々と語ったあとで、紹介する。その長さがバイロンのクリシェを排除、消去するのに必要だといわんばかりである。

ヘンリー・ジェイムズの「デイジー・ミラー」で語り手ウィンターボーンは下弦の月がかかるコロセウムに立ち寄る。

ロマンチックな絵画美を愛好する彼は、淡い月光のもとにあるこの内部は一見の価値があろうと、ふと思いついた。……それから中に入り、この大建築物の洞窟を思わせる暗闇の中を通り抜けて、広々として静かな演技場に出た。この場所がこれほど印象的に思えたことはかつてなかった。巨大な円形の一方の半分は真黒な影につつまれ、いま一方は明るい闇の中に眠っている。彼はそこにたたずみバイロンの『マンフレッド』の中の有名な数行を小声で誦しはじめた。だが、まだその詩句を全部誦しおわらぬうちに、コロセウムにおける夜の瞑想は、詩人のすすめるところであろうが、医者はこれを不可としていることを思い出した。まさしくここに、歴史的雰囲気はあるだろうが、その歴史的雰囲気は、科学的に考えてみれば、悪性の瘴気であるにほかならない。

(ジェイムズ「デイジー・ミラー」四一三―一四頁)

ウィンターボーンはスイス暮らしが長く、ヨーロッパ化されたアメリカ人というジェイムズ文学によく登場するタイプである。ヨーロッパのロマンチックな絵画美やバイロンの詩や歴史的雰囲気を愛好しはするものの、詩人ではなく、科学の衛生思想に与する男である。彼は草木が繁茂し瘴気の立ち籠める廃墟を、土を取り除き石だけの遺跡にする一九世紀の科学的発掘と同じ基盤に立つ衛生思想の持ち主である。演技場の中央に十字架が立っているという記述からみると、コロセウムはいまだバイロン時代の雰囲気を留めている。間もなく十字架は観客席の中段に移され、ここがキリスト教徒の殉教と祈禱の場となっていたことの名残にすぎなくなる。この物語はそうした整備がなされる以前のものである。しかし整備する時代精神が彼の中に見られるのである。つまりコロセウムは実際的・科学的理解によって表象される。これがロマン派以降の傾向となる。

ウィンターボーンはイタリア青年と一緒にいるデイジーを見て、「か弱い娘がこんなマラリアの巣のまっただ中でぶらぶら夜を過ごすことが、衛生の立場から見てまったく気違いじみている」と考える。しかしデイジーは「その美しい姿を月のためにいよいよ美しく見せながら」、「こんなに美しい景色、あたし、初めてよ。……あたし、月夜のコロセウムをぜひ見たかったの。見ないうちに国へ帰るなんてつまらないわ。とっても楽しかったわ。……ああ、あたし、とうとう月夜のコロセウムを見物したわけね。これでいいことをしたわ。……あたし、どうだっていいわ。ローマ熱にかかったってかからなくったって」という（四一四―一五頁）。デイジーはローマ熱（病気）を恐れる衛生思想を圧するローマ熱（情熱）の、最後の（病）人である。悪性の瘴気の犠牲になるデイジーは、アメリカの無垢な娘と判明するが、実際には無垢なロマン派でもあったのだ。

ヘンリー・ジェイムズは『ロデリック・ハドソン』（一八七六年）でもコロセウムを重要な舞台としているが、ここでは『ある婦人の肖像』（一八八一年）をさらに取り上げる。イザベルはコロセウムに入るが、二人の連れから離れてあたりを歩き回る。よく引用される箇所は次の通りである。

彼女はよくさびれた張り出しのところに上って行ったものだが、そこは昔ローマの群衆が喝采の叫びをあげたところであり、今は野花が（季節になると）深い裂け目に咲くのである。今日は疲労を感じていたので彼女は下の闘技場に坐っていたかった。……広い構内の半ばは影になっていて、西日が石灰華の大きな塊の薄赤い色をはっきりきわだたせていたが、この石にひそんだ色は、この廃墟のなかで唯だ一つ生命を持っていた。ところどころに百姓や旅行者が歩いており、彼らは、澄みきった静けさのなかを、無数の燕が旋回したり急降下したりして、飛び回っている遠い空を見上げていた。

（ジェイムズ『ある婦人の肖像』三三五頁）

この文章には昔の「ローマの群衆の喝采の叫び」や「深い裂け目に咲く」野花や、この建造物の美しさを際立たせる「石灰華」（アンデルセンが「そもそもこの『コロゼオ』は楕圓なる四層なるたてものにして、『トラヱルチイノ』石もてこれを造る」〔アンデルセン『即興詩人　上』六〇頁〕の「トラヱルチイノ」石のことで、コロセウムの美に触れるときよく言及される石である）や、（おそらく巡礼として訪れている）百姓や旅行者が点出されている。「澄みきった静けさ」の中を飛ぶ燕は、裂け目に咲く花と並んで、この廃墟が自然に帰したことを示す、バイロンの梟、ポーの蝙蝠や蜥蜴、トウェインの蝶や蜥蜴の対応物なのである。しかしこれらのものが極めて自然に配置されている。そして花や西日が当たってなお美しい石灰華の美と生命は、何よりも美と生命を求めていたイザベルの反映である。この場面の描写はイザベルの内面を映して見事である。燕の自由な飛翔は、自由な飛翔を求めてヨーロッパへ来て（イタリアは美の「約束の土地」だった）、挫折して疲れて坐るイザベルの、本来あるべき精神と肉体を影深く浮き彫りにしている。広い構内と同様、彼女は

「半ばは影になった」存在である。ここにはコロセウムを作品世界に完全に取り込んだテクストがある。ここには気負うことなくアメリカの人物の内面にコロセウムを納めた作家がいる。コロセウムに代表されるヨーロッパとイザベルに代表されるアメリカが、ちょうどよいバランスを保っているというべきだろう。

ホーソンは『大理石の牧神』の序文で「わが故国アメリカでは、陰影も古色も神秘もなく、目もあやにして闇に富んだ悪というものに欠け、あるのはただ真昼間の常識的な繁栄ばかり」と嘆いた（ホーソン、①、七頁）。アーヴィングからヘンリー・ジェイムズに至る嘆きである。この欠如意識がヨーロッパへの巡礼、そして「ローマ熱」を生み出した。しかしやがてアメリカの「繁栄」がヨーロッパからアメリカへの逆のうねりを生み出す。アメリカの物質的豊かさ（とその可能性）が「アメリカ熱」（American fever）を生起させた。イタリアでも一八六一年の国家統一後、移民制限が緩和されたこと、不況、貧困なども手伝って大量の移民がアメリカに向かった。

ウォートンの作品「ローマ熱」は、この「ローマ熱」の消滅と「アメリカ熱」の生起の転換点といえる。ローマを再訪した二人のアメリカ夫人の生活はアメリカ二〇年代の豊かさを反映している。スレイド夫人の夫が弁護士としてヨーロッパ（「ロンドン、パリ、ローマ」）にまで活動の場を広げているのは、第一次大戦後のアメリカの経済的優位を示している。また家庭の機械化によって編み物しかすることがないと娘がいうのも、たしかに事実でも比喩でもある。こうしたアメリカはフラッパーを生み出した。アンズレイ夫人の娘のバーバラがまさしくそういうタイプで、親の監視なしにイタリアの青年飛行士とデートに出掛ける。スレイド夫人は、アメリカ旅行者の其々の世代にとってローマは其々違うものを意味したといい、次のように敷衍する。

私たちの祖母たちにとってはローマ熱［マラリアや肺炎］、母たちにとっては感傷的危険［恋愛問題］――私たちずいぶん監視されてたわね——、娘たちにはメイン・ストリートの真ん中にいるのと同じで危険はないのよ。
(Wharton, 754)

これはローマとその変遷をよく知る人の言葉である。二人の夫人が娘であったのは二〇世紀への変わり目、その母たちが娘であったのは一八七五年頃であろう。ローマは一八七一年に新生イタリアの首都となった。ローマの都市開発もその後進行し、コロセウムも〈整備〉された。それまでのコロセウムはピラネージの絵（図1）でも知られるように、中央は土で埋まり、岩の廃墟は草木が茂り（図2）、さながら自然の峡谷であった。フォーラム以上に湿気が多く、特に日没後はマラリアが猖獗をきわめた。やがて〈整備〉されて、廃墟が無味な遺跡となってからも衛生上の危険はあった。しかし母の娘時代は「美が誘い掛け、親への反抗のスパイスもかかり、日没後冷えても精々風邪をひくぐらいの危険しかなかった」(754)ということになり、反抗は愛の冒険となった。ローマ熱が病気から熱情となったということである。いうまでもなくイタリアは伝統的にアングロサクソンにとって解放と情熱の国であった。

ウイリアム・ウエットモア・ストーリーは『ローマの事物』（一八六二年）の一三版（一八八七年）で「アリーナ［コロセウムのこと］はかつては静かで、低い草で滑らかに覆われていたのに、発掘され、基礎まで剝出しになった。……この場所の全ての魅力は破壊されてしまった」と書いている（Vance, 111）。一八一二年以降ナポレオンの指揮のもとに始まった廃墟発掘は、一八七〇年代に入って積極的に進められ、一八七八年までには発掘による破壊はこれほどまで進んでいた。（ジェイムズの『ある婦人の肖像』でも発掘の場面がさりげなく言及されている。）

ウォートンの物語で、コロセウムでの妊娠をもたらす密会は世紀の変わり目になされた。物語の現在は一九二〇年代半ばであり、コロセウムをノスタルジーの景色とするには遠望するのがよい、遠望するしかなかったともいえるの

図１　ピラネージが描いた、廃墟となった18世紀のコロセウム(Pearson, 181)

図２　草木が茂るかつてのコロセウムの内部(Quennell, 122)

だ。しかもムッソリーニはヴェネチア宮殿からコロセウムまで見通せるようにフォーラム沿いの道路を拡張してしまった。その開発が始まったのが一九二〇年代半ばである。「ローマ熱」はこの開発による整備・破壊がなされる直前の物語でもあるのだ。遠望されたコロセウムは黄昏に包まれていく。それは同時にコロセウムの文学的黄昏でもあったのである。

スレイド夫人の穿った言葉の中でもなお興味深いのは「メイン・ストリート」という言葉である。シンクレア・ルイスの『本町通り《メイン・ストリート》』（一九二〇年）を十分意識している。メイン・ストリートは全アメリカの町の代名詞であり、いわば「アメリカ熱」の舞台である、たとえ偏狭さが支配的であろうとも。第一次大戦後、ヨーロッパのアメリカへの強い関心はこの作品を読むことでかなり満たされた。つまりアメリカの生活・文明・心理のガイドブックとなったのである。ヨーロッパのガイドブックと対応する、しかし現実的なガイドブックである。バーバラたち今の娘は、このメイン・ストリートの申し子なのである。彼女たちはローマの遺跡やその遺跡の密会場所としての意味などには無関心である。飛行機でデートし、ローマの貴族の息子と結婚する豊かさと自信もある。スレイド夫人は「娘たちは多くのことを失っている」（754）といみじくもいう。美への憧憬も、危険も冒険も失われた、というのである。これはローマが、その集約であるコロセウムが、かつてのロマンティックなイコンではなくなった、ということである。そしてルイス描くところのアメリカの典型人バビットにとって「機械は真実と美の象徴」なのである。二人の夫人が見つめるローマの遺跡は夕陽に耀く。それはローマ熱の最後の残照なのである。

パウンドに「ローマ」（一九一四年）なる小詩がある。

……

見よ、如何に栄枯盛衰が全世界を
己の法の下に置きたる者の上にふりかかるかを、
すべてを征服せしも今はかえって征服されつ、
そは「時」の餌食にて、「時」はすべてを消滅させるが故に。
……

（パウンド、一二頁）

図３　発掘された現在のコロセウム(Quennell, 42)

こうした詩は現代では書くことはできない。この詩は一六世紀のフランス詩人デュ・ベレの『ローマ古跡』（一五五八年）からの翻訳であり、二〇世紀では翻訳を通してしかこのような感懐はありえないだろう。そもそもコロセウムもフォーラムも発掘されて石の廃墟となったとき、白々しい遺跡となってしまったのである。「時」を表象する廃墟は自然の「時」を暗示する自然の堆積と作用が必要なのである（図３）。

ドス・パソスの『一九一九年』（一九三二年）でアメリカ人のディックたちは馬車を雇って、「月夜のコロセウム」を見に行く。「廃墟の巨大な集積、彫刻を施した石、名前、威厳のあるローマ人の名前。オイルクロスのシルクハットを被り緑色の口髭を生やし、下弦の欠けた月の下で売春宿をあれこれと勧める老御者。至るところで空に向かって積み重ねられたアーチと円柱だらけの石造建築の巨大な集積、大袈裟な和音となって過去へと消えていくローマという言葉の太い響き。このあと彼等は頭がくらくらしながらベッドに就き、ローマの音が耳に響き、寝付かれなかった。」(Dos Passos, 535) 第一次大戦下のコロセウムの廃墟 (ruins) は欠けた (ruined) 月に照らされ、案内の御者はローマを声高に叫びながら売春宿を勧める。ローマの廃墟も月も御者のように老いて頽廃している (ruined)。

ウォートンの二人の夫人は「巨大な『死の表象』」と「皇帝の宮殿の金色に染まった斜面」を前にして「瞑想」に耽るが、その内容は全て個人的なものである (Wharton, 753)。「記憶」も同じである。「眼下の情熱と壮麗の堆積された残骸」(755) を見ても、それにふさわしい感慨は生まれない。むしろかつてのロマン派とその追随者たちの残骸が影となって横たわっているようである。アンズレイ夫人にも「こうした堂々たる廃墟の長い影から余りに多くの記憶が立ち上っていると想像されるかもしれない、いや、違う」とスレイド夫人は推測する (756)。アンズレイ夫人にも個人的な記憶しかない。こうした言及はコロセウムに関わる黙想や瞑想や記憶の衰微、個人化を示している。アンズレイ夫人が大事にしているのは、スレイド夫人の婚約者が送ってきた手紙の記憶なのである。退屈な夫との生活の中で、この記憶だけで生きてきた。こうした感情は主として男性的情念の対象であったコロセウムの女性化ともいえる現象である。『ある婦人の肖像』のイザベルがコロセウムを女性の運命の表象となしえたように、われわれの夫人たちもコロセウムを女性の愛情と憎悪と嫉妬の場面となしえている。そこには「死の表象」とされる歴史の意識はクリシェとしてしか存在しない。しかし女性を縛る堅い社会の枠の中で演じられたロマンスはロマン派の深刻さはなくとも、実際には意外と深刻な愛情のドラマとなっていたのだ。それはロマン派の舞台としてのコロセウムが二〇世紀の初期に記憶の中で果たしうる精一杯のことではなかったか、と思われる。表象の黄昏である。

（英語で Colosseum と表記される建造物は日本語でさまざまに表記されているが、本稿ではほぼ「コロセウム」で統一した。）

参考文献

Byron, George Gordon. *Childe Harold's Pilgrimage. Byron : The Complete Poetic Works*. Vol. 2. Oxford : Oxford UP,1980.　土井晩翠訳『チャイルド・ハロルドの巡礼』新月社、一九四九年。

———. *Manfred. Byron : The Complete Poetic Works*. Vol. 4. Oxford : Oxford UP, 1986.　小川和夫訳『バイロン詩集』角川文庫、一九六九年。

Churchill, Kenneth. *Italy and English Literature 1764–1930*. New Jersey : Barnes & Noble, 1980.

Dos Passos, John. *1919*. 1932. *U. S. A*. New York : Literary Classics of the United States, 1996.

Hawthorne, Nathaniel. *The Marble Faun*. 1860. *The Complete Novels and Selected Tales of Nathaniel Hawthorne*. New York : Modern Library, 1937.　島田太郎他訳『大理石の牧神』全二巻、国書刊行会、一九八四年。

James, Henry. *The Portrait of a Lady*. 1881. New York : Norton Critical Edition, 1975.

———.“Daisy Miller : A Study.” 1878. *The Complete Tales of Henry James*. Vol. 4 (London : R. Hart-Davis, 1962) : 141–207.　西川正身訳「デイジー・ミラー」、『世界文学大系49　ジェイムズ』筑摩書房、一九七二年。

———. *William Wetmore Story and His Friends from Letters, Diaries, and Recollections*. 2 vols. Boston : Houghton, Mifflin, 1903.

McGann, Jerome J. “Rome and Its Romantic Significance.” *Roman Images* (Ed. Annabel Patterson. Baltimore : The Johns Hopkins UP, 1984) : 83–104.

Piozzi, Hester Lynch. *Observations and Reflections Made in the Course of a Journey through France, Italy, and Germany*. 2 vols. London : A. Straham, 1789.

Poe, Edgar Allan. *Edgar Allan Poe : Poetry and Tales.* New York : Literary Classics of the United States,1984.

Powers, Alice Leccese, ed. *Italy in Mind : An Anthology.* New York : Vintage Books, 1997.

Quennell, Peter. *The Colosseum.* New York : Newsweek, 1971.

Twain, Mark. *The Innocents Abroad.* 1869. New York : Literary Classics of the United States, 1984.　浜田政二郎訳『赤毛布外遊記』全三冊、岩波文庫、一九五一年。

Vance, William L. "The Colosseum : American Uses of an Imperial Image." *Roman Images* (Ed. Annabel Patterson. Baltimore : The Johns Hopkins UP, 1984) : 106-140.

Wharton, Edith. "Roman Fever." 1934. *Collected Stories : 1911-1937* (New York : Literary Classics of the United States, 2001) : 749-62.

Wright, Nathalia. *American Novelists in Italy : The Discoverers : Allston to James.* Philadelphia : U of Pennsylvania P, 1965.

アンデルセン（森 鷗外訳）『即興詩人』全二冊、岩波文庫、一九二八年。

ギボン（中野好夫他訳）『ローマ帝国衰亡史』全一一巻、筑摩書房、一九七六―九三年。

ゲーテ（相良守峯訳）『イタリア紀行』全三冊、岩波文庫、一九六〇年。

スタール夫人（佐藤夏生訳）『コリンナ』国書刊行会、一九九七年。

スタンダール（臼田紘訳）『ローマ散歩』全二冊、新評論、一九九六、二〇〇〇年。

パウンド（城戸朱理訳編）『パウンド詩集』思潮社、一九九八年。

第七章　南北戦争と第一次大戦のレトリック

――エマソンの『志願兵』をめぐって――

ハーヴァード大学があるケンブリッジ市の西隣にベルモントの町がある。そのケンブリッジ側は住宅地となっており、その西端はベルモント・ヒルという丘陵地帯となっている。その丘の裾に沿って鉄道が走り、北寄りにベルモント、南寄りにウェイヴァリーの駅がある。ベルモントは一七世紀の半ばに入植され、現在のベルモント駅周辺が中心となった（この地域はベルモント・センターと呼ばれている）。町役場、警察署、消防署、ショッピング・センターがある。少し離れたところに図書館、さらに少し離れてハイスクールがある。町役場の前には第一次大戦の戦勝記念のドイツの大砲が据えられている。そこから少し離れた小さな緑地には独立戦争で勇名を馳せたコンスティチューション号の大砲二門が据えられ、その大砲に挟まれて第一次大戦で戦死したベルモント出身の兵士の記念碑が建てられている（図1、2）。正面には九人の兵士の名が刻まれ、裏面には四行の詩が彫られている。作者の名は記されていないが、実はエマソンの詩からの引用である。

「義務」が『汝、なさねばならぬ』と声低く囁き

若者が『私には出来ます』と応えるとき
崇高さは塵なる肉体の近くにあり
神は人間の身近かにおわす
(So nigh is grandeur to our dust,
So near is God to man,
When Duty whispers low, *Thou must*,
The youth replies, *I can*.)

図1　ベルモントの第一次大戦の戦没者の碑

図2　エマソンの詩が刻まれた背面

この四行はエマソンの町コンコードの第一次大戦戦没者の記念碑にも刻まれ、エマソンの名も記されている。南北戦争で北軍の黒人初の連隊の連隊長を務めた白人エリート、ロバート・グールド・ショーは一八六三年七月にワグナー砦に突撃し、多くの黒人兵と共に戦死した。オーガスタス・セント゠ゴーデンスが一四年掛けて製作したショーを記念する碑「ショー・メモリアル」は一八九七年に除幕された。馬に乗って多くの黒人兵と共に行進する大佐の大きな高浮き彫りの像は、ボストン・コモンの一角に、州議事堂と道を隔てて立っている（二四五頁図版参照）。この像についてヘンリー・ジェイムズ――ショーの戦死を聞くと直ぐに遺族に悔やみの手紙を書いた――は印象を書き残している（次章で触れるように、ヘンリーの兄ウィリアムはこの碑の建立記念日に挨拶をし、そのことを弟に手紙に書いている）。

州会議事堂の真向いにある、ロバート・グールド・ショー大佐とマサチューセッツ第五四連隊に捧げられたセント゠ゴーデンス作の気高い、えもいわれず美しい記念碑の前に立ったときに私が感じたのも、沈黙以外に言葉がない、という同じ感動であった。死者を記念する芸術作品に接したとき、私たちは突然深い感動に襲われ、批評を口にすることができなくなる場合がある――。

（ジェイムズ、二二八頁）

この傑作記念碑は多くの詩と映画を生み出した。ポール・ロレンス・ダンバー、ウイリアム・ヴォーン・ムーディ、（次章で取り上げる）ロバート・ローエル、リンカーン・カースタイン（映画『グローリー』の原作者）等。さらに大佐の死の直後にもその死を詠った詩人がいた。エマソンとジェイムズ・ラッセル・ローエルである。

エマソンはショー一家と親しかった。ショー戦死の知らせを聞くとただちに遺族に心からの弔意を表し、また「志願兵」を書いた。一二二行、五章からなる詩である。一八六三年一〇月号の『アトランティック・マンスリー』に掲載された。ベルモントとコンコードの記念碑の四行はこの詩からの引用である。

ローエル（ロバート・ローエルの祖父の弟、つまり大叔父）は戦争終結前に「R・G・ショー記念碑建立」を書き（この記念碑とは世紀末のショーの記念碑のことではない）、また一八六五年には、南北戦争で戦死したハーヴァード大学在学生・卒業生を讃える式典のために「一八六五年七月二一日ハーヴァード大学学生戦没者追悼記念式典にて読める賦」（一般に「式典賦」として知られている）を書き朗読した。このときローエルが特に意識していた戦死者はショーと甥のチャールズ・ラッセル・ローエル（ショーの妹と結婚した）である。（二五五頁参照）

ここで問題にしたいのは、エマソンの南北戦争の英雄に捧げられた詩が、ベルモントやコンコード（おそらく他の町でも）の第一次大戦の戦死者にも捧げられたという、その戦争レトリックの継続の実態である。ヘミングウェイたちの世代の、戦死者を含む戦争経験者の戦争批判と、この半世紀前のエマソン詩はどのように結ばれるのであろうか。

ショー大佐の戦死をめぐる問題の一つは、南北戦争におけるレトリックの問題である。戦争もレトリックの中で戦われ、戦死も公認のレトリックで受け止められた。戦争の実態とずれていようともレトリックはそれによって死を包み、受け入れ、悼み、讃える。ショー大佐はこのレトリックによって生き、死に、そして語られた。そのいわば戦争レトリックをヘミングウェイたちは否定した。その間の事情を考察してみよう。

まずエマソンの「志願兵」を取り上げ、この詩が提起するエマソン自身の問題と当時の戦争レトリックの問題を検討してみたい。この詩はこれまでのエマソン研究ではほとんど取り上げられたことがないので、全文を訳出する。

「志願兵」

Ⅰ

調べは低く悲しみに満ちよ
高慢なる思想は我より遠かれ
後悔と苦痛の音色と
熱帯の海の悲しき声よ。
囚人は鎖に繫がれて座り
獄《ひとや》で低く優しく
アフリカの炎熱の砂漠より
大切に持ちきたりたる調べを呟く。
先祖の遺したる唯一の財産――
不幸なる先祖の不幸なる子孫への遺産は
口ずさみし嘆きの歌と
命絶えたる時の鎖なり。

囚人の咎は何か、罪は何か
いかなる凶星が若き日に横切りしや
近くに蹲る運命に立ち向かうに

あまりに心柔らかく意志弱き時に
禿鷹の嘴の下の鳩
歌も餓えたる鳥の刃を止めんや
母の腕と胸から引き離され
物みな奪われてこの異郷に置かれ
全力を尽くさんと労苦せど
野卑なる嘲笑に挫かれたり。
偉人たちは上院に座り
賢人英雄相座して
子孫らの誇りもて統治する
国家を築かんとせり。
賢人らも、黒き民を繋ぐ
鎖を断つを控えしは
所有者の激しき侮蔑に抑えられ
「統一」の誘惑に欺かれしためなり。
運命は脇に座して曰く、
「汝等の与える苦痛は汝等の子孫に酬われん
臆病の頭を偽りの平和の中に隠せ

われ報いの日を齎さん」

Ⅱ

自由は翼を一杯に開いて飛翔し
狭き場所に留まることなし
自由の大いなる前衛は未開の地を求め
自由は貧しくも高潔なる民を愛す。
自由は暗き空より雪片を注ぐ
寒冷の地域を離れず。
雪片こそ旗の星にして
北極光こそ条なり。
自由は長く北方人を愛せしが
今や鉄の時代は終わり
太陽の子孫と住まうことを拒まず。
椰子茂り熱風燃ゆる
遠き砂漠の捨て子は
夏の星［太陽］の気候にあって
炎熱の道をひるまず歩き回る。

彼は北部の頭脳を持った人々から隠された
神への道を持っている。
遅い足取りの者も到達する土地を
雲なき空の下で遠く望む。
一たび高潔なる頭《かしら》が来たり
導かれんと欲するものを導けば
彼は自由のために撃ち戦い、
死ぬまで勇気を振り絞るであろう。

Ⅲ

洒落者と遊興はあれど、
英知も正義もなき時代に
誰か雄々しき若者を勇気づけ
自由の戦いに全てを賭させえようか
歓楽を卒然と絶ち
享遊の友を見捨て
立派な家と若き淑女に背を向け
飢餓と労苦と乱戦に向かわせえようか。

しかし優しい速い空気に乗って
さらに速い便りが速報され
神の恩寵の息吹を
怠惰安楽の心に伝える。
「義務」が『汝、なさねばならぬ』と声低く囁き
若者が『私には出来ます』と応えるとき
崇高さは塵なる肉体の近くにあり
神は人間の身近かにおわす。

Ⅳ

音楽の翼に包まれ
現在と過去の悲しみの
記憶から逃れられる
幸運な魂は幸福なり。
さらに幸福なるは
内なる眼が微妙なる思考に留まり
虚ろなる胸に入り込む
今の享楽を考えぬ者。

だが最も神に助けられる者は
悪しき時代にありて
内なる声に警告され
闇黒と恐怖を気にも留めず
己の基準と選択を守り
英雄の土地を導く
火の糸にのみ触れ
死の恐怖に囲まれて
彼を誘う目的とその行為が齎す
甘美なる天国へと向かう。
危険に囲繞され、全て凄まじく
前方には大砲、鉛の雨霰
喇叭の響きを貫いて義務は
先頭へと呼びかけ、応えられた。

堡塁の汚れなき軍人は
知っていた——これのみを——
誰が戦い、誰が倒れようと

正義は常に勝利する
過去と同じく未来もと――
そして正義に味方して戦う者は
十度殺されようとも
神は栄光の勝利者
死と苦痛に対する勝利者にする
永遠に。しかしその過てる敵は
勝利を過信し
血に伏した犠牲者から眼を上げ
血塗られた右腕が
永遠不変の正義の尺度を変えるのを見上げる。
天使に欺かれる憐れなる敵は
高慢のあまり盲目となり、憎しみに欺かれ
龍に巻かれてのたうち
言語を絶する運命に置かれている。

V

戦う勇敢なる隊長のものなる

月桂樹の花は咲く
私は冠を見る、歌を聞く
永遠の正義を讃える歌を。
日常の悪に対する勝利者の讃歌を。
恐るべき勝利者らは
滅ぼすべき者をまず誤り導く。
彼らの来るべき勝利は
我々の没落あるいは歓喜に潜む。
彼らは期限を知らず、また眠らず

均等の力を保って空間を渡り
小人を装って身を屈め匍匐すれども
強者を殺し、速き者を追い越す。
運命の草は谷間の土に繁茂し
砦の絶壁に生い茂る
しかと語れ、これらは神々なり
その傍らでは全ては亡霊の如しと。

（Marius, ed. *The Columbia Book of Civil War Poetry*〔以下 *Civil War Poetry* と略記〕: 79–84）

最後の部分は神々の絶対的な力、南部に対する神々の勝利を表現する。そのプロセスの中に若き英雄の行為を納めている。これらは運命である。また谷間と砦はショーたちが死んだワグナー砦を暗示しているだろう。

この詩の特徴はまず「志願兵（複数）」とタイトルを付しながら黒人兵に触れることなく、といって白人将校たちに触れることもなく、一人の若者に焦点を当てていることである。（あるいは一人の軍人を語りながら複数の「志願兵」へのアピールでもある、といえる。『コロンビア南北戦争詩集』の編者リチャード・マリウスによると本詩は北軍への志願を青年に訴えるために書かれたという。さらに同年五月に公布された徴兵令を支持するためだったかも知れない、とマリウスは指摘している〔*Civil War Poetry*, 79〕。）「若者」（the youth）、「汚れなき軍人」（stainless soldier）、「勇敢なる隊長」（the valiant chief）と表現されているが特定されているとはいいがたい若き軍人の栄光ある死を讃えているのみである。そして「汚れなき」にアメリカン・アダムの固定観念が背景にあると思わざるをえない。さらに「内なる眼」（inward sight）、「内なる声」（inward voice）という超絶主義者らしい自己信頼を根底に据えている。こうした超絶主義の思想の枠組みの中で軍人の行為は捉えられている。

自由の問題も「北方人」（the Northman）、「北部の頭脳を持った人々」（men of Northern brain）といったフレーズからも知られるように、北方人・北欧人種（アーリアン人種）の優越性を前提とし、アメリカ南部に対するアメリカ北部の優越性、さらには熱帯アフリカに対する優越性へと展開する。この詩は一種の「進歩」（progress）を前提にしている。自由の北から南へ、先進地域から後進地域へ、という進歩である。経済・技術の進歩ではなく、思想が進歩するというのは、啓蒙主義の側面である。「［アメリカ］革命のあと、進歩（Progress）は異議のない国家宗教となった（あまりに強烈にそうなったので、この言葉自体がアメリカニズムと同義語と一般に考えられたくらいである）。」（Tourtellot, 235）自由の進歩は一層無条件に信じられたであろう。

しかし、自由は「狭き場所に留まることなく」、「貧しくも高潔なる民」（黒人のこと）を愛するとしている。だが、北（の白人）から南（の黒人）へという順序は厳然と存在している。自由を翼ある鳥に準えるとき、アメリカのシンボルである白頭の鷲を暗示しているだろうし、自由の旗が雪片を星とし、北極光（オーロラ）を条とするというとき、いうまでもなく星条旗（南部は別の「国旗」を制定した）を暗示していることは間違いない。自由のために戦い独立したアメリカ、そのアメリカへの絶対的な愛国心がまず存在する。自由は絶対である。

エマソンは一八六三年一月一日、奴隷解放宣言が有効になったとき、「ボストン讃歌」を朗読し、「主の言葉」として、「我が天使、――その名は《自由》である、――／彼を汝らの王に選べ」と叫んでいる（*Civil War Poetry*, 75）。自由はこのように絶対的権威を与えられている。

ショー大佐の率いる黒人第五四連隊の行進を観た人々はその感激を様々に表現した。逃亡奴隷のハリエット・ジェイコブズは「私の哀れな抑圧されている人種が《自由》のために一撃を加えようとしているのだと考えて私の胸はいかに膨らんだことか」といい、別の人は「義務への決然たる献身を見せる純真な姿」をした「少年のような」指揮官に率いられた行進、と表現し、ジョン・グリーンリーフ・ホイティアーはショーが「自由の軍勢を勝利に導くために地上に降りてきた神の天使のように美しく荘厳である」ように見えると思ったと回想し（Duncan, 85-86）、ショーの妹のエレンは「彼の顔は天使の顔のようで、彼はもう帰ってこないと確信しました」と語っている（Benson & Kirstein, 頁なし）。

かくして自由、義務、神の天使、そして死は一つに結ばれている。そしてあのレリーフ「ショー・メモリアル」に刻まれた、ショーと黒人連隊の上部を飛びながら行進を導く天使の姿へと収斂する（二四五頁図）。エマソンのレトリックは一般のレトリックなのであった。「志願兵」はその後も人々に読まれ記憶され、人々のレトリックになったのかもしれない。要するにショーは地上ならざるレトリックで語られる事象・歴史・記憶となる運命にあったのである。

北部は北部への愛国心ばかりでなく、南部をも包含したアメリカへの愛国心を抱いていた。リンカーンのゲッティスバーグのスピーチがそれをよく語っている。だが南部では南部への愛国心である。南北戦争には北と南のそれぞれの愛国心による戦いという要素もあったのである。

ある元南軍兵士は「元南軍兵士の北軍陸海軍軍人会への挨拶」で次のように詠んでいる。

ぼくは反乱者だった、といってくれていい、
　最期まで向こう見ずに戦った男だ、
しかし膝を屈して
　許しを請わない

反逆者？　このぼくが反逆者？　ノーだ
　ぼくは愛国者だった、骨の髄まで、
南部はぼくのものだった、心から愛していた
　ぼくの全てを捧げた――精一杯に

あんたたちはぼくに顰め面をする。父が

着た灰色の服を着たことが悪かったのか？
若くて強いのに、母の扉の前の敵から
　こそこそ逃げることなどできたか。

母のキスは闘志で熱かった
　父の熱狂はぼくの身体を満たした
汗にまみれる日中も雨に漬かる夜も
　妹の勇気がぼくを推し進めた

……

（*Civil War Poetry*, 439）

この詩は父母妹が戦う動機・激励となっていたことを明示している。家族を守るという気持ちというよりも家族が一体となって戦っている。全員が南部への愛国心で結ばれている。抽象的なコードはない。肉親が国である。愛国心の起源は肉親なのだ。北部のコードと南部のコードは異なるものではなかったか。この愛国心の対象である「国」のため、が「義務」なのであろう。

次の南部の無名の作者による「今日入隊して」は一人息子が二〇歳になったその日に志願して入隊した、その母親（すでに夫と長男は家を出て帰らない）の気持ちを詠ったものである。

「お母さん、北部人が得意げに喚いているでしょう
奴らは南部の権利を踏みにじろうとしています
若者達は火となって戦っています、ぼくが行くのを願ってます」
息子は黙った、でも眼は語っていた、「行くべきなら、そういって」

わたしの心は張り裂けそうだった、眼に涙があふれた
でも涙を振り払って、微笑んでいった、
「ウィリー、目覚めてよかった——
行きなさい、お父さんが生きていたらいったようにしなさい、今日」

……

もし息子が戦死して——若い命を自由のために
捧げたら、私は、今日入隊した息子に
夫のハリーと息子のロビーと一緒に、天国で
また会えるようにと祈ります

（143）

たしかにセンチメンタルではある。また南部には南部の権利があり自由があることを示している。しかし北部の父

親的な強弁、括弧つきの権利や自由ではない。母親の感傷的な語りは南部的といえる。
次に「反逆者」という元南軍兵士イニス・ランドルフの詩を読む。

ああ、俺は立派な「反逆者」だ
今もまさにそれだ
この「麗しの自由の国」なんか
俺は興味がない
そいつと戦ってよかった
勝てばよかった
俺のした事に
赦しなんかいらない

俺は憲法が嫌いだ
この偉大なる共和国もだ
俺は自由民局が嫌いだ
青い制服を着てやがる
俺はいやな鷲が嫌いだ
ホラ吹いたり空騒ぎしやがる

嘘つきの泥棒のヤンキーども
俺はますます嫌いになる
俺はヤンキーの国が嫌いだ
奴らのやることなすこともだ
俺は独立宣言も嫌いだ
栄光のユニオンが嫌いだ
俺達の血が滴っているんだ
俺は星条旗も嫌いだ
そいつとことん戦った

俺はロバート［・リー］将軍に従った
かれこれ四年間だ
三ヵ所負傷した
パイント・ルックアウトでは飢えた
雪の野営では
リューマチになった
だが俺はヤンキーどもを殺した
もっと殺してやりたい

三〇万人のヤンキーが
南部の土地で死んだ
奴らに征服される前に
三〇万人やっつけた
南部の熱病と
南軍の剣と銃で死んだんだ
三〇万じゃなくて
三〇〇万ならよかった

俺はもう銃をとって
やつらと戦えない
だが奴らを好きにはならない
間違いなく確かなことだ
そして俺の昔と今を
赦してもらいたくない
俺は「再建」されたくない
そんなことに俺は興味がない

(419-22)

壮大な抽象（「麗しの自由の国」、リンカーンがいう「赦し」、万民平等を唱える「憲法」、「偉大なる共和国」、「自由民局」、国章の「鷲」、「ヤンキーの国」、「独立宣言」、「栄光のユニオン」、「星条旗」、「再建」）などは七里結界だという心情は、全て「俺」（I）から発している。高踏な理想主義と無縁な個人の信念である。ちなみに「自由民局」（Freedmen's Bureau）はショー大佐の父フランシス・ショーがレヴィ・コッフィンと共にロビー活動をして創設させた機関である。フランシスは奴隷解放運動に積極的に参加し、かつまたブルック・ファームの思想に共鳴して、その近くに住み，経済援助までした理想主義者であった。

この詩で興味があるのは、庶民の反北部の心情がアレン・テイトのような反俗の詩人にもあるということであり、エマソンの理想主義がロバート・ローエルにもあるということである（次章参照）。

エマソンの「志願兵」に戻れば、神(々)が善なる北を支持し、悪なる南を滅するという、道徳的・神学的図式も顕わである。このようにエマソンは南北戦争とショーの英雄的行為を彼らしい、そしてボストン・エリートらしい思考・思想の中で表現したのである。それは彼の時代の、地域のレトリックであった。ショー個人の個性などは問題とされない。大きなそして根源的な枠組みの中でのみ捉えられるのである。大いなるレトリック、そして抽象的なレトリックである。そしてこの抽象的レトリックはその抽象性ゆえに南北の境界を越え、国家へと止揚する。

エマソンたちの南北戦争への対処について、オコナーは次のように書いている。

ほとんど全ての点においてマサチューセッツの一流の文人と思想家はその文学において誇り高いナショナリストであり、南北戦争がアメリカの生活と社会に与えている影響にほとんど完全に心奪われていた。「戦争は大規模になったのでわれわれを飲み込んでしまいそうだ」とエマソンは書き、これからは学者も遁世者も「公的義務」から免除されないだろうと指摘した。そして戦争そのものについてはエマソンはいかなる疑念も躊躇もなかった。「これは革命ではなく、聖女カタリナを陥れたのと同じ陰謀だ。」

マサチューセッツの知識人は仲間の市民のほとんどとほとんど同じ理由から北部を支持したが、彼らの強烈な知的関心は国への献身をさらに高めた。彼らは合衆国は人工の創造物でも単なる連合国でもないと考えていた。この国をそれ自体の高度な独自の文化を持った独自の有機的組織と見なしていた。

(O'Connor, 173)

エマソン詩のレトリックは北と南の区分を前提としているが、その区分の消滅をも見通している。自由という抽象的なイデオロギーが北から南に向かうとなれば、自由による一様な共同体を想定することになるからだ。マリウスも次のように書いている。

南北戦争はわれわれを一つの国民にした。……国家とはリンカーンが最初の就任演説で「神秘的な記憶の弦」と呼んだものによって統一された人民の共同体である。これは曖昧に表現されてはいるが共通のアイデンティティの強い意識である。南北戦争は、偶々住んでいる州ではなくむしろ国家に対して基本的な忠誠心を持つ一個のアメリカ国民があることをきっぱりと確認したのである。

(*Civil War Poetry*, xiv)

一八八六年に『喇叭のこだま—北部と南部の南北戦争詩集』(*Bugle-Echoes : A Collection of Poems of the Civil War Northern and Southern.*〔以下 *Bugle-Echoes* と略記〕) を編んだフランシス・ブラウンは序文で書いている——「これらの戦争詩は

地域的な遺恨を蘇らせるどころではない。戦争の記憶は数多くの英雄的行為によって輝やかなものとされ、英雄的行為によって国民性は充分に証明され、相互の尊敬は怨恨と憎悪の後に生まれた。それ故、戦争詩は共通の愛国心による絆を一層強めるのに役立つはずである」(*Bugle-Echoes*, viii)。戦争詩の北と南の差異は戦後一様化され、共通の愛国心を生んだというのである。この詩集はいわゆる「再建時代」のしばらく後の一八八六年に編まれた。その時に既にこのような考えも生まれていたのである。南北の差異はそれほど簡単に消えたとは思えないのだが……。

ここでジェイムズ・ラッセル・ローエルの「R・G・ショー記念碑建立」を一瞥してみる。

……

勇敢、善良、真実の人
彼は今も私の前に立っているのが見える
あらゆる希望が新たであった
若き額に再び読む
「人生は甘し！」とあるを
しかし引き締められた口と
「義務」を果たすべく覚悟した顔により
すでに彼の知りたるを私は見抜いていた
地獄の敵陣で討ち死するは
高貴な調べの設計の挫折にあって

無念の花ならぬ平安の菫を摘むことだと

……

(*Civil War Poetry*, 262)

ここでも義務が絶対的な価値を与えられている。

「式典賦」も強いコントラストを枠組みにしている。神と人間のコントラストといえる。「人間が宝物と呼ぶ物は神が屑と呼ぶ物」といった具合である(375)。しかしローエルはこの絶対的な懸隔を考えてシニカルにはならない。この懸隔を超えていく人間が存在するからである。英雄的行為によって超人となる者がいるのである。その例示としてショー大佐は捉えられている。

ローエルは一八五五年以来ハーヴァード大学現代言語学科のスミス講座教授になっていたので、一八六五年夏の同大学学生戦没者追悼記念式のためにオードを作詩することを依頼されたのは自然なことであった。この仕事を受諾したあと、ローエルはなかなか書けなかった。式の前日、彼自身の言葉によれば、何かに衝かれたように一気呵成に出来上がったという。

だがリチャード・マリウスは次のようにこの詩を貶している。

ケンブリッジで暑い夏の日に詠まれたこのひどい詩は、戦闘そのものより苦しくなかったとしてもわずかだったに違いない。ローエルは永遠を目指して努力したのだが、時代遅れのへぼ詩を生み出したに過ぎなかった。ローエルはユニオンの勝利に釣合った詩を作るために最善を尽くし、聴衆はこの詩を讃えるために最善を尽くした、とエドマンド・ウィルソンは書いている。われわれはそんなことをする義務はない。ローエルは戦争から生まれた「新しい帝国主義的人種」に狂喜している。それは初期の社会ダーウィニズム的見地である。それ以外でこの詩が興味を引く唯一の点は、温室で戦争を想像しているようなむしむしとした感傷的な趣味を覗かせてくれるというところにある。（372）

これ自体がひどい評価であるが、しかし詩人も聴衆もこのレトリック（つまりパラダイム）の中に生きていたのである。そして当時のエマソンやオリヴァー・ウエンデル・ホームズと同じようにローエルも、時代と場所の一般的な期待に沿うような詩を書く／書ける詩人だった。当時の詩人とは表現（比喩や作法）に巧みな者、熱情をもって書き、聴衆読者を感銘させる者の謂いである。だから《公》の表現者となれたのである。内向した個人の感情や感懐を表現する詩人の時代ではなかった。それにはモダニズムの時代を待たなければならなかった。マリウスの批判はこのモダニズム以後の立場からのものといわざるをえない。

しかし詩人の《公》の機能は現代にも続いている。そもそもジェイムズ・ラッセル・ローエルの末裔ロバート・ローエルも依頼されて「北軍戦死者のために」を作成し朗読した。だが朗読の場面には相違がある。ジェイムズ・ラッセル・ローエルの場合、学生戦没者追悼記念式典のプログラムのために依頼されたのであったが、ロバート・ローエルの場合、ボストン芸術祭で自作詩を朗読することを依頼されたのであった。それもボストンの公園（Public Garden）の野外で四千人の聴衆の前で、である。それはまさしく芸術としての詩の作成と朗読であった。ローエルはボストン芸術祭担当者から「修復されたボストン・コモンの再開」のために詩の朗読を依頼されたという（Smith, 294）。まだ修復の最中であったが、駐車場造成にちなんだ詩を、という依頼であったのだ。しかし「ショー・メモリアル」に触れるかどうか、それはローエル個人の選択であった。アメリカの現在と過去に触れるかどうかもローエルの問題であった。最初から広義の《公》のテーマを扱うことを要請されていたのとは事情が異なる。ロバート・ローエルは個人の経験と感慨から《公》のテーマに入り、《公》と《私》の両者を結びつけ緊張関係においた。詩人としての出発時期はともかく、このときは《私》の詩人（告白詩人）として登場したことの意義は大きい。

ロバート・ローエルは、「北軍戦死者のために」で「このあいだの戦争を記念する像は、ここにはない」という一行を書いている。ローエルがこの詩を朗読したボストンのパブリック・ガーデンには、アメリカの歴史を記念する多くの像が立っているのに、第二次大戦の記念碑はない、というのである。その前に、「抽象的な《北軍兵士》の石像は／年々ほっそりと、若返っていく——」と書き付けている（*Civil War Poetry*, 474）。この南北戦争の石像と第二次大戦の存在しない像の間に、第一次大戦の像を置いて考えてみなければならない。実は南北戦争の《像》は、第一次大戦の《像》とは裏腹の関係にあるのだ。

パウンドは『ヒュー・セルウィン・モーバリー』（一九二〇年）で次のような行を書いている。

ある者は「祖国のために」死んだ、だが「楽しく」も、「名誉」でもなく……
眼まで地獄につかって歩き、
老人たちの嘘を信じ、それから信じなくなり
故郷へ帰ってきた、嘘の故郷へ——
……

かつてない勇敢さと、かつてない浪費。

若い血や、高貴な血、
白い頬、美しい体。

かつてない不屈の精神、

(Pound, 64)

ロバート・グールド・ショーはまさしく「勇敢さ」「若い血」「高貴な血」「白い頬」「美しい体」を持っていた。すべて「老人たちの嘘」であったと。その「老人たち」とはエマソンのレトリックを信じた世代であろう。イギリスの戦争詩人ウィルフレッド・オーエンもシェル・ショックに罹ったあと、「楽しくまた名誉なり」("Dulce Et Decorum Est")と題する詩で、「昔ながらの虚偽――『祖国のために死するは楽しくまた名誉なり』」と書いた(Owen, 79)。なおパウンドの「白い頬」「美しい体」は白人青年の身体のことであり、これはエマソンの北欧人種優位のイデオロギーを引き継いでいる。

「祖国のために」死に、故郷で「名誉」を受けた。そのようなことは今はない、とパウンドはいっているわけである。

周知のようにヘミングウェイは『武器よさらば』で作者のペルソナ、フレデリック・ヘンリーに次のように述懐させている。

神聖とか、光栄とか、犠牲とかいう言葉や、虚しい、といったような表現には、ぼくはいつも当惑を感じていた。……ぼくは神聖なものなどなにも見たことがなく、栄光ありといわれるものに栄光のあったためしはなく、犠牲とはシカゴの屠殺場のようなもので、ただ、肉を埋めてしまうほかに手がない、という点がちがっているだけの話だ。……光栄とか、名誉とか、勇気とか、神聖とかいった抽象的な言葉は、具体的な村の名前や、道路の番号や、川の名前、連隊の番号、それに日付などに比べてみれば、猥褻だ。

(Hemingway, 143-44)

また『われらの時代に』で、イタリア戦線(と思われる)での市街戦で負傷したアメリカ青年のニックが「おれたちは愛国主義者じゃない」と言い、「単独講和」を宣言するのは、アメリカにおける愛国主義の伝統を考えなければ理解できない。この単独講和宣言はエマソンに代表される愛国主義の伝統からの独立宣言なのだ。

ヘミングウェイの人物は「神聖」「光栄」「犠牲」などの言葉をイタリアで見聞きしたことになっているが、それはアメリカでも見聞きしたものだった。それがただの抽象名詞に過ぎないことを第一次大戦のイタリアで知ったということなのである。シカゴの屠殺場は、単にイタリアのレトリックばかりでなく、ニューイングランドさらにはアメリカのレトリックをも否定する。(オーエンも「家畜として死ぬ者のための弔鐘は/大砲の恐るべき怒号のみ」と書いた〔Owen, 76〕)。またパウンドが「故国のために」をラテン語で表記して示唆しているように、ヨーロッパ古典時代からのレトリックをも否定する。エマソンは古典時代以来のレトリックの中継者でもあった。

またヘミングウェイはシカゴの屠殺場と戦場の相違は、戦場では人間の肉は埋めてしまうほかないところだ、としているのだが、このことは、ロバート・ショーの肉体が、屠殺場さながらの突撃戦のあと、黒人兵たちの死体と共に戦場の穴の中に投げ込まれたことを想起させる。息子の死骸の再埋葬を断ったショーの父親は、息子の遺体のために「これ以上神聖な場所はない」とある書簡で書いている(Duncan, 119)。ワグナー砦は当時のレトリックでは地獄でも屠殺場でもなかった。奴隷解放の大義のための栄光ある死に場所、埋葬場所であり、「高貴なる目的のための死が死ぬことを楽しいものとする場所」（ローエル「R・G・ショー記念碑建立」〔*Civil War Poetry*, 263〕）なのであった。

ローエルのこの一行“Where death for noble ends makes dying sweet”はホラティウスの名句“Dulce et decorum est pro patria mori.”（＝“It is sweet and glorious to die for one's country”）に由来する。パウンドの「ある者は「祖国のために」死んだ、だが「楽しく」も、「名誉」でもなく……」（Died some, pro patria, non “dulce” non “et décor”...）やオーエンの「昔ながらの虚偽——『祖国のために死するは楽しくまた名誉なり』」（The old Lie：Dulce et decorum est/Pro patria mori.）もホラティウスの否定であり、ホラティウスに依拠するローエルたちのレトリックの否認である。そして一九世紀末がレトリックの衰退期であったことが再確認される。古典時代以来のレトリックは陳腐化していたのである。

エドガー・リー・マスターズの『スプーン・リヴァ詞華集』（一九一五年）の「ノールト・ホーハイマー」では次のように書かれている（タイトルは南北戦争の北軍の一戦死者の名）。

おれはミッショナリー高地の戦闘の、最初の犠牲だった。
弾丸が心臓へはいるのを感じたとたん、
おれはずらかって、兵隊になったりせずに、
あのまま、国にいて、カール・トレナリーのぶたを盗んだ罪で
監獄にはいっていたらよかった、と思った。
翼のある大理石の像や、
「プロ・パトリア」なんて文句を彫った、
このみかげ石の台座のしたで寝ているよりも、

郡の監獄のほうが千倍もましだよ。
とにかく、この文句はどういう意味なんだろう？

（『世界名詩集大成　アメリカ』一一〇頁）

これはラテン語のモットー「プロ・パトリア」（祖国のために）に対するかなり痛烈な揶揄である。ショーたち南北戦争の若者らは、パウンドやマスターズやヘミングウェイらの後の若者たちと違って、老人エマソンやローエルたちの言葉を虚偽とは（死後も）思っていなかった。ベルモントやコンコードのエマソンの詩を刻んだ戦没者記念碑は、半世紀を隔てた若者の意識の激変と、老人たちの意識の停滞を暗に刻んだ記念碑なのである。（1）

（1）エマソンとパウンドやヘミングウェイの間に存在していたのは画家たちである。一九世紀末は作家よりも画家の時代だった。彼らはヨーロッパの影響を先に受けていたし、“expatriate”（国籍離脱者）としてもパウンドやヘミングウェイらの先輩だった。その一人ジェイムズ・マックニール・ホイッスラーは「芸術はたわごととは無縁であるべきだ。独立し、眼と耳の芸術的感覚に訴えるべきだ、これをこれとは全く異質な情緒、献身とか同情とか愛とか愛国心とかいった情緒と混同せずに」と語っている（Collins, 15　傍点筆者）。エマソンたちのコードというべきものを芸術至上主義から否定しているのである。パウンドやヘミングウェイたちはこの後を継いだ。ホイッスラーの芸術を大まかに印象主義といえるとすれば、印象主義の権威否定、自己の眼と耳の感覚肯定は一九世紀から二〇世紀への転換を示すものであった。
ヘミングウェイたちがエマソンやホームズやローエルのレトリックを否認したという文学史的な事実は、ヘミングウェイの故郷オークパークにはこの三人の名を取った学校が存在し、ヘミングウェイはホームズ校に通ったという事実と付き合わせると、より伝記的な暗合と思えてくる（第九章注4参照）。

参考文献

Benson, Richard and Lincoln Kirstein. *Lay This Laurel.* New York：Earkins Press, 1973.

Browne, Francis F. *Bugle-Echoes：A Collection of the Poetry of the Civil War.* 1916. New York：Books for Libraries Press, 1970.

Collins, Amy Fine. *American Impressionism.* World Publications Group, 2001.

Duncan, Russell. *Where Death and Glory Meet：Colonel Robert Gould Shaw and the 54th Massachusetts Infantry.* Athens, GA：U of Georgia P, 1999.

Hemingway, Ernest. *A Farewell to Arms.* 1929. New York：Penguin Books, 1935.

James, Henry. *The American Scene.* 1907. Bloomington：Indiana UP, 1968.　青木次生訳『アメリカ印象記』研究社出版、一九七六年。

Marius, Richard, ed. *The Columbia Book of Civil War Poetry.* New York：Columbia UP, 1994.

O'Connor, Thomas H. *Civil War Boston：Home Front and Battlefield.* Boston：Northeastern UP, 1997.

Owen, Wilfred. *War Poems and Others.* Ed. Dominic Hibberd. London：Chatto & Windus, 1973.

Pound, Ezra. *Selected Poems of Ezra Pound.* New York：New Directions, 1957.

Smith, Marion Whitney. *Beacon Hill's Colonel Robert Gould Shaw.* New York：Carlton Press, Inc., 1986.

Tourtellot, Arthur Bernon. *The Charles.* New York：Farrar & Rinehart, 1941.

『世界名詩集大成11　アメリカ』平凡社、一九五九年。

第八章　ロバート・ローエルの「北軍戦死者のために」

——楽園追放と復楽園の夢——

ロバート・ローエルは一九六〇年六月五日の夜、ボストン芸術祭で、自ら自作詩で最高と評する「北軍戦死者のために」を朗読した。この時の状況（コンテクスト）は詩のテクストを理解するうえで重要である。翌日の「ボストン・グローブ」紙は次のように報じた。

昨晩のボストン芸術祭で詩人ロバート・ローエルは、鼻から絶えずずり落ちる鼈甲縁の眼鏡の上から時折のぞきながら、ボストンを題材にした特別な詩を朗読して四千人の聴衆を喜ばせた。

朗読を始める前にローエルは古いボストンと新しいボストンについてさり気なく考えながら語った。ボストン・コモンの駐車場工事の現場から石を投げれば届くところでローエルは「ボストンは超高速道路と駐車場の都市になりつつあります。そうした空虚にわれわれは直面しているのです」と悲哀のこもった声で語った。それから彼は自作の詩を朗読したが、その中で特に近くの工事と、駐車場を造成している「黄色い恐竜のスチームシャベル」に触れた。

ボイルストン・ストリートの絶え間ないクラクションも詩人の朗読に静まるようであった。彼の声はパブリック・ガーデン全体とチャールズ・ストリートを越えてよく聞き取ることができた。

（「ボストン・グローブ」一九六〇年六月六日）

また「クリスチャン・サイエンス・モニター」紙は次のように報じている。こちらの方が詳しい。

昨晩のボストン芸術祭の「詩の夜」でロバート・ローエルが熱狂的な聴衆の前に登場した。ローエルはボストンの出版社ホートン・ミフリンの「詩の理解と鑑賞を奨励する」ための賞を本年度受賞している。ローエル氏は有名な正統ボストニアン一家の反抗的な子孫で、昨夜の催しのために書いた新しい詩と、それについで朗読した詩のそれぞれの前に、故郷の過去と現在について飾らない皮肉のこもったコメントをつけた（彼はバック・ベイに住んでいる）。まずボストンを高速道路と駐車場と幾つかの高層ビルが回りに散らばったセンターに急速に成長しつつあると表現してから、詩人はボストンの詩を芸術祭のための特別な贈り物として朗読した。「ショー大佐とマサチューセッツ第五四連隊」は南北戦争でニグロの兵士の部隊を率いて南部と戦った大佐の歴史的出来事から、地下駐車場を造るためにボストン・コモンを「黄色い恐竜のスチームシャベル」で掘り起こしている現在の工事に及んだ。

ローエル氏は新しい詩を読んだあと眼を上げ、闇の中の聴衆に眼を向け、聞こえても見えないといい、詩の最初の朗読は「紹介されているようなもので、初めは聴いてくれない」といった。そして笑いの波に乗ってもう一度読んだ。

ローエル氏は少年時代に喧嘩をしてパブリック・ガーデンから追い出されたことがあるといい、その場所で朗読ができることを喜び（「パブリック・ガーデンから追い出されたことは誰しも忘れられないものですが、今日のことで幾分は埋め合わせができました」）、「出来る限り難しくし全然分らないようにした」時期の詩から、「明快な」と自身がいう現在の詩までを朗読した。ローエル氏は『ドクトル・ジヴァーゴ』の有名なソヴィエト作家、ボリス・パステルナークの二篇の詩も加えた。これは現在の翻訳をローエル氏が再翻訳した詩である。

ローエル氏の詩のほとんどのものの礎石は、歴史とボストン・パブリック・ガーデンという二つの要素であり、ここで多くの有名な事件が起こり現在彫像によって記録されている。

エレノア・ロウズヴェルト夫人も数千人の聴衆とともに、声を張り上げて飛行機のエンジンとボイルストン・ストリートの自動車のブレーキに対抗し、ときにブレーキが通り過ぎるのを辛抱強く待つ詩人に耳を傾け、喝采した。

（「クリスチャン・サイエンス・モニター」一九六〇年六月六日）

注記すればこの夜八時三〇分からローエルの朗読は始まった。天気は曇り。太陽は八時一七分に沈み、満月を四日後に控えた月は隠れていた。しかし初めはまだ明るい会場である。やがて暗くなり闇に向かって彼は朗読した。そこはボストン・コモンの隣にあるパブリック・ガーデンであった。彼はバック・ベイに住んでいると指摘されている。バック・ベイは一八六〇年代に埋め立てられパリのような大通りのある地域となった。ビーコン・ヒルのヴィクトリア調と異なり、伝統的なボストニアンの区域に対して、パリの街並みを模したモダンな区域である。ローエルはビーコン・ヒルに生まれ長じた。「正統ボストニアン一家の反抗的な子孫」はバック・ベイに住んでいたのである。バック・ベイは新しいボストン・ブラーミンの居住区である。ローエルが喧嘩してパブリック・ガーデンから追い出されたというエピソードは、甘やかされ、反抗し、カリグラやキャリバンのような少年となってCalと綽名をつけられるほどの大人となった、そうした彼の少年時代を示すものである。その反抗の姿は兵役拒否や、『人生研究』の諸エピソードに反映されていた。そしてこの喧嘩のエピソードは後で触れるが深い意味を持つものである

この詩（「北軍戦死者のために」）は記事によれば「ショー大佐とマサチューセッツ第五四連隊」（"Colonel Shaw and the Massachusetts' 54th"）と題されていた。事実、今ハーヴァード大学図書館に収められている原稿を見てもそのように題されている。後に雑誌で発表された時に現在のタイトルが付けられた。このショー大佐とマサチューセッツ第五四連隊は伝説的である。（もっともローエルがこの詩を朗読したころは、ボストンの知識人もこの記念碑の在処も大佐のこともよくは知らなかっただろうという〔Vendler, 207〕。）

ローエルのこの詩を読んだことがある者、あるいはアカデミー賞映画『グローリー』（一九八九年、エドワード・ズウィック監督作品、一九九〇年日本公開）を観たことのある人は、「ショー・メモリアル」を実見したいと思わずにはいられないだろう（図1、2）。ローエルはボストン・コモンにあるショー大佐の像を見てあの詩を書いたことになっている。また映画では最後にこのレリーフ像を映し出している。

ショー大佐は南北戦争で初めての黒人のみの軍隊を指揮した連隊長である。一八六三年元日に発効した奴隷解放宣言は黒人奴隷を自由にしたばかりでなく、黒人が合衆国軍隊に入隊することを可能にした。士官以外は全員黒人兵からなるマサチューセッツ第五四歩兵連隊が組織され、誰もなりたがらない指揮官にはロバート・グールド・ショー大佐が選ばれた。二五歳のボストン名門一家の長男である。一八六三年七月一八日、五四連隊はサウスカロライナのワグナー砦にほとんど無謀に近い突撃を敢行し、勇敢に戦い、多くの黒人兵と共に大佐は戦死する（白人士官の三分の一、黒人兵の半数が戦死した）。彼は黒人兵の勇敢さを証明してみせたばかりでなく、彼自身若き英雄となった。感動した

図１　ショー・メモリアル

図２　ショー・メモリアル（部分）

ボストン市民は有名な彫刻家オーガスタス・セント＝ゴーデンスにこの若い大佐のために記念像を造ることを依頼する。一八九七年にブロンズの像は除幕された（第二章注5と二一一頁参照）。

先回りしていっておけば――ローエルの詩は、一八六三年の黒人連隊誕生とショーのヒロイックな戦死から一世紀の後、第二次大戦を経た一九六〇年に朗読された。世紀転換期の一八九七年に建立された「ショー・メモリアル」は、ヒロイズムの一九世紀の高揚と二〇世紀の逓減（と郷愁）を示す記念碑となったのである。

多くの黒人兵と共に馬に乗って行進する大佐の大きなレリーフ像は、ボストン・コモンの一角に、州議事堂と道を隔てて立っている。写実的で（大佐の陰になった兵士たちもきちんと造られている）ヒロイズムを見事に造形したものである。印象的なのは少佐の引き締まった顔の高貴さである。ボストン・エリートが数世代をかけて生み出した傑作であろう。繊細にして勇気ある貴人の顔である。ノブレッス・オブリージの体現といえる。そしてどこか陰を帯びた表情を浮かべているのは、この行進が間もない死への行進だったからである。

ロバート・ローエルがショーの詩を読んだ場所からは六百メートルとは離れていないところに「ショー・メモリアル」は立っている。ローエルが少年時代から見慣れていたショー大佐はローエルと個人的な関係があった。ローエルの母はメイフラワー号以来の名門ウィンズロウ家の末裔である。父方もボストンの名門である。そして二人の詩人（ジェイムズ・ラッセル・ローエル、エイミィ・ローエル）がいる。ショーの妹ジョゼフィンはジェイムズ・ラッセル・ローエルの甥チャールズ・ラッセル・ローエルと結婚した。チャールズは後に戦死する。つまりロバート・ローエルはショーと縁戚関係にあり、二人の身内が戦死していたのである。そのことを誇りに思っていた、ということはこの詩を読む上で重要なことである。（アレン・テイトの「南軍戦死者へのオード」との一つの相違点といえる。）彼が反抗したのは、そうした過去の遺産に寄りかかっている両親（特に母親）の在り方とその周囲のビーコン・ヒルの世界に対してであったのだ。その反抗ぶりは『人生研究』であからさまに描かれており、四千人の聴衆の多くはそのことを知っていたのである。ビーコン・ヒルに一種の歴史的誇りを持つボストニアンは反抗児にむしろ好感を抱いていたと見てよい。

彼が言及し、詩にも取り込まれたボストンの高速道路と駐車場も重要な意味を持っている。五〇、六〇年代はボストンの再開発の時期であり、高速道路、駐車場が開発の名のもとに造られた。ローエルが「ボストンは超高速道路と駐車場の都市になりつつあります」と嘆いた事態が進行していた。ボストン・コモンの駐車場工事はボストンのエリート住民にとって深刻な意味を持つものであった。

ジョン・ウィンスロップたち初期入植者は現在のボストン・コモンがある地をブラックストンから買い求め“common use”のための土地とした。ビーコン・ヒルに至る緩やかな傾斜地である。植民地時代には、乗馬の訓練、放牧、軍事教練、処刑、決闘に使われたりした。独立戦争の時期にはイギリス軍の駐屯地となる。独立後、周囲も内部も整備されて市民の憩いの場となる。しかしこの空間はとりわけボストン・エリート、ビーコン・ヒルの住民の庭、かなり特権的な庭のようなものなのである（現在でも馬を放牧したければ拒めない）。だがボストンも都市として大きくなると都市整備のインフラのための空間が必要になってくる。一見だだっ広いコモンに実務的な為政者が目を向けるのも時代の趨勢であった。一九一五年、アイリッシュ系のジェイムズ・マイケル・カーリーは市長に当選するとコモンの地下に給水所を造ると言い出して、コモン愛好者、特にビーコン・ヒルのＷＡＳＰたちをぞっとさせた。一九三七年にマサチューセッツ州知事になったモーリス・トービンはコモンの地下に駐車場を造ることを提案し、次の知事も提案したが実現に至らなかった。一九四六年、四度目の市長になったカーリーも計画を持ち出し、遂に認可される。千五百台の車を収容する地下三層の駐車場である。撤回を求める訴訟も成功せず、一九五五年ジョン・Ｂ・ハインズ市長は資金調達機関を設置する。次の市長はジョン・フレデリック・コリンズである。

工事が始まったのは一九六〇年三月三日であった。その三月のある朝ローエルは工事現場を見たのである。工事開始の衝撃がまだ新たな時である。工事が始まると朝から晩まで騒音が絶えず、埃が立ち込め、ビーコン・ヒルやチャールズ通りの住民から苦情の声が絶えなかった。工事反対の訴えをした高級住宅街の住民だからよけい神経に触ったのだろう。この反発の声がローエルの声でもあり、喝采する声にも含まれていたと思われる。さまざまな点で聴衆はローエルと感情を共有していたのだ。四千人の喝采を生んだ一つの現実的理由である。たしかに駐車場工事はボストンのハートともいえる空間への無残な破壊行為と捉えられたとしても可笑しくはない。（すでに地下鉄は彼の祖先の墓があるキングズ・チャペルの墓地の下を抉っていた。）

高速道路九〇、九三号線（東西を繋ぐ九〇号線は一九五七年完成、南北を繋ぐ九三号線は一九五九年完成）が一部トンネルに潜りながら都心を貫いていた。こうした自動車の時代に合わせて駐車場の工事が完成したのは一九六一年一一月、感謝祭の直前であった。「新しいボストン」の建設が進行する中、古いボストンの声をローエルは代弁したのである。

エリザベス・ビショップは『人生研究』を初読した際、ローエルに「私の知る限り最も幸運な詩人」といった。それは彼の家系によって彼の個人的な人生はいかなる点でも歴史的興味を惹かずにはいないからだ。「あなたはいろいろな人の名を記しさえすればいいのです！　それが重要なことで、例証的で、アメリカ的で、等々に思われるという事実が、思うに、あなたに自信を持たせているのです。書くときも話すときも、いかなるアイデアやテーマでも真剣に取り組んでいるということであなたが見せる自信です。」（Middlebrook, 126）反逆児の裏面を衝いた言葉である。四千人の聴衆の拍手にはこうした理由もあったのである。

二週間にわたる第一〇回ボストン芸術祭は前々日の六月三日にオープンされ、そのときタキシード姿のお歴々を交えた七千五百人の参列者を前に名誉委員長のコリンズ市長が挨拶をした。この年の一月に市長になった四〇歳の若いジョン・フレデリック・コリンズこそ三月三日のボストン・コモン工事の開始に立ち会った人物である。この工事を嘆くローエルの詩を聞いたかどうか。コリンズは芸術祭のオープニングの挨拶で「我々の市は世界の中心とは主張できなくなったが、欧米のアテネとの称号は今も誇らかに保持している」といった（「ボストン・グローブ」一九六〇年六月四日）。これはボストン・ブラーミン、オリヴァー・ウエンデル・ホームズの言葉、「ボストンは世界の中心」を踏まえている。そのブラーミンたちの末裔であるロバート・ローエルはまさしく逆の事を語ったのである。コリンズはアイリッシュ・アメリカンのカトリックであった。反逆的にカトリックになったローエルとは違うのだ。そして一九三七年に「イギリス人の植民地創始者の『新しいカナンの地』は今やアイリッシュにとっての政治的新しいカナンの地なのである。ケルト人がサクソン人の数を超えている」（*The WPA Guide*, 136）といわれてからすでに久しい時、創始者の末裔であり、「世界の中心」を構成したブラーミンの子孫であるローエルが、ボストンの中心（heart）ボストン・コモンが開発で荒らされている最中に、その隣のパブリック・ガーデンで詩を読んだのである。

ここで「北軍戦死者のために」を読んでみる。

"Relinquunt Omnia Servare Rem Publicam"（「彼らはすべてを捨て、共和国に尽した」）というサブタイトルは、ショー像に彫られた*"Relinquit. . .*（「彼は……」）を直し複数の主語の「彼らは……」としたものである。ショー像は彼と白人士官戦死者の名しか刻んでいなかったが、ローエルは黒人をも「彼ら」に含めたのである。（黒人戦死者の名は一九八四年になってようやく刻まれた。）

四行連句一七連六八行からなる詩は

The old South Boston Aquarium stands
in a Sahara of snow. Its broken windows are boarded.
（昔のサウス・ボストン水族館は今雪のサハラに立つ。壊れた窓には板が張られている。）

で始まる。

「昔のサウス・ボストンの水族館」は多くのことを示唆する。「雪のサハラ」の砂漠に対する水槽。しかしこの水族館もいまは荒れ果て、水槽は干上がっている。この水族館はサウス・ボストンといわれる地域にあったのでSouth Boston Aquariumと呼ばれた。現在のニューイングランド水族館はノース・エンドのセントラル・ウォーフに一九六九年に建設された。この旧水族館はローエルにとって特殊な意味を持つ。推測すれば、サウス・ボストンはアイリッシュのテリトリーであり、ローエルら正統ボストニアンのビーコン・ヒルと対立するという意味もあった。しかもこの水族館は単にボストン水族館と称されていた。あえてサウスを付けたのはあるいは一般的な呼称であったかもしれないが、それ以上の意図があったように思える。それにこの水族館はサウス・ボストンのなかでもボストン中心地から見て一番外れのファラガット・ロードにあった。この地にある水族館は少年ローエルにとってまさに自分の領域の外への冒険であっただろう。

「北軍戦死者のために」は二つの原詩がある。一つは「旧水族館」(The Old Aquarium)と題され、彼の「『無頓着な自信』にうずく子供時代の自分と、『明日の夜の中途、死に至る生の中途』にある現在の自分」の対比を示したものである。（以下原詩についてはハーヴァード大学ホートン図書館に保存されている資料による。）[1]この小詩には南北戦争の生き残りである館長のスケッチも含まれているが、この古武士然とした館長の言葉、"No one I've ever met / remembers the code duello, / man's peculiar and lovely power / to deny what is and die."がショーの精神に移項されて、"He rejoices in mans lovely, / peculiar power to choose life and die–”となる。水族館の部分はほぼそのまま「北軍戦死者のために」に取り込まれた。水族館は生命に溢れた世界の表象である。その水族館が水の枯れたサハラ砂漠に立っているというのである。現在の荒地である。

さらに“The old South”は北軍戦没者のための詩の破題としてアイロニカルである。ニューイングランドの無数の小さな町で「古い白い教会」が「まばらな、心からの反逆」の様子を示している、と書かれている。この「反逆」（南軍は反逆者と呼ばれた）と呼応しているからである。今かつての北と南を区別し対立させ戦わせたイデオロギーは消滅し、またかつての理想主義も消滅した、北に南が混入している、あるいは北と南は区分不可能であるかのようなのだ。（エマソンの詩「志願兵」における北と南の観念を背景に置くとこのローエルの現代性が浮き彫りにされる。なお「南部」と「サハラ砂漠」の結びつきは、メンケンの南部文化批判「美術《ボーザール》のサハラ砂漠」（一九二〇年）に起源があるかもしれない。）

「ブロンズの風見の鱈は鱗が半分無くなっている。」この詩は多くの段階を経て今の形となったが、初期の段階では「鱈」は「鯉」であった。最後の段階で「鱈」となった。これは事実に即しての変更というよりは「鱈」の象徴的な意味にローエルが気付いたからと思われる。

鱈はボストンのシンボルである。殖民初期の食料となったばかりでなく、最初の輸出品となった。鱈漁の漁船を造ったことがこの地の造船業発展の基礎となった。一七八四年、「鱈漁がマサチューセッツ州の繁栄に貢献したことの記念」として松材で作られた四フィート一〇インチの鱈のレプリカが旧州議事堂に飾られた。一七九八年、ビーコン・ヒルの新州議事堂に恭しく運ばれ、本会議室の天井に吊るされた。以来「聖なる鱈」として同州のマスコットとして大事にされている（O'Connor, *Boston: A to Z*, 290-91）。そして一九七四年に正式に公式のマサチューセッツ州のシンボルとされた。このことを想起すれば、水族館の鱈は唯のデザインではない。植民地以来の漁業、造船業、自治、繁栄のシンボルである。そしておそらくGodとの語呂合わせから信仰のシンボルでもありうる。その直線的な形と固く閉じた口はピューリタンの精神に相応しい（五一—五二頁参照）。

さらに水族館の「風見」は時代の風向きを読み取る機能——詩人ローエルが果たした機能でもある——のシンボルとしてもローエル詩では扱われている、とぼくには思われる。鱗が半分剝げ落ちたその姿は、新しいボストン開発が伝統から逸れていること、あるいは鱈に代表される生物の、半死の姿を表象しているだろう。それは同時にローエル自身の子供時代の衰微の姿でもある。そして現在の自動車の形と対照されている。

また水族館は「魚と爬虫類の、あの暗い下方の植物の繁茂する王国」と表現される。その水槽には「怯えた従順な魚」も飼育されている。少年時代の詩人は哀れみと苛立ちと怒りを覚えていた。いや今も同じ思いなのであり、あの王国に憧れている。そこで去る三月に、同じ身振りと同じ思いに捉われたのだ。水槽に鼻ミズを垂らしながら鼻を押しつけ、あの怯えた従順な魚の鼻から浮かび上がる泡を潰してやりたかったという身振りと思いの反復である。今度はボストン・コモンに張りめぐらされた有刺鉄線に体を押しつけて、その中で黄色い爬虫類のようなパワーシャベルが地下世界のガレージを掘り起こしているのを見て怒りを覚えるのだ。原始の野蛮と対比される現代の野蛮である。魚と車は同列におかれる。最後の四行は次のようである。

水族館はなくなった。至るところで、
ひれのある巨大な車が魚のように鼻を突き出して進む。
獰猛な奴隷根性が、
グリースの滑らかさでするりと通り過ぎる。

「[old South Boston] 水族館」はなくなり「鼻」[nose→new North] が突き進む（議事堂の鱈もまさしく鼻を突き出して進む姿をしている）。車が現代を表象している。それは水族館の水槽に閉ざされた怯えた魚と異ならず、原始の空間を奪取する物である。かつての公共の世界にのさばる存在である。このように少年の日の水族館での感覚が、大人になった今日社会全体に拡張されているのである。「駐車場は市民のサンドパイルのようにボストンの中心部で蔓延っている。」サンドパイルとは穴を掘り、水分を抜くため砂を堅く詰め込んだものである。砂は「雪のサハラ」と対応し、水族館と駐車場の二つの光景を結びつけるもう一つの要素である。そこに市民の車が置かれるので「市民のサンドパイル」と表現したのであろうか。（「獰猛な奴隷根性」["savage servility"] は「奉仕する」*servare* の下落である。車は獰猛な卑屈なのだ。）

三月の朝、ロバート・グールド・ショー大佐と第五四黒人連隊の像を州議事堂から見ていたローエルにとって、工事は「地震の振動」であり、ボストンの過去の栄光を揺るがす現在の「恐竜」であった。ショーと黒人兵たちのユニオンへの犠牲は何を生んだのか。

「ピューリタンの南瓜のオレンジ色の支えの桁材」とは、ピューリタンが王党派のラヴロックの長髪に対して南瓜を被った長さの短髪にしていたことへのアルージョンである。アメリカの工事現場のコーンやテープは鮮やかなオレンジ色である。詩人はオレンジ色から南瓜（アメリカの南瓜は鮮やかなオレンジ色をしているのが普通）、さらにピューリタンを連想したのであろう。（ローエルは『オールド・グローリー』（一九六五年）でホーソンの「エンディコットと赤十字」と「メリーマウントの五月柱」を基に戯曲『エンディコットと赤十字』を書いた。その中で「[五月祭の] 王の髪を／われらの魅力的な南瓜の殻のスタイルで切れ」と部下に命じている [*The Old Glory*, 54)]。）それも帯のように州議事堂を締め付けて支えている、というのはピューリタン精神の褪色と、現代的工事の跋扈を暗示しているだろう。ボストンの宗教的支柱の揺らぎである。工事は州議事堂をも揺るがせているのだ。独立後の民主政治の揺らぎも暗示されている。

議事堂が面しているのはショー大佐の記念碑である。つまり植民地時代、独立時代に続いて南北戦争時代が提示されている。ショー大佐の記念碑も駐車場工事の「地震」(地殻的な揺れ)に揺れ、副木で支えられている。「丸く頬を膨らませた黒人兵」の意気も虚しい。彼らはボストンを行進した。今行進するのは車である。彼らの意気込みは原始の魚や爬虫類の精神、つまり隷属・奴隷と戦う精神と結ばれる。勿論現代の隷属の象徴たる車のための駐車場のための工事に揺らいでしまっているのだ。

「献納式で／ウィリアム・ジェイムズはブロンズのニグロたちの息遣いを聞くことができるほどだった。」ウィリアム・ジェイムズは当時のハーヴァード大学の最大の知識人だった。ローエルは妻のエリザベス・ハードウイックが編纂していたウィリアム・ジェイムズの書簡集でウイリアムが弟のヘンリーに宛てた手紙でショーに触れていることを知った(朗読の前に知っていたかは疑問である。下書き原稿にはない部分だからだ)。ウィリアムとヘンリーの二人の弟もショーの連隊に属しワグナー砦突撃に参加し負傷していた。重症を負った弟ウィルキンソンの病床姿をウィリアムが描いたスケッチが残っている(彼は画家ウィリアム・モリス・ハントにラファージと一緒に絵を学んだ。セント＝ゴーデンスは若い頃ラファージのもとで壁画画家としてしばらく働いた、という因縁話がある)。ウィリアムは自分も志願すべきかどうか、いかにも優柔不断な彼らしく迷い続けていた(Menand, 74-75)。出征を見送る時も、弟を描く時も、「ショー・メモリアル」が除幕されたときのスピーチ(「ロバート・グールド・ショー」)を述べる時にも、その気持ちが背後にあったと思われる。一八九七年五月三一日の除幕式の日、ウィリアムは代表スピーチの中で「モニュメントを見、物語りを読んでいただきたい――彫刻家の天稟が我々の目の前に鮮やかに示した様々な要素の混和を見ていただきたい。見捨てられし黒人は歩み、真に迫り、行進する息遣いが聞こえるほどであります」と讃えた(James, *Memories and Studies*, 40)。

それほど、この像は見事な出来ばえだったのであり、ボストン市民の賞賛を呼び起こすものだったのだ。ショーについては次のように言及している。「彼らの中で馬に、生きていた時の軍装で、碧眼の運命の寵児は座っております。彼の幸福な青春にあらゆる神徳が微笑みかけたのであります。」（40）「幸運な青春」という表現はまさにその通りなのだが、ウィリアムの複雑な気持ちが現れてもいる。ウィリアムは五日後の六月五日にヘンリー宛の手紙で次のように書いた。

> 泣き出しそうな空でしたが、この日を支配していた悲しみにまさに相応しい背景をなしていました。極めて特殊な一日でした。人々はずっとその話をしています。いわば戦争の最後の波がボストンに砕けかかったようです。時間の隔たりによってすべてが和らげられ非現実的となり、亡きロバート・ショーも本人の自覚していた以上の深遠な物事の偉大な象徴に打ち建てられました――「亡き日の柔らかな優美さ」。
>
> (James, *Selected Letters*, 168)

どこか志願を躊躇していた自分を省みる調子の言葉である。「このような仕事は二度と引き受けません。四方八方から賛辞を呈されているところから判断すれば大成功だったようですが、私の本業とはかけ離れています」と書いている。ローエルはウィリアムの内面を知らなかった。そこで当代の知識人の感覚（「息遣いが聞こえる」）を取り入れて自身のショーへの親近感を表現したのであろう。

そしてロバート・ローエルは一九世紀詩人ジェイムズ・ラッセル・ローエル（いわばシニア）の「R・G・ショー記念碑建立」も読んでいた。ショーを「勇敢、善良、真実の人」と讃え（二三一頁参照）、

赤い胸壁の滑る盛り土で先陣に立ち
心は突撃を命じつつ彼は兵士らしくうつ伏せに倒れた
だが高邁な魂は燃え続け、高貴なる目的のための死が
死を甘美なものとする場で、兵士たちの足元を照らす

(*Marius*, 262, 263)

と書いた（この四行は「ショー・メモリアル」に刻まれている）。

ロバート・ローエルはさらに詩人の息子オリヴァー・ウエンデル・ホームズ・ジュニア（南北戦争で負傷したが後合衆国最高裁判事になる）の文章も読んでいた。それは「戦争時のハーヴァード・カレッジ」と題されている。一八八四年六月二五日、卒業式に合わせて行われる卒業生の会でのスピーチである。大学戦没卒業生のためのメモリアル・ホールで開催された。その中で「あちらの肖像を見て下さい、あちらの胸像を見て下さい」と参列者に呼びかけた。その肖像はショー大佐の肖像であり、その胸像はチャールズ・ラッセル・ローエルの胸像である（現在も学生の食堂となったこのホールにそのまま飾られている）。ホームズ・ジュニアはハーヴァードの戦死者は戦争に美と感激を付加したといい、ショーの肖像とチャールズ・ラッセル・ローエルの胸像に言及したのである。ハーヴァードはただの専門家を養成することを唯一の任務と信じることはなかった、と続け、後代の学生にとってこのモニュメントが「義務に対する人間の運命と能力の象徴に過ぎなくとも、さらに何物か、つまり義務が寛容さに包摂されるようにさせる何物か、ショーのような人物たちが国と大義の足元に生命と希望を花のように投げさせる何物かの象徴」として役立つことを期待し信じる、と結んでいる（Holmes, 17-19）。

ロバート・ローエルは後の世代として、また二人の子孫として、この言葉に格別の感銘を覚えたと思われる。繰り返せば、現在のローエル家や正統ボストニアンに反逆しても、かつての栄光あるローエル家と正統ボストニアンとの結び付きは尊んでいたのである。「独立宣言以来私の家族は全ての戦いに参加した」とかつて兵役拒否をしたときにロウズヴェルト大統領に書いたローエルである（Hamilton, 88）。その栄光ある一家の最も栄光ある軍人がショーだったのである。

またオリヴァー・ウエンデル・ホームズ・ジュニアは「歴史が人間の思考を戦略や財政に固定させるべく最善を尽くした後、人間の眼は誰か一人のロマンティックな人物に向けられ留まったのであります――さるシドニィ、さるフォークランド、さるウルフ、さるモントカーム、さるショーのような人物に。これはいささか不必要にして必要なものであります。芸術が必要であるように必要なのです」とも語った（Holmes, 18）。この言葉はロバート・ローエルの詩心に訴えたであろう。

ホームズ・ジュニアの言葉にある「寛容」はリンカーンの説いた精神であろうが、さらに「義務」の観念はエマソンの詩句を意識したものである。ショー一家と知り合いだったエマソンは遺族に心からの弔意を表し、「志願兵」で倒れた将兵を讃えた（第七章を参照されたい）。この詩の人口に膾炙した四行をふたたび引用すれば――

「義務」が『汝、なさねばならぬ』と声低く囁き
若者が『私には出来ます』と応えるとき
崇高さは塵なる肉体の近くにあり

神は人間の身近かにおわす

(*Civil War Poetry*, 82)

エマソン詩の「私には出来ます」(*I can*) は、ローエルが下書き原稿で慈しむように記しているショーのエピソードと対応している。ある将軍に「旗手が倒れたら誰が軍旗を持つか」と問われたとき、ショーが葉巻を咥え直して「私が持ちます」(I will) と応じたというエピソードである。

ローエルはこうしたショーを巡る一九世紀のホームズ、エマソン、ホームズ・ジュニアのレトリック・コードを受け入れているのだ。その伝統の後継者なのである。「ショー・メモリアル」はローエルにとってそうした精神的継承のメモリアルでもあるのだ。

しかし「ショー・メモリアル」は、今のボストン一般にとってはそうではない。むしろ市の喉に刺さった骨である。抜刀した剣は骨となっている。この骨も魚の骨とされていて、魚が再び姿を見せる。骨はさらに羅針盤の針に姿を変えて大佐の痩せた姿のメタファーとなる。羅針盤はボストン市民の生きる指針となるべきものであろう。そしていうまでもなく、風見(方向を指し示すもの)の鱈とも結ばれる。

さらに「快楽にたじろぎ、プライヴァシーを求めて窒息しそうだ」という。快楽の時代に辟易し、このように大衆に見られることに耐えられないということだろう。この「快楽」には一つの下敷きとなる先行テクストがあると思われる。これもエマソンの「志願兵」である。先の引用文に先立ちエマソンは次のように書いている。

洒落者と遊興あれど、

英知も正義もなき時代に
誰か雄々しき若者を勇気づけ
自由の戦いに全てを賭させえようか
歓楽を卒然と絶ち
享遊の友を見捨て
立派な家と若き淑女に背を向け
飢餓と労苦と乱戦に向かわせえようか。

（82）

「歓楽を卒然と絶ち／享遊の友を見捨て」がローエルの「快楽にたじろぎ」の起源と見てよい（「志願兵」には「今の享楽を考えぬ者」という行もある）。南北戦争で顕著に発現した「汚れなき若者」へのカルトを見て取ることができる。ローエルにとってショーは戦争の英雄であるにとどまらない。快楽に背を向ける倫理の若者の像でもあり、ローエルが共鳴する部分でもあるのだ。

「彼は今や圏外・埒の外にいる」（He is out of bounds now）のは現代人にとってだろう。これはジェイムズ・ラッセル・ローエルの上掲詩の

Our wall of circumstance
Cleared at a bound, he flashes o'er the fight,

に由来するという（Lowell, *Collected Poems*, note, 1066）。「彼は生を選びかつ死ぬ、人間の美しい特異な力に恵まれている――黒人兵を死に導くとき、彼は背中を曲げることはできない」というのは、個人としては生を選びかつ死ぬ力に恵まれていても、部下を死に導くときには緊張して姿勢を正している、ということだろう。

反逆は南部に与えられた汚名であった。しかし今ニューイングランドの小さな町々は現代の風潮に反逆の姿勢を保たずにいられない。反逆の旗印は逆転したのである。（南北戦争に従軍した）「北軍軍人会」の墓地を「ぼろぼろの旗がキルトした模様のように蔽う」という。キルトした布団から休息に結びつくのか。北軍兵士の石像は町々に立っている。それを「抽象的な北軍兵士の石像」と表現しているが、これもウィリアム・ジェイムズのスピーチに起源がある。ウィリアムは次のように語った。

このために、市民の皆さん、偉大な将軍たちの記念碑が建てられた後、また"abstract soldiers' monuments"が全ての村々のグリーンに建てられた遥か後に、私たちはロバート・ショーと彼の連隊を比較的平凡な兵士たちの特定の一団のために建てられる最初の兵士のモニュメントの対象に選んだのであります。これらの兵士たちの歴史に外的な複雑さが欠けているということ自体が、彼らをして北部の大義のより深い意義をまさに典型的な純粋さをもって表現させているのであります。

（James, *Memories and Studies*, 42–43）

この“abstract”（「抽象的」）の意味は、「個別的」「個人的」ではない「普遍的」「一般的」の意味である。ローエルは「［ジェイムズのいう］抽象的な北部の兵士の石の像も／年毎にスリムになり若くなる」といって、次の「溝はより近い」「宇宙はより近い」という逆説への用意をしているのである。つまり現在のアメリカ人は老いて太鼓腹になっていることの表現であろう。ショーも「グレイハウンドの優しい細身の引き締まった身体」をしていると表現されている。かつての若々しい理想に対して、われわれは肥えて醜いというのか。

「雀蜂のような腰をした彼らはマスケット銃にもたれて微睡み、もみあげの頭で思いに耽っている。」何を思うのか。かつての理想の果てをか。いや微睡んでいるのだから当時を思っているのであろう。「今は昔」の思いである。そして詩人も兵士とともに思いに耽る。

ショーの父親は息子には墓穴に溝をのみ望んだ。実際には記念碑が建立された。しかし第二次大戦を記念する像は建てられていない。だから「溝はより近い」、われわれには近い存在だというのである。第二次大戦では兵士は名誉を与えられず、ただの死者として溝に投げ込まれて葬られる。反対に商業主義・拝金主義の広告が建てられている。金庫の広告とは絶妙である。ヒロシマの原爆の爆風に耐えた金庫の広告。その名も「千歳の岩」という「キリストとキリスト教を意味する」岩である。宗教も拝金主義に圧倒されている。広告のある通りの名前（Boylston）はboilingと呼応するだろう（大佐たちはまずこの通りから行進を始めた）。さらにboil + stoneとして、“Rock of Ages”のRockとstoneは結びつく。

「溝はより近い」とされたように「宇宙はより近い」。これはまずソ連が一九五七年にスプートニク一号を打ち上げ、アメリカも遅ればせながら一九五八年にジュピターを打ち上げて、宇宙時代に突入した時代を背景にしている。また「宇宙」（space）は駐車場（parking space）と連動する。自動車を産んだ機械文明・技術の大達成が宇宙船だった。たしかに宇宙はより近い。しかし天国が近くなったわけではない、といいたいのであろう。「生気の失せた黒人生徒たちの顔が、風船のように上がる」のがテレビに映る（テレビも現代技術の成果）。宇宙船が宇宙に上がっても未だ自由ではない黒人生徒の顔には生気がなく、風船のような顔している（当時ボストンの公立学校では依然として人種差別があった）。科学技術の恩恵は彼らに及ばない。解放のために身を捧げた丸い頬をした黒人兵の顔の形は生気ない黒人生徒の顔に堕落している。そのテレビを見る私は「うずくまる」のだ。ショー大佐のように背筋を伸ばしているのではない。《ショー大佐＋黒人兵》と《私＋黒人生徒》の二つの対が対照されているように見える。

「北軍戦死者のために」はたしかに「奴隷解放主義の詩」であり、ローエルがのちにいうように、この詩で「私は昔の奴隷解放主義者の精神の喪失を嘆いています。つまり過去と現在におけるニグロに対するアメリカの扱いの恐るべき不正義は人間として作家としての私にとって最大の緊急事なのです」（Hamilton, 281）。この意識が「生気の失せた黒人生徒」への言及をもたらしたのである。

この時の彼の妻エリザベス・ハードウィックは前年の『ハーパー』誌一二月号に掲載された「ボストン―失われた理想」と題するエッセイで「哀れな老いたる市は今やその独りよがり、気取り、萎れた伝統を食い物にしている。皺だらけで、やせ細った脚をし、精神と皮膚の脂はほとんど枯れ果て、偏狭で、自尊心ばかり強い」と書いた。ローエルはこのボストンを「失われた理想の象徴としてのショー大佐を引き合いに出して彼自身の攻撃を強めた」のである（Axelrod, 158–59）。

パステルナークの詩を読んだと新聞記事は記している。パステルナークは一九六八年にノーベル賞を受賞して以来ローエルの関心を惹いていた。（パステルナークは六日前の五月三〇日に亡くなっていた。このこともパステルナークを読む動機になっていたかもしれない。）さらに「一九五九年の春以来、彼はパステルナークの詩ばかりでなく、モンターレとリルケの作品の翻訳をほとんど一ダースほど雑誌に発表してきた」という（Hamilton, 281-82）。詩作の泉が尽きた彼は他人の詩を翻訳することで回復を図っていたようである。彼は「新しい詩が尽きた」と感じ、何を書いても「『人生研究』で充分によりよく語ったことの無味乾燥な繰り返し」に過ぎないのであった（276）。「告白詩人」の限界である。

新聞記事はパステルナークの朗読に触れる前に、「できる限り難しくし全然分らないようにした」時期の詩から、「明快な」と自身がいう現在の詩までを朗読した、と書いている。テイトら南部詩人の影響からビート詩人に触れて『人生研究』に至る過程を巧みに表現したといえる。そして今パステルナークたちの詩をアメリカ語に翻案翻訳しつつ「北軍戦死者のために」で次の展開を見せていた。この夜の朗読はその意味でも意義深かった。

ローエルの翻訳詩集『イミテイション』（一九六一年）にはパステルナークの翻訳詩九篇が収録されている。ローエルの序文によると、この「ヨーロッパ小詩選」で彼はトーンを重視したといい、取り上げた詩人たち（ホメロス、サッフォー、ヴィヨン、ハイネ、ボードレール、ランボー、マラルメ、ヴァレリーなど一八人）が現在アメリカで書くと想定して活きた英語で翻案翻訳したという。剝製師ではなく詩人として翻訳したというだけあって、自由に取捨選択し繫ぎ合わせ切り離している。パステルナークの場合、既訳詩を用いつつもロシア人の厳密な散文訳をもとに原詩のトーンを再現すべく努めたとのことである。

つまりローエルのパステルナークの翻訳は、他の詩人の題材を英語のトーンに置き換える作業であった。詩人の演習のようなものである。自身の題材が枯渇したときの巧みな試みといえるだろう。

こうした中で彼はショー大佐を《再発見》したのである。ショーによって大きなテーマを見出したといえるだろう。過去の栄光と現在の貧困の対比をこれほど見事に提示するイメージはそうはない。しかも単に歴史的なエピソードなのではなく身近なエピソードである。それを自身の少年時代のエピソードと重ね合わせながら歴史と合体させたわけである。

この詩は楽園喪失のテーマから回復の実現へと、詩人のなかでも展開があったのである。パステルナークの翻訳は詩想の枯渇の時期を反映していると同時にその後の回復への切っ掛けをも暗示しているかもしれない。ショーに題材を得て生き返ったとだけははっきりといえる。

今この点に関連して、ローエルが朗読の終わりに語った、少年時代に公園（The Public Garden）で喧嘩して追い出されたというエピソードには実は深い意味があると思われる。三〇行の小品「パブリック・ガーデン」（"The Public Garden"）がそのことを傍証する。『ロバート・ローエル詩選』の編注者ジョナサン・ラバンはこの詩について次のように書いている。

> 秋のボストンの公園は堕落以前のエデンの園の荒涼とした燃え尽きた影と見做されている。ここでは過去の偉大な言語が使用されている唯一の例は樹にラテン語のレッテルが貼られていることである。今なお探求に従事している唯一の生き物は餌を探しているマガモである。この詩の細部が見事に書き込まれた風景にはオランダ絵画の細密画的なリアリズムがある。しかし「エデン」という一語でその風景は隠喩となる。「公園」（public garden）は堕落した世界に他ならないのだ。
>
> （Raban, *Robert Lowell's Poems*, 172）

見事な解釈である。詩人は少年時代（彼はしばしば楽園時代に準えている）に仲間と喧嘩して公園（garden）から追い出された（ハウェルズの『未知の世界』〔一八八〇年〕によると、昔からこの公園は学校帰りの少年たちがよく立ち寄ったらしい）。これは忘れられないものだ、と一般的二人称で語っているが、それは彼自身のエデンの園からの追放のエピソードを普遍化しているからである。それがこの夜の喝采により一般からの賞賛・歓迎と受け取れ、部分的復楽園となったのではないか。少なくとも追放の意識と復楽園の願望が露呈したことは確かである。そしてその楽園はショー大佐と黒人連隊が事実と伝説によって表現したアメリカの栄光による復楽園のささやかな夢と繋がるだろう（南北戦争のイコン「ショー・メモリアル」が第二次大戦を経た六〇余年後に持った意義である）。ローエルはこのあと、アメリカ古典（ホーソンとメルヴィル）に依拠した『オールド・グローリー（星条旗）』を書き上演するのである。

「インディアン殺しの墓にて」においてもキングズ・チャペルの墓地は庭園とされており、その下に地下鉄が掘られたことによって庭園は破壊された、荒廃したとしている。既に触れたように、この墓地には母方のウィンズロウ家の墓があり、このことも過去の破壊を身近に実感させる理由となっているだろう。ボストン・コモンの地下駐車場工事を過去の破壊と捉えることはすでにこの初期の詩によって予兆されていたのである。

（1）　読まれたテクストと出版されたテクストの細かい相違はここではあまり指摘しないが、「切ったり加えたりいじくりまわしたり」（Axelrod, 157）と本人がいうとおりの作業の結果は別として、大きな点としては、ウィリアム・ジェイムズのスピーチに言及している部分だろう。

参考文献

Amory, Cleveland. *The Proper Bostonians*. New York : E. P. Dutton, 1947.
Axelrod, Steven Gould. *Robert Lowell : Life and Art*. Princeton, NJ : Princeton UP, 1978.
Bell, Vereen M. *Robert Lowell : Nihilist as Hero*. Cambridge, MA : Harvard UP, 1983.
Benson, Richard and Lincoln Kirstein. *Lay This Laurel*. New York : Earkins Press, 1973.
Blatt, Martin H, Thomas J. Brown & Donald Yacovone, eds. *Hope and Glory : Essays on the Legacy of the 54th Massachusetts*

Regiment. Boston : U of Massachusetts P, 2001.

Blight, David W. *Race and Reunion : The Civil War in American Memory*. Cambridge, MA : Belknap Press of Harvard UP, 2001.

Browne, Francis F. *Bugle-Echoes : A Collection of the Poetry of the Civil War, Northern and Southern*. 1916. New York : Books for Libraries Press, 1970.

Cooper, Philip. *The Autobiographical Myth of Robert Lowell*. Chapel Hill : U of North Carolina P, 1970.

Cosgrave, Patrick. *The Public Poetry of Robert Lowell*. London : Victor Gollancz, 1970.

Davison, Peter. *The Fading Smile : Poets in Boston from Robert Lowell to Sylvia Plath*. New York : W. W. Norton, 1996.

Dawes, James. *The Language of War : Literature and Culture in the U. S. from the Civil War Through World War II*. Cambridge, MA : Harvard UP, 2002.

Duncan, Russell. *Where Death and Glory Meet : Colonel Robert Gould Shaw and the 54th Massachusetts Infantry*. Athens, GA : U of Georgia P, 1999.

Emilio, Luis F. *A Brave Black Regiment : The History of the 54th Regiment of Massachusetts Volunteer Infantry, 1863-1865*. New York : Da Capo Press, 1995.

Hamilton, Ian. *Robert Lowell : A Biography*. New York : Random House. 1982.

Holmes, Oliver Wendell, Jr. *The Occasional Speeches of Justice Oliver Wendell Holmes*. Cambridge, MA : The Belknap Press of Harvard UP, 1962.

James, William. *The Selected Letters of William James*. Ed. Elizabeth Hardwick. New York : Farrar, Straus & Cudahy, 1961.

———. "Robert Gould Shaw." *Memories and Studies* (New York : Longmans, Green, 1911) : 35-61.

Lowell, Robert. *Imitations*. New York : Farrar, Straus & Giroux, 1961.

———. *The Old Glory*. New York : Farrar, Straus & Giroux, 1968.

———. *Notebook*. New York : Farrar, Straus & Giroux, 1970.

———. *Robert Lowell's Poems : A Selection*. Ed. Jonathan Raban. London : Faber & Faber, 1974.

———. *Day by Day*. New York : Farrar, Straus & Giroux, 1977.

———. *Collected Poems*. Eds., Frank Bidart & David Grewanter. New York : Farrar, Straus & Giroux, 2003.

Marius, Richard, ed. *The Columbia Book of Civil War Poetry*. New York : Columbia UP, 1994.

Martin, Jay. *Robert Lowell*. Minneapolis : U of Minnesota P, 1970.

Mazzaro, Jerome. *The Poetic Themes of Robert Lowell*. Ann Arbor : U of Michigan P, 1965.

Menand, Louis. *The Metaphysical Club : A Story of Ideas in America*. New York : Farrar, Straus & Giroux, 2001.

Middlebrook, Diane Wood. *Anne Sexton : A Biography*. New York : Vintage Books, 1992.

O'Connor, Thomas H. *The Boston Irish : A Political History*. Boston : Back Bay Books, 1995.

———. *Building a New Boston : Politics and Urban Renewal, 1950-1970*. Boston : Northwestern UP, 1993.

———. *Boston A to Z*. Cambridge, MA : Harvard UP, 2000.

Paget, R. L., ed. *Poems of American Patriotism*. Boston : L. C. Page, 1898.

Scudder, Horace E. *James Russell Lowell : A Biography*. 2 vols. Boston : Houghton, Mifflin, 1901.

Vendler, Hellen. "Art, Heroism, and Poetry : The Shaw Memorial, Lowell's 'For the Union Dead,' and Berryman's 'Boston Common : A Meditation upon the Hero.'" *Hope and Glory : Essays on the Legacy of the 54th Massachusetts Regiment* (Eds. Martin H. Blatt, Thomas J. Brown & Donald Yacovone. Boston : U of Massachusetts P, 2001) : 202-14.

Wilson, Edmund. *Patriotic Gore : Studies in the Literature of the American Civil War*. New York : Oxford UP, 1962. 中村紘一訳『愛国の血潮―南北戦争の記録とアメリカの精神』研究社出版、一九九八年。

The WPA Guide to Massachusetts, with a New Introduction by Jane Holtz Kay. New York : Pantheon Books, 1983.

第九章　ヘミングウェイとフランク・ロイド・ライト

――文学と建築の大草原様式――

アーネスト・ヘミングウェイは一八九九年にシカゴ郊外のオークパークで生まれた。その一〇年前の一八八九年に建築家フランク・ロイド・ライトがオークパークに移り住んでいた。ライトは一八六七年生まれだから、ヘミングウェイよりも三二歳年上である。ライトにとって一九〇〇年から、オークパークを去る一九一〇年までの約一〇年間が初期の黄金時代で、彼の長い建築家としての生涯において最も重要な時期であった。

この時期、ヘミングウェイが一一歳になるまで、二人はごく近い地域に住んでいた。ヘミングウェイ家（というよりは母親）が、オークパーク通りの家を売って新しい家を建てた場所は、ライトの住居兼設計事務所から五百メートルほどの距離である。二人は通りですれ違うこともあっただろう。

そもそもライトが設計した家はオークパークだけでも現在二五軒残っている。ライトの仲間や弟子たちの様式、プレアリー様式（後述）の家はいたるところに建っていた。「フランク・ロイド・ライトは新しいデザインを創造していて、皆が話題にしていた」（Griffin, 11）のである。それほどライトとその作品はヘミングウェイの身近に存在していた。(1)（現在のオークパークは実に多様な建築様式のまさに大展示場の趣を呈している。）

そして一九五〇代の初めにライトの伝記に残るヘミングウェイとの一種の遭遇があった。ライトはヴェニスのサンタ・マリア・ノヴェラの後ろの大運河に面した場所に、若くして亡くなったあるイタリア青年建築家の遺族の依頼で、故人のメモリアルとして建築を学ぶ学生たちのための寮を建設することを依頼された。これはパヴォナツォの白大理石とムラーノのガラスを使い、コンクリートのバルコニーを運河に突き出させるという設計であった。イタリアの建築家たちはヴェニスの壮麗さを捉えた設計と賞賛したが、観光協会などはあまりに急進的でヴェニスの神聖さを冒瀆するとして反対した。ライトは「建築は、都市を破壊するのではなく、救うための芸術であるべきだ」、これはそういう芸術だと主張した（ファイファー、五五頁）。

その頃アフリカにいたヘミングウェイはライトの設計について新聞社に意見を求められた。ヘミングウェイは、フランク・ロイド・ライトの建物をそこに建てさせるよりは大好きなヴェニスが焼けてしまうのを見るほうがましだ、「完成した直後に焼けて」しまえば賛成反対の双方とも収まるだろう、といった。新聞記者にこれに対する反応を問われたライトは、「反応？　なんにもないね。なんたって、ジャングルからの声に過ぎんだろう」と答えた（Gill, 221 ; Levine, 382, 493）。当時フローレンスにいたバーナード・ベレンソンも反対していた。結局この計画はお流れとなって、ライトはあらゆる文人と芸術家一般——もちろん建築家は例外として——の狭量を嘆いた。モダニズムの建築的冒険を終生続けていたライトとは対照的に、狩猟冒険はしても文学的冒険をあまりしなくなったヘミングウェイの「モダニスト」ぶり、それとヘミングウェイのヴェニス偏愛ぶりも窺えるエピソードである。

もう一つ二人の伝記上の興味深いエピソードは、ヘミングウェイの母親と、ライトの妻と愛人との関わりである。一九〇三年、ライト（このとき妻と六人の子供がいた）は電気技師のエドウィン・チェイニーとその妻メイマー［マーサ］のために新居の設計を始めた（もっと前からという説もある）。その家は今も、ライトの家から東に向かって九百メートルほど歩いてノース・イースト通りを左折すると直ぐ右側にある（現在BBになっているので宿泊すれば、ライトの様式の頂点をなす建築と内装を見ることができる）。メイマーはライトの二歳年下で、知的な本好きの女性であった。ミシガン大学で学士号と修士号を取得し、その後、図書館員として働いた。一八九九年、三〇歳になってようやくエドウィンと結婚し、オークパークに来た。シカゴ大学に入学し、作家ロバート・ヘリックのもとで学んだ。作家志望だといわれていた。(2)

メイマーはあまり人付き合いを好まぬ女性だったが、「一九世紀女性クラブ」には属し、そこでライトの妻キャサリンと出会った。キャサリンはアーネストの母親グレイスと共に同クラブの指導的役割を果たしていた、というから、この三人は時々顔を合わせていたのである。メイマーとキャサリンはよく一緒にいた。チェイニーの家の設計依頼は二人の交友の結果だったらしい。ともかく設計の相談をするうちにフランクとメイマーの関係はかなり急速に進展した。メイマーには一九〇二年に最初の子どもが生まれていた。そして一九〇六年には二人目の子どもが生まれている。だがメイマーは献身的な母親ではなかった。子供は家庭教師に任せ、寄宿学校に入れている。カーテンも掛けていなかったというから、一般の評価からすればあまりいい主婦でもなかった（ライトはカーテンを使わず、外光を取り入れる設計をしていた）。

「オークパークでライトが会う女性といえば社会の期待に順応する女性ばかりであっただろうから、彼自身が順応しようとする苦闘をやめようとしていた矢先に、このように明らかに群集から離れ、ほとんどアウトサイダーでいる人と会うのは心惹かれることであったに違いない」とセクレストは推測している（Secrest, 194）。一九〇九年にライトがドイツを訪れたときにはメイマーが同行していた（ライトの建築を最初に認めたのはドイツだったのである）。これを新聞記者が嗅ぎつけ、二人の関係は世間の知るところとなった。すでにオークパークではスキャンダルになっていた。

帰国後オークパークに住めなくなった二人はウィスコンシン州のライトの生まれ故郷の近くにタリアセンというスタジオ兼住居を建てて移り住む（メイマーの夫はすでに離婚手続きをしていたが、ライトの妻キャサリンはまだ離婚を認めていなかった）。しかし一九一四年、狂った召使にタリアセンは放火され、メイマーとたまたま訪れていた二人の子供、他に四人が惨殺された。

メイマーはタリアセンに住んでから数年の間に、スウェーデンの女性解放論者エレン・ケイの著書をスウェーデン語から数冊翻訳している。ライトと駆け落ちをし、ヨーロッパに滞在中偶然ケイの本を読み、共感した、というよりはライトとの愛を貫いている最中、その拠り所を見出したのである。スウェーデンにケイに会いに行っている。ヨーロッパにいる時からドイツ語からの翻訳を始め、のちスウェーデン語をマスターし訳し直した。ケイから翻訳権を得た。『婦人の道徳』（一九一一年）、『恋愛と倫理』（一九一二年）、『婦人運動』（一九一二年）などを出版できた。『恋愛と倫理』はライトと共訳となっている（図1）。キリスト教的結婚観を批判し、自由恋愛による結婚と自由離婚の正当性とを主張したエレン・ケイの思想を文字通り実行したライトとメイマーに相応しい仕事であった。(3)

二人の恋愛事件を、ヘミングウェイ夫婦はどう受け止めたか。この夫婦はどちらも「社会の期待に順応する」人々であった。メイマーとの不倫に始まる一連の経緯をグレイスは知っていただろう。マイケル・レノルズのヘミングウェイ伝によると、ライトがチェイニー夫人とオークパークを去ったあと、ライト夫人は夫が仕事で留守にしているかのように振舞っていたという。最初は「吸血鬼」メイマーの犠牲になった夫もやがては帰ってくると思っていたが、修復は不可能であった。そして、おそらく村の人たちも最初は何事もなかったかのように振舞っていただろう。しかしメイマーをベルリンに残してライトが単身オークパークに戻ってきたときには、激しい反感・攻撃に晒された。オークパーク始まって以来のスキャンダルである。ある教会の牧師は姦通について説教し、そのような男は「道徳感と

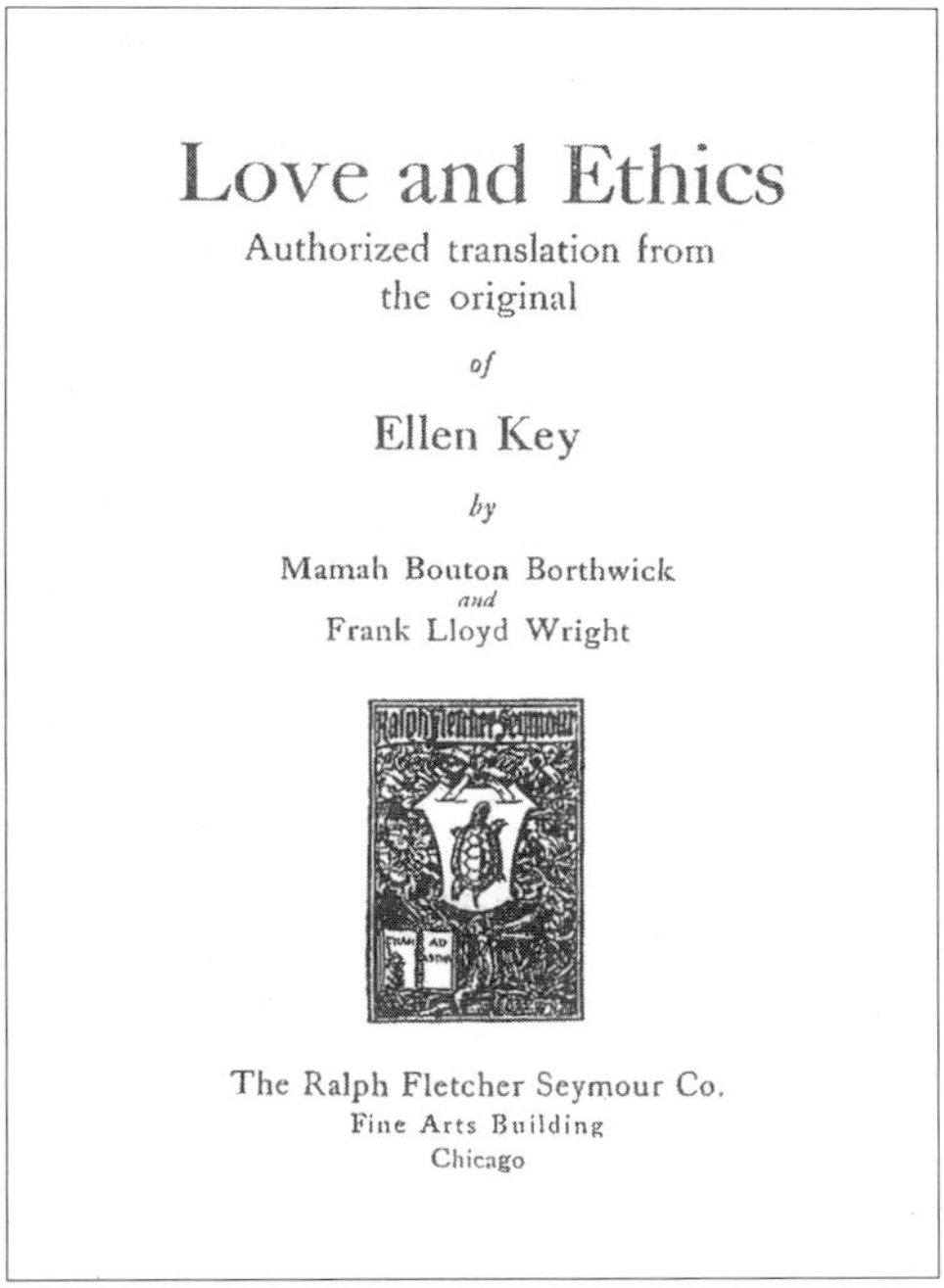
Love and Ethics

Authorized translation from the original

of

Ellen Key

by

Mamah Bouton Borthwick

and

Frank Lloyd Wright

The Ralph Fletcher Seymour Co.
Fine Arts Building
Chicago

図1　メイマーとライトが共訳したケイの『恋愛と倫理』の扉（Friedman, 146）

宗教観をまったく欠いており、非難に値する忌まわしき人物だ」といった。道では女性たちがスカートを引いてよけ、友人たちは身を引き、彼を見捨てた（Secrest, 206）。ヘミングウェイの両親も同じだっただろう。

しかしヘミングウェイ一家全体が順応主義者だったわけではない。アーネストもオークパークの「社会の期待に順応」しなかった。オークパークはあまりの順応主義のために三人の反逆者を生み、そして追放したのである。しかし三度結婚したライトと、四度結婚したヘミングウェイは似ているようで違いもある。二人とも自分の感情や欲望に忠実だったのだが、ライトは離婚しない妻や、離婚したあとも付き纏う二人目の妻に悩まされたのに対し、ヘミングウェイの方は、特に最初の離婚では、自らの行為に悩んだ。その悩み方には、両親つまりオークパークの堅苦しい倫理と、ライトのエレン・ケイ流の自由恋愛、自由離婚の倫理との間の葛藤があったといえる。

現在のオークパークにおけるライトは、建築家としての世界的な名声と具体的な建築によって、その存在は明るみに出され続けている（胸像が公園の片隅に置かれている）。家屋はスキャンダルと無関係である。一方ヘミングウェイは、ノーベル文学賞の受賞者としてある程度村の名誉ではあっただろうが、伝記と作品は長い間スキャンダルだった。建築と文学の相違である。（七〇年代に通りの名前をライトとヘミングウェイに変えようとする案もあったが立ち消えとなったらしい。）建築は建築家の私生活を語らない。文学は作家の伝記的事実を語り続けるのである。（ライトの住居兼設計事務所は現在オークパークの名所として公開されているが、そこで働くある女性によると、ライトのスキャンダルには触れないようにしているとか。）

オークパークにおけるヘミングウェイとライトの（無）関係について一番詳しく言及しているのはケネス・リンであろう。その伝記で二人について言及している部分を要約すれば以下の通りである。

一八七一年のシカゴ大火のあとの二〇年間にオークパークに定着した人々は歴史的なヨーロッパ風デザインの家を好み、ヘミングウェイの母方の家はこれだった。だが世紀末ころ新住民や新世代は学歴も高く、経営者やプロフェッショナルも増え、家を建てるにも伝統的な趣味から脱却したいと考えた。この傾向にかなったのがライトたちプレアリー派だったのである。

リンは、ヘミングウェイの両親が一八九六年に結婚したとき、グレイスの鰥夫《やもめ》暮らしの父親の家で暮らすことになったが、その家は「小塔の付いた三階建て」の「まとまりのないヴィクトリアン風の家」であったと表現している。九年後父親が死ぬと、グレイスは遺産を使ってもっと大きな新しい家を建てることにし、医師である夫クラレンスのオフィスと自分のための音楽室をメインとするデザインを考えた。費用を考えて夫は反対したが、グレイスはこれを押し切り、長年の夢の家を設計する。最後には青写真を作るために建築家のヘンリー・ジョージ・フィデルキーに援助を求めたが、この家はグレイスの家といえると、リンは書いている。子供四人と自分たちの仕事を考えればこの大きさとプランは妥当だとしても、「グレイスのエゴの記念碑」だとリンは続けている。屋根に一連の高い屋根窓を付けたり、一階のまずい場所に張り出し窓を付けたり、とご本人には自慢のデザイン能力を裏切るような設計で、右斜め向かいの家（O. B. Balch 家）を設計して建築中のライトも、通るたびにたじろいだだろう、とリンは推測している。もし中に誘われたら、「奇妙な形のフロアプランと主な部屋のいろいろな装飾の《タッチ》」に全然満足できなかっただろう、とも推測している。「プレアリー派の簡素な方式はグレイスの趣味にはまるで地味だった」とリンは結ぶ。グレイスはプレアリー派の建築を、立体派の絵やシェーンベルグの音楽同様に好まなかった、という。

このリンの説明は、家の中のフロアプランや装飾は現在見ることができないので貴重な証言だが（現在アパートになっていて三家族が暮らしているとか、そんなことが可能な設計だったのだろう）、ライトがこの家の前を通って先ず顔をしかめたのは、四角い家の前に付けられた大きなポーチの存在だろう。

リンはこの後で、グレイス同様ヘミングウェイにとってもオークパークの建築家の大家たちの業績は意味をもたなかったか、という重要な疑問を提示する。ヘミングウェイの「散文は建築である、室内装飾ではない。バロックは終わった」（『午後の死』）、「入念に書き始めてみると、そんな渦巻模様や装飾を切り取って捨ててしまうことができると分かった」（『移動祝祭日』）という発言を引用する。そして、これは建築の比喩を中心とした発言であるとし、基本的な表現形式の力と、最も単純な文章の見事な剥き出しの効果は、アンダーソン、スタイン、パウンドらの教えを経て到達したとされる文学作法の帰結なのだが、実際には建築のプレアリー派が最初に剥き出しにした表現に美をみることを教えたのであろうか、と問う。この際どい問いに対するリンの答えは「そうではなさそうだ」である。「少年時代にプレアリー派の考えに興味をもったという証拠はないし、村の外観が新しい建築によって劇的に変化したことや、ライトの華々しい存在についても語ってもいない」から、という。もっともヘミングウェイは故郷の生活の質について何も誉めるようなことはいいたがらなかったから、なにもいわなかったからといっても問題は残るとしている。

リンはライトとヘミングウェイの関係について、かなり際どいところまで接近しているのに、もう一歩及ばなかった。リンが言及しているいくつかの点を再検討してみたい。

一九世紀の末、アメリカでは古代ギリシア、ローマ、中世近世のヨーロッパの建築様式の建物が盛んに建てられ、またアメリカのフェデラル様式やコロニアル様式もリバイバルしていた。この時期、特に流行したのがイギリス伝来のクイーン・アン様式で、ヘミングウェイの生家はこの様式だったのである。

一八七六年にフィラデルフィアで開かれた独立百年記念博覧会のイギリス館に、このクイーン・アン様式の古風な家が展示された。一七〇〇年前後のイギリスの様式である。高い煙突が付き、急な尖った屋根と隅にはしばしば八角形の塔がある。寝室の外には囲われたバルコニーがあり、広いポーチがあって多くの場合家を半周していて、籐椅子、木製の長椅子、ブランコ、テーブルなどが、ほとんど居間のように置かれている。屋根の線はしばしば高い破風によって中断され、そのため全体的な効果は注意深く統御された無秩序というものである。そのため、塔を中央に建て、窓は左右に同数同列に設け、ポーチも対になるように付けられた、シンメトリカルな二重勾配の家とはまさに正反対のアシンメトリカルな家である。内部にはしばしば暖炉とピアノが置かれ、家の中心となりそれ自体で居間になった。そこからは広い階段が上がり、その上部には裁縫室や二階の居間や寝室やバスルームがある。一階の広間からは部屋が次々と流れるように繫がっている。形式にこだわらない生活様式に向いたオープンプランで、かなり大きい家の場合、三、四人の召使が必要だった。場合によってはどんな放逸な趣味の人でも満足させられた（渦形の鋸歯状装飾や轆轤に掛けた紡錘形柱で放埒に装飾することもできた）。

この様式は独立百年記念博覧会よりも前にアメリカに伝わっていたが、この博覧会をきっかけとしてクイーン・アン様式はその後約三〇年にわたってすべての人の夢の家となり、アメリカ中の町々を埋めた（Lynes, 278–81）。

ヘミングウェイが生まれた家は、ベイカーは単に「ヴィクトリアン様式の家」〔Carlos Baker, 10〕、リンは「まとまりのないヴィクトリアン様式の家」〔Lynn, 17〕と表現しているが、まさしくクイーン・アン様式で（ホィーラーははっきりと「クイーン・アン様式」と紹介し、「世紀の変わり目までスモールタウンのアメリカで銀行家や医者が好んだ様式」という言葉を引証している〔Wheeler, 30〕）、前面の向かって左側に鱗模様のある円筒形の塔が付けられ、（二〇世紀末に復元された）ポーチが家の東と南の面を囲んでいる。[4] これがクイーン・アン様式の特徴である。内部の構造、内装、家具もほぼ以上の説明のとおりである（図2）。

図2　ヘミングウェイの生家

このような様式の家であったということは何を意味するのか。一九世紀、家は表現であった。この家はグレイス・ホール、つまりアーネストの母親の父アーネスト・ホールが一八九〇年、クイーン・アン様式大流行の時期に建てた家である。ホール家は何を表現したのか。それは、ベイカーもリンもいう「ヴィクトリアン」の意味するものである。

　ライトはクイーン・アン様式の家が目立つオークパークの街を歩き回

り、次のように考えた。

家は服と同じ、じゃないか。また我々は服と同じだ。だから我々は「流行に合わせて」いなければならない、だろう。さもないと笑われる！　違うか。

(Wright, *An Autobiography*, 158)

まさにヴィクトリアンの順応主義の表現としての家なのである。ライトとメイマーとアーネストを追放した家と村の表現なのである。

世紀末には中西部の進歩的建築家たちがヨーロッパの影響を一切排した家を設計し始めた。特に閉鎖的・閉塞的な箱型の構造を打破して、自由で自然に近い構造を目指した。その環境、つまりプレアリー（大草原）の平坦な地平に合わせて創案され、結局三〇年代になってプレアリー様式と名付けられた（図3）。地面に対して低く立ち、全体的に長い水平な線を取り入れている。水平的な効果は長い屋根の線によって強調され、その線は隅棟や破風が付けられたり、平たいこともあるが、だいたい陽や風の強いプレアリーの環境から家を守るために広く深い軒を付け（これは日本家屋の構造の影響とされる）空気と日光を屋内に取り込んだ。備品、家具なども全て建物と同じ重要さを与えられ、オーダーメイドされて作り付けとして嵌め込まれ、室内空間を広く取った。内部も、単純で開放的なフロアプランをし、部屋を少なく大きくし、通例暖炉を中心に置いた大きなリビング・スペースから有機的に放射状あるいはスパイラル状に他の空間に拡がっている。様々な装飾も内装も草原の植物から抽象的に幾何学的にデザインした。色彩も植物の四季（特に秋）の色（金、黄、赤、錆色）を取り入れた。構造も細部もプレアリーが元である。庭にもプレアリーの草木を植えて自然との結びつきを強調した。全体として調和と統一をもった建築として考案され、その構造自体か

図３　ライトが1901年に建てたプレアリー様式の家（フランク・トマス邸、オークパーク）

ら美を引き出す。ヨーロッパで展開された「自然に帰れ」の運動のアメリカ版でもあった。アメリカの印象派の画家たちがヨーロッパで自然が豊かに残る農村や海岸にコロニーを作ったことと共振している（五八頁参照）。

こうした様式の建築家たちの中心的存在になったのが、フランク・ロイド・ライトなのである。ライトが弟子入りしたルイス・サリヴァンは、シカゴで主として商業用建築を設計していたが、「形式は機能に従う」として、建築物は目的と場所によって造られるべきだと考え、ライトに影響を与えた。ライトがサリヴァンから離れて独立し、オークパークに設計事務所を建てたのは一八九三年のことである。

なおフィラデルフィア博覧会には幼稚園運動の創始者フレーベルの「恩物」（子供の教育のためのブロック）も展示されていた。ライトの母親は息子が天才的建築家になると信じていたので、これを購入し息子に与えた（このブロックは現在もオークパークのライト記念館の一隅に展示されている）。ブロックの幾何学的構造はライトの建築の一要素である。つまり、フィラデルフィア博覧会は古風なクイーン・アン様式と革新的なプレアリー様式の対照的な建築様式を産むきっかけとなったのである。さらに、同博覧会には二棟の日本家屋と装飾品、家具が陳列され、「日本狂がわれわれをしかとつかまえたのはまさにこの時であった」と、ボストン・オリエンタリストの一人エドワード・モースは書いている（岡倉古志郎、一五九頁）。

ヘミングウェイの母親が一九〇六年に建てた家はクイーン・アン様式とは様変わりのモダンな家である。母グレイスはこの家を設計するとき、自分の音楽の趣味と、医師である夫の仕事を配慮した。機能本位といえる。屋根は張り出し、窓は水平線を強調するなど、プレアリー様式の影響はある。しかし、リンが指摘しているように屋根の窓も見苦しいが、この家のポーチにはクイーン・アン様式同様、（現在も）ブランコと椅子とテーブルが置かれていて、広めの居間のようである。つまりクイーン・アン様式のポーチの本質を受け継いだものである（図4）。

そもそも正面に大きなポーチを設けるというのはライトの好まなかったことなのだ。箱のような母屋に付けられたポーチを取り除き、正面からは見えない内部で外気、外光を取り入れるのがライトの様式であった。オークパークのマーチン邸の写真のキャプションに「半ば切り離した、パヴィリオンとしたポーチが見える。《ポーチ問題》の実際的な解決」とあり、《ポーチ問題》があったことが分る（Wright, *In the Cause of Architecture*, 87）。ヘミングウェイ家の新しい家はこの問題をまさに正面から示しているのである。

グレイスが青写真を頼まなければならなかったという設計者ヘンリー・ジョージ・フィデルキーは四〇年近くもオークパークで建築設計の仕事をした。シカゴのアドラー、サリヴァンの設計事務所でも見習い仕事をしたというから、ライトの先輩である。「フィデルキーはプレアリー派の最盛期に多くの仕事をしたオークパークの設計建築士であっ

図4　ヘミングウェイが育った家

たが、通常はこのスタイルの仕事ではなく、歴史的なスタイルを好んだ。もっとも内装ではプレアリー的なものを取り入れた場合もある。」(*A Guide to Oak Park's Frank Lloyd Wright*〔以下 *A Guide* と略記〕, 140)

フィデルキーはどちらかというと伝統的であり、開発業者の請負もした。グレイスはフィデルキーと相談しながら設計したというから、ライトのような妥協しない個性の強い設計者を選ばなかったのだろう。またライトの装飾排除には賛成しがたかったということもあるだろう。この『ガイド—オークパークのフランク・ロイド・ライト』(*A Guide*)の本文に写真入で紹介されているヘミングウェイ家はプレアリー様式とされてはいるが、正確ではない。張り出した屋根、水平に並んだ窓などはプレアリー様式を思わせるが、ポーチですべてがぶち壊しである。

そもそもライトたちモダニズムの建築家を支持したのは、リンもいうように、一八七一年のシカゴ大火のあと、郊外オークパークに移り住んできた独立企業家たちや新しい世代であった。大体がユニテリアンである。ヘミングウェイ家は旧住民派であって、しかも組合教会派であった。ライトの様式にしなかったのは、そういう理由もあったと思われる。

これよりも興味を惹くのは、ライトが自分の家を建てた場所は、東西に走るシカゴ・アヴェニューの南側であり、その道の向かいはプレアリーだったということである。ライトは「オークパークの北のプレアリー」で馬を自由に走らせたと回想している（Wright, *An Autobiography*, 219）。ヘミングウェイの二つ目の家はこのシカゴ・アヴェニューの北側の東にある。フィデルキーが開発業者の依頼で建てた家もこのシカゴ・アヴェニューの北側にある。ライトの家が家は建てられたのである。ドライサーの『シスター・キャリー』（一九〇〇年）にも、「[シカゴの外れの] 板敷きの狭い歩道が、遠い距離を隔てて点在する住宅や店舗をつなぐように延びて、それがしまいに途切れるところの先には、大草原が広がっていた」（ドライサー『シスター・キャリー　上』三七―三八頁）という文章がある。シカゴの外れにあるオークパークの明確に区画された住宅地のその外れも大草原だったのである。

オークパーク近辺の最初の入植者ジョゼフ・ケットルストリングズはデスプレインズ川東岸に製材用水車を設けた。このケットルストリングズが今のオークパークの土地を購入し分割して販売した。現在、東西に走る鉄道の北側、一辺約九五〇メートルほどの正方形に近い土地である。ここが核となって町（正確には村）ができた。最初のヘミングウェイの家はこの区域内の、東側のオークパーク通りに面している。その後、町は東と南に広がった。北にはかつてのままのプレアリーがあり、放牧場を含む農場があった。南に住む金持ちが馬を飼ったのもここである（まだ馬車の時代の一九世紀末ごろのことである）。北東の方向に住宅地が拡大していったのは、だいたい二〇世紀に入ってからである。ヘミングウェイの新しい家はこの区画にある。家が建てられたのは一九〇六年というから、この地域では早かった。ここで言いたいのは、彼の家はプレアリー、農場、牧場の際だったということである。彼の新しい家が建てられた土地は、古い農場が分割された区域で、今も農家が数軒残っており、ヘミングウェイの家があるノース・ケニルワース六〇〇番地の北の六三八番地にも一軒残っているほどなのだ（*A Guide*, 88）。

オークパークはシカゴの酒場が終わって教会が始まるところにある、といわれているが、大都市が終わりプレアリーと接する、その境界に区画された住宅地といえるのである。このことはヘミングウェイの教育にとって重要な意味を持つ。彼の住環境のすぐ傍には農場もあるプレアリーが北側に広がっており、森林もあったのだ。ライトがオークパークに居を構えたのは、眼の前にウィスコンシンの故郷と同じプレアリーが拡がっていたからである。したがって、二人はプレアリーによって接近したといえるのである。

二〇〇二年一一月にオークパーク独立百年祭の記念行事にヘミングウェイの息子パトリックとライトの孫エリックが招かれ、「オーク・パークのライトとヘミングウェイ―共通の土地を歩く」と題する行事が行われた。その行事を伝える新聞記事には「オーク・パークの中と周辺の自然は二人の先祖に深い影響を及ぼした、と二人［パトリック・ヘミングウェイとエリック・ライト］は同じ意見だった。アーネスト・ヘミングウェイにとって、近くの森に出掛けること――狩と釣りに――は父との絆を強める機会であった」（「シカゴ・トリビューン」二〇〇二年一一月五日号）と書かれている。この行事で参加者たちは森林を通ってデスプレインズ川まで歩いたが、そこは「アーネスト・ヘミングウェイがかつてハイクし舟を漕いだ」場所であったと記事は記している。

「われわれ中西部の人間は、大草原に住んでいる。大草原にはそれ自体の美しさがあり、われわれはそれを認めて、この自然の美しさと静かな平面を強調すべきである」（Wright, *In the Cause of Architecture*, 55）とライトはいっている。

ライトの妹の回想記で表現されているウィスコンシンの故郷の自然は次のようなものである。

《谷》は古典的な田舎であった。丘は険しく実際よりも高く見え、南ウエールズの丘のようにほとんど低い山のようである。その上を森林が凸凹な絨毯のように覆い、濃い森林に葡萄やクレマチスや野ばらがレースをかけている。その下の斜面は黄褐色の砂岩が縞模様をつけている。七月が過ぎるとラフな野草も黄褐色になる。さらに下に下ると、《谷》の底は開けて緑色や茶色や黄色の野原や牧草地になっている。野原や牧草地はほとんど眼にも見えぬほどの傾斜で中央の広大な谷に下り、その谷をウィスコンシン川が左右に分けている。木々の間から見ると川は首飾りのリンクのように切れ切れに輝いている。開けた場所から見ると曲線を描く広い水面となっている。

(Barney, 17)

これは確かに古典的な光景である。(ライトはウェールズからの移民の孫だが、その祖父はウェールズの自然に似たウィスコンシンに定着した。ウイルダネスの聖人ジョン・ミューアも少年時代にスコットランドからウィスコンシンに来た〔Muir は moor のスコットランド方言〕。ウェールズ、スコットランドとウィスコンシンを結ぶ自然の繋がりは、アメリカの自然保護と建築に結びついている。)

そしてライトがこの光景を真に我が物としたのは、そこでの農業体験によってであった。彼は自分の仕事に対する自然の影響を語り、自分の自然への愛をウィスコンシン州の田舎で過ごした少年時代に帰している。ライトは『自伝』で次のように書いている。

私は一一歳のとき、本当の労働を学ぶためにウィスコンシンの農場にやられた。そのため〔シカゴで建築の仕事を始めたとき〕周囲で見たものは全て見せ掛け、無意味、卑俗に思われた。最初に覚えた気持ちは、現実と誠実さへの飢渇であった。単純さへの欲求……。

(Manson, 11)

この「無意味、卑俗」への反撥、「現実と誠実さ」への飢渇、「単純さ」への欲求は彼の建築様式の基本である。ライトは、エマソンやソローの超絶主義的な自然畏敬の観念及び美と実用の結合、日本美術や建築の開放性や単純さ、フレーベルの恩物（ブロック）による幾何学的デザイン、などを結合して建築理論を構成したのだが、基本はウィスコンシンの森林と平原とそこでの農業経験である。そしてそのフロンティアで生きるアメリカ人の堅実さ、正直さ、自由さ、といった共和国的美徳である。

こうしてみると、ヘミングウェイにおける農業体験も無視できなくなる。彼の家はオークパークには農場を持っていなかったが、新しい家ができたころ、北ミシガンの別荘の近くにある農地を購入しているのだ。少年ヘミングウェイはこの農場で、農業にけっこう打ち込んでいたのである。

ヘミングウェイ家はその四一エーカーの農地を買い、ロングフィールド・ファームと改名した。ドクター・ヘミングウェイは数百本の果樹と堅木を植えた。アーネストは房飾りのついたレギンスのインディアンの服装をして、新しい土地を歓声を上げて走りまわった。それは彼にとって六回目のミシガンの休日であり、長髪をした最後の夏であった。秋になり一年生になると長髪を生涯やめるのである。

(Carlos Baker, 10)

ここでのヘミングウェイ少年は大都会育ちで農地を見たこともない少年なのではない。いつも農場を見ていて、ようやく自分の家の農場を持てたことの喜びを表現している少年なのである。一年生から八年生にかけて（一九〇六〜

一三年）もウインデメアで夏を過ごした。

彼の裸足はウインデメアから毎日ミルクをもらいに行くベイコンズ・ファームまでの道に慣れ、暗闇の中でも行くことができた。栂の林の松葉の敷いたロームの土地、沼沢地の黒泥、牧草地の陽に焼けた土、ベイコンの家の納屋の裏にある新しい温かい厩肥、フタオビチドリが餌を啄ばむクリークの川原の揺れる湿地などを長い間覚えていた。(5)

この場面と記憶は短篇「一〇人のインディアン」などで利用される。ガーナー家やインディアン部落への道、光景であり、父のいる別荘を隔てる空間である。こうした創作での記憶の利用と改変で目につくのは、父がこうした農地とその周辺とはかけ離れた医師として登場していることである。作品でも農場は登場しない。もっぱら医師一家の別荘として存在し、その中で医師一家が暮らしている。そして息子のニックは近所の農家に親しんでいる。その別荘と農家の対比に重点が置かれている。またニックの自分の家の農場体験は描かれていない。対比を鮮明にするためだろう。こうした作品からの《農業》の排除が、へミングウェイを論じる際、《農業》が無視される一因になっているのだろう。

しかし高校一年生（一五歳）の夏には次のような体験をしているのである。

ハロルド・サンプソンが農作業をする休暇のために来た時、二人はロングフィールド・ファームの丘にテントを張り、干草を集め、市場向け菜園の手入れをし、トプシーという名の牛の乳搾りをした。アーネストとサムはモーターランチ「キャロル」を使って野菜の水上輸送のルートを作り、新鮮なポテト、ビーン、キャロット、ピー、スウェーデンかぶを湖の周りにある小さなホテルや別荘に売り歩いた。「ヴェジタリアン」の夏――二人の人生で最もよく働いたシーズン――の最後には風の強い厳しい気候の中で五〇ブッシェルのポテトを収穫した。

(27)

これはかなり充分な農業体験といえる。そしてヘミングウェイの農場体験は生涯残っていたように思われる。『日はまた昇る』でのスペイン農民への理解、芥子の花咲く実った小麦畑への眼差し、『誰がために鐘は鳴る』でのスペイン農民への共感に、少年時代の農場経験を見ることができる。そしてパリ時代、貧しい生活の中でジョアン・ミロの名画「農場」を買うのである。

ヘミングウェイもライトも単なる農民の子ではない。少年時代の農業経験者に過ぎない。ハムリン・ガーランドのように大草原の農地の過酷な少年時代があったのではない。とはいえ、ライトやヘミングウェイの少年期の夏だけの経験はむしろ一層深い印象を残したといえるのだ。農作業、自然の特質は一時期の短い体験のほうが強烈な濃密な効果を与えるのである。ロバート・フロストの農場生活は詩を生んだ（「事実は労働が知るもっとも甘美な夢だ」）。それは根っからの農民ではなかったからなのだ。農民の生活を客体化してみるだけの、地としての他の生活を知っていたからである。

ライトは父親からヴィオラを習っていた。ヘミングウェイの母親からの音楽教育に似ている。そうした都市的な芸術教育をする家庭の外で、自然の中での生活があった。従って自然の、特に農業の生活は芸術生活者にとって取り分け印象が強かったといえるのだ。むろん中西部の大草原は日常見慣れたものであることも大事な条件である。

しかし、ライトと並置してみると、ヘミングウェイの自然への眼差しにはライトのロマンティックな眼差しと明らかに異なる点がある。「二つの心臓の大川」では「彼の前方にはパインの平原のみがあり、その果てにはスペリオル湖の高地を示す遠い青い丘があった」と書くまえに「焼けた土地」を配置している（Hemingway, *The Complete Short Stories*, 164）。その眼差しは戦争でトラウマに罹った男の眼差しである。ヘミングウェイとライトの間の三二年間には草原や森林そしてアメリカ自体の変化があった、草原の輝きもアメリカの無垢も損なわれている。ヘミングウェイの山林や草原への眼差しも変わらざるをえない。また「白い象のような山並み」の「反対側には麦畑があり、エブロ川の堤には木々が立ち並んでいる。川の彼方、はるか遠くには山並みがある。麦畑の上を雲の影が走り、女は木々を透かして川を見た」。この豊かな自然と畑の光景の反対側には「影もなく木もなく」、「褐色に乾燥している」土地が配されている（213, 211）。男に堕胎を迫られている女の希望と現実を反映する光景なのである。

土地への密着はライトの基本的な既定である。ヘミングウェイにあっては土地への感覚的な密着への願望が特徴である。ニックは裸足で原野を歩く。松林の落ち葉の上に横たわる。『日はまた昇る』で、「君は国籍喪失者だ。土地との接触を失ったのだ」というビルの言葉どおりの生活をジェイクはしているわけではないが、ヘミングウェイはビルの言葉を通して、「土地」との接触を失うことの危機を表現していたとはいえるだろう。ライトのように自然をロマンティックに回想したり見晴らしたりしていない。

そのことを確認したあとで二人の芸術家としての共通点を指摘したい。リンはヘミングウェイの「散文は建築であり、室内装飾ではない。バロックは終わった」という発言を引用している。散文は建築であるというのは、ヘンリー・ジェイムズの《小説の家》に見られる文学の構造・構成へのモダニスト的な自意識の現れでもある。さらにライトの時代の建築家の文学意識とも結びつけて考えてみなければならない。

シカゴ派といわれる建築家はシカゴ大火（一八七一年）の後のルイス・サリヴァンやジョン・ルートたちを指すが、二人とも「文学的」だったとカール・スミスは述べている。

それは、この二人の建築家は建築物を、それを見る者、使う者にある観念を表現するテクストとして、はっきりと「読んでいた」からである。またまさに、自分たちを鋼鉄と石で作品を書く詩人と考えていたからである。サリヴァンはホイットマンの崇拝者で、彼自身詩人でもあったのだが、建築家は「言葉ではなく建材を表現手段として使う詩人である」と主張していた。(Smith, 124)

ライトもその『自伝』からも窺えるように、詩人肌であった。「斜面になった原野の軽い毛布のような新雪が、朝日に煌いている。莢を戴いた雑草の群れがブロンズ色に織られ、清浄な白の原のあちこちに輝いている。」(Wright, *Autobiography*, 104) 彼の建築もまさしく詩的表現である。均衡性、直線的構図、色彩、幾何学的模様、どこから見てもライトの名を刻した詩である。このように建築は文学であり、したがって文学も建築であるという意識が並走しているのである。実際の詩人としては、ホイットマンとリンカーンに傾倒した中西部詩人カール・サンドバーグやヴェイチェル・リンゼイなどを並置すれば十分だろう。（シカゴの文人やライトにも影響を与えたエマソンは「詩を作るものは、韻律ではなく、韻律のもとになる思想、――たとえば植物や動物の精気のように、おのれ独自の建築様式をそなえ、自然を新しいもので飾るほど、情熱と活力にみなぎる想念だからだ」と述べている(5)〔『エマソン論文集　下』一一三頁〕。またソローは「建築の装飾の大部分は文字通り空虚なものである。……文学において文体の装飾に［建築の装飾と］同じようなバカ騒ぎをし、聖書の建築家が教会の建築家と同じほどの時間を聖書の［装飾に過ぎないような］蛇腹に時間を費やしたら、どういうことになるだろうか」

と書いている（Thoreau, 37）。）ヘミングウェイはそもそもこうした建築と文学の共和国に入っていたのである。

ヘミングウェイは「散文は……室内装飾ではない。バロックは終わった」という。このバロックとは、誇張された装飾、異様に飾り立てた文体、過度に装飾的な文体を指すだろう。そしてヘミングウェイの母方の家がヴィクトリアンだったというのは、単に生活様式の表現のみならず、室内装飾の特徴をも指しているだろう。「ヴィクトリアン」には、「おもにバロック式とゴシック式に起源を有し、重苦しい彫刻・装飾・精巧な繰形などの多用……を特徴とする」（『ランダムハウス英和大辞典』、傍点筆者）という定義がある。クイーン・アン様式はまさしくバロックなのである。前述のオークパーク独立百年祭ではヘミングウェイの息子パトリックとライトの孫エリックを含む人々のパネル・ディスカッションが開催された。その折、祖父と同じ建築家のエリックは「ヘミングウェイの幼年期を過ごした家のヴィクトリア風の過剰さに驚いた」と新聞は伝えている。それは「ヘミングウェイが簡潔で直截な文体を作り上げるときに排除したような古物でごったがえしていた」といみじくも続けている。現在も保存されているこの家の内部を見た者は同感するだろう。

ライトも「ルネサンスも、バロックも、ロココも、ルイ王朝のスタイルも、内部から発達したものではなかった。それらの性質の中に、有機的なものはほとんどないか、全くないかで、何もない所に持ってきただけのものであった。」（ライト『建築について　上』一四二頁、傍点筆者）と語っている。有機的建築のプレアリー様式はバロックを排するのである。

ロバート・ヘリックの小説『ありふれた運命』（一九〇四年）でも、シカゴのある有閑夫人がヨーロッパで買ってきた品々を若い建築家と共に調べている場面で、次のように書かれている。

二人とも純粋な抑制された趣味を持っていなかった。どちらも、現代の野蛮人タイプであった。……中世様式、ルネサンス様式、イタリア様式、フランス様式、フランドル様式——二人にはみんな同じなのだった。二人してフォレスト邸を、金に糸目をつけないアメリカ人略奪者の愛好する、奇怪な、堕落した、バロック的な美術館に仕立て上げようとしているのであった。（Herrick, 168、傍点筆者）

南北戦争後の新興貴族たちの間では「過剰にまさるものはなし」という考え方が流行することになり（「金鍍金時代」は「過剰時代」とも称された）、「ヴィクトリア時代の裕福な女性たちは、好んで家中の空間を物で埋めた」という（『アメリカの世紀①』一八〇、一八三頁）。そして同書はハウェルズの『成金の運命』（一八八九年）から引用している。

建築家は空間をたっぷりとって設計しており、グロヴナー・グリーン夫人は、その空間をすべて利用した。……棚や衣装ダンスやマントルピースの上にはかならず、けばけばしい安物がのせられていた。アップライト・ピアノの前面は、マーチが〝丈の短いカーテン〟とよぶ布で飾られていた。そして、その上にはカーペットが敷きつめられており、その上には敷物が、さらにその上には毛皮の敷物が敷かれていた。……時計も数えきれないほどあった。陶磁製の犬の置きものは炉辺を守っていた。日本製の赤い鳶凧のようなものが亜鉛製の壺にさして置いてあり、シャンデリアの下には深紅色の傘が広げたまま吊り下げられていた。また、どの電球にも、絹製の黄色いシェードがつけられていた。（『アメリカの世紀①』、一八三頁）

グリーン夫人はヘリックの有閑夫人よりも豊かではないが、同じ時代の「過剰な」内装風俗に生きている。

ともかく、アメリカのヨーロッパ美術崇拝の対象のもっとも典型的なのはバロックなのである。そしてアメリカの土着的な美を単純といい、民主主義的というのである。それは東部よりも西部においてより強く主張されたものである。西部の平原はその平等性の土壌・表現であり、したがって民主主義的な美のトポスとなったのである。サリヴァンは「人民の、人民のための、人民による芸術」としての建築を唱導した（Smith, 127）。ヘリックの『ありふれた運命』（*The Common Lot*）のタイトルは「普通人」（common man）の運命のことなのだが、金銭欲に取り憑かれた建築家とは対照的な、理想化された妻ヘレンは、「民主主義、喜びも悲しみも他の人々と同じであることを愛すること」（Herrick, 144）を本能的に願う女性なのである。

リンはさらに「入念に書き始めてみると、そんな渦巻き模様や装飾は切り取って棄ててしまうことができるとわかった」を引用している。この渦巻き模様はバロックの一端である。リンはこれをも「散文は建築ではない……」も比喩だという。しかし建築や装飾は文学の比喩でもあるが、同時に文学的実在でもあるのだ。

リンはヘミングウェイに「建築のプレアリー派が最初に剝き出しにされた表現に美をみることを教えたのであろうか」という問いを発し、「そうではなさそうだ」と答えていた。だが、「そういえる」と答えられるのである。直接的な証拠は必要ないだろう。《雰囲気》で十分である。一九世紀末から二〇世紀の初めにかけての、狭くはシカゴの、広くは中西部の文化的《雰囲気》である。建築はその《雰囲気》を形象化したもの、そして《雰囲気》を醸成するもの、に他ならない。

ライトは建築そのものは有機的でなければならない、と主張している。「建築のために」という論文を一九〇八年から連続して発表した。その第二論文の自注に次のように書いている。

有機的建築で私の意味するところは、外部から適用されたものとは区別された、存在の条件と調和して内部から外部に向かって発展する建築である。

(Wright, *In the Cause of Architecture*, 122)

「内部」とは住む人の希望や欲求であり、また「存在の条件」とは自然である。そして住む人の希望は民主主義的な生活(調和のとれた全体の中で個人が個人らしく生きる生活の謂い、そしてリンカーン的な中西部の美徳)への希望である。また「外部から適用されたもの」とは外来の模倣的な借り物の様式である。

ヘミングウェイは、作家は「生きた人間」を作らなければならない、といい、「そうすれば作品は一つの全体、一つの実体、一つの小説として残る」と続けている。そして小説の中の人間は「作家が同化した経験、彼の知識、彼の頭脳、彼の心、彼の全存在から投射されなければならない」という(Hemingway, *Death in the Afternoon*, 181-82)。つまり描かれる人間は作家の同化された「内部」の投影であり、「外部」とは、それから生まれる構造である。有機的構造といえる。そして、こうした必然性から逸脱して、作家が知識などをひけらかすことを唾棄する。その無用・不要な要素をバロック的装飾というのである。

有機的には無論本来の生物的の意味もある。ライトは「機械時代の建築の理想、理想的な《アメリカ》建築の理想」は「樹木」の生長だ、と書いている(Wright, *Autobiography*, 206)。

ヘミングウェイの作品、たとえば「インディアン部落」でも、最初のボートの場面から、最後のボートの場面まで、全て少年ニックの感覚そのものの表現である。作品はその内部から生え出た表現であり、内発的意図が構造化されたものに他ならない。

そしてライトは、内部から外部への「発展」において、不必要な要素は一切排除している。

単純さと落ち着きが全ての芸術作品の真の価値を計る本質である。……〔単純さとは〕本質において優雅な美しさを持ち、不調和なものや無意味なもの全てを取り除いた、統一体である。

(Wright, *In the Cause of Architecture*, 56)

これはヘミングウェイの省略の美学と通底する。ヘミングウェイはパリでの修業中、「ただ、一つの本当の文章を書くことだ」と自分に言い聞かせていた。そして例の「ぼくは入念に書きはじめると、唐草模様や装飾を切り取って、投げ棄てられることができると分った」という言葉を続け、「本当の、単純な、断言的な文章」を書いたと回想している(Hemingway, *A Moveable Feast*, 11)。(ライトは帝国ホテル設計建設のために一九一六年に来日したが、そこで見た日本建築の精髄は神道の「清潔」と「無意味なものの排除」であった〔Friedland & Zellman, 46〕。ライトとヘミングウェイの中西部の美学は日本の美学と通底するものがあった、といえるのではないか。「〔『日本人のすまい』を書いた〕モースはさらに、日本人の簡潔性こそが、友人パーシヴァル・ローエルが『けばけばしい室内装飾への卑屈な隷属』と呼んだ、アメリカ流ヴィクトリア朝趣味の豪華絢爛な過剰さを、適性に調整する方策と考えた」という〔ベンフィー、一〇二頁〕。)

イェイツは、ヴェイチェル・リンゼイの詩「ブース将軍天国に入る」について、「この詩は装飾を剝ぎ取られている。この詩には真剣な単純さがある、奇妙な美しさがある。ご存知のようにベーコンは、卓越した美で奇妙さのないものはない、といった」と評している(*Little Review* 2〔April 1914〕47)。これはヘミングウェイにもライトにもいえることである。装飾を剝ぎ取った単純さは中西部の美学に他ならないからだ。なお、ヘミングウェイの最初期の作品(『われらの時代に』〔一九二五年〕のスケッチと「エリオット夫妻」)をこの『リトル・レヴュー』に掲載した同誌編集者マーガレット・アンダーソンは「ヘミングウェイを表現する形容詞を一語選ばなければならないとすれば、"simple"

（「単純な」）を選ぶだろう」と回想している（Anderson, 259）。

ヘミングウェイは、ライトの「有機的建築」と同じく、作品を有機的統一体とすることに努力した。要するにライトはモダニズムの設計文法を編み出していた。ヘミングウェイも同じ文法をパリのモダニストから学んだ。いわば国際的である。しかしその素地はライトと同様にアメリカ中西部の自然と人間にあったといえるだろう。ヴァン・ワイク・ブルックスは「イリノイ州オークパークは、ニュージャージー、ニューヨーク、ハーヴァードが私や多くの友人に与えられなかったものをヘミングウェイに与えた。それは自国についての本能的感覚で、この感覚があるため、自分の国のことを瞬時も考え直すことなく、いかなる場所にも住めるのだ」と語っている（Brooks, *An Autobiography*, 241）。

ヘミングウェイとライトの目指すスタイルは同じだった。それは「家具をとりはらった小説」を唱導した中西部作家ウイラ・キャザーと繫がる、文学と建築の大草原的な様式なのである。

ヘミングウェイの「失われた世代」の同伴者ジョン・ドス・パソスもライトを高く評価した。『U・S・A』の「伝記」の一項目に「建築家」としてライトを取り上げている。「オークパークで彼は富裕層のために広々とした郊外住宅を建てたが、それはアメリカの建築家の精神を捉えていた何世紀にもわたる過去の慣例から解放した最初の建築であった。……彼は新しい素材、鋼索やガラスやコンクリートや無数の新金属や合金を利用しようとした。」（Dos Passos, 1129）建築家志望であったドス・パソスに相応しく、そして多様な素材を取り込んだモダニズム文学のパイオニアに相応しく、ライトをモダニズム建築の伝道者、新建築の創始者として絶賛している。単純を体質とした中西部人へミングウェイとは違って、シカゴのホテルで生まれ、そしてホテルで死んだ、根無し草であった彼は、ライトの新素材の多様性を評価していたのである。ライトは単純な様式においてヘミングウェイと共通しながら、多様な素材においてドス・パソスと共通していたといえる。

（1）　ヘミングウェイが通った高校も、ジョージ叔父の家もこの様式である。ジョージ叔父の家はジョン・S・ヴァン・バーゲンが設計した。ヴァン・バーゲンはオークパークのライト最後の弟子で、その作品はしばしばライトの作品と間違われるほどよく似ていた。ヴァン・バーゲンがオークパークで独立して仕事をしたのは一九一一年から第一次大戦にアメリカが参戦するまで（大草原様式もこの参戦の時期にほぼ終息する）だから、ジョージ叔父の家を建てたのはその間のことだろう（*A Guide*, 143）。

（2）　ヘリックの『ありふれた運命』（一九〇四年）は、儲け主義の手抜き工法の誘惑に負け、直ぐ火事になって住民が焼死するような、いい加減なファミリー・ホテルを設計したシカゴの青年建築家が、妻の信念によって道徳的破滅から救われる、といった、建築界の一種のマックレイキング小説である。一九世紀末における大都市の利益本位の建築の横行、という時局的な主題の小説である。このなかにライトという建築家も登場するが、人生を知った老建築家として登場するのみで、実在のライトとは掛け離れている。（もっともフランス仕込みの建築家のデザインを見て、「これもライトがよく刈り込んでいたボーザール的習作であった」〔Herrick, 262〕と書いているところを見ると、多少実在のライトを意識していたかもしれない。）新たな建築理念を特に問題にしているわけではない。そもそもこの小説の狙いはロウズヴェルトに代表される成功のための「奮闘的生活」を批判することにある。美学ではなく倫理がテーマである。ただ当時の建築家がフランスのボーザールの影響下にあったことや、顧客が依然としてヨーロッパの趣味に従っていたことを教えてくれる。ライトが生きていた建築界とその周辺の事情を知ることができる。なおすでに触れたがメイマーはシカゴ大学でヘリックに学んでいる。

（3）　ケイの『恋愛と結婚』や『児童の世紀』、『戦争平和及未来』などは他の訳者が翻訳しているが、ケイの女性問題に関する著書は主としてメイマーによってアメリカに紹介された。

　メイマーがケイから正式の翻訳者に選ばれた経緯は長い間不明だったが、近年メイマーのケイ宛の書簡が発見されて、二人の関係、ライトのメイマーやさらにはケイとの交流が明らかになった。アメリカの建築史家アリス・フリードマンがスウェーデンの各地に埋もれていたケイ宛のメイマーの書簡を発見し、二〇〇二年に公表したのである（Alice T. Friedman, "Frank Lloyd Wright and Feminism"）。それは二人の関係を明らかにしたばかりでなく、シカゴにおけるケイの重要な役割をも炙り出すことになった。メイマーは夫と子供二人を捨ててライトのもとに走ったのだが、いかに「新しい女」であったとはいえ、育ち暮らしていたお堅いオークパークという背景は拭いきれない。ヨーロッパで偶々手にしたケイの本に感動し、ケイの家を訪れたのはそうした事情による。ケイはメイマーを「アメリカの娘」と呼び、自著の翻訳権を与えた（ケイは他のアメリカ人にも翻訳権を与えた）。帰国後もメイマーはケイに手紙をよく書いた。それが発見されたのである。

中でも興味深いのは、シャーロット・パーキンズ・ギルマンがタリアセンを訪れていたという事実である。ケイが『児童の世紀』（一九〇〇年）で論敵としたギルマンがケイの翻訳者メイマーと親密な関係だったのである。「黄色い壁紙」で再評価されるようになるギルマンは『女性と経済』（一八九九年）で女性の経済的独立を主張したのだが、それを攻撃目標とした論敵がエレン・ケイだった。ギルマンは女性は、経済的地位と性関係が結びついた男性への依存関係を克服して、家事と育児に縛られた奴隷状態から解放されねばならない、と主張したのだが、ケイはギルマンが婦人問題をたんなる経済問題に回収してしまったことを批判したのである。

またフリードマンの記事によれば、フロイド・デルもタリアセンに来ている。シカゴ・ルネッサンスの一翼を担ったフロイド・デルは「熱烈なフェミニスト」と自称していた。デルは『世界建設者としての女性』（一九一三年）でさまざまな分野でのフェミニスト指導者を紹介しているが、その中にジェイン・アダムズ、エンマ・ゴールドマン、イサドラ・ダンカンなどの他にギルマンとエレン・ケイの名を挙げている。

タリアセンに住むようになってから数年の間にメイマーはエレン・ケイの著書を三冊翻訳した。こうしてエレン・ケイはアメリカに紹介され、デルも読んだのである（デルがここで紹介しているのは他の訳者による『恋愛と結婚』）。ジョイスの『ユリシーズ』を掲載したことでも知られる小雑誌『リトル・レヴュー』（一九一四年創刊）の創始者マーガレット・アンダーソンも、若いとき、ハヴロック・エリス、ドストエフスキーなどと共にエレン・ケイを読んだと自伝（『わたしの三〇年戦争』）で書いている。『リトル・レヴュー』の一九一五年二月号にゲーテの詩「自然賛歌」の訳が掲載されている。訳者の名はなく、ただ「この断片詩『自然賛歌』はゲーテの出版された作品の中では知られておらず、ベルリンの小書店で発見されたものである。英訳者は強い男性と強い女性であり、二人の人生と創造物は全人類の理想に貢献し、それは今後ますます深く理解されることだろう」と付記されている。二人とはメイマーとライトのことである。また一九一五年一〇月号にはケイの「ロマン・ロラン論」が「メイマー・バウトン・ボースウイックによりスウェーデン語より訳され、原著者の許可を得た翻訳」と注されて掲載されている。

生まれついての反逆者(女)マーガレット・アンダーソンはライトたちの生活の理解者だった。またライトは常に資金繰りに悩んでいた『リトル・レヴュー』に一〇〇ドル寄付している。「私が金集めの役をするのを嫌がっているのを見て、立派な仕事をするために援助を求めるのを恥じてはいけない、と彼は私に忠告してくれた。」(Anderson, 69) デルをはじめシカゴ・ルネッサンスの面々は多くがアナーキスト、ボヘミアン的であって、メイマーへの共感が強かったことが窺える。「マージェリー・カリーとコーネリア・アンダーソン［シャーウッド・アンダーソンの最初の夫人］はエレン・ケイの著書——百年前のフェミニスト、ラーヘル・ファルンハーゲンの肖像——の書評をした。」(Anderson, 49) シャーウッド・アンダーソンも身近な存在だったと思われる。

こうした事実はライトとメイマーがシカゴ・ルネサンスと直接結びついていたという興味深い事実を明らかにしている。タリアセンはシカゴのモダニズム建築と文学と女権運動のハブ的なサロンとなっていたのだ。そしてタリアセン自体が男女の対等なパートナーシップを表現する建築だったとする論文 (Friedman) や修士論文 (Nissen) も書かれているのである。アン・ニッセンは次のように書いている。

> ケイの「有機的な」男女関係のシステムについての考えは、ライトに有機的な建築はいかにあるべきかについての考えを再検討させることになった。有機的な建築についての理解のこうした変化によって、ライトの最初の「自然な家」、タリアセンは生まれた。この家はライトとボースウイックの共同生活のために建てられたのである。
>
> エレン・ケイは女性の育児責任と関連した価値——愛情と共感という価値——は他のあらゆる社会的な価値よりも尊重さるべきだと信じていた。こうした価値は家庭から社会の領域に流れ込むものであり、そうなればケイの「性道徳」によって変えられた世界において、男性はその価値を女性と共有し、そのことによって行動も直すだろう。
>
> タリエセンはウィスコンシンの自然のなかに位置していた。それによってライトとボースウイックはセクシュアリティと自然との自然な力に対する敬意に基づく私生活を築くことができた。そこでライトは「この家は［タリエセンが建っている］丘と結婚した」といえたのである。さらに、タリエセンの設計は、ケイの共感を重視した姿勢——押し付けるのではなく耳を傾ける姿勢——に支配されている、と私は考える。
>
> (Nissen, 2)

ところで『リトル・レヴュー』にメイマーの二つの翻訳が掲載されたときには、メイマーはすでにこの世にいなかった。

もしもメイマーが生き永らえていたら、アメリカのフェミニズムにさらなる貢献をしただろう。メイマーはライトが帝国ホテル建設計画のために一九一三年に来日したときに同行したが、ケイの共訳者、そしてケイの思想の実践者としての二人を知る日本人はいなかったのではないか。

ケイが日本でも大正期の女権運動に大きな影響を与えたことは周知のことである。その自由恋愛・結婚・離婚の説は理論においても実生活においても強い影響力を与えた。平塚らいてうは「日本のエレン・ケイ」と称され、与謝野晶子も（ケイの平和論との関わりから）「日本のエレン・ケイ」と呼ばれた。そしてケイの著書は多く英訳からの重訳で、本間久雄らによって、英訳が出版されると直後に翻訳された。たとえば本間久雄の「『婦人と道徳』（一九一三年）に関して、英訳本は"Love and Ethics"（New York: B. W. Huebsch 一九一一年）"The Mortality of Women and Other Essays"（Chicago: The Ralph Fletcher Seymour Co. 一九一一年）を使用した」（内藤寿子、二五頁）という。この二冊のうち前者はメイマーのライバル訳者のもので、後者がメイマーの訳である。

ライトは日本の版画と建築から、単純さと省略の美学、自然と交流する建築理論などを学んだ。日本はアメリカ・モダニズム建築のイデーを提供したのである。その一方でライトとメイマーは日本のモダニズム婦人運動のチャンネルとなっていた。ライトの帝国ホテル建築に隠れた、もう一つの日本モダニズムへの知られざる貢献といわねばならない。

（4）ライトの家族はエマソン、ソロー、ストー夫人などの東部文学・思想に絶えず触れていた。東部出身の父親ウィリアムも、（また息子のフランクも）エマソン、ソロー、ホイットマンの賛美者であった。ハウェルズが若い頃ボストンからオハイオに帰省したとき、ある家の主人は暗い外に向かって「みんな来いよ、彼［ハゥエルズ］がホームズやロングフェロウやローエルやホイッティアーの話をしているぞ」と叫ぶと人々が集まってきたというエピソードはよく知られている。

オークパークの学校はロングフェロウ、エマソン、ホーソン、アーヴィング、ホイッティアーやオリヴァー・ウェンデル・ホームズの名を取って名付けられた（ホームズ校は一八八七年創設）。一九二〇年代に改築されたある学校もジェイムズ・ラッセル・ローエルの名をとった。（ヘミングウェイは近くにあるホームズ校に通った。）

こうした事実は中西部における東部つまりボストンの文化的威勢を語っている。一九世紀、中西部における東部の影響力は圧倒的だった。ホームズが「ボストンは世界の中心」と豪語しただけのことはある。中西部が独自に発達して東部（ボストン）と入れ替わったというのではない。トマス・ペリーが一九一八年に書評で嘆じているように、「文学の中心として有名だった」ボストンが、「今は音楽に多少の趣味を持った産業の町」に急速に変じた、という事態と対応して、ボストンを仰ぎ見ていた中西部が力を付けてきたことによるバランスの変化の現れであろう（四四―四五頁参照）。あるいは、エマソンの自然を観る眼で大平原の自然を観るようになったともいえるだろう。そのような眼をライトは父母の影響から少年時代に培っていた。

（5）ヘミングウェイの生家は一九〇五年に人手に渡ったが、一九九二年に売りに出された。オークパーク・アーネスト・ヘミングウェイ基金が買い取り、復元工事に取り掛かり、一九九三年から公開し、一九九九年に工事が完了した（Wheeler 参照）。

参考文献

Anderson, Margaret. *My Thirty Years' War*. New York：Covici, Friede, 1930.

Baker, Carlos. *Ernest Heminguway：A Life Story*. 1969. New York：Penguin Books, 1972.

Baker, John Milnes. *American House Styles：A Concise Guide*. New York：W. W. Norton, 2002.

Barney, Maginel Wright. *The Valley of the God-Almighty Joneses*. Spring Green, WI：Unity Chapel Publications, 1965.

Benfey, Christopher. *The Great Wave：Gilded Age Misfits, Japanese Eccentrics, and the Opening of Old Japan*. New York：Random House Trade Paperback Edition, 2004. 大橋悦子訳『グレイト・ウェイヴ―日本とアメリカの求めたもの』小学館、二〇〇七年。

Birk, Melanie. *Frank Lloyd Wright and the Prairie*. New York：Universe Publishing, 1998.

Brooks, H. Allen. *The Prairie School：Frank Lloyd Wright and His Midwest Contemporaries*. New York：W. W. Norton, 1972.

Brooks, Van Wyck. *An Autobiography*. New York：E. P. Dutton, 1965.

Dell, Floyd. *Homecoming：An Autobiography*. Port Washington, NY：Kennikat Press, 1933.

Dos Passos, John. *U.S.A.* 1938. New York：Literary Classics of the United States, 1996.

Friedland, Roger and Harold Zellman. *The Fellowship：The Untold Story of Frank Lloyd Wright & the Taliesin Fellowship*. New York：HarperCollins, 2006.

Friedman, Alice T. "Frank Lloyd Wright and Feminism." *Journal of the Society of Arvhitectual Historians* 12.2 (2002) : 140–51.
Gill, Brendan. *Many Masks : A Life of Frank Lloyd Wright*. New York : Putnam, 1987.
Griffin, Peter. *Along with Youth : Hemingway, The Early Years*. New York : Oxford UP, 1985.
Gutheim, Frederick, ed. *In the Cause of Architecture : Frank Lloyd Wright*. New York : Architectural Record Books, 1975.
Hemingway, Ernest. *Death in the Afternoon*. London : Jonathan Cape, 1932.
———. *A Moveable Feast*. New York : Scribner's, 1964.
———. *The Complete Short Stories of Ernest Hemingway*. New York : Macmillan, 1987.
Herrick, Robert. *The Common Lot*. 1904. New Jersey : The Gregg Press, 1968.
Huxtable, Ada Louise. *Frank Lloyd Wright*. New York : Viking Penguin, 2004.
Legler, Dixie & Christian Korab. *Prairie Style : Houses and Gardens by Frank Lloyd Wright and the Prairie School*. New York : Stewart, Tabori & Chang, 1999.
Levine, Neil. *The Architecture of Frank Lloyd Wright*. Princeton : Princeton UP, 1996.
Lynn, Kenneth. *Hemingway*. New York : Simon & Schuster, 1987.
Kaufmann, Edgar, ed. *An American Architecture : Frank Lloyd Wright*. 1955. New York : Barnes & Noble, 1998.
Manson, Grant Carpenter. *Frank Lloyd Wright to 1910 : The First Golden Age*. New York : Reinhold, 1958.
Nissen, Anne D. *From the Cheney House to Taliesen : Frank Lloyd Wright and Feminist Mamah Borthwick*. The Massachusetts Institute of Technology, 1988.
Oak Park Preservation Commission. *A Guide to Oak Park's Frank Lloyd Wright and Prairie School Historic District*. Oak Park, IL, 1999.
Reynolds, Michael. *The Young Hemingway*. New York : W. W. Norton, 1998.
Secrest, Meryle. *Frank Lloyd Wright. : A Biography*. Chicago : U of Chicago P, 1992.
Smith, Carl S. *Chicago and the American Literary Imagination 1880–1920*. Chicago : U of Chicago P, 1984.
Sokol, David M. *Image of America : Oak Park, Illinois : Continuity and Change*. Chicago : Arcadia, 2000.

Thoreau, Henry David. *Walden or, Life in the Woods* and *On the Duty of Civil Disobedience*. New York : Signet Classics, 1963.

Wheeler, Jennifer, "The Hemingway Birthplace : Its Restoration and Interpretation." *The Hemingway Review* 18. 2 (Spring 1999) : 29-39.

Wombly, Robert C. *Frank Lloyd Wright : His Life and His Architecture*. New York : John Wiley & Sons, 1979.

Wright, Frank Lloyd. *In the Cause of Architecture*. Eds. Hugh S. Donlan & Martin Filler. New York : Architectural Record, 1975.

———. *An American Architecture : An Autobiography*. Ed. Edgar Kaufmann. New York : Barnes & Noble, 1955.

———. *The Early Work of Frank Lloyd Wright : The "Ausgefuhrte Bauten" of 1911*. New York : Dover Publications, 1982.

———. *Drawings and Plans of Frank Lloyd Wright : The Early Period (1893-1909)*. New York : Dover Publications, 1983.

———. *Frank Lloyd Wright : Collected Writings* 2 *1930-1932*. New York : Rizzoli International Publications, 1992.

岡倉古志郎『祖父 岡倉天心』中央公論美術出版、一九九九年。

TIME-LIFE BOOKS編集部編（加島祥造訳）『アメリカの世紀① 一八七〇—一九〇〇 さらば駅馬車』西武タイム、一九八五年。

エドガー・ターフェル（谷川正巳他訳）『知られざるフランク・ロイド・ライト』鹿島出版会、一九九二年。

セオドア・ドライサー（村山淳彦訳）『シスター・キャリー』全二冊、岩波文庫、一九九七年。

内藤寿子「大正期の〈エレン・ケイ〉—翻訳・解説・受容の力学—」、『文藝と批評』（第9巻 第4号、二〇〇一年一一月）一四—二五頁。

ケヴィン・ニュート（大木順子訳）『フランク・ロイド・ライトと日本文化』鹿島出版会、一九九七年。

ブルース・ブルックス・ファイファー（遠藤 楽訳）『フランク・ロイド・ライト 幻の建築計画』グランドプレス、一九八七年。

森田尚人「ケイ『児童の世紀』」、村田泰彦編『家庭の教育』（講談社、一九八一年）七七—一〇一頁。

フランク・ロイド・ライト（谷川睦子他訳）『建築について』全二冊、鹿島出版会、一九八〇年。

第一〇章　《漂流》を遡行する

《漂流》とは僕がかねてからアメリカ文学、特に一九二〇年代アメリカ文学――フィッツジェラルドやヘミングウエイたち、いわゆる「失われた世代」作家の文学――の基本的なテーマとして注目してきたものであり、その探求の一部は拙著『一九二〇年代アメリカ文学―漂流の軌跡』（一九九三年）に纏めた。その後も関心は消えることはなかった。関心の方向は主として二〇年代以前の歳月、いわば二〇年代の漂流テーマを醸成した時代の姿を見極めることに向けられた。たしかに漂流のテーマは普遍的なものであり、『パンセ』にも『失楽園』にも見出せるのだが、それはあくまでも全体の一部をなすテーマでしかない。またディキンソンが「漂っている！　小さな船が漂っている！」と叫んでも、それはまだ一つの声でしかないように思われる。しかしヘンリー・アダムズの次のような声を聞くと、一九世紀末には漂流の現象が個人から集団へと移行しているのを見て取ることができる。

シカゴはアダムズに一八九三年［シカゴ万博が開かれた年］に初めて、アメリカ人（the American people）は自分たちがどこに向かって突進しているのか知っているだろうか、と問いかけた。アダムズは、自分としては知らないが、考えてみる、と答えた。アダムズは充分に考えた末に、自分同様にアメリカ人は知らない、それでもアメリカ人は太陽系が宇宙のある点に向かって漂流しているといわれているのと同じように、思考のある点に向かって無意識に突進しているか、あるいは漂流している、と判断した。

（Adams, 396、傍点武藤、以下同じ）

アダムズの基本的なターム「混沌」を動きの相で捉えれば「漂流」となるだろう。また宇宙規模の漂流の観念は一九世紀に特有のものであった。しかし、ここで特に注目すべきなのは、「アメリカ人（the American people）」と国民一般の現象、それも無意識の現象と捉えている点である。シカゴ万博で出品されたダイナモはアメリカ人全体に関わる発明であった。ダイナモがもたらす動きは国民規模のものとならざるをえないだろう。

さらに、ウォルター・リップマンは、タイトルもそのものずばりの『漂流と克服』（一九一四年）で、一九世紀の旧い文化（村の文化、village culture）を信奉している停滞者を「漂流」者としている。この漂流・停滞を「克服」（mastery）するための処方として科学的精神を提示している。この処方の当否はともかくとして、一九一〇年代を変換期における旧守的傾向の時代と捉えていることに注目したい。いや当時の進歩思想・運動をすら同傾向とみなしている。

後の時代のものほど実際に優れている、次の局面は望ましいものだ、あらゆる変化は「上向き」だ、神と自然はわれわれが超人《スーパーマン》へと楽しげに向上していくのに協力している、という完全な自信が存在している。そのような観方は判断と進取の精神、慎重な努力、創造力、計画性などを侵害し、人をして、現実にはありえない港を望ませながら、時の流れを漂流させるのである。

（Lippmann, 105）

当時の安易な進歩進化思想への警鐘である。そして「われわれは権威を失い、秩序ある世界から〈解放された〉。

われわれは漂流している。」(Lippmann, 111) という。この「秩序」と「漂流」の構図はヘンリー・アダムズ直伝のものである。さらにヴァン・ワイク・ブルックスは一九一五年に次のように書いている。

アメリカは巨大なサルガッソー海に似ている——無意識の生活の巨大な混乱状態だ。半無意識の感情の大波に押し流されている。あらゆる種類の生物がその中で漂流している。……——至るところに宇宙最初の混沌の活力と同じような、無抑制な、無計画な、無組織な活力が存在している。(1)

(Brooks, *America's Coming-of-Age*, 78)

ここでも「混沌」のイメージが用いられているが、宇宙創造の時の混沌にまで遡行している。それほど深刻な認識があったのである。ブルックスはこうした混沌と漂流の現実の姿をアメリカの光景に見出している。そして次の描写はフィッツジェラルドに直接繋がるので重要である。

霜に冒され、麻痺した、病的で血の気の失せた生ける屍に満ちた、無慮無数の村々、永続の秘訣をたとえ持っていたとしても失った村々、こうした村がこの大陸の至る所に散在しているのだ! カリフォルニアにおいてすら、私は山野を長い間跋渉している時にこうした村を見たものだ。多くの場合半世紀も経っていないのに本質的に崩壊状態にある村を見たのだ。……

西部でこうした集落を見かけるのはまさに当然なことだろう。西部では人間の永遠に対する軽蔑を、「時」はいわば真に受けたのである。私が衝撃を受けるのは、われわれの東部の村々——われわれの持っているすべての文明の中心地——までがパイオニアリングの廃墟と灰燼に他ならない、と気付くことである。そして、あの最初の焔が遥か昔に燃え尽きた炉床に、いかなる精神の火も占めていないと気付くことである。

(Brooks, *Letters and Leadership*, 92-93)

村(あるいはスモールタウン)の内的崩壊を指摘しているのはリップマン同様である。西部における村の荒廃ぶりはフランク・ノリスの『オクトパス』(一九〇一年)に如実に描かれている。またアンダーソンの『ワインズバーグ・オハイオ』(一九一九年)、シンクレア・ルイスの『本町通り』(一九二〇年)、さらにはドライサーの『アメリカの悲劇』(一九二五年)の中西部の町や村にも疲弊の光景が見られる。(ドライサーの『シスター・キャリー』に描かれているニューヨークの貧民は、「ただ浮遊している階級の人間であり、荒波が嵐の海岸に打ち上げる流木のように、人波に洗われたあげくに漂着してくるのである。」(『シスター・キャリー 下』四三〇頁)と描写されている。大都市も一種の荒廃状態にあったといえる。)それよりも印象的なのは西部ばかりでなく、東部の村(「われわれの持っているすべての文明の中心地」)も「パイオニアリングの廃墟と灰燼」とされている点である。

ここで、ロビンソンの「丘の上の家」のあの有名な詩行を引用するのは適切だろう。

……

丘の上の家には
荒廃と崩壊がある
彼らはみな消え去り
もはや言うことはない

（Robinson, 101）

かつての超絶主義者たちの確信が失われた世紀末の精神風景を、さらに遡るかつての「丘の上の家」の「荒廃と崩壊」によって表現している。この家のあるティルベリィ・タウンは東部のメイン州の架空の町――あの富と洗練において人の羨むリチャード・コリィもこの町で生きそして自殺した――ではあるが、ブルックスのいう「東部の村」の一つにほかならず、ブルックスの東部の光景を、象徴的に先取りした詩であったのだ。

ブルックスはさらに東部の村の典型としてロング・アイランドの村――ギャツビーの邸が建てられるのもロング・アイランドのある村である――を取り上げる。

夏の間とその前後に私は初期の共和国の雰囲気をいささか留めていると思われるロング・アイランドの古い村の一つに滞在した。放置された農地の間で一種ぎごちない威厳を湛えて身を支えている今にも壊れそうな、風雨に晒された家々、腐りかけたポーチ、壁に纏わりついている崩壊の臭い、雑草が蔓延った庭、虫だらけの果樹、道に散らばる錆びたがらくた。……こうしたものはウイルダネスに対する負け戦さをいかに圧倒的に示しているように見えることか！……自然は個人的で一時的な利益のために収奪され略奪され荒廃させられた。そして自然は、もはや人間に提供できる安易な報酬がなくなった現在、自然の内的秘密を支配しようと躍起になり利己的だった人種に復讐をしているのだ。

（*Letters and Leadership*, 93）

こうした村々の衰微・荒廃の姿をブルックスは、ウイルダネスとの闘い（荒廃させること）の後の、ウイルダネスの復讐と捉えている。さらにブルックスは「われわれは人間の伝統の炉辺を去って遠くにある宝物の探索に出向いた探険家」と準える。しかし、その宝物は手の中で「塵」（dust）となり、探検者はその後「浪費と無力（waste and impotence）の二重の意識」に悩まされながら、荒野をさ迷う（120）。（この“waste and impotence”はジョン・デューイの「無力な漂流（impotent drifting）〔Dewey, 342〕と響き合う。）ブルックスら若い世代は、精神的な無力感を覚えながら「漂流」するのみだ、というのである。

トニー・タナーはフェニモア・クーパーの『先導者』（一八四〇年）の一節を引用する。

> 人々よ、周りを見てみよ。ヤンキーの伐採屋どもは、東部の海から西部の海まで道を切り開いて来て、大地を一撃のもとに丸裸にできる手がすでにここに来て、伐採屋どもの邪悪さをそっくり真似てこの土地を一掃してしまっているのを見たら、何というだろうか。来た道を引き返す狐のように、自分たちが来た道を帰っていくだろう。その時、自分たちの足跡の悪臭が彼らの荒廃の狂気（the madness of their waste）を教えるだろう。[2]（傍点タナー）

それからタナーは次のようにいう。

> 「荒廃」（waste）はその後作家たちがアメリカの比類なき資源を何に変えたか、その問題を辿る際の、アメリカ文学のキーワードとなった。ヘンリー・アダムズからスコット・フィッツジェラルドを経てノーマン・メイラー、トマス・ピンチョン、ソール・ベロー、リチャード・ブローティガン、ドン・デリロ、その他多くの作家に至るまで、彼らの言葉から聞き取れるのは、アメリカは天与の豊富な資源を再利用も処理も不可能な「荒廃」の山に変えてい

るという滅びの認識なのである。

（Tanner, *Scenes of Nature and Signs of Men*, 9）

ここで注目すべきなのは、フロンティアの開拓自体が単なる「荒廃」の行為であったとしている点である。（植民初期には剝き出しの岩や沼沢地を「荒廃地」（wastes）と呼んでいた[3]〔Merchant, 63〕。）西部のみならず、かつてのフロンティア東部も荒廃行為の果てに、まさしく「パイオニァリングの廃墟と灰燼」となった。そしてその行為に耽った人間たちも、後の世代も「漂流者」たらざるをえないというのである。

ここでフィッツジェラルドの『偉大なるギャツビー』（一九二五年）に目を向ければ新たな光が当てられていることに気付く。それはほかならぬあの「灰の谷」の光景のことである。あらためてこの場面を引用すれば――

ウエスト・エッグとニューヨークのほぼ中間あたり、自動車道路が急に鉄道線路と合流し、四分の一マイルほどにわたってその傍を走っている所がある。荒涼とした地域におびえて、これを避けて通ったといった感じだ。ここはいわば灰の谷――灰が小麦のように生長して、山や丘や奇怪な菜園になる奇怪しごくな農場とでもいうか。灰が家になり、煙突になり、立ちのぼる煙となり、果てはたいへんな努力のすえに、灰色の人間が出現する。彼らは埃の漂う空気の中を、すでにくずれかかりながら影のようにうごめいている。……

しかし、しばらくすると、この灰色（grey）の土地とその上を絶えず漂っている荒涼たる埃の渦の上に、T・J・エクルバーグ博士の眼が見えてくる。

（フィッツジェラルド、三三頁）

この光景はブルックスの描いたロング・アイランドの村々の荒廃の情景の延長である。異なるのは、ここに運ばれてくる灰はおそらくニューヨークの灰と思われることである。しかしブルックスのいう「パイオニアリングの廃墟と灰燼」の都市版にほかなるまい。アメリカの都市は新しいパイオニアリングだからである。この光景が村の理想的な光景が灰の光景と化したものであるのは、東部の「あの最初の炎」が燃え尽きたその跡であるからである。（ロビンソンは「灰と炎の物語」という短詩を書いている。これは「恋の灰と炎の物語」の意であるが、このような決まり文句がアメリカのパイオニアリングの炎と灰の現象に適用されていると理解できる。）

ここでわれわれは二〇年代のフィッツジェラルドに至るまでの漂流と灰の山あるいは谷についての、アダムズ、ブルックス等インテレクチュアルの文献的な系譜を手にしたことになる。つまりフィッツジェラルドの漂流と灰のテーマの系譜を遡行し確認したことになる。

ブルックスの場合、村々の光景はまさしくパイオニアリングの後の実景である。そして灰燼というとき、それは開拓の炎の燃え尽きた姿の比喩であった（ちょうどアメリカが「サルガッソー海」に準えられたように）。だがシンクレア・ルイスの例えば次のような描写には比喩もなく、ただ実景のみがある。

　キャロルは、荷ほどきを断念し、村の魅力は、立葵、小道、りんごの頬をした村人と考える、純然たる文学的な考えを抱いて、窓辺に近づいた。目に映ったものは、セヴンスデイ・アドヴェンティスト教会の側面——いやな褐色の、白木のままの下見板の壁、教会の裏手の灰の山（ash-pile）、ペンキを塗ってない厩、それに、フォードの配達用トラックが立ち往生している裏通りだ。……

　「……あごひげを生やした老人たちは、鼻を鳴らし、坐ったまま、女どもは子供を生め、と命令しているけれど、あいつらが子供を生まなければならないとしたら！……そうだとしたらいいのに！　今は、ごめんだわ！　あそこの灰の山が好きになる、という、この仕事を手がけるようになるまでは、ごめんだわ！……」

（『本町通り　上』七五―七六頁）

たしかにゴーファー・プレアリーの一角にも「灰の山」が存在する。それは教会の裏手にあって宗教の荒廃を暗示してはいるものの、まずルイスらしい写真的描写による光景の一点景として描かれ、やがて町の典型的な点景とされている。キャロルにとって、それはペンキを塗ってない厩でもさしつかえないだろう。「灰の山」のほうがより典型的というだけである。

だがフィッツジェラルドの場合「灰の谷」はさまざまなレヴェルでの代喩である。それはかつての村の灰燼であり、村を荒廃させた都市の塵芥・灰燼である。また、灰が人間の形を取っているかと思えば本物の人間であり、それでもやはり本質的には灰の人間である。このように「灰の谷」は開拓の炎が焼尽した後の、人間と物の空虚さと彷徨・漂流を表現する極上の言葉となっている。ブルックスによって比喩として、またルイスによって事実として用意されていた灰の光景（アダムズは「宇宙のエントロピーは最大に向かう傾向がある」というクラウジウスの言葉を、「灰の山がたえず大きくなっているということだ」〔タナー、一六一頁に引用されている〕と言い換えている）はフィッツジェラルドによって、比類ない表現を与えられたのである。パウンドのいう「意味を詰め込まれた言語」としての（モダニズム）文学の優れた例である。

ついでに、この作品の最後の部分を読んでみる。

ぼくたちは絶えず過去へ過去へと運び去られながらも、流れにさからう舟のように、力の限り漕ぎ進んでゆく。

（フィッツジェラルド、二四四頁）

この表現の先蹤的な表現はリップマンに見出すことができる。

ロマンチストの歴史はほとんど例外なく悲劇的である。そして「欲望の常に過ぎ去っていく対象を絶えず探求すること」はロマンチストの多くを教会の腕の中に追い戻したのである。

（Lippmann, 110）

リップマンのイメージは、「そのような観方は判断と進取の精神、慎重な努力、創造力、計画性などを侵害し、人をして、現実にはありえない港を望ませながら、時の流れを漂流させるのである」という前掲の言葉でも用いられていた。漂流は当然川であれ海であれ流れのイメージを呼び起こす。しかし、「時の流れ」（the currents of time）という表現は時代の意識、つまり時間は人間と無縁に無意味に流れ行き、人間はその流れのなかで漂流するのみとの意識を反映している（「時代の様々な潮流に流されて漂流してきた」〔having drifted with the various currents of his time〕というイーヴァー・ウィンターズのフロスト評が想起される〔第一一章参照〕）。そして「欲望の常に過ぎ去っていく対象を絶えず探求すること」はフィッツジェラルドの「緑色の灯、年毎に後退していく狂騒の未来」（Fitzgerald, 188）を船で追い求める姿を予告するものである。つまりギャツビーに託した探求・追求はリップマンによって否定的に予告されていた。フィッツジェラルドのロマンティックな探求・追求は、従って、なお一層反時代的な相を帯びていたのである。

ヘミングウェイにおける灰のイメージを考える場合、二つの作品が問題となる。「身を横たえて」（一九二七年）には、ニックの父親が大事にしていたインディアンの石の矢尻や斧が母親によって焼かれ、父親が灰の中から取り出す、という場面がある。「キリマンジャロの雪」（一九三六年）では、火事で焼けた猟銃を祖父は「灰の山（heap of ashes)」にいつまでも放置しておく。祖父は以後猟銃を買わず猟もしない。灰の山と焼け爛れた銃は、セオドア・ロウズヴェルトのあの肖像（次頁）が示すフロンティアの終焉のささやかなモニュメントの如くである。両作品に共通しているのは、猟というウイルダネスにおける男性生活の焼尽の象徴として灰の山が存在するということである。灰の山あるいは谷のアメリカ文化、従ってアメリカ文学における特有な意義を改めて確認できるだろう。

さて、イーディス・ウォートンは『無垢の時代』（一九二〇年）の末尾で次のようなエピソードを書き込んでいる。

> この書斎でのことだった、ニューヨーク州知事がある晩夕食を共にし一泊するためにオルバニーから来て、家の主人に向かって、テーブルを拳で叩き、眼鏡を噛みながら、こう語ったのは――「職業政治屋なぞ構うものか！アーチャー、貴方こそこの国が必要としている人物なのだ。汚い厩を一掃するには、貴方のような人たちが手を貸してくれなければならん。」
>
> アーチャーはこの時のことを振り返って見た時、自分のような者たちが、少なくともセオドア・ロウズヴェルトがいったような活動的な仕事で、国が必要としている人間なのか、確信が持てなかった。事実、そうではなかったと思うだけの理由があった。その一年後、州の下院議員に再選されなかったのだ。そして市の有用ではあっても目立たない閑職に有難いことに復帰したのである。それから更に改革主義の週刊誌の一つに時折論文を書く仕事に戻った。そうした週刊誌は国を無感動から揺り戻そうとしていた。
>
> (Wharton, 288)

この「無感動（apathy）」とは「漂流」、「無力」、「崩壊」などの言葉を病理的に表現したものにほかならない（ルイスは「無力化し、覇気を失い、無気力になった悪徳」（『本町通り　上』八一頁）と酒場を描写している）。フォークナーの『兵士の報酬』（一九二六年）の物言わぬ負傷兵メアンの無感動に典型的に表現された、漂流の時代の病である。セオドア・ロウズヴェルトは「奮闘的生活」（Strenuous Life）の実践者に相応しくこの時代の病に立ち向かった。この“strenuous”という言葉はウィリアム・ジェイムズがすでに「安易な（easy-going）」と対比させて用いていた（James, 616）。この“easy-going”は“apathy”の類縁語である。ロウズヴェルトはブルックスたちの危機感を別な形で受け止めたと思われる。それは白人男性優位主義という今では聞きなれた形であった。当時、労働問題、移民問題、人種問題、女性参政権運動、そしていうまでもなくフロンティアの消滅等の問題が顕在化してきたが、それをいかにもニューヨークの名門、ハーヴァード大学出身という背景に似つかわしく、従来の優位への危機として受け止めたのである。彼の処方は一見進歩的だが、実際には旧守的・懐旧的であった。彼の有名な肖像はそのことをヴィジュアルに語る（図1）。

図1　ロウズヴェルトの肖像
(Roosevelt, 口絵)

ロウズヴェルトは一八八〇年代の前半にダコタ・テリトリーに放牧場を買い、ニューヨークとの二重生活をした。カウボーイと政治家の二重生活である。当時の生活を

『カウボーイの狩猟旅行』（一八八五年）で紹介し、自分の肖像も掲載した。原始林を背景に猟銃を抱え、男らしい表情で立っている。（おそらくビーヴァーの）毛皮の帽子を被り、バックスキンの服装をしている（この本で狩猟するときの服装を詳しく説明している〔Roosevelt, 341〕）。たしかにダコタのカウボーイ・ハンターの雄姿といったところだが、しかし、決まり過ぎている。彼が少年時代に愛読したという、メイン・リードのインディアンと野獣と闘う若者を主人公とした西部物語『ボーイ・ハンターズ』（一八五二年）のヒーローの模倣とされるが（Bederman, 173-7）、さらには当時はやりの西部劇興行のなかのヒーローの模倣でもあるだろう。バッファロウ・ビルらのワイルド・ウエスト・ショウを扱ったロジャー・ホールの著書『アメリカン・フロンティアのパーフォーマンス―一八七〇年から一九〇六年まで』のタイトルは示唆的である。アメリカ西部の生活はすでにパーフォーマンスの対象となっていたのである。（「堂々たるバッファロウの強大な群れは永遠に失われた」とロウズヴェルトも書いている〔Roosevelt, 241〕。）

ホールの本の図版にはバックスキンを着た西部の男が描かれており、ロウズヴェルトの肖像の服装はまさしく舞台から抜け出してきたようなものなのである。彼はロマンティックに演出された西部の男文化にあの危機感の解決策を見出していたといえる。それはあくまでもパーフォーマンスであり、西部での狩猟はセレモニーであった。そもそも肖像では眼鏡を掛けていない。生来の弱視は彼の悩みと呪いであった。いかにもインテリ虚弱児の印のような――実際少年時代のロウズヴェルトは虚弱児だった――眼鏡を外しているのも演出なのである。ダコタの本物のカウボーイに「四つ目」とあだ名されたという。

彼は牧場の仕事に励み、スポーツに精を出し、やがて彼のトレードマークのタフガイとなる。米西戦争（一八九七年）のときの荒馬騎兵隊の活躍は有名だが、この義勇軍にはカウボーイと大学の体育クラブの青年たちが参加した。この時の新聞の挿絵を見れば、まさしく対インディアン戦争の引き写しである。

ウォートンの『無垢の時代』に登場するロウズヴェルトは、米西戦争で人気を博してニューヨーク知事となった時期（一八九九年）の彼である。その年に例の「奮闘的生活」なるスローガンをコインしていた。ウォートンのなかのロウズヴェルトはまさしくそうした彼の身振りを見せている。

ともかく、ロウズヴェルトはアメリカ西部の白人男性ぶりのパーフォーマンスを演じ、制服を纏った男であった。その野外スポーツ（狩り、ボート、ボクシング、乗馬など）は国民的なファッションとなっていったことはいうまでもない。フィッジェラルドの作品世界では、ギャツビーの青年時代の日課のなかにスポーツが含まれていたこと（フランクリンにロウズヴェルトを加えるとギャツビーの若き日の生活が出来上がる）、トム・ブッキャナンがスポーツマンらしい体格と生活をしていることとを想起すれば十分であろう。また作品最後のボートを漕ぎ進めている象徴的表現にも現れている。

問題はヘミングウェイである。彼の父親がロウズヴェルトの影響を受けたことは確かであり、ヘミングウェイは少年時代も後の生活でもアウトドアマンであった。ロウズヴルトの愛弟子であったことも確かである。ロウズヴェルトが大統領になってから、ウイルダネスの聖人と称されたジョン・ミューアとヨセミテの原始林でキャンプを張ったというエピソードはよく知られている。一九〇三年の二人だけの三泊のキャンプをフレデリック・ターナーは「新世界のウイルダネスの中心で創造的な無為（creative truancy）、という「アメリカ」文化の永続的な夢の一つを縮図として行った」（Turner, 327）と評している。この後、自然保護主義者のジョン・ミューアと政治家のロウズヴェルトが全く同じ立場を取ったとはいえないが、この「夢」はヘミングウェイも追い求めたものであることは明らかである。

このようにロウズヴェルトはヘミングウェイの先達として大きな影を落としている。問題は二人の差異である。

「二つの心臓の大きな川」（一九二五年）のキャンプは確かに一種の「創造的な無為の夢」である。「考える必要も、書く必要も、全ての必要を後にしてきた」（Hemingway, *The Complete Short Stories*, 164）無為である。自然の中の新たな家庭を創造し、鱒釣りの生きた感覚を追求している。しかしニックが抱えているのは戦争の傷痕である。いわば好戦主義者ロウズヴェルトの顰にならってヨーロッパに赴き、ロウズヴェルトの戦争とは違う現代戦争の衝撃を受け傷痕を留めた。また大勢のインディアンが潜むとヘミングウェイがいう山野は、インディアンとの戦いをアメリカ白人男性の養成・更生・誕生の場面と考えたロウズヴェルトを影のように潜めている。ここではヘミングウェイ自身の証言、「この物語には大勢のインディアンがいた、ちょうど物語に戦争があったように。しかしインディアンも戦争も表に表れない」（Hemingway, "The Art of the Short Story," 88）を前提にしているが、さらに、一八五九年にリチャード・オゴーマンが故郷のアイルランドに書き送った証言、「今日の仕事は土地を耕し、木を切り倒し、沼沢地を干拓し、インディアンを追い払い、鉄道や都市や州を建設することです——ヤンキーたちはこれを驚くべきスピードでやっています」（Miller and Wagner, 61に引用されている）を引証すれば、ニックが歩いている山野の伐採の跡や火事の跡、さらには沼沢地に、追い払われたインディアンの影を見ることは歴史的必然である。

ヘミングウェイの夢には悪夢が張り付いている。ロウズヴェルトの西部あるいは荒野にはパーフォーマンス性やセレモニー性があったが（また制服的要素については「兵士の家郷」（一九二五年）の主人公にその影響と脱却が見られる）、ヘミングウェイのそれには儀式《リチュアル》の要素がある。眼鏡を外すパブリシティに対して、単独講和を宣した一人の男のプライヴェイトな癒しの行為がある。その癒しは必要であった。それは戦傷の悪夢の中で魂がさ迷い出る、つまり魂の漂流を阻止するための必死の儀式であったのである。その儀式は個人のものでありながら、失われた漂流の世代のものでもあったのである。ロウズヴェルトは時代の「無感覚」「漂流」に抗して活動の男に意識的になった。その顰に倣ったヘミングウェイはそのこと自体によって失われたともいえるのである。ロウズヴェルトの制服衣装は綻びたのであった。

（1）パウンドは詩「ある婦人の肖像」で「混沌たる教養を身につけた婦人」のことを「あなたの精神とあなたはわれらのサルガッソー海だ」と表現している（Pound, 16）。シルヴィア・プラスは日記（一九五八年七月四日）に次のように書き記した。「小説を必死になって書き始めなければならない。……さもないと私は人間の言葉を話せなくなってしまうだろう、私は言葉の無い心のサルガッソー海に迷い込んでいるのだから。」（Plath, 401）コロンブスが最初の航海で発見した大西洋のサルガッソー海がアメリカ文学においてなお特別有効なイメージとなっていることが分る。

（2）ウイルダネスの聖人と称されたジョン・ミューアは一八九七年に次のように書いている。

アメリカの森林は、人間がいかに軽んじていたとしても、神には大きな喜びを与えていたに相違ない。……アメリカの森林よ！　世界の栄光よ！　このように東から西へ、北から南へと見渡してみると、アメリカの森林は想像もつかぬほど豊かで、不滅で、計り知れず、獣や鳥、虫やアダムの子を、養い守るのに有り余るほど充分である。

アメリカの森林はこのように見えたのだ、数世紀前に野性のままであったときには。インディアンは、木を噛むビーヴァーや草を食むムースよりも、石の斧で森林を害することはなかった。……だが白人の鋼鉄の斧が鳴り響いて大気を震撼させたとき、凶運は決せられた。全ての木は不吉な音を聞き、煙の柱が空で前兆を示したのである。……メイン州からジョージア州までの大西洋沿岸の森林があらかた切り払われ焼き払われて陰鬱な荒廃状態にされたあと、パンと金を求める大群衆はアレゲニー山脈を越えて豊穣な中西部に雪崩れ込み、ミシシピー河の豊かな流域、五大湖周辺の広大な木陰なすパインの地域で無慈悲な破壊をより広くより遠くへと拡大した。さらにそこから西に向かって、開拓者と呼ばれる破壊者の大侵略軍が広大なロッキー山脈を越えて火の行軍を推し進め、以前にも増して苛烈に木を切り倒し焼き払い、ついに大陸の野性の側面に到達し、太平洋の沿岸にある広大な原始林の最後の部分に入り込んだ。（Muir, 279, 281-82）

一八九七年という年号がまさしく世紀転換期であることに注目したい。またクーパーの『先導者』の物語は一七五八年のことである。

（3） マーチャントによると植民地時代初期には土地は「荒廃地（wastes）」に次いで、柵に囲われず鋤も入れていない「未開拓地（unbroken）」、耕したが作付けされていない「未耕作地（broken）」、耕され柵で囲われ整備された「耕作地（cultivated）」に分類されていた（Merchant, 63）。やがて耕作地が放棄され荒廃する。つまりかつての土地の順序の逆転現象が起きたといえる。

参考文献

Adams, Henry. *The Education of Henry Adams*. 1907. New York : Vintage Books, 1990.

Bederman, Gail. *Manliness & Civilization : A Cultural History of Gender and Race in the United States, 1880–1917*. Chicago : U of Chicago P, 1995.

Berman, Ronald. *Fitzgerald, Hemingway, and the Twenties*. Tuscaloosa : U of Alabama P, 2001.

Brooks, Van Wyck. *America's Coming-of-Age*. 1915. New York : Doubleday Anchor Books, 1958.

———. *Letters and Leadership*. 1918. *America's Coming-of-Age*. New York : Doubleday Anchor Books, 1958.

Dewey, John. "Search for the Society." *The Later Works*. Vol. 2 *1925–1953*. Carbondale and Edwardville : Southern Illinois UP, 1984.

Ginger, Ray. *Age of Excess : The United States from 1877 to 1914*. New York : Macmillan, 1965.

Fitzgerald, F. Scott. *The Great Gatsby*. Scribner's Sons, 1925.　野崎　孝訳『グレート・ギャツビー』新潮文庫、一九七一年。

Hall, Roger A. *Performing the American Frontier, 1870–1906*. Cambridge : Cambridge UP, 2001.

Hemingway, Ernest. *The Complete Short Stories of Ernest Hemingway*. New York : Macmillan, 1991.

———. "The Art of the Short Story." *Paris Review* 23 (1981) : 85–102.

James, William. "The Moral Philosopher and the Moral Life." *Writings 1878–1899* (New York : Literary Classics of the United States, 1992) : 595–617.

Lears, T. J. Jackson. *No Place of Grace : Antimodernism and the Transformation of American Culture, 1880–1920*. 1983. Chicago : U of Chicago P, 1994.

Leuchtenburg, William E. *The Perils of Prosperity, 1914–32*. Chicago : U of Chicago P, 1958.

Lewis, Sinclair. *Main Street.* New York : Harcourt, Brace & World, 1920.　斉藤忠利訳『本町通り』全三冊、岩波文庫、一九七三年。

Lippmann, Walter. *Drift and Mastery.* 1914. Wisconsin : U of Wisconsin P, 1985.

Magill, Frank N., cd. *The American Presidents : The Office and the Men.* II *Lincoln to Hoover.* California : Salem Press. 1986.

Merchant, Carolyn. *Ecological Revolutions : Nature, Gender, and Science in New England.* Chapel Hill : U of North Carolina P, 1989.

Miller, Kerby and Paul Wagner. *Out of Ireland : The Story of Irish Emigration to America.* Dublin : Robert Rinehart, 1997.

Muir, John. "American Forests." *The 1890s in America : Documenting the Maturatin of a Nation* (Eds. Leonard Schlup & Stephen H. Paschen. Lewiston : Edwin Mellen Press, 2006) : 279–94.

Plath, Sylvia. *The Unabridged Journals of Sylvia Plath : 1950–1962.* Ed. Karen V. Kukil. New York : Anchor Books, 2000.

Pound, Ezra. *Selected Poems of Ezra Pound.* New York : New Directions, 1957.

Robinson, Edwin Arlington. *Tilbury Town : Selected Poems of Edwin Arlington Robinson.* New York : Macmillan, 1953.

Roosevelt, Theodore. *Hunting Trip of a Ranchman : Sketches of Sport on the Northern Cattle Plains.* 1885. New York : G. P. Putnam's Sons, 1905.

Smith, Harris Susan & Melanie Dawson, eds.*The American 1890s : A Cultural Reader.* Durham and London : Duke UP, 2000.

Tanner, Tony. *City of Words : American Fiction 1950–1970.* New York : Harper & Row, 1971.　佐伯彰一・武藤脩二訳『言語の都市―現代アメリカ小説』白水社、一九八一年。

———. *Scenes of Nature and Signs of Men : Essays in the 19th and 20th Century American Literature.* Cambridge : Cambridge UP, 1987.

Turner, Frederick. *John Muir : Rediscovering America.* Cambridge, MA : Perseus, 1985.

Wharton, Edith. *The Age of Innocence.* 1920. New York : Penguin Books, 1974.

ラルフ・ウォルドー・エマソン（酒本雅之訳）『エマソン論文集』全二巻、岩波文庫、一九七二―七三年。

第一一章 「精神的漂流詩人」フロスト

本章では前章で触れたニューイングランドの荒廃ぶりとロバート・フロストの詩との関連に焦点を当ててみたい。イーヴァー・ウィンターズは「ロバート・フロスト—精神的漂流詩人」で次のように書いている。

フロストはエマソンが好みの詩人であるといっている。フロスト自身も幾分エマソン的なところがある。エマソンはロマンティックな汎神論者であった。エマソンは神を宇宙と同一視した。衝動は神に直接由来し、従うべきものである、衝動に身を任せることによって神と一体になれる、と説いた。また理性は人工的で不細工なものであり、抑圧すべきものであると教えた。倫理と美学の教義においてエマソンは相対主義者であった。……一方フロストはエマソンの宗教的確信を欠いた弟子である。フロストは衝動の正しさを信じているが、その衝動に権威を与える汎神論的教義を論じることはない。彼は衝動を信じている結果として必然的に相対主義者なのだが、彼の相対主義は、それがどうやら強烈な宗教的確信に由来するものではないので、主として、捻くれた奇矯さや、いよいよ深まるメランコリーを出来《しゅったい》している。彼は改善の跡のない懐疑的で確信を欠いたエマソン主義者である。その懐疑主義と確信の欠如は思索の結果というよりは彼の時代の相反する思想が彼の感受性に与えた影響の結果であるように見える。それは彼が安易な道を選び、時代の様々な潮流に流されて漂流してきたことの結果であるように見えるのだ。

図１　フロストの家

（Winters, 60-61）

ウィンターズは、岐路に立って迷う人物の選択を描いた「選ばなかった道」を「精神的漂流者」の典型的な詩としている。これには問題がない。ここでは「精神的漂流者」の実体をフロストの別の作品のイメージによって確かめてみたい、エマソンを補助線にして。

エマソンとの関係はフロスト理解の上で重要である。フロストの母はスウェーデンボルグを信奉する詩人でもあって、「ロマンティックな自然詩は可視の世界と不可視の世界の間の対応・類似を提示するときに最高である」と実例で息子に教えたという（Thompson, 70）。フロストの母親はエマソンのエッセイによってスウェーデンボルグの信奉者となったのだが、エマソンも同じく物質界と非物質界の対応を説いていたことはいうまでもない。精神的な真実の表現ないし体現としての自然界に対する信念を抱いていた。フロストは手紙でもエマソンを母と同じく「好き」な人物といっている。しかし一九世紀後半のほとんどの知識人と同じく、エマソンの思想をそのままには信じることはできなくなっていた。フロストの「漂流」はいわばエマソンからの漂流といえる。

フロストは一九〇〇年にニューハンプシャーのデリーの農場に移り住んだ。病名不明の病に悩まされていた彼は、医師に体を使う農業を勧められていた。この農場は現在もよく保存されている（図1）。母屋よりも大きなアメリカ特有の納屋。フロストが一人夜遅くまで起きて詩作したゆり椅子。（エマソンもゆり椅子で書いた。思／詩想の揺籃か。ロウズヴェルトは「真のアメリカ人でゆり椅子を好まぬ者がいようか」と書いている〔Roosevert, 11〕。もっともこれは彼のダコタの牧場でのヴェランダのゆり椅子。）有名な詩「石垣直し」のモデルとなった石垣。広々とした草地。詩集『西に流れる小川』の題名の起源となった小川もある。こうした物や光景が往時を如実に語っているように思われる。そして、その白塗りの家は当時の輝かな生活を今に伝えているかに見える。だが当時の農村について、次のようなことがいわれているのだ。

一九〇〇年には、ニューイングランドの田舎は経済的に荒廃状態にあった。多くの農場はそれまでの半世紀の間に放棄されていた。不毛な土地と厳しい気候が原因で、ニューイングランドの人々は西部や、農業よりもいい暮らしができる賃金が稼げる工場町に移住していた。(1)

これはロバート・フロストの記念館のパンフレットに記されている文章である。前章のニューイングランドの荒廃を語る多くの証言と一致する。この農場は一九一一年に人手に渡り（フロストは詩人として立つための渡英の費用を手に入れるべく売り払った）、やがて廃車の墓場となった。フロストは久しぶりに農場を訪れてこの様を見た。一九三八年に亡くなった妻の遺骨を散骨するために訪れたのだったのだが、それを諦めたという。こうした過去は現在の農場からは想像できない。

フロストはこの農場に住んでいたとき、農業と養鶏を営んでいたのだが、途中から近くの学校で教え、かたわら詩作に励んだ。『青年の意志』（一九一三年）に収録された詩の多くはこの時期に書かれた。それらの詩には当時の「荒廃状態」が反映されている。農場に住みはじめた翌年の一九〇一年に「幽霊屋敷」を書いた。

「幽霊屋敷」

私はたしかに寂しい家に住んでいる
家ははるか昔に消滅し
地下室の壁のみが残っている
地下室には陽が差し込み
紫色の茎の野性の木苺が茂っている

壊れた柵は葡萄の蔓が覆い
草刈場には木が戻り
果樹園の樹は雑木林となり

古い林新しい林に啄木鳥が穴を穿ち
井戸への道は塞がれた

私は消滅した家に
奇妙に痛む心を抱えて住んでいる
今は使われず忘れられた道の奥の家に
その道には蟾蜍の砂浴び場もなく、夜には
黒い蝙蝠がまろび飛び矢のように飛ぶ

夜鷹が来て叫び黙り
こつこつと鳴き飛び回る
夜鷹ははるか彼方で始め
いいたいだけたっぷりといいい
ここへ来ていい納める

小さな微かな夏の星の下で
誰とも知れぬ無言の人々が
明かりのない場所で私と住む——

外の枝の低く生えた木の下の石には
苔に隠れた名前がきっとある

彼らは疲れを知らないが、ゆっくりとして悲しげだ
——うち二人はいつも一緒の若者と娘だが——
誰も歌を歌わない
だが多くのことの様子からすれば
これ以上の優しい仲間はいない

(Frost, 25-26)

語り手がいわば亡霊たちの仲間として「住んでいる」この廃屋は一八六七年に火事に遭い、フロストが農場に住み始めた一九〇〇年の頃には地下室と煙突のみが残っていた。この農家（フロストが祖父によって買い与えられた農場の所有者だった）は火事で焼けたのを機に農業をやめたと思われる。それをフロストは放棄された農家の廃屋とし、自然、というよりもかつてのウイルダネスが復帰している光景とした。野性の木苺、葡萄、雑木林が茂り、井戸への道も失われ、家への道も忘れられ、蟾蜍や蝙蝠や夜鷹が野生のままに生きている。家の外の低木の下の墓石の名も苔に隠れている。人間の痕跡は消滅し自然が復帰している。ここにイギリス・ロマン派のメランコリックでセンチメンタルな響きを聞き取ることもできる（「この詩のメランコリックで幾分放逸な情趣は［フロストが愛読した］イギリス・ロマン派詩人を想起させる。」〔Newman, 25〕）。しかし、イギリスの廃屋と違ってアメリカの廃屋は、かつての果樹園や草刈場と同じ

く、荒廃の気配を漂わせながらウイルダネスに立ち戻っている。ブルックスのいう「ウイルダネスの復讐」である。ホーソンは初期のトラヴェル・スケッチ「運河船」で、「アメリカの野性の《大自然》は文明人の侵略によってこの不毛の地に押しやられたのだ。そして野性の女王がその帝国の廃墟で王座についていたここにさえ、低俗で世俗的な群集である私たちは入り込み、女王の最後の孤独の場に浸入しているのだ。他の国では《崩壊》は崩れ落ちた館の間に座っているものだが、この国では《崩壊》の家は森林の中にあるのである。」(Hawthorne, 437) と書いている(「ターンパイクや運河が建設されて内陸の高地の村が市場にアクセスしやすくなった一七九〇年代には、ピーターシャムのような内陸地域の森林伐採は加速した。」(Merchant, 162)) このように、ウイルダネスを切り開いたアメリカの村はイギリスのように「廃村」として残るのではなく、ウイルダネスに復讐されつつ復帰する。

一九三三年にエリオットはある講演で語っている。「モントリオールから一日じゅうヴァーモントの美しい人影のない原野を通ってはじめてニューイングランドを見たときに、私の郷土への感慨ははなはだ悲しげに打慄えた。この丘々はかつては太古の森林で覆われていたのだと私は考えた。その森は英国の移民たちのために羊の牧場を作ろうと切り払われてしまった。だが今では羊もいず、移民の子孫の大部分もいない。その次には新しい森が十月の楓、樵、樺のものうげな紅葉を常緑樹の間に彩りながらあらわれた。そしてこういう赤、黄金、紫の原野がつづいた後で南ニューハンプシャーやマサチューセッツのなかば死にかけた製粉町の埃のなかに下りてくる。」(エリオット、二〇頁) そして、印象的な言葉を続ける。

私にとって最も幸福と思われる土地は必ずしも土地が肥えて気候に恵まれた土地ではなく、人とその環境が互に同化しあって、長いこと経つうちに双方の一番よい処が現れてくるような土地なのだ。そういう処では一つの民族が幾代も経るうちにその土地の風景を変え、また風景もその特質にあうように民族を変化させている。ところがこのニューイングランドの山々を見ていると、砂漠を見たときよりも人間の力というものが情けないくらいに貧弱ではかないものであるとの証拠を見ているような気がする。

（二〇頁）

エリオットが有りたき光景として思い描いていたのはイングランドの土地である。ニューイングランドはたしかに「土地が肥えて気候に恵まれた土地」ではない。しかし「人とその環境が互いに同化しあう」ことなく、人は立ち去っていく。あとには廃墟となった家屋が残され、土地は人間とは関係なくウイルダネス再生（そして復讐）のリズムを部分的に取り戻すのである。次の詩「薪の山」（一九一四年）もそうした廃墟のアメリカ的な場面を描いている。

「薪の山」

どんよりとした日に家を出て凍り付いた沼沢池を歩いているとき
私は足を止めていった、「ここから戻ろう。
いやもっと先へ行こう――そして考えてみよう」
固い雪は私を支えていた、時々
踏み抜くことはあったが。どこを見ても
先の細いスリムな木々が真っ直ぐに並んでいる。
どこもまるで同じで場所の区別も名前もわからず

自分がどこに居るのかわからない。ただ家から遠く離れていた。
……
それから薪の山があって、そのため
私は鳥のことを忘れ、少し怯えた鳥が
私が行ったかもしれない方向から逃れていくにまかせた、
私はお休みともいわなかった。
鳥は最後の抵抗をするようにその蔭に隠れた。
それは一コードの楓の薪で、切って割って
重ねてある、四フィート、四フィート、八フィートに測ってある。
他に同じような薪の山は見えなかった。
今年の雪にはそれを取り巻く橇の跡はなかった。
今年切ったのよりもたしかに古い、
いや昨年、一昨年のよりも古い。
薪は灰色になり、樹皮は反り返っている。
薪の山は幾分沈んでいた。クレマチスが
蔓を薪に束にするように巻きつけていた。
しかし一方の側を支えているのはなお成長している
一本の木で、反対側は一本の杭が支えていた。

これは倒れかかっていた。私は考えた——
新しい仕事に取り掛かった者にしか
自分の手仕事を忘れることはできないだろう、
この手仕事で斧ふるって疲れ果て
役に立つ暖炉から遠く離れたところに置き去りにして
崩壊の緩やかな無煙の燃焼によって
凍った沼沢池を精一杯に暖めさせるのだ、と。

(Frost, 123–24)

彼が住んでいたニューハンプシャーでもヴァーモントでも、ニューイングランドの冬はこのような暗鬱な日が多い。農夫が木を切り薪を作る作業はフロストも見慣れていたし、彼もしていたことである。楓の木を切り、割って、四フィート×四フィート×八フィート＝一二八立方フィート（一コード）の束に縛って商品にすることも知っていた。しかしここの薪の束は放置されている。それも一昨年以前からのことである。直方体も崩れかけていて、一方の端は木が生長して支えているが、人間が支えとした杭は倒れそうになっている。この二つの支えは生きているものと人工のものとの対比を示している。

農夫が労苦を伴う自然の伐採・商品化の結果を放置していったのは、もっと有利な仕事を見つけたからにちがいない。残された楓の木の山は崩れ、崩壊して腐り、その熱で凍った沼沢池を暖めるだろう。自然のリズムである。伐採作業の崩壊とその結果の薪の崩壊を重ね合わせているが、ウイルダネスの崩壊と再生が並置されている。

薪の山は人間の営為の結果でもあり、またそれ自体は自然の木でもある。人間の営為の結果としては崩壊であるが、その営為の結果としての木は自然の摂理に従って朽ち果て凍れる沼沢池を暖める、再生させるというのである。二つの崩壊は異なる結果を齎しているといえるだろう。なお「崩壊の緩やかな無煙の燃焼」は「絶対確実な無煙」火薬の広告から取ったものという（Newman, 65）。人工的な火薬から、自然の崩壊のゆるやかではあっても「絶対確実な無煙」の燃焼へと転移されたのである。

キャロリン・マーチャントによると、コンコードの土地全体に占める森林の面積比は、一八〇一年の二八パーセントから一八五〇年には一一パーセントにまで落ち込んだ。一八五〇年までの一世紀の間コンコードの農家の数はほとんど変わらず、一戸当たり三〇コードの薪を必要としただろうという。一八五〇年には五〇戸の農家が増えていたが、暖炉の改良や無煙炭の使用によって一戸当たりの薪の使用量は一二―一四コードに減ったが、森林は減り続けていた。余分な薪はボストンに運ばれていただろう、とマーチャントは推測している。一八四〇年にはコンコードでは一コード四ドルだった薪はボストンでは六ドルで売れた（Merchant, 162–63）。

ここに見られるように、薪は無煙炭に代わっていった。フロストの詩では、その無煙性を無煙火薬が呼び起こしたのであろう（あるいはその逆）。薪にされるために森林は伐採されたが、無煙炭の使用や農業の低生産性化によって、薪（の生産）は次第に放棄され（薪を消費するボストンのような都市から離れているためもあっただろう）、無煙炭への進歩が森林の回復（二番生え）に貢献しているのである。しかし二番生えになっても、かつてそこで展開された開拓の精神の喪失と、その営為の放棄の痕跡は留められている。

ハウェルズの『未知の世界』（一八八〇年）はシェーカー教徒とスピリチュアリズム（心霊術）に作者が抱いた関心を綯い交ぜにした小説である。娘を霊媒としていた医師ボイントンが失意のうちにボストンからメイン州の故郷に帰る途中、マサチューセッツの奥地をさ迷う。やがてシェイカー教徒の施設にたどり着き、そこでしばらく暮らす。この展開に、この術に批判的な人物フォードがこの娘と結婚するに至るという筋を絡ませている。

その父娘が遭遇する場面はフロストの詩の世界に通じる。「二人とも何も言わずに森の深い陰に入った。森はマサチューセッツ州のこの地帯で何マイルもの土地を覆っていて、農夫が不毛な土地からしなびた作物を何とか収穫するのをやめて、先祖が荒野から獲得した農地を絶望の果てに荒野に引き渡したのである。」(Howells, 134) そして森の中ではかつて「薪を馬が運び出した道」や、廃村では突然足元で口を開ける「地下室」に出会う (195)。フロストの「薪の山」の薪や「幽霊屋敷」の地下室を予兆している。

この小説でさらに興味深いのは、フォードがある日曜日にウォールデン・ポンドを訪れる場面である。「[ウォールデン・ポンドの遊園地の] 光景はフォードに子供の頃に行った日曜学校のピクニックを思い出させた。しかしここにはもっと下品な雰囲気があった。ランチを包んでいた新聞の切れ端が地面に散らばっていた。」(254) 遊園地の管理責任者はこの場所は退屈だといい、「欠けているのはバンドだな。湖の真中にダンスホールがあるといい。バンドがないとな」という (255)。フィッチバーグ鉄道はソローが一八六二年に亡くなった後にウォールデン・ポンド駅を作り、ピクニック場、遊園地、パビリオンを設けた。貸しボートや屋台も人気があった。(一九〇二年に火災で遊園地は焼失し、他の施設も撤去される。)

一八五〇年ごろの「コンコードの森林」も、ソロー没後の「ウォールデン・ポンド」も、商業主義にかように侵食されていたのである。コンコードのエマソンが思い描いていた森の自然は、このようにすでに現実に侵食されていたはずなのに、依然としてアニミズム的な表象となっていた、というよりは表象とされていたのである。ニューイングランドの超絶主義運動に参加した者たちは、野性の自然に個人的な経験を求めただけではなく、「自然が母親や子守や教師として高められた時代を回顧していた」のだし、「ソローは一七世紀の錬金術師やケンブリッジ大学のプラトニストを引用して、自然の過程の内的活力をめぐる彼お好みの観念を表現した。エマソンは自然をより高位の普遍的真実として確認するために新プラトニズムに頼った」のである（Merchant, 254-55）。「エマソンは自然のデザインを、自然の内的統一性と秩序からではなく、むしろ超越主義的な意識の作用によって、発見する。」（Oelschlaeger. 135）エマソンは汎神論を支える自然が崩壊しつつある時にも予め汎神論者だったのである。エマソンの眼は現実を透過している。

フォードがウォールデン・ポンドを訪れたのはスピリチュアリズムの集会を覗くためだった。モダンなスピリチュアリズムの起源はスウェーデンボルグだが、その理論は精神と物質の対応関係理論である。その根本原理は、自然（物質）界と霊界と聖界の間には関係が存在するというものだが。スウェーデンボルグと催眠術のメスメリズムの結合から生まれたスピリチュアリズムは、霊界と（自然界というよりは）物質界と人間の間の関係に関わり、霊媒によって物を動かしたり、死者の霊を呼び起こすことに集中した。「アニミストと違って、スピリチュアリストは人間の死者の霊魂についてのみ語る傾向があり、樹木や泉その他の自然の霊魂の存在は信じていない」（Wikipedia, "Spiritualism," 5）という。スウェーデンボルグのように霊魂を見てとる自然が失われた後に、もっぱら自分の身内の死者の霊魂だけを関心の対象とするようになった、といえるのだろう。人間の霊魂の俗世への呼び戻し、つまり霊魂の俗化である。スウェーデンボルグ（とエマソン）の眼で見る自然はすでに失われている。その荒廃した自然の中でスウェーデンボルグが晩年に説いた心霊主義が俗化して、遊園地の人寄せの娯楽同然となっていたのである。俗化したスピリチュアリズムがショー化してキャンプを開く場所が、ソローの自然が商業主義的に開発され遊園地とされた土地であるのも偶然ではないだろう。むしろ自然の荒廃と表裏の関係にある現象といえる。リーラ・キャボット・ペリーのように芸術

的霊感を求めるスピリチュアリズムもあれば（七四頁参照）、このように俗化したスピリチュアリズムもあったのである。(2)

スピリチュアリズムはフランスではカトリシズムが、アメリカではカルヴィニズムが実証主義科学によって後退した、その後の精神の空虚を埋めるための、科学の装いを帯びた宗教に他ならない。そして近代科学は自然破壊と商業主義を伴っていたのである。

フロストはこのような時代にあって、スウェーデンボルグやエマソンの影響から（母親経由で）精神と物質の対応関係を教えられていても、次第にその対応関係に自信がもてなくなっていただろう。フロストはエマソンを引き継ぎつつも、自然の伝統的表象と現実の狭間に立ち竦んでいる（それは後述のように、シェイクスピアも属していた、そしてエマソンも引き継いでいた自然のイコノロジー伝統の、現実による崩壊といえる）。

「フロストはエマソンの宗教的確信を欠いた弟子である。フロストは衝動の正しさを信じているが、その衝動に権威を与える汎神論的教義を論じることはない」というウィンターズの指摘は、極めて正鵠を得ている。

「幽霊屋敷」と「薪の山」は人間の営為（家屋と薪）の崩壊とウイルダネスの復讐的再生をテーマとしているが、その屋敷や森に通じる道までが消えるわけはない。部分的な再生でしかない。

ここで森のそばの道で足を止める（フロストの）姿を見てみたい。

「雪の夜、森のそばに足をとめて」

この森が誰のものなのか知っているような気がする。
しかし彼の家は村にある
彼は私がここに足を止めて、彼の森が
雪で埋まるのを見ているとは思わないだろう

私の子馬は変に思っているに違いない
近くに農家もないのに
森と氷った湖の間に
一年で一番暗いこの夕べに止まるなんて

馬は馬具に付けた鈴をひと振りする
なにか間違えているのではないかと
ほかに聞こえるのは
ゆるやかな風と羽毛の雪の掃く音だ

森は美しく、暗く、深い
しかし私には果たすべき約束がある
眠る前に何マイルも行かなければならない

(Frost, 129)

この有名な詩の語り手は雪の夕べ、馬車である森のそばに差し掛かった。家に帰る途中であろう。雪の降り積もる森の「美しさ、暗さ、深さ」に心を奪われた。しかし、馬も訝しく思っているだろうと推測する。平生は、他人の森のそばに止まって、その中を覗き込むようなことをしてはいけないのだろう。日常の行為のパターンから外れることへの慮りがある。小さな馬は語り手の日常の感覚の代弁者である。エマソンは「道に迷った旅びとが手綱を馬の首に投げかけて、道を見つけることを馬の本能にまかせるように、われわれも、自分たちを乗せてこの世界のなかを運んでくれる聖なる馬に対しても、同じような扱いをしなければならない」(『エマソン論文集　下』一三一頁)と語っている。フロストの馬はこのような馬ではなく、本能を人間によって馴化された、人間の世俗的要素を体現した馬なのである。

しかしこのような逸脱行為をしたのは、森の「美しさ、暗さ、深さ」に心を奪われたからである。雪に覆われているることで人間の手(斧)が加えられていない、かつての森、ウイルダネスの姿を復活させている。そこは日常とは異なる世界であり、そして自分の心の底に潜み、この光景に共振する心情があったからに他なるまい。それは「所有」や「日常」と異なる次元の特質である。「美しく、暗く、深い」光景はたぶん死を誘う光景である(フロストは自殺衝動にしばしば襲われた)。その次元への誘惑を感じたのであろう。

だが「しかし」と語り手は考える。「私には果たすべき約束がある」と。だから先に進まなければならない。生き続けなければならない、と思い直す。「眠る前に何マイルも行かなければならない」、約束を果たしに、というわけだろう。では「約束」(promise) とは何か。

「特定の行為を行う、あるいはそれをするのを控える、または特定の物を与えるあるいは贈与するといって、未来に関して他者に言明あるいは確約すること。」(OED)「未来」「他者」「特定な行為・贈物」に関わる「約束」、一種の「契約」である。フロストの詩の「約束」は、このような観念での「約束」だろう。この「約束」とは異なる意味での「約束」は、「宗教的な用法では、神による未来の利益、祝福の確約の一つ。聖書に様々な折に特定の人々になされたものとして記録されている。あるいはキリストを介して人類に、特にアブラハムの子孫に関して、与えられたと考えられている。」(OED) 神やキリストによる「約束」である。それは特にアメリカにおいては「約束の地」としてのアメリカであっただろう。しかし、神やキリストの「約束」が信じられなくなった時代にあって、「空虚」を内包する人間が生きる根拠は、人間社会での「約束」だけなのである。家族を含む他者への「約束」とは、現世的に、他者を何らかの形で幸福にするという約束だろう。語り手は、そのような「約束」の観念によってこれからも長い人生を歩もうと決心するのだが、自分に繰り返しいい聞かせなければならない決心なのである。

この宵が一年で一番暗いというのは冬至の日だということだろう。そしてキリストの誕生がこの日に当てられたのは太陽の蘇りが「光」であるキリストの誕生と重ねられたからである。今のこの日、キリストの誕生も再生も信じられない宵の闇である。神やキリストの「約束」も信じられなくなった。そのとき、現世の人間同士の「約束」があることを再認識して、日常の生活に復帰するのである。

エマソンの「自然」の中の次の言葉は、この詩に解明の光を当ててくれる。

木樵の切りとる木切れを詩人の歌う樹木から区別するのはこの点だ。わたしがけさ見た魅力ある風景は、紛れもなく二〇か三〇の農地から成りたっている。こっちの畑の持ち主はミラー、あっちがロック、そして向こうの森はマニングのものだ。しかし彼らのなかにこの風景の持ち主は誰もいない。あらゆる部分を統合できる目の持ち主、つまり詩人以外には、誰ひとり地主のいない土地が地平線のなかにある。これこそこれらの人々が所有する農地の最上の部分なのだが、しかしこれに対しては彼らの土地証文は何の権利も保障していない。

（『エマソン論文集　上』四一頁）

まさしくフロストの森は「地主のい」る土地である。エマソンの「詩人」が森の中に見る「風景」は「地主のいない」土地である。だが詩人フロストは「土地証文」が「約束」する「権利」の世界へと戻っていくのだ。

エマソンは「自然はいつも晴着に飾られているわけではなく、きのうはさながらニンフの狂宴のためであるかのように香り良き風をそよがせ、きららかな光を輝かせたおなじ場面に、きょうは陰気な影を広げるものだ。自然はいつも精神の色を帯びる」（四四頁）という。

フロストの詩の人物は森に「陰気な影」を見ても、その「精神」性から日常に回帰してしまう。エマソンは同じ「自然」の冒頭で、「孤独になるためには、社会ばかりでなく自分の部屋からも身をひかねばならぬ」と述べている（四〇頁）。これはフロストの願望でもあったが、フロストは人間社会の「約束」を果たすべく、社会に戻るのである。その願望と社会との微妙な関係を『若者の意志』の冒頭詩「私自身の領域へ」は示している。

「私自身の領域へ」

私の願いの一つはあの黒い樹々、
年古り確固として微風のそよぎも見せない樹々が、
いわば、単なる暗鬱（gloom）の仮面ではなくて、
世の終わりまで（unto the edge of doom）ひろがっている、ということだ。

私は引き止められないで、いつの日にか
木々の広大な広がりの中に忍び込むだろう
空き地や遅々たる馬車の車輪が砂を巻き上げている
街道をみつけることになるのを恐れたりせずに。

私は自分が舞い戻ってくる訳がわからない、
また私がここにいないのを寂しがり、私がなおも
大事に思っているか知りたがっている人々が
私の後を追ってこない訳もわからない。

彼らは私が彼らの知る人間と変わっていないのを知るだろう――
ただ私が真実と考えていることを前よりも確信していると知るだろう。

(Frost, 25)

リーア・ニューマンの要領のよい解説（Newman, 6-7）によると――。フロストはニューハンプシャーの学校で教員をしていた時、母親の家からほとんど四マイルも森を通って通勤していた。一八九四年の春学期の間、「森の中で本当に迷ったという気分」になりたいと思いながら「希望を果たせなかった」。それというのもいつも決まって見覚えのある道や目印に出会って、自分がどこにいるのかはっきりと分ってしまったからだ、という。教室で生徒に自習をさせている間、地平に見える「黒い森」を眺め、そこに迷った自分を想像した。それがこの詩の初案となった。この詩で「人々やカレッジから逃れた」のだが、それはエリナーに拒まれたと思い込んで（結局は結婚できたのだが）、家出してヴァージニア州のディズマル・スワンプに行き、そこで迷った時のことを踏まえている、と自身が語っているという。

また「フロストは最後の二行は《実際は誠実について》のものであると言い、《己が矛盾（inconsistency）を喜ぶというエマソンの考え》を受け入れないと宣言した」という。これはエマソンのエッセイ「自己信頼」の中の「愚かな首尾一貫（a foolish consistency）は小さな心が産み出すおばけで、……。首尾一貫など、偉大な魂にはまったくかかわりのないことだ」（『エマソン論文集　上』二〇五―二〇六頁）を踏まえている。

フロストはまた、この詩は彼の「ウイルダネスへの願望」をテーマとしていると言い、フロストのもっとも強い繰り返し現れるイメージは、彼を迷い込ませるように誘う黒い森である。アーチボルド・マクリーシュも「[暗黒への]願望を内包するイメージはニューイングランドのイメージである」と語っているという。マクリーシュは、この詩は「ニューイングランドの典型的な場面――マサチューセッツ州やニューハンプシャー州、ヴァーモント州のいたるところにある、開けた牧草地を、その果てに立ち並ぶ木々まで、見晴らす光景」をフロストが用いている最高の例だといっているという（Newman, 7）。

この詩が、フロスト自身や同じニューイングランド詩人のマクリーシュの証言からも、伝記的事実や実際的光景に基づいていることは確かである。だが「黒い森」への願望、「ウイルダネスへの願望」[3]はありながら、それが果たせない、という事実にも注目しなければならない。それは黒い森林のイメージが現実（空き地や街道）によって裏切られているということである。（暗黒という色合いもエマソン的ではないが、さらにウイルダネスを「精神的洞察力の源泉とみなし」（マーチャント、一九三頁）たエマソンとも異なる。フロストにとってウイルダネスは死や「迷い込み」に誘う領域である。）

　エマソンは「荒野にいるときのほうが、わたしは、街や村のなかにいるときよりも、何かいっそういとしくて、わたしとひとつの血縁につながるものを感じとる。静かな風景のなかに、そしてとくに遥かな地平線に、ひとはおのれ自身の本性に劣らず美しい何ものかを認める」と書いている（『エマソン論文集　上』四三頁）。フロストはまさに実際の血縁の追跡を荒野のなかで（予め）意識してしまう。そしてフロストは「地平線」に見える「黒い森」を眺め、そこに迷った自分を想像するのである。

　シェイクスピアの詩の断片“the edge of doom”について、ニューマンは、エリナーとの（彼が一方的に思い込んだ）「疎遠」に対応しているとし、「第三連の、後に残してきた人々が後を追ってくるようにという哀愁を帯びた願望は、愛の永遠性についてのシェイクスピアのソネットの“the edge of doom”というフレーズによって強化されている」という。

　“the edge of doom”は、シェイクスピアの「ソネット　一一六番」の

Love alters not with his brief hours and weeks,
But bears it out even to the edge of doom.

に由来する。「最後の審判の日まで、世の終わりまで、人生の終わりまで」という意味で、ソネットのいわんとすることは、「愛は何時間とか何週間といった短い間に変わることはなく、むしろ死ぬまで持続するものだ」ということである。フロストの詩においては、永遠に、あるいは世の果てまで、と時間（「年古り old」による指示）と空間（「広がる stretch」の空間と時間への両義的指示）の果てまで、の意味である。時空的にどこまでも続くウイルダネスがイメージされる。しかしそのように無限に広がっていることは願望であって、その願望は裏切られ、空き地や街道に出会ってしまう。

しかし、無限の空間がないことによって、自分が変わり損ねることはない、との自信がある。家族はきっと自分の後を追ってまだ大事に思っていてくれているのかと、聞くだろう。しかし私はこの森に入ってもそれ以前と変わることはなく、むしろ自分の考える真実をなお確信しているだろう、というのである。

では詩人の考えている真実とは何か。この詩に即していえば、「黒い樹々が、いわば、単なる暗鬱の仮面ではなくて、世の終わりまでひろがっている」ことを願望しているのであるから、この世、人生は永遠に「暗鬱」なるもの、というのが真実であるということであろう。森はその真実の単なる仮面ではないことを願いつつも、それはあくまでも比喩、イメージとしてであって、たとえ、現実的には無限ならざるものであろうとも、やはり、この世は暗鬱であるということは真実だ、と一層信じているのだろう。

現実の黒い森が暗い運命の象徴であれば、というのはエマソンの自然＝象徴の枠組に対する願望である。しかしそのような象徴主義が消滅しても、自らの中の信念は変わらない、象徴でないことを知ってむしろ、確信する、内発的に、ということだ。それがタイトル「私自身の領域へ」（Into My Own）の《私自身の領域》なのであろう。

作者はこの詩集の各詩に短い注釈をつけているが、この詩には「若者はこの世を断固否定することによって、より自分ではなくなるというよりもむしろより自分になるだろうと確信する」と注している。「私自身の」と、識別・区別される「私自身」以外のものとは何か。テクストから“(steal) into *their* vastness”を抽出すると、「暗い樹々」となる。とすれば、暗い樹々が「単なる暗鬱の仮面ではなくて、世の終わりまでひろがっている」ことを願望し、それでもそこに空き地や街道があることを知ることを恐れないのは、自分の中に入っていくべき、それ以上の暗い、暗鬱の拡がりがある、との思い、あるいは「私が真実と考えていること」――自分の中に暗黒が無限に広がっていること――をより確信しうるからである。ここには自分の内部と外部との照応関係の揺らぎがある。エマソンにはこうした本質的に暗黒な自然はないが、それとは別に、内と外との対応・照応の関係の揺らぎがエマソンとフロストを分ける点となっていると考えられる。

この若者の「確信」にはエマソンのいう《自己信頼》があるかに思われる。しかしウィンターズのいう「エマソンの宗教的確信を欠いた弟子」、「その衝動に権威を与える汎神論的教義を論じることはない」フロストには、エマソンが退ける「愚かな首尾一貫」への固執があるように思われる。

ここには自然に自己を完全には投影しきれない、自然と自己の間には乖離がある、との意識がある。自己の中に、有りたき象徴的な自然を想定するのである。「自然」のなかでエマソンはいう――「森の入口にくると、驚きに襲われた世俗の人間は、大きいとか小さいとか、賢いとか愚かだなどという都会じみたものさしを捨てずにはいられなくなる。こういう聖域に足を踏みいれると、習慣というナップザック〔背嚢〕が、とたんに背中から落ちる。」（『エマソン論文集　下』一五一頁）しかしフロストの人物は「森の入口」で佇むのである。そこに「足を踏み入れる」前にその後のことが想見できてしまう。「習慣というナップザック」は背中から落ちない。それを世間の約束として負い続ける。エマソンはまたいう――「息もできずたがいにひしめき合って暮している家のなかから、いったんこっそり忍び出て夜や朝のさなかへ歩みいれば、われわれは、自分たちが毎日、じつに荘厳な美をそなえたものたちの胸にしっかり包みこまれて生きていることをまのあたりにする。」（一五二頁）フロストの人物は「家のなかから、いったんこっそり忍び出て」森に入っても、その暗い森に「しっかり包みこまれて生きている」ことは想定できない。エマソンは更にいう――「新しい光景と、次から次へと広がっていく想念とに心を奪われていれば、あとにしてきた家の思い出はやがて次第に心のなかから押し出され、いっさいの記憶は現在のふるう専横な力でかき消され、われわれは自然に導かれて意気揚々と進んでいく。」（一五二―五三）フロストの人物にとって「あとにしてきた家の思い出」は消えていくことはなく、予め追《お》いついてくるのである。

シェイクスピアの『お気に召すまま』の公爵はアーデンの森で、「この森の私たちの生活は、俗界の喧騒を離れて、樹木に物言う舌を、せせらぐ小川に万巻の書を、路傍の石に神の教えを、そして森羅万象のうちに己のためになる事を発見するのだ」という（シェイクスピア、三八頁）。自然は書物であり、神の教え、寓意を読み取る対象、イコンである。この考えはエマソンにも引き継がれている。エマソンにとって「シェイクスピアは、どんな詩人も及ばぬほど、表現の目的のために自然を服従させる能力をそなえている。」（『エマソン論文集　上』八三頁）それは自然をイコンとしうる能力である。

フロストがシェイクスピアのソネットから“the edge of doom”を引用する時、（たとえエマソンにはない暗さを持ち出していても）エマソンと同じイコノロジカルな自然観をシェイクスピア経由で「願望」として提示している。だが現実はこの自然観を受け入れない。「空き地や街道」が自然をかつてのようにイメージすることを許さない。ここにあるのは伝統的な「汎神論的」イメージと、それを「仮面」としてしまう現実との対立である。そこでフロストはかつてのイメージが願望であろうとも、己の中にそのイメージを存続させようとするのである。それは無理なことであり、イメージとしての森林と牧草地の間に立って、立ち竦むのである。森は内面化される。ウィンターズのいう「フロストはエマソンの宗教的確信を欠いた弟子である」という「精神的漂流者」の内面である。そしてエマソンの教えを母親から教えられても、それを無条件に受け入れられなくなった、世紀転換期の詩人の姿であり内面なのである。

（1）このデリーの農場のパンフレットに書かれているような西部や工場町への移住は、工場の出現という産業革命の結果であった。旧世界の農法はヨーロッパ中世以来の非科学的なもの（例えば月の満ち欠け、一日の太陽の位置などによって種まき収穫などを決める）であった。一九世紀には入ってから新世界の科学的な農法が取り入れられた。そしてより企業的精神の発達した農家は市場経済にたくみに乗って一層豊かになっていった。家意識はこうして強まった。社会意識よりも家意識が強まったということは、自給自足の共同体が崩壊したということでもあった。

しかし西部は農家にとってかつての生活が復元される場所であったのか。そこでは同時に市場経済が追いかけていた。鉄道などの交通機関の発達はアメリカ全土を一元化していった。それはキャザーの小説『失われた夫人』に描かれていることである。パイオニアの英雄的な生活はほとんど直ぐに失われていった。キャンザス州の新聞記者だったエドガー・ワトソン・ハウの『田舎町の物語』（一八八四年）には中西部の夢破れた生活に瀰漫する悪意や狂気が描かれている。

（2）ウィリアム・ジェイムズやハムリン・ガーランドも心霊術への同時代的関心を共有していた。ガーランドは事例収集の『心霊調査四〇年』（一九〇四年）を著し、その成果を小説『暗黒の専制』（一九三六年）で虚構化した。

（3）フレデリック・ゴダード・タッカーマンは「森の空き地」（"The Clearing", 1860）で次のように書いている（森田　孟訳を参照した）。

ここ、〈川〉がぐるっと回って
　内陸部と呼ばれる田園を流れる所
花の冠たるこの美しい一帯に
かつて森林地帯なる荒野（a wild of woodland）が広がっていた、

しかし今は　褐色の橅の木、椎の木、
　トネリコ、樫の木の地帯は
残されていない。〈秋の灯火〉が露にするのは
　ことごとく不毛で、禿原《はげはら》で、でこぼこ（broken）になっている姿。

（Tuckerman, 97）

かつてのウイルダネスの破壊を語っている。また、「詩人の休息の場所であった岩に、アイリッシュの掘っ立て小屋（shanty）が立て掛けられている」（98）や、「掘っ立て小屋が空き地という空き地で煙を吐き、アイリッシュ（Paddies＜Patrick）が議会を支配しようとも」（99）というアイリッシュに対する蔑視的な表現もある。（ソローは「アイリッシュマンのジェイムズ・コリンズの掘っ立て小屋」をその板を使うために買う。小屋を壊して少しずつ運んでいるすきに、隣人のアイリッシュが釘を盗んだと、若いアイリッシュ〔a Patrick〕が告げ口する、という挿話をさりげなく書いている〔Thoreau, 33-34〕。）ウイルダネスが破壊されたことが、アイリッシュのウイルダネスへの浸入や都市の進出と結びつけられていることに注目したい。アイリッシュのテーマとのブリッジとなる（第三章参照）。また「でこぼこ」と訳したbrokenは、第一〇章注３で引用した「耕したが作付けしていない『未耕作地』」（マーチャント）であるかもしれない。そう取る方が一層放棄された土地の印象が強まる。

参考文献

Frost, Robert. *Complete Poems of Robert Frost*. London : Jonathan Cape, 1951.

Garland, Hamlin. *The Tyranny of the Dark*. New York : Harper & Brothers, 1905.

———. *Forty Years of Psychic Research*. 1936. New York : Books for Libraries Press, 1970.

Hawthorne, Nathaniel. "*The Canal Boat*." *The Centenary Edition of the Works of Nathaniel Hawthorne*. Vol. 10 (Ohio State UP, 1974) : 429-38.

Howe, E. W. *The Story of a Country Town*. 1883. Cambridge, MA : The Belknap Press of Harvard UP, 1961.

Howells, W. D. *The Undiscovered Country*. Boston : Houghton, Mifflin, 1880.

Lynn, Kenneth S. *William Dean Howells : An American Life.* New York : Harcourt Brace Jovanovich, 1970.
Marcus, Mordecai. *The Poems of Robert Frost : An Explication.* Boston : G. K. Hall, 1991.
Merchant, Carolyn. *Ecological Revolutions : Nature, Gender, and Science in New England.* Chapel Hill : U of North Carolina P, 1989.
Newman, Lea Bertani Vozar. *Robert Frost : The People, Places, and Stories Behind His New England Poetry.* Shelburne, VT : The New England Press, 2000.
Oelschlaeger, Max. *The Idea of Wilderness : From Prehistory to the Age of Ecology.* New Haven : Yale UP, 1991.
Roosevelt, Theodore. *Hunting Trip of a Ranchman : Sketches of Sport on the Northern Cattle Plains.* 1885. New York : G. P. Putnam's 1905.
Thompson, Lawrence, ed. *Selected Letters of Robert Frost.* New York : Holt, Rinehart & Winston, 1964.
———. *Robert Frost : The Early Years, 1874-1915.* New York : Holt, Rinehart & Winston, 1966.
Thoreau, Henry David. *Walden or, Life in the Woods* and *On the Duty of Civil Disobedience.* New York : Signet Classics, 1963.
Tuckerman, Frederick Goddard. *The Complete Poems of Frederick Goddard Tuckerman.* Ed. N. Scott Momaday. New York : Oxford UP, 1965.
Winters, Yvor. "Robert Frost : or, the Spiritual Drifter as Poet." *The Function of Criticism : Problem and Exercises.* 1957. Rpt. *Robert Frost : A Collection of Critical Essays* (Ed. James Cox. Englewood Cliffs, NJ : Prentice-Hall, 1962) : 58-82.
伊藤詔子『よみがえるソロー―ネイチャーライティングとアメリカ社会』柏書房、一九九八年。
ラルフ・ウォルドー・エマソン（酒本雅之訳）『エマソン論文集』全二巻、岩波文庫、一九七二―七三年。
T・S・エリオット（中橋一夫訳）「異神を追いて」、『エリオット選集　第三巻』（彌生書房、一九五九年）七―八四頁。
シェイクスピア（福田恒存訳）『お気に召すまま』新潮文庫、一九八一年。
キャロリン・マーチャント（団まりな他訳）『自然の死―科学革命と女・エコロジー』工作社、一九八五年。
森田　孟「新たなる相貌、物語り巧者としての―フレデリック・ゴダード・タッカーマンの詩」、『成城大学文学部紀要』（第一九一号、二〇〇五年六月）三一―八五頁。

あとがき

本書は、左記のリストに見られるように、二一世紀に入ってから書いた論文を纏めたものである。第一一章は書き下ろしで、それ以外の章は既出の論文を大幅に書き改めたものである。一本にするにあたって主題によって大まかに纏めた。

第一章　ペリー提督の甥の子——慶應義塾大学部教授トマス・サージェント・ペリー——
（『三田文学』第八二巻第七五号、秋季号、二〇〇三年一〇月）

第二章　アメリカ女流印象派画家・詩人——リーラ・キャボット・ペリー——
（『三田文学』第八二巻第七七号、春季号、二〇〇四年五月）

第三章　一九世紀アメリカの Ora(torica)l Culture——ホームズ父子とジェイムズ兄弟——
（『中央大学人文研紀要』五〇号、二〇〇四年一〇月）

第四章　メランコリー表象の変容と「進化」——ユージン・オニールの発見——
（藤田　實・入子文子編著『図像のちからと言葉のちから——イギリス・ルネッサンスとアメリカ・ルネッサンス』大阪大学出版会、二〇〇七年二月）

第五章　マーク・トウェインのヴェニス——パノラマ興行師の祝祭——
（『マーク・トウェイン研究』四号、二〇〇五年四月）
第六章　月光と黄昏のコロセウム——ポーからウォートンまで——
（武藤脩二・入子文子編著『視覚のアメリカン・ルネサンス』世界思想社、二〇〇六年三月）
第七章　南北戦争と第一次大戦のレトリック——エマソンの『志願兵』をめぐって——
（『中央大学文学部紀要』九六号、二〇〇五年三月）
第八章　ロバート・ローエルの「北軍戦死者のために」——楽園追放と復楽園の夢——
（『中央大学英語英米文学』四三号、二〇〇三年二月）
第九章　ヘミングウェイとフランク・ロイド・ライト——文学と建築の大草原様式——
（『中央大学文学部紀要』九四号、二〇〇四年三月）
第一〇章　《漂流》を遡行する
（『ヘミングウェイ研究』三号、二〇〇二年五月）
第一一章　「精神的漂流詩人」フロスト
書き下ろし

ケルト関係の第三章と第四章は、中央大学人文科学研究所のケルト文学文化を研究するグループに属していたことの成果のようなものである。アメリカにおけるケルト、つまりアイリッシュの存在の顕在化は世紀転換期の大現象であった。スコッチ・アイリッシュ（ウィリアムとヘンリー・ジェイムズ）とブラック・アイリッシュ（フィッツジェラルドとオニール）にその深層を見ることができたような気がする。

主要部分を占める第一章と第二章、第七章から第九章まではアメリカ滞在の果実といえる。二〇〇二年四月から一年間、中央大学から在外研究を許されてボストンのハーヴァード大学に在籍した。その間図書館通いと文学文化の現地調査（旅行）に明け暮れた。なかでもボストンの本屋で遭遇したリーラ・キャボット・ペリーの絵に触発されて、リーラの画業と文業の調査を始め（第二章）、さらに慶應義塾大学の教授として一九世紀末に来日した夫トマス・サージェント・ペリーのことも調べた（第一章）。その際、慶應義塾大学の巽 孝之教授に問い合わせ、当時の資料を送ってもらった。調査は加速し、可能な限りの資料を探索し入手した。ペリー夫妻についての調査から、岡倉天心、ラフカディオ・ハーンへ、そして当時の文学研究の特性（進化論）へと関心が広がった。漱石も関わってくる文学文化現象である。

滞米中、ヘミングウェイの故郷オークパークを訪れ、ヘミングウェイと建築家ライトが中西部的様式を共有していることに注目した（第九章）。と同時に、中西部の中心シカゴが一九世紀末からボストンを圧倒していく現象にも改めて気付き、ペリーたちボストン・ブラーミンとの文化的交代を具体的に知ることになった。エマソンと個人的な関わり合いのあったペリー夫妻は、エマソンの影響力の減少を目撃する。エマソンは本書でもいわば露出度の高い人物だが、その影が次第に薄れていくのを本章は図らずも示している。

さらにライトの愛人・パートナー、メイマーがスウェーデンのフェミニスト、エレン・ケイの著書を翻訳し、その英訳を本間久雄らが直ちに翻訳し、平塚らいてうらに読まれ、つまりメイマーが日本フェミニズムの知的媒介者となっていたことを知った。ライトが一九一三年に帝国ホテル建設計画のために来日したときには、メイマーも同行していたが、日本人はその事実を知らなかったらしい、と推測され、一種ロマネスクな展開に些かの知的興奮を覚えた。

ロバート・ローエルの詩「北軍戦死者のために」の重要な背景となり、映画『グローリー』のモデルにもなったロバート・グールド・ショーと黒人部隊の群像記念碑についても調査した（第八章）。そのローエルが精神を病んで入院したマクリーン病院が僕が住んでいたベルモントにあることを知り、その病院に通い、資料を集めている時、ベルモントの中心に立つ第一次大戦の戦死者の記念碑にエマソンの詩「志願兵」の四行が刻まれている（さらにコンコードのグリーンに立つ記念碑にも刻まれている）のを知り、エマソンと南北戦争詩、さらに第一次大戦の戦争表象に興味を持った。この詩はローエル詩とも結びついている。第七章はその報告のようなものである。

本書は総じて一九世紀と二〇世紀に跨る時期のアメリカ文学と文化を扱っている。これにはもっぱら一九二〇年代に興味が集中してきたことへの補完の意味がある。第一〇章は拙著『一九二〇年代アメリカ文学—漂流の軌跡』の補遺に当たる。またいわゆるアメリカン・ルネサンスと特権的な二〇年代の狭間にある時期への関心にも促されていた、と今にして自覚する。

第一一章のフロストについての章は、漂流のテーマを巡って第一〇章を補完するものだが、ニューハンプシャーのデリーにあるフロストの農場を訪れた時の見聞が切っ掛けになっている。長い間親しんできたフロストの詩の現場を実見するのはそれだけでも興味深かったが、さらに現在の保存されている姿とは違う当時の農村の現実とその後の歴史も知ることができたのは幸いであった。そのことはフロストの詩の根幹に関わるのである。

文学のみならず文化にも関心が自由に及んだ。その文化とは、絵画、彫刻、建築、演劇、そして一九世紀に発した大衆旅行などだが、関心の赴くままとあって、必ずしも世紀転換期文学文化の組織的網羅的な研究とはなりえなかった、と告白しておきたい。

しかし、組織的とはいえぬものの、結果として、思いがけぬ繋がりというか、一種の連鎖が多く現れてきたとはいえるかと思う。例えば、ペリー夫妻からラファージ、天心、稲造、漱石、ハーン、加藤弘之へと芸術や思想によって繋がり、ヘミングウェイからライト、その愛人メイマー、エレン・ケイ、平塚らいてうへとフェミニズムの線で結ばれ、ピョッツイ夫人からラドクリフ夫人、ゲーテ、スタンダール、ホーソン、トウェイン、ジェイムズ、ウォートン夫人へとイタリア旅行記によって展開し、アリストテレス、デューラー、ロダン、オニール、朝倉文夫、とメランコリー造形の系譜が辿られた。ホラチウスに発して、エマソン、パウンド、オーエン、ヘミングウェイへと愛国心の変容が浮かび上がった。こうしてアメリカに発したグローバルな知的ネットワークが立ち現れてきたような気がする。

ぼくは中央大学の在外研究を終えてから僅か三年で停年を迎え、お礼奉公も十分にできなかった。本書でその不足を些かなりとも補えればと願っている。

なお、本書は中央大学研究出版助成金によって刊行することができた。大学当局と審査に当たられた方々にお礼を申し述べたい。

平成二〇年八月

武藤脩二

索　　引

【あ　行】

アイク、ヤン・ヴァン（Jan van Eyck）　67
アーヴィング、ワシントン（Washington Irving）　200, 299
秋山真之　18, 100
朝倉文夫　148, 151
「進化」　148, 151
アダムズ、ジェイン（Jane Addams）　297
アダムズ、ヘンリー（Henry Adams）　14, 15, 20, 29, 85, 90, 99, 116, 123, 149, 303-05, 308, 310-11
『日本からの手紙』（*Letters from Japan*）　149
アディソン、ジョゼフ（Joseph Addison）　30, 187
『イタリア便り』（*Letter from Italy*）　187
アドラー、ダンクマー（Dankmar Adler）　280
『アトランティック・マンスリー』（*Atlantic Monthly*）　3, 21, 56, 94, 112, 117, 212
アーノルド、マシュー（Matthew Arnold）　142
『ケルト文学研究』（*On the Study of Celtic Literature*）　142
アブラハム（Abraham）　337
アリストテレス（Aristotle）　153
アンダーソン、コーネリア（Cornelia Anderson）　298
アンダーソン、シャーウッド（Sherwood Anderson）　275, 298, 306
『ワインズバーグ・オハイオ』（*Winesburg, Ohio*）　306
アンダーソン、マーガレット（Margaret C. Anderson）　294, 297-98
『私の三〇年戦争』（*My Thirty Years' War*）　297
アンデルセン、ハンス（Hans Christian Anderson）　195, 199
『即興詩人』（*Improvisatoren*）　195
安藤広重　74
イェイツ、ウィリアム・バトラー（William Butler Yeats）　142, 294
イェスペルセン、オットー（Jens Otto Jespersen）　123-24, 126
伊藤博文　8, 10, 11, 40
イプセン、ヘンリック（Henrik Ibsen）　156
ヴァレリー、ポール（Paul Valéry）　263
ヴァン・バーゲン、ジョン・S・（John S. Van Burgen）　296
ヴィクトリア女王（Queen Victoria）　131-32
ウィグモア、ジョン・ヘンリー（John Henry Wigmore）　2
ヴィヨン、フランソワ（François Villon）　263
ウィリアム征服王（William, the Conqueror）　11
ウィルソン、エドマンド（Edmund Wilson）　107, 110, 140, 232
『愛国の血潮　南北戦争の記録とアメリカの精神』（*Patriotic Gore: Studies in the*

Literature of the American Civil War)　107
ヴィンケルマン、ヨハン（Johann Joachim Winckelmann）　25, 187, 191
『古代美術史』（*Geschichite der Kunst des Altertums*）　25
ウィンスロップ、ジョン（John Winthrop）　247
ウィンターズ、イーヴァー（Yvor Winters）　312, 321-22, 334, 343, 345
「ロバート・フロスト—精神的漂流詩人」（"Robert Frost : or, the Spiritual Drifter as Poet."）　321
ヴェブレン、ソースタイン（Thorstein Bunde Veblen）　26
ヴェラスケス（Diego Velázquez）　67
ヴェルレーヌ、ポール（Paul Marie Verlaine）　78, 176
『よい歌』（*La bonne Chanson*）　176
ウォード、エリザベス・ステュアート・フェルプス（Elizabeth Stuart Phelps Ward）　54
『エイヴィスの物語』（*The Story of Avis*）　54
ウォートン、イーディス（Edith N. Wharton）　80, 188, 195, 200-01, 205, 313, 316
『歓楽の家』（*The House of Mirth*）　80
『無垢の時代』（*The Age of Innocence*）　80, 313, 316
「ローマ熱」（"Roman Fever"）　188, 195, 200, 203
ウォルシュ、ジョン（John Walsh）　105
ウォルシュ、ヒュー（Hugh Walsh）　105
ヴォルテール（Voltaire）　155
梅原龍三郎　57
エヴァレット、エドワード（Edward Everett）　117
江藤　淳　41
エマソン、エドワード・ウォルドー（Edward Waldo Emerson）　44
『サタディ・クラブの初期の歳月　一八五五年から一八七〇年まで』（*The Early Years of the Saturday Club : 1855-1870*）　44
エマソン、ラルフ・ウオルドー（Ralph Waldo Emerson）　ii, 20, 30, 35, 44, 45, 55, 62, 63, 72, 77, 79, 83, 85, 97, 108-09, 115, 117-18, 125, 143-44, 172, 209, 211-12, 222, 229-30, 233-36, 238, 251, 257-58, 285, 289, 299, 300, 321-23, 332-34, 336-38, 340-45
『論文集』（*Essays*）　117
「志願兵」（"Voluntaries"）　211-13, 221-22, 229, 251, 259
「自己信頼」（"Self-Reliance"）　85, 340
「詩人」（"The Poet"）　35
「自然」（"Nature"）　337-38, 343
「ボストン讃歌」（"Boston Hymn"）　222
エリオット、ジョージ（George Eliot）　33
エリオット、チャールズ・ウィリアム（Charles William Eliot）　2, 3, 5, 6, 8-10, 21

エリオット、T・S・（T. S. Eliot）　4, 29, 108–09, 150, 327–28
「直立したスウィーニー」（“Sweeney Erect”）　150
「伝統と個人的才能」（“Tradition and the Individual Talent”）　29
「ナイチンゲールに囲まれたスウィーニー」（“Sweeney Among the Nightingales”）　150
エリス、ハヴロック（Havelock Ellis）　297
オーエン、ウィルフレッド（Wilfred Owen）　235–37
「楽しくまた名誉なり」（“Dulce Et Decorum Est”）　235
オーエン、デボラ（Deborah Owen）　66
岡倉天心　14, 15, 26, 39, 46, 56, 57, 94, 96, 99
『茶の本』（*The Book of Tea*）　14, 15, 99, 100
『日本の覚醒』（*The Awakening of Japan*）　46
「ラフカディオ・ハーンを弁護して」（“In Defense of Lafcadio Hearn”）　94
荻原守衛　57, 148
「労働者」　148
オコナー、トマス（O’Connor, Thomas H.）　229
オゴーマン、リチャード（Richard O’Gorman）　317
オズボーン、ファニー（Fanny Osbourne）　57
オニール、カーロッタ（Carlotta O’Neill）　156
オニール、ユージン（Eugene O’Neill）　ii, 113, 138, 140–45, 148–52, 154–56, 159
『カリブの月』（*The Moon of the Caribbees*）　151
『毛猿』（*The Hairy Ape*）　143–44, 150–52
『交戦海域』（*In the Zone*）　151
『楡の木陰の欲望』（*Desire Under the Elms*）　144, 148
『夜への長い旅路』（*Long Day’s Journey into Night*）　113, 155
オニール、ユージン、ジュニア（Eugene O’Neill, Jr.）　141
オハラ、ジョン（John O’Hara）　141
オリファント、マーガレット（Margaret Oliphant）　27
『一八世紀末期と一九世紀初期の英文学史』（*The Literary History of England in the End of the Eighteenth and the Beginning of the Nineteenth Century*）　27
オルコット、エイモス・ブロンソン（Amos Bronson Alcott）　117, 130
オルコット、ルイーザ・メイ（Louisa May Alcott）　55, 117, 120
『若草物語』（*Little Women*）　55, 117

【か　行】

『ガイド―オークパークのフランク・ロイド・ライト』（*A Guide to Oak Park’s Frank Lloyd Wright*）　281
ガウアー、ジョン（John Gower）　4
カサット、メアリー（Mary Cassatt）　53, 54, 58, 74, 158

「読む女」（"Woman Reading"）　158
カサット、リディア（Lydia Cassatt）　158
カザミヤン、ルイ（Louis, Cazamian）　29, 32
『英国における心理の展開と文学』（*L'Évolution psychologique et la littérature en Angleterre（1660-1914）*）　29
カースタイン、リンカーン（Lincoln Kirstein）　211
葛飾北斎　74
「ガーディアン」（"The Gardian"）　156
カーティス、フランシス（Francis Gardner Curtis）　14, 94
加藤弘之　26
『人権新説』　26
ガードナー夫人（Gardner, Mrs. Jack）　14, 15, 95
カナレット、アントニオ（Antonio Canaletto）　171
金子堅太郎　14
『神とのみ』（*Only to God*）　52
ガーランド、ハムリン（Hamlin Garland）　44, 45, 287, 345
『暗黒の専制』（*The Tyranny of the Dark*）　345
『崩れゆく偶像』（*Crumbling Idols*）　45
『心霊研究四〇年』（*Forty Years of Psychic Research*）　345
「ボストンのハウェルズ」（"Howells in Boston"）　45
カリー、マージェリー（Margery Currey）　298
カーリー、ジェイムズ・マイケル（James Michael Curley）　247
カリグラ（Caligula）　244
カルヴィン、ジョン（John Calvin）　143
キー、フランシス・スコット（Francis Scott Key）　139
キーツ、ジョン（John Keats）　55, 168
キート、ジョージ（George Keate）　187, 191
『古代と現代のローマ』（*Ancient and Modern Rome*）　187
ギボン、エドワード（Edward Gibbon）　191
『ローマ帝国衰亡史』（*The Decline and Fall of the Roman Empire*）　191
ギメ、エミール（Emile Guimet）　85
『ギリシア詞華集』（『パラティン詞華集』）（*Anthologia Graeca Palatina*）　81
キリスト（Jesus Christ）　143, 147, 337
ギルマン、シャーロット・パーキンズ（Gilman, Charlotte Perkins）　297
『女性と経済』（*Women and Economics : A Study of the Economic Relation Between Men and Women as a Faction in Social Evolution*）　297
「黄色い壁紙」（"The Yellow Wallpaper"）　297
キャザー、ウイラ（Willa Cather）　295, 345
『失われた夫人』（*A Lost Lady*）　345

キャボット、ゴッドフリィ（Godfrey Cabot）　52, 53, 79, 80
キャボット、サミュエル（Samuel Cabot）　52, 53, 56
キャボット、ジェイムズ・エリオット（James Eliot Cabot）　116
キャボット、ジョン（John Cabot）　52
ギューリック、シドニー・L・（Sidney L. Gulick）　41
『日本人の進化』（*Evolution of the Japanese*）　41
「今日入隊して」（"Enlisted Today"）　224
グーキン・フレデリック（Frederick W. Gookin）　15
クック、トマス（Thomas Cook）　165
国木田独歩　12
クノップフ、フェルナン（Fernand Khnopff）　57
クーパー、ジェイムズ・フェニモア（James Fenimore Cooper）　119, 308, 318
『先導者』（*The Pathfinder*）　308, 318
クラウジウス、ルドルフ（Rudolf Julius Emanuel Clausius）　311
クラッブ、ジョージ（George Crabbe）　78
クラレティ、ジュール（Jules Clarétie）　175
『パリジャンの旅行』（*Voyages d'un parisien*）　175
「クリスチャン・サイエンス・モニター」（"The Christian Science Monitor"）　242
クリステヴァ、ユリア（Julia Kristeva）　146
グルー、アリス→ペリー、アリス
グルー、エリザベス〔エルシー〕（Elizabeth〔Elsie〕Grew）　70, 98
グルー、ジョゼフ（Joseph Clark Grew）　iii, 21, 43, 68–70, 96, 98, 99
『滞日十年』（*Ten Years in Japan*）　iii, 70
クールベ、ギュスターヴ（Gustave Courbet）　67
クレメンス、オリヴィア・ラングドン（Olivia Langdon Clemens）　164
『黒いギャング』（*The Black Crook*）　125
『黒い目のスーザン』（*Black-Eyed Susan*）　127
クロウ、アーサー（Arthur H. Crow）　85
黒田清輝　14, 46
ケイ、エレン（Ellen Karolina Sofia Key）　272–73, 296–99
『児童の世紀』（*The Century of the Child*）　296–97
『戦争平和及未来』（*War, Peace, and the Future*）　296
『婦人運動』（*The Woman Movement*）　272
『婦人の道徳』（*The Morality of Woman, and Other Essays*）　272
『恋愛と結婚』（*Love and Marriage*）　296–97
『恋愛と倫理』（*Love and Ethics*）　272
「ロマン・ロラン論」（"Romain Rolland"）　297
ゲイ、ウィンクワース・アレン（Winkworth Allen Gay）　89
『慶應義塾大学部の誕生』　1

ケットルストリングズ、ジョゼフ（Joseph Kettlestrings）　282
ゲーテ、ヨハン・ヴォルフガング・フォン（Johann Wolfgang von Goethe）　3, 32, 163, 165, 168–69, 172, 190–92, 297
『イタリア紀行』（*Italienische Reise*）　165, 168, 190–91
「自然賛歌」（“A Hymn to Nature”）　297
小泉八雲→ハーン、ラフカディオ
『荒野の決闘』（*My Darling Clementine*）　119
ゴガーティ、オリヴァー・セント・ジョン（Oliver St. John Gogarty）　130
ゴーゴリ、ニコライ（Nikolai Vasilievich Gogol）　4
コスリン、スティーヴン（Steven Kosslyn）　73
コーソン、ヘレン（Helen Corson）　54
ゴッス、エドマンド（Edmund William Gosse）　22
『骨董』（*Antique*）　100
コッフィン、レヴィ（Levi Coffin）　229
コップリー、ジョン・シングルトン（John Singleton Copley）　114
ゴッホ、ヴンセント・ヴァン（Vincent van Gogh）　67
ゴーティエ、テオフィル（Théophile Gautier）　40
コーベルシュタイン（Koberstein）　25
小村寿太郎　100
コラン、ラファエル（Raphael Collin）　14
コリンズ、ジョン・フレデリック（John Frederick Collins）　248–49
コール、トマス（Thomas Cole）　183, 194
ゴールドマン、エンマ（Emma Goldman）　297
コロンブス、クリストファー（Christopher Columbus）　318
ゴンクール、エドモン・ド（Edmond de Goncourt）　40

【さ　行】

サージェント、ジョン・シンガー（John Singer Sargent）　53, 58, 79
サッフォー（Sappho）　263
サトウ、アーネスト（Ernest Satow）　20, 85
サリヴァン、ルイス（Louis Henry Sullivan）　279–80, 289, 292
サンド、ジョルジュ（George Sand）　3, 168
サンドバーグ、カール（Carl Sandburg）　289
サント＝ブーヴ、シャルル（Charles Augustin de Sainte-Beuve）　4, 31
サンプスン、ハロルド（Harold Sampson）　286
シヴェルブッシュ、ヴォルフガング（Wolfgang Schivelbusch）　175
『鉄道の旅― 一九世紀における空間と時間の産業化』（*The Railway Journey: The Industrialization of Time and Space in the Nineteenth Century*）　175
シェイクスピア、ウィリアム（William Shakespeare）　23, 119, 150, 165, 334, 341,

344
『お気に召すまま』(*As You Like It*)　344
『テンペスト』(*The Tempest*)　150
『ハムレット』(*Hamlet*)　119, 127
『ロメオとジュリエット』(*Romeo and Juliet*)　165
「ソネット　一一六番」(“Sonnet 116”)　341
ジェイコブズ、ハリエット（Harriet Jacobs）　222
ジェイミソン、ケイ・レッドフィールド（Kay Redfield Jamison）　143
ジェイムズ、アリス（Alice James）　54-56, 121
ジェイムズ、ウィリアム［下記ウィリアム・ジェイムズの祖父］（William James）　105
ジェイムズ、ウィリアム（William James）　i, 3, 20, 64, 74, 101, 105-09, 112, 115, 120-24, 132, 211, 254-55, 260-61, 265, 314, 345
『多元的世界』(*A Pluralistic Universe*)　122
「ロバート・グールド・ショー」(“Robert Gould Shaw”)　254
ジェイムズ、ウィルキンソン（Wilkinson James）　254
ジェイムズ、キャサリン・バーバー（Catherine Barber James）　105
ジェイムズ、ヘンリー（Henry James）　i, 3, 5, 20, 22, 34, 43, 44, 52, 54, 55, 100-01, 105-09, 115, 124-26, 128-29, 163, 167-70, 187-88, 193, 195, 197-98, 200-01, 211, 254-55, 288
『アメリカ印象記』(*The American Scene*)　52, 109
『ある婦人の肖像』(*The Portrait of a Lady*)　198, 201, 205
『使者たち』(*The Ambassadors*)　126
『少年とその他の人たち』(*A Small Boy and Others*)　44
『中年時代』(*The Middle Years*)　44
『鳩の翼』(*The Wings of the Dove*)　167
『ボストンの人々』(*The Bostonians*)　125
『ロデリック・ハドソン』(*Roderick Hudson*)　198
「情熱の巡礼」(“A Passionate Pilgrim”)　193
「デイジー・ミラー」(“Daisy Miller”)　195, 197
「未来のマドンナ」(“The Madonna of the Future”)　188
「四度の出会い」(“Four Meetings”)　34
ジェイムズ、ヘンリー、シニア（Henry James, Sr.）　105
ジェファーソン、トマス（Thomas Jefferson）　36
シェリー、パーシー・ビッシュ（Percy Bysshe Shelley）　55, 168
シェリー、メアリ（Mary Wollstonecraft Shelley）　172
シェーンベルグ、アーノルド（Arnold Schönberg）　275
シーグフリード・アンドレ（André Siegfried）　106, 131, 166, 168
「時事新報」　8

『静かなる男』（*The Quiet Man*）　120
シスレー、アルフレッド（Alfred Sisley）　58, 66
『失楽園』（*Paradise Lost*）　303
司馬遼太郎　100
　『坂の上の雲』　100
ジビアン、ピーター（Peter Gibian）　116
島田謹二　32
清水幾太郎　40
シモンズ、ジョン・アディントン（John Addington Symons）　22, 25
ジャクソン、アンドルー（Andrew Jackson）　106
シャトーブリアン、フランソワ＝ルネ・ド（François-René de Chateaubriand）　190, 192
　「月下のローマ遊歩」（"Promenade dans Rome, au clair de lune"）　190
シュタンゲン、ルイス（Louis Stangen）　179
シュテルンベルガー、ドルフ（Dolf Sternberger）　175
　『一九世紀のパノラマ』（*Panorama of the Nineteenth Century*）　175
シュミット、ユリアン（Julian Schmidt）　25
ジュリアン、ロドルフ（Rodolphe Julian）　57, 59
シュレーゲル、フリードリッヒ・フォン（Friedrich von Schlegel）　25
シュワルツ、デルモア（Delmore Schwartz）　133
ショー、エレン（Ellen Shaw）　222
ショー、ジョゼフィン（Josephine Shaw）　246
ショー、フランシス（Francis Shaw）　229
「ショー・メモリアル」→セント＝ゴーデンス、オーガスタス
ショー、ロバート・グールド（Robert Gould Shaw）　ii, 211-12, 221-23, 229, 232, 235-36, 238, 244, 246, 249, 253-65
ジョイス、ジェイムズ（James Joyce）　140, 297
　『ユリシーズ』（*Ulysses*）　140, 297
昭憲皇太后　12
　「金剛石の歌」　12
ショーペンハウエル（Arthur Schopenhauer）　156
ジョンソン、サミュエル（Samuel Johnson）　131
白洲次郎　98
白洲正子　98
　『白洲正子自伝』　98
ズウィック、エドワード（Edward Zwick）　244
　『グローリー』（*Glory*）　211, 244
スウィンバーン、アルジャノン（Algernon Charles Swinburne）　97, 156
　「暇乞い」（"Ave atque Vale"）　156

スウェーデンボルグ、エマニュエル（Emanuel Swedenborg）　322, 334
スタイン、ガートルード（Gertrude Stein）　275
スタインベック、ジョン（John Steinbeck）　148
『怒りのぶどう』（*The Grapes of Wrath*）　148
スタール夫人（Madame de Staël）　191–92, 195
『コリンナ』（*Corinne ou l'Italie*）　191–92, 195
スタンダール（Stendhal）　192–93
スティーヴン、レズリー（Leslie Stephen）　25, 30, 31
『一八世紀英国思想史』（*History of English Thought in the Eighteenth Century*）　25, 30
『一八世紀の英文学と社会』（*English Literature and Society in the Eighteenth Century*）　30
スティーヴンズ、アルフレッド（Alfred Stevens）　159
スティーヴンソン、ロバート・ルイス（Robert Louis Stevenson）　57, 142
スティール、リチャード（Sir Richard Steele）　30
ステッドマン、エドマンド・クラレンス（Edmund Clarence Stedman）　64
『アメリカ名詩選――一七八七年－一九〇〇年』（*An American Anthology: 1787–1900*）　64
ストー、ハリエット・ビーチャー（Harriet Beecher Stowe）　4, 34, 299
ストーリー、ウイリアム・ウエットモア（William Wetmore Story）　201
『ローマの事物』（*Roba di Roma*）　201
スペンサー、エドマンド（Edmund Spenser）　62
スペンサー、ハーバート（Herbert Spencer）　25, 26, 37, 38, 40–41, 43, 45, 46, 131
スペンサー、リリー・マーチン（Lily Martin Spencer）　79
スミス、ウィリアム（William Smith）　106
スミス、カール（Carl S. Smith）　289
スミス、メアリー（Mary Smith）　106
聖カタリナ（St. Catharina）　230
聖ジョージ（St. George）　111
セクレスト、メライル（Meryle Secrest）　271
『センチュリー』（*The Century Illustrated Monthly Magazine*）　90
セント゠ゴーデンス、オーガスタス（Augustus Saint-Gaudens）　99, 211, 246, 254
「アダムズ・メモリアル」（"Adams Memorial"）　99
「ショー・メモリアル」（"Shaw Memorial"）　99, 211, 222, 233, 244, 246, 254, 256, 258, 265
ゾラ、エミール（Emile Zola）　78, 156
ソールズベリー卿（Robert Arthur Talbot Gascoyne-Cecil, 3rd Marquis of Salisbury）　132
ソロー、ヘンリー・デイヴィッド（Henry David Thoreau）　23, 45, 109, 111,

117-19, 285, 289, 299, 346
『ウォールデン』(*Walden, or Life in the Woods*)　117

【た　行】

『ダイアル』(*The Dial*)　117
「タイムズ＝デモクラット」(“The Times-Democrat”)　40
ダーウィン、チャールズ（Charles Robert Darwin）　26, 29, 150
『種の起源』(*On the Origin of Species by Means of Natural Selection*)　150
ダウスン、アーネスト（Ernest Christopher Dowson）　156
タウンゼンド、キム（Kim Townsend）　121
高田早苗　14
立木智子　46
『岡倉覚三とボストン・ブラーミン』　46
タッカーマン、フレデリック・ゴダード（Frederick Goddard Tuckerman）　345
「森の空き地」(“The Clearing”)　345
タナー、トニー（Tony Tanner）　163, 308
ターナー、フレデリック（Turner, Frederick）　316
ターベル、エドマンド（Edmund Charles Tarbell）　64, 97, 100, 157
「花を切るマーシー」(“Mercie Cutting Flowers”)　64
「本を読む娘」(“Girl Reading”)　157
「本を読む娘たち」(“Girls Reading”)　157
「夢想」(“Reverie”)　157
ダール、カーティス（Curtis Dahl）　173, 175-76
ダン、フィンリー・ピーター（Finley Peter Dunne）　130-32
『平時と戦時のミスター・ドゥーリー』(*Mr. Dooley in Peace and in War*)　130
ダンカン、イサドラ（Isadora Duncan）　297
ダンテ（Dante Alighieri）　146-47
『神曲』(*Divina Commedia*)　147
「地獄篇」　146
ダンバー、ポール・ロレンス（Paul Laurence Dumbar）　211
チェイス、ウィリアム（William Merritt Chase）　79
チェイニー、エドウィン（Edwin Cheney）　270-71
チェイニー、メイマー（旧姓ボースウイック）(Mamar［Martha］Bouton Cheney, née Borthwick）　270-72, 278, 296-99
チェスマン、ハリエット・スコット（Harriet Scott Chessman）　158
『朝刊を読むリディア・カサット』(*Lydia Cassatt Reading the Morning Paper*)　158
チェホフ、アントン・パヴロヴィッチ（Anton Pavlovich Chekhov）　33
チェン、アン（Anne Anlin Cheng）　143

『人種のメランコリー』(*The Melancholy of Race : Psychoanalysis, Assimilation and Hidden Grief*) 143
チェンバレン、バジル・ホール (Basil Hall Chamberlain) 16
チャイルド、フランシス・ジェイムズ (Francis James Child) 4
チャニング、エドワード (Edward Tyrrell Channing) 117
チョーサー、ジェフリー (Geoffrey Chaucer) 4, 23
ツルゲーネフ、イワン・セルゲーヴィッチ (Ivan Sergeevich Turgenev) 3, 33, 34, 35, 81
『散文詩』(*Poems in Prose*) 33, 81
「三度の出会い」("Three Meetings") 34
ディキンソン、エミリー (Emily Dickinson) 303
ティクナー、ジョージ (George Ticknor) 109
ティティアン (Vecelli Titian) 180
テイト、アレン (Allen Tate) 229, 246, 263
「南軍戦死者へのオード」("Ode to the Confederate Dead") 246
「デイリー・アルタ・キャリフォルニア」("The Daily Alta California") 164
ディロン、ジョン・ブレイク (John Blake Dillon) 137, 150
テニソン、アルフレッド (Alfred Tennyson) 40
テーヌ、イポリット・アドルフ (Hyppolyte Adolphe Taine) 3, 25, 45
『英文学史』(*Histoire de la littérature Anglaise*) 25
デフォレスト、ジョン (John William De Forest) 4, 34
「偉大なアメリカ小説」("The Great American Novel") 34
デューイ、ジョン (John Dewey) 308
デュシャン・マルセル (Duchamp, Marcel) 80
「階段を降りるヌード」("Nu descendant un escalier") 80
デュ・ベレ、ジョアシャム (Joachim Du Bellay) 204
『ローマ古跡』(*Les Antiquites de Rome*) 204
デューラー、アルブレヒト (Albrecht Dürer) 144-48, 153, 158
「悲哀の人」("Man of Sorrows") 147
「メレンコリアⅠ」("Melencholia I") 144-46, 148, 153, 158
テラ、ダニエル (Daniel Terra) 98
デリロ、ドン (Don Delliro) 308
デル、フロイド (Floyd Dell) 297-98
『世界建設者としての女性』(*Women as World Builders*) 297
天海 89
『伝道の書』(*Ecclesiastes*) 143
ドイル、コナン (Arthur Conan Doyle) 74
トウェイン、マーク (Mark Twain) 4, 33, 117-18, 125, 128, 132-33, 163-71, 173-74, 176-83, 195-97, 199

『赤毛布外遊記』（*The Innocents Abroad, or The New Pilgrim's Progress*）　128, 164, 174, 176, 196
『自伝』（*Autobiography*）　118
『赤道に沿って』（*Following the Equator*）　174
『ハックルベリー・フィンの冒険』（*Adventures of Huckleberry Finn*）　33, 125
『浮浪者外遊記』（*A Tramp Abroad*）　174
ドガ、エドガー（Edgar Degas）　58, 158
徳川家光　87
ドストエフスキー、フィオドール（Fyodor Mikhailovich Dostoevskii）　33, 297
ドス・パソス、ジョン（John Dos Passos）　182, 204, 295-96
『一九一九年』（*1919*）　182, 204
『U・S・A』（*U. S. A.*）　295
ドーデ、アルフォンス（Alphonse Daudet）　4, 33
ドナテルロ（Donatello）　145
トービン、モーリス（Maurice J. Tobin）　247
ドーミエ、オノレ（Honoré Daumier）　165
ドライサー、セオドア（Theodore Dreiser）　ii, 26, 53, 282, 306
『アメリカの悲劇』（*An American Tragedy*）　53, 306
『シスター・キャリー』（*Sister Carrie*）　282, 306
ドライデン、ジョン（John Dryden）　24
トルストイ、レフ・ニコラエヴィッチ（Lev Nikolaevich Tolstoi）　33, 40
ドロッパーズ、ガッレット（Garrett Droppers）　2, 3, 6, 9
トロロップ、アントニー（Anthony Trollope）　4

【な　行】

夏目漱石　30, 31, 38, 45, 74, 80, 166
『草枕』　166
『三四郎』　80
『文学評論』　30
『文学論』　38
ナポレオン（Napoléon Bonaparte）　38, 201
西田幾多郎　42
ニーチェ、フリードリッヒ（Friedrich Wilhelm Nietzsche）　156
ニッセン、アン（Anne D. Nissen）　298
新渡戸稲造　88, 94, 96, 100
『武士道』（*Bushido : The Soul of Japan*）　88, 94, 100
「日本」　9, 10
ニューマン、リーア（Lea Bertani Vozar Newman）　340-41
「ニューヨーク・タイムズ」（"The New York Times"）　94

ネイサン、ジョージ・ジーン（George Jean Nathan）　141
『ネイション』（*The Nation*）　3, 21
ネルヴァル、ジェラール・ド（Gérard de Nerval）　40
ノートン、チャールズ・エリオット（Charles Eliot Norton）　4, 30, 108
野村吉三郎　99
ノリス、フランク（Frank Norris）　57, 149, 306
　『オクトパス』（*The Octopus*）　306
　『レディー・レティー号のモラン』（*Moran of the Lady Letty*）　149
ノルダウ、マックス（Max Simon Nordau）　156
　『退化』（*Entartung*）　156

【は　行】

ハイネ、ハインリッヒ（Heinrich Heine）　40, 263
パイパー、リーアノーラ（Leonora Piper）　74
バイロン、ジョージ・ゴードン（George Gordon Byron）　38, 106, 168, 178, 188, 190, 192-99
　『チャイルド・ハロルドの巡礼』（*Childe Harold's Pilgrimage*）　178, 188, 193
　『マンフレッド』（*Manfred*）　187, 197
ハインズ、ジョン・B・（John B. Hynes）　247
ハウ、エドガー・ワトソン（Edgar Watson Howe）　345
　『田舎町の物語』（*The Story of a Country Town*）　345
『ハーヴァード・ランプーン』（*The Harvard Lampoon*）　110, 113
ハウェルズ、ウィリアム・ディーン（William Dean Howells）　ii, 3, 6, 20, 26, 33, 43-45, 77, 100, 111, 116, 130, 177-78, 181, 264, 291, 299, 331
　『ヴェニスの生活』（*Venetian Life*）　177
　『成金の運命』（*A Hazard of New Fortune*）　291
　『未知の世界』（*The Undiscovered Country*）　33, 264, 331
パウンド、エズラ（Ezra Pound）　203, 234-38, 275, 311, 318
　『ヒュー・セルウィン・モーバリー』（*Hugh Selwyn Mauberley*）　234
　「ある婦人の肖像」（"Portrait d'une Femme"）　318
　「ローマ」（"Rome"）　203
バーカー、ロバート（Robert Barker）　175
パークマン、フランシス（Francis Parkman）　109
バザード、ジェイムズ（James Buzard）　165
バシュキルツェフ、マリー（Marie Bashkirtseff）　57
バシュラール、ガストン（Gaston Bachelard）　29
パース、ジェイムズ・ミルズ（James Mills Peirce）　43
パース、チャールズ（Charles Sanders Peirce）　26
パステルナーク、ボリス（Boris Leonidovich Pasternak）　243, 262-64

『ドクトル・ジヴァーゴ』（*Doctor Zhivago*）　243
『パック』（*Pack*）　149
ハッサム、チャイルド（Childe Hassam）　53
バード、イザベラ（Isabella L. Bird）　85
ハードウィック、エリザベス（Elizabeth Hardwick）　254, 262
「ボストン—失われた理想」（“Boston : A Lost Ideal”）　262
バトラー、セオドア（Theodore Earl Butler）　57, 58
『ハーパー』（*Harper's Monthly Magazine*）　262
バーバー、キャサリン（Catherine Barber）　105
『ハーパーズ・ウイークリー』（*Harper's Weekly*）　149
バルザック、オノレ・ド（Honoré de Balzac）　33
ハーロウ、ヴァージニア（Virginia Harlow）　21
『トマス・サージェント・ペリー伝』（*Thomas Sergeant Perry : A Biography*）　21
ハーン、ラフカディオ（Lafcadio Hearn）　8, 15, 16, 35-38, 40-43, 45, 71, 84, 85, 88, 89, 93-96, 100, 118, 133, 183
『詩の鑑賞』（*Appreciations of Poetry*）　84
『知られぬ日本の面影』（*Glimpses of Unfamiliar Japan*）　71, 95
『文学の解釈』（*Interpretations of Literature*）　37, 85, 95
「英語教師の日記から」（“From the Diary of an English Teacher”）　16
「教育における想像力」（“The Imagination in Educational Training”）　183
「黒人の寄席演芸—ロー街のミンストレル」（“Black Varieties, The Minstrels of the Row”）　118
「地蔵」（“Jizō”）　89
「進化論的歴史」（“An Evolutional History”）　37
「石仏」（“The Stone Buddha”）　89
「日本人の微笑」（“The Japanese Smile”）　93, 95
『パンセ』（*Pensées*）　303
バーンズ、デューナ（Djuna Barnes）　141
『夜の森』（*Nightwood*）　141
バーンズ、ロバート（Robert Burns）　128
『スコットランド方言詩集』（*Poems Chiefly in the Scottish Dialect*）　128
「タム・オ・シャンター」（“Tam O'Shanter”）　128
ハント、ウィリアム・モリス（William Morris Hunt）　254
『ビアンカとファリエロ』（*Bianca e Faliero*）　192
ピカソ、パブロ（Pablo Picasso）　62, 78
ビゲロウ、ウィリアム（William Sturgis Bigelow）　14, 15, 26, 95
ピサロ、カミーユ（Camille Pissarro）　58
ビショップ、エリザベス（Elizabeth Bishop）　248

ビーダーマン（Biedermann）　25
ピーボディ、エリザベス（Elizabeth Palmer Peabody）　116
ピュヴィ・ド・シャヴァンヌ、ピエール・セシール（Pierre Cécile Puvis de Chavannes）　80, 159
ヒューム、デイヴィッド（David Hume）　30
ピョッツィ、ヘスター・リンチ（Hester Lynch Piozzi）　171, 192
『仏伊独旅行記』（*Observations and Reflections Made in the Course of a Journey through France, Italy, and Germany*）　171
ビョルンソン、ビョルンスティエルネ（Björnstjerne Björnson）　33
平川祐弘　16, 36
平塚らいてう　299
ピラネージ、ジャンバティスタ（Giambattista Piranesi）　194, 201
ヒル、アダムズ・シャーマン（Adams Sherman Hill）　4, 5
『修辞学の原理と応用』（*The Principles of Rhetoric and Their Application*）　5
ビル、バッファロウ（Buffalo Bill）　315
ヒレブラント、カルル（Karl Hillebrand）　25
『ドイツ思想史』（*Six Lectures on the History of German Thought*）　25
ピンチョン、トマス（Thomas Pynchon）　308
「ファー・イースト」（"The Far East"）　12
ブーアスティン、ダニエル（Daniel J. Boorstin）　164
ファルンハーゲン、ラーヘル（Rahel Varnhagen）　298
ファレル、ジェイムズ（James Farrell）　141
フィスク、ジョン（John Fiske）　6, 20, 22, 26, 35, 43, 116
フィチーノ、マルシリオ（Marsilio Ficino）　146, 153
フィッツジェラルド、エドワード（Edward FitzGerald）　31
『オマル・ハイヤームのルバイヤート』（*The Rubáiyát of Omar Khayyám*）　31
フィッツジェラルド、F・スコット（F. Scott Fitzgerald）　ii, 138-42, 303, 305, 308-12, 316
『偉大なるギャツビー』（*The Great Gatsby*）　140, 309
フィデルキー、ヘンリー・ジョージ（Henry George Fiddelke）　274, 280-82
フェアバンクス、アーサー（Arthur Fairbanks）　46
フェノロサ、アーネスト（Ernest Francisco Fenollosa）　14, 15, 41, 45, 95
フェルメール、ヤン（Jan Vermeer）　67
フォークナー、ウィリアム（William Faulkner）　314
『兵士の報酬』（*Soldiers' Pay*）　314
福澤諭吉　2, 3, 8, 10, 11
ブスケ、ジョルジュ（George Bousquet）　85
船山喜久彌　68, 69, 80
『白頭鷲と桜の木—日本を愛したジョゼフ・グルー大使—』　68, 69, 80

船山良吉　69, 80
フラー、マーガレット（Margaret Fuller）　116
ブラウニング、ロバート（Robert Browning）　38
ブラウン、フランシス（Francis F. Browne）　230
『喇叭のこだま―北部と南部の南北戦争詩集』（*Bugle-Echoes: A Collection of Poems of the Civil War, Northern and Southern*）　230
プラス、シルヴィア（Sylvia Plath）　318
ブラックストン、ウィリアム（William Blackstone）　247
フランクリン、ベンジャミン（Benjamin Franklin）　11, 12, 36, 316
『自伝』（*Autobiography*）　12
フランシス、トマス（Thomas Francis）　140-42, 147
ブランデス、ゲオルク（Georg Morris Cohen Brandes）　25
『一九世紀文学主潮』（*Main Currents in Nineteenth Century Literature*）　25
ブラント、ウィルフリド・スコーイン（Wilfred Scawen Blunt）　167
フリースキー、フレデリック（Frederick Carl Frieseke）　57
フリードマン、アリス（Alice T. Friedman）　296-97
ブリュンチエール、フェルディナン（Ferdinand Brunetière）　25, 29
『文学史におけるジャンルの進化』（*L'Évolution de genres dans l'histoire de la littérature*）　29
ブルジェ、ポール（Paul Bourget）　40
ブルックス、ヴァン・ワイク（Van Wyck Brooks）　295, 305, 307-08, 310-11, 314, 327
プレスコット、ウィリアム・ヒックリング（William Hickling Prescott）　109
ブレック、ジョン・レズリー（John Leslie Breck）　57
フレーベル、フリードリッヒ（Friedrich Fröbel）　279, 285
フロイト、ジグムント（Sigmund Freud）　73, 74
フロスト、エリナー（Elinor Miriam White Frost）　340-41
フロスト、ロバート（Robert Lee Frost）　5, 131, 287, 312, 321-24, 326, 330-32, 334, 336-38, 340-45
『青年の意思』（*A Boy's Will*）　324, 338
『西に流れる小川』（*West-Running Brook*）　323
「石垣直し」（"Mending Wall"）　323
「選ばなかった道」（"The Road Not Taken"）　322
「薪の山」（"The Wood-Pile"）　328, 334
「幽霊屋敷」（"Ghost House"）　324, 332, 334
「雪の夜、森のそばに足をとめて」（"Stopping by Woods on a Snowy Evening"）　334
「私自身の領域へ」（"Into My Own"）　338, 342
ブローティガン、リチャード（Richard Brautigan）　308

フロベール、ギュスターヴ（Gustave Flaubert）　3, 33, 40
ベイカー、カーロス（Carlos Baker）　277
ベーコン、フランシス（Francis Bacon）　294
ペテロ（St. Peter）　7, 8
ベートーヴェン、ルードウイッヒ・ヴァン（Ludwig van Beethoven）　55
ヘトナー、ヘルマン（Hermann Hettner）　25
ヘミングウェイ、アーネスト（Ernest Hemingway）　ii, iii, 53, 124, 212, 235-36, 238, 269-71, 273-78, 280-83, 285-88, 290, 292-96, 299, 300, 303, 313, 316-18
『移動祝祭日』（*Moveable Feast*）　275
『午後の死』（*Death in the Afternoon*）　275
『誰がために鐘は鳴る』（*For Whom the Bell Tolls*）　287
『日はまた昇る』（*The Sun Also Rises*）　53, 287-88
『武器よさらば』（*A Farewell to Arms*）　235
『われらの時代に』（*In Our Time*）　236, 294
「インディアン部落」（"Indian Camp"）　293
「エリオット夫妻」（"Mr. and Mrs. Elliot"）　294
「キリマンジャロの雪」（"The Snows of Kilimanjaro"）　313
「一〇人のインディアン」（"Ten Indians"）　286
「白い象のような山並み」（"Hills Like White Elephants"）　288
「二つの心臓の大川」（"Big Two-Hearted River"）　288, 317
「兵士の家郷」（"Soldier's Home"）　317
「身を横たえて」（"Now I Lay Me"）　313
ヘミングウェイ、クラレンス（Clarence Hemingway）　274, 285
ヘミングウェイ、グレイス（Grace Hall Hemingeay）　271-72, 274-75, 277, 280-81
ヘミングウェイ、ジョージ（George Hemingway）　296
ヘミングウェイ、パトリック（Patrick Hemingway）　283, 290
ペリー、アリス（Alice Perry）　iii, 54, 56, 68-70, 72, 80, 96, 99
ペリー、イーディス（Edith Perry）　53, 56, 72, 80, 90
ペリー、オリヴァー・ハザード（Oliver Hazard Perry）　1, 18, 68
ペリー、セアラ（Sarah Perry）　46
ペリー、トマス・サージェント（Thomas Sergeant Perry）　iii, 1-18, 20-23, 25-37, 39-41, 43-46, 51, 54-59, 64, 66-68, 76, 81, 82, 88, 94, 96, 97, 98, 100-01, 116, 123, 157, 299
『オピッツからレッシングまで』（*From Opitz to Lessing: A Study of Pseudo-Classicism in Literature.*）　5, 24, 25
『ギリシア文学史』（*A History of Greek Literature*）　6, 82
『一八世紀英文学』（*English Literature in the Eighteenth Century*）　5, 23, 25, 26, 30, 31, 35

索　　引

　　『ジョン・フィスク』（*John Fiske*）　　6
　　『スノッブの進化』（*The Evolution of the Snob*）　　6, 29
　　『トマス・サージェント・ペリー書簡集』（*Letters of Thomas Sergeant Perry*）
　　　　11, 22
　　『フランシス・リーバーの生涯と書簡』（*The Life and Letters of Francis Lieber*）
　　　　5
　　「アメリカ小説」（"American Novels"）　　34, 41
　　「イギリス文学におけるドイツ文学の影響」（"German Influence in English
　　　　Literature"）　　32
　　「イワン・ツルゲーネフ」（"Ivan Turgénieff"）　　33
　　「ギリシア人の肖像（"Some Greek Portraits"）　　66
　　「日本の第一印象」（"First Impressions of Japan"）　　12
　　「ボストンの黄金時代」（"The Golden Age of Boston"）　　44
ペリー、マーガレット（Margaret Perry）　　56, 68, 72, 76, 77, 80, 93, 157
ペリー、マシュー・キャルブレイス（Matthew Calbraith Perry）　　1, 7-10, 17, 41,
　　46, 68, 106
ペリー、リーラ・キャボット（Lilla Cabot Perry）　　iii, 1, 9, 11, 13-16, 18, 21, 33,
　　36, 51-68, 70-83, 85, 87, 88, 90-98, 100-01, 116, 157-59
　　『印象—詩集』（*Impressions : A Book of Verse*）　　21, 83, 84
　　『雑草の心』（*Heart of the Weed*）　　83, 87
　　『夢の壺—詩集』（*The Jar of Dreams : A Book of Poems*）　　83-85
　　翻訳（ツルゲーネフ）『散文詩』（*Poems in Prose*）　　33, 81
　　翻訳『ヘラスの園より』（*From the Garden of Hellas*）　　81
　　「憂いに沈んで」（"Pensive"）（「未亡人」〔"The Widow"〕）　　157
　　「エドウィン・アーリントン・ロビンソンの肖像」（"Portrait of Edwin Arlington
　　　　Robinson"）　　76
　　「江の島」（"Enoshima"）　　68, 85
　　「小川の傍の婦人」（"Woman by a Stream"）　　80
　　「黒い帽子」（"The Black Hat"）　　79, 157-58
　　「クロード・モネの思い出　一八八六年から一九〇九年まで」（"Reminiscences of
　　　　Claude Monet : From 1889 to 1909"）　　59
　　「芸術」（"Art"）　　63, 64
　　「三重奏」（"The Trio, Tokyo"）　　18, 71
　　「ジヴェルニーの小川の辺で（ピンクのドレスを着た婦人）」（"By the Brook,
　　　　Giverny, France〔Woman in Pink Dress〕"）　　98
　　「自画像」（"Self-Portrait"）　　64, 66, 98
　　「詩人」（"A Poet"）　　64
　　「一二月」（"December"）　　97
　　「新聞を読むトマス・サージェント・ペリー」（"Thomas Sergeant Perry Reading a

Newspaper”） 96, 98
「菫の鉢と婦人」（“Lady with a Bowl of Violets”） 79
「誠実」（“Sincerity”） 84
「東京」（“Tokyo”） 85
「日光」（“Nikko”） 85, 87, 88, 100
「日本庭園（ジャパン）」（“Japanese Garden〔Japan〕”） 73
「富士と墓地」（“Mt. Fuji and Graveyard”） 73
「本を読む女」（“Woman Reading”） 157
「見捨てられし御仏」（“The Deserted Buddha”） 85, 88, 90, 91, 100
「緑色の帽子」（“The Green Hat”） 98
「瞑想」（“Meditation”） 157
「山の霧」（“Mist on the Mountain”） 97
「雪、氷、霧」（“Snow, Ice, Mist“） 97
「溶岩海岸から見た富士」（“Fuji from Lava Beach”） 74
ヘリック、ロバート（Robert Herrick） 271, 290-92, 296
『ありふれた運命』（*The Common Lot*） 290, 292, 296
ベルグソン、アンリ（Henri Bergson） 29
『創造的進化』（*L'Évolution créatrice*） 29
ベルジャム、アレクサンドル（Alexandre Beljame） 25, 31, 32
『一八世紀における英国の文人と読者層』（*Le Public et les Hommes de Lettres en Angleterre au Dix-huitième Siècle : 1660-1744*） 25, 31
ヘルダー、ヨハン・ゴットフリート・フォン（Johann Gottfried von Herder） 25
ヘルダーリン、フリードリッヒ（Friedrich Hölderlin） 155
ベレンソン、バーナード（Bernard Berenson） 14, 78, 96, 100, 270
ベロー、ソール（Saul Bellow） 308
ヘンライ、ロバート（Robert Henri） 57
ポー、エドガー・アラン（Edgar Allan Poe） 37, 38, 106, 133, 143, 156, 188, 193-95, 199
「コロセウム」（“The Coliseum”） 193-94
「鐘楼の悪魔」（“The Devil in the Belfry”） 133
「ヘレンに」（“To Helen”） 193
ボー、セシリア（Cecilia Beaux） 79
ホイッスラー、ジェイムズ・アッボット・マクニール（James Abbott McNeill Whistler） 58, 67, 74, 238
ホイッティアー、ジョン・グリーンリーフ（John Greenleaf Whittier） 222, 299
ホイットマン、ウオルト（Walt Whitman） 53, 117, 156, 289, 299
『草の葉』（*Leaves of Grass*） 53
ホィーラー、ジェニファー（Jennifer Wheeler） 277
ホヴァンデン、トマス（Thomas Hovenden） 54

ポウプ、アレクサンダー（Alexander Pope）　24
『北米評論』（*The North American Review*）　3, 21, 34, 117
「ボストン・グローブ」（“Boston Globe”）　241
ホーソン、ナサニエル（Nathaniel Hawthorne）　85, 109, 117, 143–44, 183, 194–95, 200, 253, 265, 299, 327
　『大理石の牧神』（*The Marble Faun*）　194, 200
　『旧牧師館の苔』（*Mosses from an Old Manse*）　143
　『緋文字』（*The Scarlet Letter*）　85
　『ブライズデイル・ロマンス』（*The Blithedale Romance*）　117
　「運河船」（“Canal Boat”）　183, 327
　「エンディコットと赤十字」（“Endicott and the Red Cross”）　253
　「メリーマウントの五月柱」（“The Maypole of Merrymount”）　253
ボードレール、シャルル＝ピエール（Charles-Pierre Baudelaire）　40, 154–56, 263
　『悪の華』（*Les Fleurs du Mal*）　154
　「宝玉」（“Les Bijoux”）　154, 156
ボナール、ピエール（Pierre Bonnard）　57
ホーマー、ウィンズロウ（Winslow Homer）　53
ホームズ、オリヴァー・ウエンデル（Oliver Wendell Holmes）　23, 109, 112–17, 130–31, 233, 238, 249, 258, 299
　『朝食テーブルの独裁者』（*The Autocrat of the Breakfast-Table*）　116
　「朝食テーブルの独裁者」（“The Autocrat of the Breakfast-Table”）　112
ホームズ、オリヴァー・ウエンデル、ジュニア（Oliver Wendell Holmes, Jr.）　20, 107–10, 112, 115–16, 120–21, 123–24, 130, 256–58
　「戦争時のハーヴァード・カレッジ」（“Harvard College in the War”）　256
ホメロス（Homer）　23, 263
ホラティウス（Cocles Horatius）　237
ホール、アーネスト（Ernest Hall）　277
ホール、ロジャー（Roger Hall）　315
　『アメリカン・フロンティアのパーフォーマンス―一八七〇年から一九〇六年まで』（*Performing the American Frontier, 1870–1906*）　315
ボールドウィン、ジェイムズ（James Baldwin）　182
　「帰郷」（“This Morning, This Evening, So Soon”）　182
ポロック、フレデリック（Frederick Pollock）　108
ボワロー＝デプレオー、ニコラ（Nicolas Boileau-Despréaux）　24
本間久雄　299

【ま　行】

マクリーシュ、アーチボルド（Archibald MacLeish）　130, 340–41
正岡子規　10, 12

マシーセン、F・O・（F. O. Mtthiessen）　129-30
益田　鈍　99
マスターズ、エドガー・リー（Edgar Lee Masters）　78, 237-38
『スプーン・リヴァ詞華集』（*Spoon River Anthology*）　78, 237
「ノールト・ホーハイマー」（"Knowlt Hoheimer"）　237
マチス、アンリ（Henri Matisse）　57, 62
マーチャント、キャロリン（Carolyn Merchant）　319, 331
マチュア、ヴィクター（Victor Mature）　119
マーチンデイル、メレディス（Meredith Martindale）　60, 72
『リーラ・キャボット・ペリー　アメリカの印象主義者』（*Lilla Cabot Perry: An American Impressionist*）　60
松平恒雄　99
マネ、エドワール（Edouard Manet）　58, 67
マハン、アルフレッド（Alfred Thayer Mahan）　18
『海上権力史論』（*The Influence of Sea Power upon History*）　18
『一八一二年戦争における海上権力』（*Sea Power in its Relation to the War of 1812*）　18
マラルメ、ステファヌ（Stéphane Mallarmé）　263
マリヴォー、ピエール（Pierre Carlet de Chamblain de Marivaux）　23, 24
『マリアンヌの生涯』（*La Vie de Marianne*）　23
マリウス、リチャード（Richard Marius）　221, 230, 232-33
『コロンビア南北戦争詩集』（*The Columbia Book of Civil War Poetry*）　221
マレルブ、フランソワ・ド（François de Malherbe）　24
『マンスリー・レヴュー』（*The Monthly Review*）　129
ミケランジェロ（Michelangelo）　145
ミューア、ジョン（John Muir）　284, 316, 318
ミュシャ、アルフォンス（Alfons Maria Mucha）　57
ミュッセ、アルフレッド・ド（Louis Charles Alfred de Musset）　168
ミュルジェール、アンリ（Henri Murger）　40
ミレー、ジャン・フランソワ（Jean François Millet）　58, 59
ミロ、ジョアン（Joan Miró）　287
「農場」（"The Farm"）　287
ムア、ジョージ（George Moore）　57, 59
ムッソリーニ、ベニト（Benito Mussolini）　203
ムーディ、ウイリアム・ヴォーン（William Vaughn Moody）　211
ムンク、エドヴァルド（Edvard Munch）　67
メイラー、ノーマン（Norman Mailer）　308
メトカーフ、ウィラード（Willard Leroy Metcalf）　57
メナンド、ルイス（Louis Menand）　108-10, 122

メリメ、プロスペル（Prosper Mérimée）　4
メルヴィル、ハーマン（Herman Melville）　143-44, 147, 265
メンケン、H・L・（H. L. Mencken）　251
「美術《ボーザール》のサハラ砂漠」（"The Sahara of Bozart"）　251
モース、エドワード・シルヴェスター（Edward Sylvester Morse）　41, 72, 85, 95, 280, 294
『日本人のすまい』（*Japanese Homes and Their Surroundings*）　72, 294
モース、ジョン（John T. Morse, Jr.）　2, 7, 8, 22, 97
『トマス・サージェント・ペリー略伝』（*Thomas Sergeant Perry : A Memoir*）　2
「元南軍兵士の北軍陸海軍軍人会への挨拶」（"An Addess by an Ex-Confederate Soldier to Grand Army of the Republic"）　223
モトレイ、ジョン・ロスロップ（John Lothrop Motley）　109
モネ、クロード（Claude Monet）　iii, 6, 13, 21, 43, 53, 57-63, 68, 70, 72, 78-80, 87, 98
「ジヴェルニーの森で――読書をするシュザンヌと描くブランシュ」（"Dans le marais de Giverny, Suzanne lisant et Blanche peignant"）　80
モーパッサン、ギー・ド（Guy de Maupassant）　40
モリゾ、ベルト（Berthe Morisot）　54, 67
「自画像」（"Autoportrait"）　68
森田　孟　345
モンターレ、エウジェーニオ（Eugenio Montale）　262

【や　行】

安井曽太郎　57
柳　宗悦　71
「ヤンキーの船とヤンキーの船乗り」（"A Yankee Ship and a Yankee Crew"）　127
ユゴー、ヴィクトル（Victor Marie Hugo）　146, 148, 153
与謝野晶子　299
吉田　茂　96

【ら　行】

ライオン、セシル（Cecil Lyon）　98
ライト、ウィリアム（William Cary Wight）　299
ライト、エリック（Eric Wright）　283, 290
ライト、キャサリン（Catherine Wright）　271-72
ライト、フランク・ロイド（Frank Lloyd Wright）　iii, 15, 72, 99, 100, 183, 269-85, 288-90, 292-300
『自伝』（*Autobiography*）　284, 289
「建築のために」（"In the Cause of Architecture"）　292

ラスキ、ハロルド（Harold Joseph Laski）　109
ラスキン、ジョン（John Ruskin）　61, 167-68, 172, 181, 183
ラックリフ、ジョン（John Rackliffe）　129
ラドクリフ、アン（Ann Radcliffe）　171
『ユードルフォの怪奇』（*The Mysteries of Udolpho*）　171
ラードナー、ディオニシウス（Dionysius Lardner）　172
ラバン、ジョナサン（Jonathan Raban）　264
ラファージ、ジョン（La Farge, John）　8, 14, 36, 37, 56, 80, 85, 87, 89-90, 95, 99, 100, 254
『画家東遊録』（*An Artist's Letters from Japan*）　14, 80
ラファイエット夫人（Comtesse de La Fayette）　3
ランケ、レオポルト・フォン（Leopold von Ranke）　25
ランソン、ギュスターヴ（Gustave Lanson）　28, 29
『文学史の方法』（*De la méthode dans les sciences*）　28
ランドルフ、イニス（Innes Randolph）　226
「反逆者」（"The Rebel"）　226
ランボー、アルチュール（Jean Nicolas Arthur Rimbaud）　263
リー、ロバート（Robert Lee）　227
リオタール、ジャン=フランソワ（Jean-François Lyotard）　124
リスカム、ウィリアム（William S. Liscomb）　2, 3
リチャードソン、サミュエル（Samuel Richardson）　23, 24
『パメラ』（*Pamela*）　23
リップマン、ウォルター（Walter Lippmann）　304, 306, 312
『漂流と克服』（*Drift and Mastery*）　304
リード、メイン（Mayne Reid）　315
『ボーイ・ハンターズ』（*The Boy Hunters*）　315
『リトル・レヴュー』（*The Little Review*）　294, 297-98
『旅情』（*Summertime*）　182
リルケ、ライナー・マリア（Rainer Maria Rilke）　262
リン、ケネス（Kenneth Lynn）　274-77, 280, 288, 292
リンカーン、エイブラハム（Abraham Lincoln）　107, 177, 223, 229-30, 257, 289, 293
リンゼィ、ヴェイチェル（Vachel Linsay）　289, 294
「ウィリアム・ブース将軍天国に入る」（"General William Booth Enters into Heaven"）　294
ルイス、シンクレア（Sinclair Lewis）　203, 306, 310-11, 314
『本町通り』（*Main Street*）　203, 306
ルグイ、エミール（Émile Legouis）　32
ルソー、ジャン=ジャック（Jean-Jaques Rousseau）　156

ルート、ジョン（John Wellborn Root）　289
ルノワール、オーギュスト（Auguste Renoir）　58, 158
ル・ボン、ギュスターヴ（Gustave le Bon）　29
『力の進化』（*L'Évolution de la force*）　29
『物質の進化』（*L'Évolution de la matière*）　29
『民族進化の心理法則』（*Lois psychologique de l'évolution des peuples*）　29
レヴァンダー、キャロライン・フィールド（Caroline Field Levander）　123
レガメ、フェリックス（Félix Régamey）　85
レニエ、アンリ・ド（Henri de Rénier）　172-73
レノルズ、マイケル（Michael Reynols）　272
老子　99, 100
ロウズヴェルト、エレノア（Anna Eleanor Roosevelt）　243
ロウズヴェルト、セオドア（Theodore Roosevelt）　4, 22, 106, 131, 296, 313-18, 323
『カウボーイの狩猟旅行』（*Hunting Trips of a Ranchman*）　315
ロウズヴェルト、フランクリン（Franklin Delano Roosevelt）　257
ローエル、エイミー（Amy Lowell）　52, 246
ローエル、ジェイムズ・ラッセル（James Russell Lowell）　20, 30, 52, 55, 82, 83, 108-09, 211-12, 231-33, 237-38, 246, 255, 299
「R・G・ショー記念碑建立」（"Memoriae Positum R. G. Shaw"）　212, 231, 237, 255
「一八六五年七月二一日ハーヴァード大学学生戦没者追悼記念式典にて読める賦」（「式典賦」）（"Ode Recited at the Harvard Commemoration, July 21, 1865"〔"Commemoration Ode"〕）　212, 232
ローエル、チャールズ・ラッセル（Charles Russell Lowell）　212, 246, 256
ローエル、パーシヴァル（Percival Lowell）　294
ローエル、ロバート（Robert Lowell）　ii, 52, 211-12, 229, 233-34, 241-44, 246-59, 262-65
『イミテイション』（*Imitations*）　263
『エンディコットと赤十字』（*Endicott and the Red Cross*）　253
『オールド・グローリー（星条旗）』（*The Old Glory*）　253, 265
『人生研究』（*Life Studies*）　244, 247-48, 263
『ロバート・ローエル詩選』（*Robert Rowell's Poems : A Selection*）　264
「インディアン殺しの墓にて」（"At the Indian Killer's Grave"）　265
「パブリック・ガーデン」（"The Public Garden"）　264
「北軍戦死者のために」（"For the Union Dead"）　ii, 233-34, 241, 244, 249-51, 262-63
「ショー大佐とマサチューセッツ第五四連隊」（"Colonel Shaw and the Massachusetts 54th"）　242, 244

ロジャーズ、ロバート（Robert Rodgers）　46
ロセッティ、ダンテ・ガブリエル（Dante Gabriel Rossetti）　40, 67, 156
ロダン、オーギュスト（François Auguste René Rodin）　ii, 144–49, 151–55, 159
「考える人」（“Le Penseur”）　ii, 144–49, 151–59
「地獄の門」（“La Porte de l'Enfer”）　147, 154
ロティ、ピエール（Pierre Loti）　36, 40, 85, 87, 89
『秋の日本』（*Japoneries d'automne*）　89
ロバートソン、エリザベス（Elizabeth Robertson）　105
ロビンソン、エドウイン・アーリントン（Edwin Arlington Robinson）　11, 20, 22, 43, 76–79, 83, 100, 143, 306, 310
『夜の子ら』（*The Children of the Night*）　76, 143
「丘の上の家」（“The House on the Hill”）　306
「親しい友達よ」（“Dear Friends”）　77
「灰と炎の物語」（“The Story of the Ashes and the Flame”）　310
「リチャード・コリー」（“Richard Cory”）　78
ロビンソン、セオドア（Theodore Robinson）　57
ロングフェロウ、ヘンリー・ワッズワース（Henry Wadsworth Longfellow）　20, 97, 109, 299

【わ　行】

ワイルド、オスカー（Oscar Wilde）　156

著者略歴

一九三六年生まれ。一九六三年東京都立大学大学院人文科学研究科博士課程満期退学。一九六七年実践女子大学英文科助教授、一九七〇年中央大学文学部助教授、一九七七年同教授、現在、中央大学名誉教授。

主要著書

『アメリカ文学と祝祭』研究社出版、『一九二〇年代アメリカ文学―漂流の軌跡』研究社出版、『印象と効果―アメリカ文学の水脈』南雲堂、『ヘミングウェイ『われらの時代に』読釈―断片と統一』世界思想社

主要翻訳書

ライト・モリス『視界』白水社、トニー・タナー『言語の都市―現代アメリカ小説』共訳・白水社

二〇〇八年一〇月一〇日　初版第一刷発行

世紀転換期のアメリカ文学と文化

著者　武《む》藤《とう》脩《しゅう》二《じ》

発行者　玉造竹彦

発行所　中央大学出版部
東京都八王子市東中野七四二番地一
電話　〇四二（六七四）二三五一
FAX　〇四二（六七四）二三五四

印刷　株式会社　大森印刷

製本　大日本法令印刷製本

　ISBN978-4-8057-5168-8

本書の出版は中央大学学術図書出版助成規程による。